魔術師

The Magician

Colm Tóibín

柯姆·托賓　陳佳琳——譯

親愛的讀者

一九九六年時，我重看了三本托瑪斯．曼的傳記。儘管當時我已經很熟悉他的作品，但直到我深入研讀這些傳記與他本人的日記後，我才更瞭解他私底下的人生。在過程中，我領悟到原來托瑪斯畢生耿耿於懷的是他永遠無法實現的同性愛情。托瑪斯．曼為當代最受尊崇的德國人，有六個孩子。一九一二年《魂斷威尼斯》出版時，根本沒有人想過本書是以前一年曼氏夫妻的威尼斯之旅為本，內容描述了貨眞價實的慾望，故事情節也確實發生在托瑪斯身上。

後來，我也看了托瑪斯．曼妻子卡蒂亞的回憶錄，她完全不認為自己是同志夫婿的苦澀妻子，相反地，她很瞭解丈夫的性向。當她敘述一九一一年的威尼斯之旅，發現托瑪斯對某位旅館賓客有濃厚興趣時，她明白寫道，夫婿「將他自己對那位迷人男孩亞森伯格（主角）的歡愉幻夢轉換成我倆之間熱烈鮮明的欲望激情。」

正如托瑪斯．曼用人生創作小說，我也善用了自己對威尼斯的認識，寫下曼氏家族在威尼斯留下的足跡。我讓他們到聖方濟會榮耀聖母聖殿，欣賞提香的《聖母升天圖》，再前往聖喬治斯達爾馬提亞會堂欣賞卡帕其奧的作品。我讓曼氏夫妻站在我曾經站的位置，讓有形的實質回憶成為穩固我字字句句的大錨。

一九一一年，托瑪斯與卡蒂亞在威尼斯悠閒漫步時，或許難以想像後來第一次世界大戰的恐怖，希特勒的憑空崛起，種族屠殺以及第二次世界大戰的激烈。比起曼氏家族的經歷與世局的不變，《魂斷威尼斯》再天眞純潔不過，我們只能在字裡行間，遙想舊時歐陸風情，它隱約帶著一股渴望，彷彿沉浸在頹廢慵懶的光暈中，耳際也傳來陣陣甜美得讓人警覺的樂音。這一切元素都在曼氏夫婦往後面臨的悲劇中扮演各自的角色，徹底扭轉了他們的人生，想來，這都是兩人始料未及的運命轉輪。

柯姆・托賓

臺灣版 序

小說家托馬斯・曼於一八七五年出生在德國北部的呂貝克，一九五五年在瑞士去世。一九二九年時，他榮獲諾貝爾文學獎。自一九三三年希特勒取得政權後，他便選擇住在德國以外的地方，一九三八年到一九五二年他長居美國。對許多人而言，他是不可動搖的政治標竿，在那段瘋狂顚沛的年代，最清明理智的發聲者。

在我撰寫關於他的小說《魔術師》時，我對他的內心世界與精神心理上的模糊地帶越發好奇。就許多方面而言，托馬斯・曼的夢想人生就是他的眞實生活。然而，他的夢想人生有兩種僞裝。無論他住在哪裡，每天早上他總會待在書房，重新想像自己的人生，或是爲各種角色創造人生。同時，他也時時不忘自己畢生難以實現的另一種人生，即他對年輕男子的性慾渴望。

他隱藏得很高明。托馬斯・曼乃當代最爲德高望重的德國人士，是六個孩子的父親。即使他一九一二年出版的中篇小說《魂斷威尼斯》內容是關於一位年長男子對年輕男孩的思慕渴求，也完全沒有人想到這是基於眞實的欲望，眞實的事件。

從托馬斯・曼死後二十年出版的日記以及他的往來書信與演講，我們注意到他條理分明，甚至可說再平凡也不過，是他的小說容許他得以自在探索更危險的領域。

就許多方面而言，托馬斯・曼是自己人生的幽魂。現實對他而言不過是一張寫了一半的紙頁。當他外出探險時，他總是沉默不語，時時警戒。他是一個最安靜的男人。而他生命中最嘈雜的噪音通常來自他的孩子，特別是兩個排行最前面的孩子——艾芮卡與克勞斯——姊弟兩人在一九二〇年代的德國年輕一輩心目中，絕對是代表新型態自由的指標人物。

艾芮卡與克勞斯性格外放不羈，誰都可以成爲他們的性伴侶；兩人口無遮攔，無所忌諱；隨心所欲用筆表達自己的思想；同時總是浪跡天涯，無處不去。有時候他們會回到慕尼黑高雅的曼氏大宅，尋求家人的慰藉或金援。

對任何小說家來說，他們都是最珍貴的大禮，因爲他們既聰明又有趣，而且認眞投入政治。艾芮卡一開口，就要打斷對方說話。家庭聚會也因這些新生代與另一個德國長大的世代時時產生碰撞衝突，顯得活力四射。

在《魔術師》中，我特別著墨托馬斯・曼與家族成員居住的房子，包括曼氏夫婦一九四二年在洛杉磯的太平洋帕薩德打造的宏偉宅邸。此時，他們已經遠離德國，在海外流亡快十年了。

曼氏家族在加州的這棟房子住了十年，而後在一九五二年回到歐洲。他們的加州大宅佔地一點五英畝，離日落大道不遠，得以飽覽聖塔莫妮卡群山的景緻，天氣晴朗時，甚至能遠眺聖卡塔利娜島。

「它絕對是我們曾經擁有最美的房子了。」托馬斯・曼在日記如此寫道。

我在二〇〇五年首度造訪此地，當時它仍由從曼氏夫婦那裡買下的第二任屋主持有。他們安裝了一部電梯，它的門離托馬斯．曼的書房不遠，他們也增設了一個游泳池。除此之外，房子多少仍保有當年曼氏夫婦與另一位德國流亡建築師Ｊ．Ｒ．戴維森共同悉心規劃的風格。

當我要求參觀作家的書房時，我被帶到托馬斯．曼撰寫《浮士德博士》的聖地。這個房間不與屋子相連。它是一個封閉私密的完整空間。

主要的房間面積超過五十平方公尺，地面延伸到天花板的挑高落地窗展現了最典型的加州氛圍，吸引了戶外充足的光線，儘管外面就是一處懸空陽臺，以避開過多的陽光直射。這個大房間就像屋子的其他房間一樣，充滿了流動的輕盈感，讓訪客輕鬆自在。

這就是他們齊聚一堂的地方了吧，那些出現在我書中的所有名字——卡蒂亞、漢利、奈莉、艾芮卡、克勞斯、戈洛、莫妮卡、伊莉莎白、邁克。以及，魔術師本人。

這棟房子氣派寬敞，潔白的外牆在南加州的燦爛陽光下閃閃發亮，它讓我們更清楚認識了托馬斯．曼夫婦的本質。他們從來不吝於展現自己的富裕身家，部分財富來自於卡蒂亞的家族，其餘則是托瑪斯的寫作收入。

看在洛杉磯的德國流亡人士眼中，太平洋帕利薩德的豪宅絕對極盡奢華，畢竟他們大部分的人在一九四二年時，都只能縮衣節食，勉力度日，如海因里希便帶著第二任妻子奈莉移居洛杉磯。

這棟房子在一樓是遼闊的開放空間，樓上的每一間臥室都配備寬敞的露臺，但它並不是建築師的實驗作品或當代的前衛建築。相較離它不遠的聖蕾莫大道一五五號，由查爾斯與蕾依姆斯夫妻檔在一九四九年設計，充滿開創與實驗性質的「八號案例屋」，曼氏宅邸以當時的標準衡量，幾乎可說低調又保守。

有意思的是，在加州房子打造時，六十七歲的托馬斯・曼依舊需要一間有許多臥室的家庭式住宅。他兩個最小的孩子伊莉莎白與邁克當時已經結婚了，但四個大孩子——其中有三位是同性戀者——依舊居無定所。戰爭結束後，艾芮卡・曼立刻回家與父母同住，克勞斯在一九四九年自殺前也經常來訪，戈洛與莫妮卡也是如此。

這棟房子的格局也讓我們一窺托瑪斯與卡蒂亞的婚姻樣貌。兩人分房而睡；托瑪斯甚至有一道獨立的樓梯通往他面積超過三十平方公尺的臥室。卡蒂亞的臥室甚至更爲寬敞，她的浴室比她夫婿的還要大上三倍。她不是尋常名人的妻子，安於窩居較小的臥室。相反地，她氣場強大，獨斷世故又犀利，在許多方面都比托瑪斯睿智許多。

卡蒂亞・曼在一位園丁的協助下，在房子四周打造了一個壯麗的花園，堪稱黑暗時代的明亮天堂。一九四二年三月十五日，托馬斯・曼寫信給赫曼・赫塞：「你眞應該來看看我家周圍的風景，可以俯瞰大海；花園有棕櫚樹、橄欖樹、胡椒樹、檸檬樹與尤加利樹，鮮艷欲滴的花卉，草坪才種下幾天，就得修剪了。在這種時代，看見它們最是令人喜悅。此外，這裡的天空終年晴朗開闊，散發的光芒無與倫比，讓周遭的一切更加美麗。」

另一間啓發我的靈感是位於巴西帕拉蒂的房子，它靜靜矗立在一處小港灣旁，托馬斯・曼的母親茱莉亞在此出生。她小時候便被德國父親帶到呂貝克。據說這間屋子的各個房間之所以裝設了厚重的百葉木窗，是因爲夜晚時繁星映照在水面，璀璨的光芒也點亮了房間。這也成了我寫這本小說時，腦海浮現的第一個畫面。

《魔術師》帶領讀者從托馬斯．曼在德國北部的童年時光，一直追溯到他人生最後幾個月。它以家庭空間與個人心思的爲背景。涵蓋了第一次世界大戰、慕尼黑革命、希特勒崛起、第二次世界大戰及冷戰等近代人類的重大事件，但這也是關於一個複雜的男人以及他更神祕的妻子的人生故事。我的目的不在於描述那個時代的事件，我聚焦刻劃的是一個家庭在當時的生活樣貌，同時偶爾帶入一個男人對當代社會的反應與想法。《魔術師》不是托馬斯．曼的傳記，它以事實眞相爲跳板，探索他的心靈，他身爲公眾人物的形象與其內在世界的矛盾衝突，藉此造就一種讓讀者也彷彿與他同在，即時體驗一切的錯覺幻象。

目錄

親愛的讀者 003
臺灣版序 005
第一章 呂貝克 一八九一年 015
第二章 呂貝克 一八九二年 037
第三章 慕尼黑 一八九三年 059
第四章 慕尼黑 一九〇五年 092
第五章 威尼斯 一九一一年 117
第六章 慕尼黑 一九一四年 142
第七章 慕尼黑 一九二二年 180
第八章 盧卡諾 一九三三年 212

第九章　屈斯赫納特　一九三四年　240
第十章　紐澤西　一九三八年　272
第十一章　瑞典　一九三九年　307
第十二章　普林斯頓　一九四〇年　338
第十三章　太平洋帕利薩德　一九四一年　366
第十四章　華府　一九四二年　406
第十五章　洛杉磯　一九四五年　432
第十六章　洛杉磯　一九四八年　441
第十七章　斯德哥爾摩　一九四九年　467
第十八章　洛杉磯　一九五〇年　496
致謝　522

獻給 Nan Graham

第一章

呂貝克　一八九一年

他母親在樓上等待，僕人們則忙著爲賓客收下大衣、圍巾及帽子。直到所有人都被請進客廳，茱莉亞．曼仍然待在自己的臥室。托瑪斯與哥哥海因里希，兩個妹妹露拉及卡菈在第一個樓梯平臺觀望。他們知道母親很快會出現。海因里希得警告卡菈閉嘴，否則大夥便得被逼上床，到時就會錯過最精彩的時刻了。小弟維克多正在樓上房間熟睡。

茱莉亞走出臥室，她的頭髮俐落地收束在腦後，綁上彩色的蝴蝶結。一身潔白洋裝，腳蹬著由馬略卡島特別訂製的黑皮鞋，樣式如舞鞋般簡單大方。

她帶著一絲不情願加入宴會，讓人感覺剛才的她其實人在一處比呂貝克更歡樂的地點自得其樂。茱莉亞走進客廳後，環顧四周，她向來會鎖定一名賓客，那人通常是男士，可能是中年的凱林胡森先生，或是從母親那裡遺傳鬥雞眼的法蘭茲．卡多維，也許是有細薄雙唇與小鬍子的奧古斯．雷韋庫恩法官。一個即將成爲她今晚注目焦點的對象。

她的魅力源自那渾然天成，不知不覺間散發的異國韻味與脆弱纖柔。

她目光飄忽，但當她問候對方工作、家庭與暑假計畫時，卻能流露眞誠和善，既然提到了夏天，她也想知道特拉沃明德的旅店住來是否舒適，還問起遠方的特魯維爾或科利烏爾，以及亞得里亞海某處觀光勝地的頂級飯店。

很快她就會問出令人尷尬的問題。她會問這位男士，對某位彼此生活圈都有交集的女士有何看法。弦外之音是城裡的中產階級對這位女士的私生活似乎有所非議。那或許是年輕的絲塔惜特小姐，或麥克圖恩夫人，或是有年紀的迪司特曼女士，甚至是另一位行蹤飄忽的女士。等到這位困惑的男賓客指出，自己對話題主角唯有嘉許，除此之外，自己知道的都是一些最平凡的日常細節後，托瑪斯的母親就會開始表達自己的論點，她會說，她也認同那位女士是很棒的好人，呂貝克有幸能擁有如此出色的市民。她的口吻會讓對方聽來就像是透露眞相，彷彿之前這都是個天大祕密，而且連她的議員夫婿都還沒聽說。

第二天消息便會傳開，他們母親的舉手投足，她又評論了什麼人，沒多久，海因里希與托瑪斯就會從同學口中得知所有活靈活現的細節，彷彿是一場最近才從漢堡巡迴到城裡的現代劇。

在晚上，假使議員開會，或等到兄弟倆練完小提琴，吃完晚餐，穿上睡衣後，母親會開始對他們講述自己的出生地巴西，那裡幅員遼闊，她說，但是，大家都搞不清楚國內有多少人口，各屬於哪些種族，又使用哪些語言溝通。這個國家比德國大上好幾倍，沒有冬天，從不結霜，不曾經歷酷寒，當地的亞馬遜河比萊茵河總長與流域大上十幾倍，更有分流延伸至密林之間，所有的樹木又比地球上任何地區的樹木高上許多，還居住了外界從來沒見過，也有可能永遠不會見到的原始部族，這些原住民對雨林的熟悉度無人能比，一有入侵者就知道該躲在哪些偏僻的角落。

「我們想聽天上的星星是什麼模樣。」海因里希說。

「我們在帕拉蒂的房子就建在水上，」茱莉亞這麼回答。「它幾乎成了河水的一部分，就像一艘船。夜晚一降臨，我們就能看見星星，它們又低又亮，德國在北方，星星又高又遠，在巴西，星星彷彿白天的太陽，用肉眼就能看見。它們自己就是小小的太陽，閃閃發亮，彷彿伸手就碰得到，住在水上感受特別明顯。我媽媽說，晚上甚至可以在樓上房間看書，因爲星光反射在水面，把我們周遭全都點亮了，睡覺時，有時我們還得拉上百葉窗才能擋住戶外的明亮。小時候，大概在跟你們妹妹差不多年紀時，我眞的相信世界就是這樣。到呂貝克的第一晚時，我眞的嚇到了，因爲完全看不到星星。它們全被烏雲擋住了。」

「告訴我們船的模樣。」

「你們該睡了。」

「告訴我們那些蔗糖。」

「托米，你知道蔗糖怎麼來的。」

「講一點點就好？」

「好吧。呂貝克的杏仁膏都是使用巴西的蔗糖製作。正如呂貝克以杏仁膏出名，巴西蔗糖也很有名。呂貝克的鄉親在耶誕夜享受美味的杏仁膏時，他們都不知道自己正在品嚐巴西的一部分。他們吃的是遠渡重洋的頂級蔗糖。」

「我們這裡爲什麼沒有產糖？」

「這要問你們的父親了。」

多年後，托瑪斯猜測，當初父親娶進茱莉亞・達習瓦布魯的決定，終究不算是家族頹廢中落的開始，據說茱莉亞的母系有南美洲印第安人的血統，或許父親原本也曾考慮地方航運鉅子或貿易大亨，甚至銀行家的千金，但父母親的婚姻讓原本拘謹的家族性格注入豐富多元的好奇本性，更使家中氣氛活絡了不少。

呂貝克的鄉親都記得茱莉亞還是個小女孩時，隨著姊姊與三位哥哥在母親過世後不久搬到當地。孩子們由一位叔叔照顧，一開始連一句德文都不會說。城裡幾位指標人物無不對他們投以質疑目光，評頭論足，其中一位就是歐佛巴克女士，她對新教的虔誠嚴謹人人皆知。

「剛才我看見孩子們經過聖瑪麗教堂時做了十字聖號，」她說。「與巴西貿易是有必要，但我可不認識哪個呂貝克市民娶了巴西人，一個都沒有。」

茱莉亞結婚時才十七歲，五個孩子全都教導有方，不負議員在當地的崇高聲望，但孩子們天生就自帶傲氣與自覺，讓人不容忽視，這是呂貝克的人們之前從未見識過的鮮明特質，當然歐佛巴克女士與她的小團體更不樂見這種強烈性格開始流行。

非比尋常的婚姻對象讓大茱莉亞十一歲的議員走到哪裡都會接收人們敬畏的眼神，彷彿他之前砸大錢買下義大利名家繪畫或錫釉彩陶，只爲了維持議員與其家族長輩向來擁有的品味罷了。

每星期天上教堂前，曼家孩子必須讓父親仔細審視外表，母親則總是拖延大家的時間，忙著在更衣間試戴合適的帽子或皮鞋。海因里希與托瑪斯必須表現得莊重嚴肅，露拉與卡菈則一定要維持紋風不動。

維克多出生時，茱莉亞已經不那麼在乎夫婿立下的嚴謹規矩。她喜歡讓女兒們配戴色彩亮麗的髮帶，套上繽紛的長襪，而且她也不反對兒子們留長髮，舉止放鬆一點也無所謂。

茱莉亞上教堂時總是打扮得高雅正式，通常全身上下只有一個顏色——也許是鐵灰或是深藍，搭配同色系的長襪與鞋子，唯一透露的小巧思只有帽沿或紅或黃的緞帶。她夫婿向來總是無懈可擊，身上一襲漢堡裁縫師打造的西裝，作工細膩，剪裁精準。議員每天都換襯衫，有時候甚至一天兩次，服裝收藏豐富。他蓄著當時法國人流行的小鬍髭。他的挑剔講究展現了家族百年公職貫有的堅忍特質，但這想方設法的精心外表又讓人看出，議員認定呂貝克的曼氏家族擁有的不只是財富與事業，他們更是自持自重與傑出品味的象徵。

讓他驚恐的是，從貝克谷的自家宅邸到前往聖瑪麗大教堂的短暫旅程上，茱莉亞總是開心地與路人打招呼，親熱稱呼對方名字，這在呂貝克史上簡直是史無前例！於是，歐佛貝克女士與她那老處女女兒更堅信曼夫人骨子裡仍然是個天主教徒。

「她招搖愚昧，天主教徒都一個樣，」歐佛貝克女士說。「帽沿緞帶更是輕浮！」

曼氏家族親友在聖瑪麗教堂齊聚一堂，人人都注意到茱莉亞的蒼白，襯著她一頭濃密的胡桃色長髮與神祕的眼眸更是明顯，她的目光停駐在牧師身上，隱隱帶著一絲嘲弄，與她夫婿家族、朋友們參加宗教聚會時的肅穆冷靜成了鮮明對比。

托瑪斯很瞭解，父親不喜歡聽人提起他妻子在巴西的童年，尤其是妹妹們在場時。然而，他父親卻喜歡讓托瑪斯提問，要他談呂貝克的舊日榮光，同時解釋家族公司是如何從羅斯托克發跡。他父親顯然很滿意托瑪斯放學後到他的辦公室，端坐聽自己講述輪船、倉儲、銀行夥伴與保單計畫，而且托瑪斯謹記他說的每一句話。

家族遠親們也深信，海因里希像母親，總是不切實際又離經叛道，只愛看書；但機靈冷靜的小托瑪斯，往後必然能帶著曼氏家族，走向下一個世紀的繁榮。

女孩們年紀稍長後，只要父親出門到俱樂部或開會，全體兄弟姊妹就會齊聚母親的更衣間，聽她回憶在巴西的過往，她說無論男女老少，膚色黑白，大家都很熱衷穿著潔白的衣裳，也很認真清洗衣物，注重外表的光鮮亮麗。

「跟呂貝克完全不同，」她說。「不會特別需要一臉嚴肅，也沒看過有抿著嘴唇，一臉不贊同的歐佛貝克女士那種人，或是類似永遠在守喪的艾庫申家族。在帕拉蒂，如果你看到三個人，其中一定有一個人講得口沫橫飛，另外兩個人捧腹大笑，而且都穿白色。」

「是因爲講笑話嗎？」海因里希問。

「就只是想笑，大家都是這樣。」

「笑什麼呢？」

「小寶貝，我也不知道。但大家都是這樣。有時候到晚上，我還聽得見隨風傳過來的笑聲。」

「我們可以去巴西嗎？」露拉問。

「我不認爲你們父親會讓你們去巴西。」茱莉亞說。

「長大以後呢?」海因里希問。

「長大以後,誰也說不準了,」她說,「到時候,你們或許想去哪,就去哪了,雲遊四海!」

「我想待在呂貝克就好。」托瑪斯說。

「你父親要是知道你這麼說,一定很開心。」茱莉亞回答。

托瑪斯住在自己打造的夢幻世界,癡迷程度更甚於哥哥海因里希,或他的母親,或他的妹妹。就連他與父親關於航運倉儲的討論也會代入綺麗情境,在那裡面,他幻想自己是希臘神祇,或是童謠中的某個角色,或是他父親掛在樓梯間的那幅仕女畫,她的神情勇敢、期待又急切。有時他對於自己並不比海因里希年長的事實甚至不太確定,他也沒有哥哥強壯,更比不上父親在辦公室的表現,他感覺自己連母親的主要女僕瑪蒂達都不如,她悉心呵護母親的鞋子收藏,將它們成雙成對整齊排放,從來不讓母親的香水瓶空著,母親精心收藏的私密小物都收在對的抽屜,免得讓托瑪斯窺見。

每次他聽見大人說,未來他很有機會在商業世界大放異彩,客戶也很佩服他精準掌握貨物進出時程,對輪船與港口名稱如數家珍時,他總是忍不住打了寒顫,假使這些人看清楚他的眞面目,絕對會以截然不同的眼光打量他。若他們眞看透他的心思,就會知道,不知道有多少個夜晚,甚至連白天,他都允許自己恣意沉浸幻想,他就是樓梯間的畫中女子,滿腔狂熱慾望,或是一個揮舞長劍,引吭高歌,橫掃大地的人物。到那時,這些人便會搖頭嘆息,震驚他竟能狡詐唬過眾人,贏得父親嘉許,畢竟他就是個密謀機心的冒牌貨，完全不值得信任。

海因里希當然很清楚他的底細，也明確意識弟弟夢想的人生，知道它完全超越了自己，無論是其規模或範圍，他曾經警告托瑪斯，萬一玩得過火，只會讓自己深陷被揭露的危機。海因里希與弟弟不同，家人很清楚他的理想抱負，十多歲時，他便沉醉於海涅與歌德的作品，他對布爾熱與莫泊桑的熱愛，足以媲美他對貨運與倉儲的無感。他認爲後者無聊透頂，再怎麼嚴厲的斥責都無法阻止他對父親強調自己根本無意繼承家族企業。

「午餐時我看到你模仿生意人的模樣，」他對托瑪斯說。「大家都被騙了，除了我。你到底什麼時候才會讓他們知道你都是裝的？」

「我不是在假裝。」

「你胡說八道。」

海因里希已經找到辦法讓自己遠離家族的核心要事，他父親也慢慢知道該隨他的心意，同時全力投入糾正小兒子與女兒們儀表的細微錯誤。茱莉亞設法讓海因里希對音樂產生興趣，但他完全不想彈鋼琴或拉小提琴。

若非海因里希極其疼愛小妹卡菈，托瑪斯心想，他早就與家人脫離關係了。大哥與小妹差了整整十歲，海因里希對她的寵溺幾乎等同於父親之於女兒。她還是嬰兒時，海因里希就抱著她在家裡走來走去。等到大一點，海因里希教她打撲克牌，玩兩個人才知道遊戲規則的躲貓貓。

海因里希對卡菈的疼愛讓旁人欣賞他溫柔貼心的一面，雖然他也有自己的朋友圈，偶爾也有一些專屬男生的聚會，但他總是對卡菈有求必應，露拉偶爾會忌妒妹妹得到這麼多注意力，但海因里希也懂得安撫她，不過，露拉也很快對大哥小妹失去耐性，畢竟這兩人擁有彼此的默契，總是知道如何取悅對方。

「海因里希人眞好，」他們有個表親便說。「如果他也能實際一點就好了，家族的未來就更有保障。」

「反正有托米在，」伊莉莎白姑姑說，一面轉頭看著托瑪斯。「托米會帶領公司進入二十世紀，這不就是你的計畫嗎？」

托瑪斯會勉爲其難擠出自己最帥氣的微笑，卻也注意到她言語帶刺。

即使眾人咸信海因里希的反叛天性來自母親的家族，隨著他年紀增長，漸漸對母親的故事厭煩了，顯然他也沒有遺傳她的易感，或如她懂得欣賞細緻珍品。最奇特的莫過於儘管海因里希總能滔滔不絕討論詩歌、藝術與旅遊，但直率又決斷十足的他，最終還是越來越像一個純正的曼氏家族的成員。的確，當他走在呂貝克街頭時，他的伊莉莎白姑姑就喜歡說，他與爺爺約翰·習莫·曼有多麼神似，沉重的步伐跟老呂貝克人很像，而且總是深思熟慮才肯開口的習慣簡直就是父親家族的特徵，最可惜就是他對貿易沒興趣云云。

托瑪斯很清楚家族事業遲早會讓他管理，原本屬於祖父母的宅邸最終也將成爲他的領地。他一定要放滿自己想看的書，他想。他終於可以好好整頓樓上那些房間，將辦公室搬到其他建築。他父親從漢堡訂製高級西服，他也可以有樣學樣，一樣從漢堡訂書，甚至從法國也行，但前提是要學好法文，等到他英文更流利，也能從倫敦書店訂書。就算住在呂貝克，他也可以跟別人過著不一樣的人生，還有事業可以經營，資助他在其他領域的興趣。他可以娶個法國老婆，他想。她可以爲他們的生活增色不少。

他想像母親會造訪他與妻子在梅恩街的住所，母親會對他與妻子對家中的悉心擺設讚嘆不已，例如他們買的新鋼琴，巴黎購入的繪畫與傢俱。

海因里希身材長得更高大後，他讓托瑪斯看清，再怎麼努力想成爲曼氏家族的一分子，都只是虛情假象，尤其，托瑪斯已經讀過不少詩作，也無法繼續掩飾自己對藝文的熱忱，他甚至會讓母親在自己拉小提琴時，彈貝希斯坦鋼琴伴奏。

日子一天天過去，托瑪斯對航運貿易的虛僞熱情終究開始瓦解。海因里希大無畏地追求自己的野心時，托瑪斯只能躊躇迴避，但仍然無法掩飾自己早已變心的事實。

「爲什麼都不去你父親辦公室坐坐了？」他母親問。「他問了好幾次。」

「我明天就去。」托瑪斯說。

放學回家時，他想到如果有自己的房子，他就可以更輕鬆自在，遠離眾人的目光了，他在那裡想看書也行，做白日夢也好。他決定那星期稍晚再到辦公室找父親。

托瑪斯記得在呂貝克家裡有一晚，母親彈著吉他，他拉小提琴，海因里希突然出現在門口望著他們。當時托瑪斯一面拉小提琴，卻無法忽視海因里希的存在。他們同住一間房好幾年，但那時已經不這麼做了。

托瑪斯注意到，比他大四歲的海因里希，面容比他清秀俊俏，如今已經長成一位帥氣的年輕男子。十八歲的海因里希當然也發現弟弟打量自己的眼神。有那麼一兩秒，他絕對意識出對方的目光夾雜一絲不自在的慾望。托瑪斯記得當時他拉的是舒伯特早年創作的鋼琴小提琴協奏曲，或是他寫的一首歌曲，曲風緩慢，內容簡單。母親專注在樂譜上，沒有注意兒子們交會的眼神。托瑪斯甚至不確定她知不知道海因里希在現場。他尷尬臉紅，緩緩轉開視線。

哥哥離開後，托瑪斯急著想跟上母親的節拍，當作什麼事也沒發生。但到最後還是因爲錯誤層出不窮，不得不中斷。

類似的事沒再發生。海因里希已經讓他知道，他看透托瑪斯的內在靈魂。如此而已。但回憶難以斷捨：那個房間；落地窗流洩而入的光；彈琴的母親；站著拉琴，努力想跟上的他，以及那柔和流暢的樂曲。接著，便是那莫名突來的眼神交會，沒多久，一切一如往昔，或是說從表面看來彷彿平靜無波的假象。

海因里希很開心能夠離開學校，到德勒斯登一間書店工作。沒有了他，托瑪斯更常作夢了。他就是無法認眞讀書或專心聽老師講課。他常常覺得自己被震耳欲聾的噪音環繞，似乎在警示他，儘管時機成熟時，他設法表現得跟大人一樣世故，到頭來，也只會是一場空。

於是，他選擇墮落，在他拉琴或看書時，讓音符與文字帶著他抽離。

他知道大家都在觀察他的一舉一動，不只是家族成員，學校裡的師長同學與教友亦然。他喜歡聽母親彈鋼琴，總是跟著她走進客廳。但是他也喜歡被人在街頭認出，讓大家對這位議員的好兒子肅然起敬。他擁有父親自重自傲的性格，卻也遺傳了母親的藝術天分，她天馬行空的豐富想像力。

有些呂貝克人認爲，兩兄弟不僅代表了家道中衰，也象徵了世界趨向敗弱，特別是在曾經以陽剛氣質爲傲的北德地區。

於是大家都將希望放在維克多身上，他在海因里希十九歲，托瑪斯快十五歲時出生。

「既然兩個大孩子對寫詩這麼執著，」伊莉莎白姑姑說，「我們只能期待這個老三喜歡記帳跟會計了。」

夏天時，曼氏家族總到濱海的特拉沃明德渡假四週，遠離學校、老師、文法、數學，還有大家最討厭的體育課。

他們落腳在瑞士山居風格的海濱旅館，十五歲的托瑪斯住在有古董傢俱的小房間，外面不時傳來園丁在巴爾幹半島的夏日白晝下，揮汗鋤土的聲響。

他跟母親與她的女伴愛達．布瓦會在餐廳露臺或高大的胡桃木樹蔭吃早餐，不遠處就是一片修剪整齊的草坪，接著是沿岸高低起伏的植被，再過去就是沙灘了。

他父親似乎很喜歡挑飯店的小毛病。例如桌布清洗得很隨便，紙巾也太俗氣；麵包口味很怪異，放白煮蛋的杯子也太醜。聽他碎念後，茱莉亞只是默默聳肩。

「等我們回家時，一切就會很完美了。」

露拉問母親爲什麼父親很少隨他們到沙灘，母親微笑了。

「他喜歡待在飯店房間，也不想到海邊，何必強迫他呢？」

托瑪斯與兄弟姊妹會跟著母親與愛達到沙灘，窩在飯店員工擺好的沙灘椅上。女士們的竊竊祕語只有在不熟識的陌生人走近時才會停住，兩人會立刻坐起身，好看清楚對方的長相。好奇心滿足後，她們才又會開始有一搭沒一搭地閒聊。沒多久，她們就會開口催促穿著泳衣的托瑪斯走進大海，他寸步前進，很怕冰冷的海水，等到溫暖浪花緩緩湊近，他才肯讓海水擁抱自己。

冗長無趣的下午，大夥會到室外演奏臺待好幾個小時，偶爾愛達也會在飯店外的大樹下讀書給他聽，大家還會在夕陽暮色下，對著經過的船隻揮舞手帕。接著就是晚餐時間了，他通常會到母親房間，觀察她如何悉心打扮，下樓加入夫婿，到飯店的玻璃露臺用餐，除了來自漢堡的幾個德國人家庭，還有遠道自英國與俄羅斯來訪的遊客，結束後，他就該準備就寢了。

雨天時，強勁的西風會從海上吹往陸地，托瑪斯會到大廳彈那架龐大的平臺鋼琴。想必它曾經演奏出不少熱烈的華爾滋舞曲，所以他怎麼樣也得不到跟家裡鋼琴同等的渾厚音色，只能創造出獨樹一格的滯悶音調，但他知道等假期結束後，他會很想念它的陪伴。

去年夏天，父親跟著他們去了幾天海邊後，就趕回呂貝克處理緊急公務。但等他回來後，也沒跟他們共用早餐，無論天氣多好，他總是待在客廳看書，腿上還像病人般蓋毛毯。由於他向來不曾陪他們在戶外走動，大家當作他根本不在身邊。

直到有天晚上，托瑪斯尋找母親蹤影時，才發現她在父親房內，此時他才認真注意到父親嘴唇微開，躺在床上，瞪著天花板。

「可憐人，」母親說，「工作讓他累壞了。放假會讓他好過一點。」

第二天，母親與愛達依舊按照平日的行程，完全沒有告訴他人議員仍在臥床。當托瑪斯問母親，父親是否病了，她才提醒他，父親幾個月前做過膀胱手術。

「他還在恢復，」他母親說，「很快就可以下水了。」

這也奇怪了，托瑪斯想，他不記得父親會在避暑期間下水游泳，或躺在沙灘曬太陽。他印象中，父親只會坐在陽臺躺椅看報，旁邊擺了俄羅斯香菸，或者耐心在母親房外等待她夢幻般地在屋內閒晃，準備吃晚餐。

某天他們從沙灘走回飯店時，母親要他到父親房間，也許讀書給父親聽。當托瑪斯表達自己的不情願，告訴她自己寧可聽樂團演奏時，她反而非常堅持，說父親在等他。

他父親端坐床頭，脖子圍著一條潔白布巾，飯店理髮師正在替他刮鬍子。父親對托瑪斯點頭，要他坐在窗邊的椅子。托瑪斯看見一本打開的書，書頁朝下放在桌上，於是隨手拿起翻閱。這是海因里希會看的書，他心想，希望父親不會要他念這本書給他聽。

他著迷於理髮師精細和緩的動作，持著刮鬍刀的細膩手法，來回移動。當理髮師理完父親一半的臉龐時，往後一步檢視成果，還拿起小剪刀修剪鼻子與上唇的鬍髭。父親保持直視前方的姿勢。

理髮師繼續工作，將客人臉上的泡沫清理乾淨，結束後，他拿出一瓶古龍水，父親一面皺眉，理髮師卻也自顧自地在客人臉上塗抹香水，最後滿意拍手。

「呂貝克的理髮師們該好好檢討，」他說，一面拿下白布摺好。「大家都會到我這裡，接受最頂級的服務。」

托瑪斯的父親躺回床上。身上的條紋睡衣熨得筆直。托瑪斯看到父親的腳趾甲也修剪得一絲不苟，除了左腳小指的指甲，它似乎有點蜷曲了，他希望自己可以替它好好修剪，但他隨即意識這想法的荒謬。父親絕對不會讓他剪腳趾甲的。

他還拿著那本書。如果他沒有趕緊將它放回去，父親可能會看見，到時就會逼著要他念，要不就是找書裡面的內容問他。

父親很快閉上雙眼，看起來像是睡著了，旋即又睜開雙眼，空洞瞪視對面牆壁。托瑪斯不確定現在問父親那些剛到港又準備出發的輪船是否恰當，還有，假使父親話匣子打開，他甚至可以問起穀物價格近來的波動，或是提一下普魯士也好，父親總是喜歡抱怨普魯士政府官員的粗魯舉止與糟糕的用餐禮儀，而且甚至那些自稱擁有良好家世背景的官員也不例外。

他又瞥向睡得很熟的父親，沒多久他發出鼾聲。托瑪斯想將書放在床頭櫃，他起身靠近床，刮完鬍子的父親看起來更蒼白了。

他不確定自己還得待上多久。他很希望此時會出現飯店員工拿水或乾淨毛巾進來，但這些物品早已就位。他知道母親不會出現。他知道她要他過來，就是讓她可以在花園放鬆，要不就是跟愛達與妹妹們，或是維克多跟女僕們到沙灘坐坐。如果他走出房門，母親肯定會馬上發現。

他在房間踱步，摸摸剛洗好的漿直床單，又擔心會驚動父親，他往後退了一步。

當父親發出一聲哭喊時，聲音極其陌生，當下他以為有其他人在房間。接著父親開始吼叫，托瑪斯聽出那是自己熟悉的聲音，可是那些話又完全沒有意義。父親突然坐起來，摀住肚子，同時想要費力起身，卻又虛脫地癱在床上。

托瑪斯驚慌失措，只想趕緊逃離現場，但當父親躺回床上，雙眼緊閉痛苦呻吟，手仍然捧著肚子時，托瑪斯靠近他，問他該不該叫母親過來。

「沒事。」父親說。

「什麼？我不用叫媽媽過來？」

「沒事。」他父親回答，他睜開雙眼，看著托瑪斯，表情扭曲。

「你什麼都沒看見，什麼都不知道。」父親說。

托瑪斯衝出房門。走上樓梯後，才發現自己多下了一層樓，他匆匆跑回大廳，找到值班人員，對方找了經理，他向兩人解釋經過，此時，母親與愛達出現了。

他跟著這些人走進父親房間，只見他睡得很沉。

母親輕輕嘆了一口氣，對眾人抱歉造成這麼大的騷動。托瑪斯這才知道，再怎麼跟她解釋自己目睹的場景，也沒有意義了。

父親在他們回到呂貝克後，病情繼續惡化，但他仍然撐到了十月。

他聽見伊莉莎白姑姑抱怨，就連垂死之際，父親也要打斷牧師祈禱，隨口說聲：「阿門」。

「他這個人就是沒耐心聽人說話，」她說，「我還以爲他至少會好好聽牧師講完。」

在父親最後的時日，海因里希似乎很清楚該如何陪伴母親，但托瑪斯完全不知道該說什麼安慰她。每次她抱他，總是把他拉得太近；但他確信如果用力掙脫，她一定會很傷心。

他聽見伊莉莎白姑姑跟某位表親低聲討論父親的遺囑，他裝作漫不經心走遠，再偷偷湊近他們，距離足以聽見她說茉莉亞不會被賦予太多責任。

「還有兩兄弟！」姑姑說，「這兩個孩子！我們家完了。以前在路上看到我，還會對我鞠躬的人們，現在全等著看我笑話！」

她還在講個不停，對方這才發現托瑪斯就在附近偷聽，趕緊推推她。

「托瑪斯，去幫妹妹們穿正式的服裝，」姑姑說。「剛才卡菈穿那雙鞋子，非常不得體！」

在葬禮上，茉莉亞．曼對前來致意的人們有氣無力地答禮，不想多交談，她退縮到自己的世界，讓女兒們陪伴自己，兒子則代表在需要時回應來客。

「可以不要讓那些人來打擾我嗎？」她問。「如果他們問需要幫什麼忙，就拜託他們不要用憐憫的眼神看我，可以嗎？」

托瑪斯知道自己從沒見過母親如此陌生怪異。

葬禮後一天，五個孩子都在客廳，茉莉亞發現大姑伊莉莎白在海因里希的幫忙下，挪動了沙發以及其中一張椅子。

「伊莉莎白，不要碰我的傢俱，」她說。「海因里希，把沙發放回原位。」

「茉莉亞，我覺得沙發應該靠牆。這裡太多桌子了。妳傢俱真的太多。我媽說——」

「不要碰傢俱！」茱莉亞打斷她。

伊莉莎白頭抬得老高，走到壁爐旁，她動作的誇飾，彷彿被一槍打中的女演員。

托瑪斯知道海因里希會陪伴母親到法院聆聽父親遺囑，不禁納悶為何他不需要出席。母親心思紊亂，讓他無從抱怨。

「我眞的很討厭這樣拋頭露面。這些人好野蠻，在公開場合念遺囑！呂貝克上上下下都會知道我們的隱私，還有，海因里希，如果你能不讓伊莉莎白姑姑在我們離開法院時挽住我的手臂，我會很感謝你的！等公開遺囑後，假使他們打算在廣場焚燒我，告訴他們，我三點才有空。」

托瑪斯不確定現在家族企業要交給誰。他想像父親應該會提出幾位有聲望地位的人士，監督一兩名暫時接管公司的主管，直到家族成員決定事業接下來的走向。在葬禮時，有許多人都盯著他瞧，指指點點，知道他是家中的二兒子，如今家族責任就在他肩頭了。他走進母親房間，對著落地鏡打量自己。當他嚴肅地挺直身軀時，他幾乎能輕易看見自己在早上時，走進辦公室，交待部屬各種命令。但妹妹在樓下呼喚他，他立刻走離鏡前，感覺自己身形瞬間縮小。

他在樓梯頂端聽見海因里希與母親回來。

「他改過遺囑了，好讓全世界知道我們是什麼樣的人，」茱莉亞說。「這些呂貝克的好公民。現在不能焚燒女巫，他們就把寡婦從家裡抓出來羞辱。」

托瑪斯下樓到大廳，看見海因里希臉色蒼白。當他與大哥四目相交時，他知道大事不妙。

「帶托米到客廳，把門關上，」茱莉亞說，「告訴他我們的命運。如果不是鄰居在我背後說閒話，我眞想彈鋼琴。但我看我還是回房間好了。我不希望你們在我面前討論細節。假如你們那個伊莉莎白姑姑有種上門，就告訴她我突然間太傷心無法見客。」

關上背後的門，海因里希與托瑪斯開始研讀海因里希從法院帶回的遺囑副本。

托瑪斯看見，上面的日期是三個月之前。內容一開始指名監護人監督孩子們的未來。接下來，議員則表明自己對家人的鄙夷不屑。

「任何人應當極盡所能，」他寫道，「遏止我大兒子對文學的濃厚興趣。在我看來，他欠缺應有的教育與知識。他在這方面的投入完全是基於個人幻想，毫無紀律根據，目中無人，完全以自我爲中心。」

海因里希讀了兩次，大笑出聲。

「你聽聽看，」他繼續。「接下來輪到你了：『我二兒子個性很好，絕對可勝任各種職業，我期待他成爲母親的支柱。』那就交給你跟媽媽了！你可以勝任！誰想得到你個性這麼好？這不過是你另一個僞裝罷了。」

海因里希繼續，父親警示大家要注意露拉的熱情天性，也建議卡菈應該可以成爲托瑪斯之外，另一個穩定家族的力量。至於寶寶維克多，議員寫道，「家中么兒通常會發展得特別傑出。這孩子眼光一定不錯。」

「接下來更難聽，你等著！」

他語氣開始變得戲劇化。

「『教養孩子時，我的妻子必須立場堅定，要讓他們全都仰賴她的資助。假使她有疑慮，她應該去讀《李爾王》。』」

「我知道爸爸心胸狹隘，」海因里希說，「但我不知道他這麼惡毒。」

海因里希以嚴肅的口氣，告訴弟弟父親遺囑定下的規矩。議員留下明確指示，交代要脫手家族事業，房子也必須出售。茱莉亞會繼承一切，他提到兩位呂貝克最好管閒事的傢伙會監督她做出的財務決定，而她原本最看不起這兩個人。此外，孩子們的成長過程也會有監護人負責審視。遺囑中提到茱莉亞必須定期向那位有細薄雙唇與小鬍子的奧古斯·雷韋庫恩法官報告孩子們的近況，一年四次。

伊莉莎白再度來訪時，沒有人請她坐下。

「妳知道我先生的遺囑內容嗎？」茱莉亞問。

「他沒有跟我討論。」伊莉莎白回答。

「我不是問這個！妳知道內容嗎？」

「茱莉亞，小孩都在！不要講這個！」

「我一直有件事想講，」茱莉亞說，「現在我自由了，我想講什麼就講什麼，而且我一定要在小孩面前提。我從來就不喜歡妳。可惜妳媽也不在了，因爲我也一樣不喜歡她！」

海因里希想讓媽媽閉嘴，但茱莉亞把他撥開。

「議員的遺囑是用來羞辱我的。」

「妳自己根本無法經營事業。」伊莉莎白說。

「這可以讓我自己決定。我兒子和我原本有機會可以自行決定的。」

茱莉亞曾在派對調侃或說閒話的對象，例如凱林胡森先生、法蘭茲・卡多維，甚至是年輕的絲塔惜特小姐與麥克圖恩夫人，以及把茱莉亞盯很緊的歐佛貝克夫人與她的老處女女兒，這些人聽說茱莉亞在得知遺囑內容後，便決意帶著三個小的搬到慕尼黑，將托瑪斯留在呂貝克完成最後一年學業，住在提貝醫生家，同時鼓勵海因里希雲遊四海，增進自己在文學界闖蕩的機會，這一切行爲，看在大家眼中，簡直太偏激了。

議員遺孀若是搬去盧恩堡或漢堡，呂貝克的好老百姓或許只會覺得這女人不牢靠，但在那年代，托瑪斯很清楚，這些漢莎同盟的人們認定慕尼黑就是南方，而他們不喜歡也不信任南方的一切。慕尼黑是天主教城市，波希米亞風蔚爲時尚，毫無堅定的美德信仰可言。家鄉的居民每次去那裡，從來就不會久留。

呂貝克的焦點全在茱莉亞身上，伊莉莎白甚至偷偷告訴其他人茱莉亞對自己有多麼無禮，還褻瀆了她對母親的神聖回憶。

有好一陣子，大家對於議員遺孀的躁進與她不明智的計畫議論紛紛。包括海因里希在內，都沒有人考慮到托瑪斯對於家族企業沒有交付他管理非常受傷，哪怕只是先交由其他人管理，待他長大再交給他。

托瑪斯對於原本深信屬於他的事物，竟然一夕之間遭受剝奪，依舊處於震驚不信的狀態。他知道經營家族事業不過是他對未來諸多的想像之一，但父親一意孤行仍讓托瑪斯忿忿不平。他不喜歡父親自行其是，卻也不瞭解原來接管家族事業對他竟然如此眞實。他眞希望自己有機會證明給父親看他的本事，好讓父親留下更慷慨的遺囑內容。

反之，父親讓一家人流離失所，他自己活不了，也不讓別人的日子好過。托瑪斯感受到一股沉痛的哀傷，曼氏家族在呂貝克的歷代努力，就要從此煙消雲散，屬於家族的輝煌年代就這樣一去不復返了。

無論他們到世界哪個角落，呂貝克的曼家族再也無法如議員在世時那般聲名顯赫。海因里希與妹妹們似乎不以爲意，老實說母親也蠻不在乎；他們有更實際的考量。他知道伊莉莎白姑姑肯定覺得家族地位受到嚴重衝擊，但他卻無法跟她討論這麼多。於是，托瑪斯選擇獨自承受這些心情。他們一家將從呂貝克連根拔起。從此以後，他人往哪兒去，似乎也無關緊要了。

第二章

呂貝克　一八九二年

樂團在演奏《羅恩格林》[1]的序曲。托瑪斯聽著聽著，弦樂部分似乎低下去，暗示旋律即到來的轉變。然後聲音自然起伏，直到小提琴拉出一個悲戚的音符，久久不散；接著，演奏變得高昂、華麗、緊張起來。

這段音樂幾乎撫慰了他，隨著音量漸增，穿透力變強，在大提琴低沉的音調加入後，提升了小提琴與中提琴的聲音，樂團的演出只讓他更感覺自己的渺小。

然後，指揮張開雙臂鼓勵眾人，所有樂器一起奏鳴；等到敲鼓擊鈸時，他注意到節奏緩慢下來，演奏漸入尾聲。

觀眾歡聲雷動，他沒有加入他們。他坐在那裡望著舞臺、燈光與準備進入今晚最後一首貝多芬交響曲的團員們。音樂會結束後，他不想馬上步入夜色。他想要持續被音樂環繞。他納悶人群中是否有人能與他分享同樣的心情，但他想，答案是否定的。

畢竟，呂貝克就是這樣，人們不會有太大的情緒起伏。他想，周圍的人們很快就會遺忘，或拋棄他們所聽到的音樂。

他留在座位上突然領悟，這也許曾經對臨終前的父親很重要，當他清楚死亡將至，這種上升、變化的、令人震撼的聲音，意味著超越世俗的力量，它開啓了通往另一個國度的門，在那裡，靈魂永存不朽，唯有死亡才能在那裡求得自己的一席之地。

他想起父親的遺體被擺放得宛如展覽品，身著正裝，猶如一個準備視察的沉睡的公眾人物。議員躺在那裡，冰冷自持，嘴角下垂緊抿，面容色澤隨著光線變化，雙手毫無血色。他記得當時人們看到母親摀住臉龐，從棺材旁走開時，都露出不悅的神情。

托瑪斯走到提貝醫生家，母親爲了讓他更專注在課業，讓他與老師同住。明天他又得面對折騰人的凱特林學院；他當然可以死記硬背，寫出那些文法、算式與詩。白天他會假裝，同學們也是如此，大家都一臉聽天由命。他寧可讓心思放在自己對學校課業的厭惡，也不要回憶母親、卡菈、露拉及維克多搬到慕尼黑之前，他曾經有過的臥室，如今一切都沒了。他知道自己想到它有多麼溫暖舒適時一定會很自憐傷心。他得強迫自己想想其他事情。

他可以想那些女孩。他知道同學們裝作勤奮向學，其實是在掩飾自己滿腦都在想女生的事實。他們隨便亂開玩笑或對她們評頭論足時，也不過是在隱藏自己的害羞困窘與自覺。但當他看見他們在路上打鬧，或是三兩成群在街頭嘻笑時，他看出了他們表面下隱然流動的能量。

儘管課業無趣，空氣中總有股期盼的氛圍，在大家走上街頭時更是明顯。大家雖然放學路上也不見得會遇上什麼人，大夥卻興奮難耐，他知道他們或許期盼有年輕女子路過，或甚至能一瞥窗邊少女的倩影也好。

音樂會結束後，他朝目的地前進，心思游移到自己經過的建築物，也許在樓上某個房間，有位女孩正準備上床就寢，她脫下外衣，接著就要高舉雙臂，脫下上衣，或是彎腰脫下下半身的衣裳。他抬頭看見一扇窗戶沒有拉上窗簾，裡面燈光閃爍；他納悶屋內的動靜。他設法想像裡面有一對男女，男子關上門；接著他思忖女子寬衣解帶的畫面，她潔白無瑕的內著與柔軟溫暖的肌膚。但當思緒走到他自己是否就是那位男子時，托瑪斯停住了，他無法繼續思考。他發現自己開始不讓天馬行空的思緒無限發揮。

他確定同學們在想像同樣畫面時，一定也不確定自己最私密的綺夢該有哪些細節。他應該會等自己回到提貝醫生家頂樓最後面的小房間後，才會盡情享受自己的白日夢。有時候在他關燈前，他會寫詩，或替還沒完成的詩加上一段詩節。當他思考愛的繁複機制時，心中想的不是昏暗房間內的女孩；也未曾出現男女情愛的激情畫面。

班上有一位男孩與他的交情親密，程度跟其他同學不一樣。男孩叫做亞密·馬登斯。他跟托瑪斯一樣都是十六歲，但看上去比較稚嫩。他父親是磨坊主人，也認識托瑪斯的父親，當然馬登斯家沒有曼議員家族地位崇高。

亞密發現托瑪斯對自己很感興趣時，顯然不太驚訝。他開始找托瑪斯散步，確定不會有人加入他們。亞密找托瑪斯討論靈魂、愛的本質、詩與音樂的重要，但讓托瑪斯困擾的是，他也帶著同等熱情，找其他同學聊女孩與體育。

亞密可以與任何人自在相處，托瑪斯發現，他的微笑坦率溫暖，彷彿自帶體貼與天眞的光芒。

托瑪斯寫了一首詩，內容描述自己想將頭枕在情人胸前，或是與情人在漸深的暮色散步，一路走到唯有兩人獨處的絕美之地，他訴說了自己想與情人靈肉交纏的渴望，在他的想像中，另一個主角，他慾望的對象，就是亞密．馬登斯。

他不確定亞密會不會給他暗示，或者在他們散步聊天之際，將對話從詩與音樂轉向對彼此的感受。到頭來，他意識到自己對這些散步的憧憬遠遠超過亞密。這個覺醒讓他知道自己應該端正行爲，假使亞密想拉遠彼此的距離，這就是他應該做的。當托瑪斯哀傷地想到自己不應該對亞密期待太多，更有可能被亞密當面拒絕時，他瞬間內心沸騰，這是種尖銳劇烈的刺痛，卻又隱約讓他有種快感。這些思緒如浮光掠影般瞬間即逝。令他無法輕易掌握或享受。隨著每天面對的日常俗事，他也就慢慢淡忘了。他在桌上放了自己寫的詩以及他抄來的偉大德國詩人的情詩。在老師背對大家寫黑板時，他會把這些詩拿出來，反覆閱讀，偶爾瞥向隔著狹小走道，坐在他斜前方的亞密。

他不知道假使將情詩給亞密看，讓他瞭解自己的心，對方會有什麼反應。

有時他們散步時，不會交談，唯獨托瑪斯享受彼此的親近，撞見熟人時，亞密總是一派友善，卻又表現得足以讓對方知道，他與托瑪斯不希望有人加入。

大部分的時間，尤其是一開始散步時，托瑪斯會讓亞密引導對話。他注意到自己的同伴從來不說老師或同學的壞話。他對世界的觀感既節制又隨意。例如在托瑪斯提到自己超級討厭的數學老師伊馬特時，亞密也只是淡淡一笑。

當托瑪斯想討論詩與音樂時，他朋友總會將話題轉到比較平凡的內容，例如騎馬課或自己最近常玩的遊戲。有一次托瑪斯硬是提到比較抽象的主題，但是亞密的態度不變，依舊輕快不深入。

正是他的自在、平淡、對俗世的概括承受，不疾不徐、不矯揉造作，讓托瑪斯更想讓亞密成為自己獨一無二的密友。

一年過去了，托瑪斯發現亞密變了，身材更高大，肩膀更厚實，甚至開始刮起鬍子。他心想，我的朋友已經從男孩邁向男人了。這讓托瑪斯對他的感覺更為親愛溫柔。在深夜時分，托瑪斯總是篤定自己對朋友宣示愛意的時機已然到來，他決意要將自己新完成的情詩給亞密看，讓亞密知道，詩中提到的情人，就是他。

詩節的第一段，托瑪斯描述這位情人對於音樂總是侃侃而談。第二段則形容情人討論詩的模樣。最後一段，他用文字勾勒自己傾慕的對象就是音樂與詩的美妙綜合體，而他的聲音語調與眼神光采更體現了對上述二者的熱情。

他們在一個冬日裡散步，潮濕的風在樹葉落盡的林子裡震顫嗚咽，他們按住帽子，低頭抵抗強勁的風。雖然托瑪斯口袋放了那首剛寫好的詩，他知道儘管先前已經下定決心，但今天是無法與朋友分享那首詩了。亞密開心描述自己等會回家，一定要從樓梯欄杆滑下門廳。他聽起來就像個孩子。托瑪斯知道自己最好還是把那首詩給燒了。

其他日子，特別是有音樂會演出的時候，或托瑪斯提到歌德的新詩時，亞密的反應總是嚴肅保守。在托瑪斯設法表達自己對《羅恩格林》序曲的感受時，亞密好奇打量他，一面點頭，讓托瑪斯知道他對於托瑪斯體會到的強烈情緒感同身受。他們一路前行，此時的托瑪斯心滿意足，因為他知道彼此都認同音樂的力量，身邊的這位同伴就是他尋覓已久的心靈伴侶。

他又寫了一首詩，內容是詩人與其愛人靜靜散步，分享同樣的思緒，唯有耳際風聲呼呼作響，周遭的枯乾樹林提醒他們，萬物無法恆久，能夠長存的，只有兩人對彼此的愛。在最後一個詩節，詩人呼喚愛人，要對方與他永遠在一起，無視時空侷限，攜手進入永恆。

托瑪斯知道亞密常被同學恥笑兩人的親密，大家覺得托瑪斯欠缺男子氣概，過於自負，太專注寫詩，特別是曼氏家族昔日在呂貝克還算有點地位，因此自以為是。他知道亞密對此一笑置之，更覺得自己無須因此切斷與托瑪斯的友誼。顯然，亞密對他的情感是真摯誠懇的，所以，倘若托瑪斯將自己的詩拿給亞密看，讓他明白自己的心意，想必對方不會太訝異吧？

有一天在學校，當老師再度背對大家時，亞密左右張望，對他微笑。他的頭髮才剛洗淨，皮膚光滑，眼神發亮。托瑪斯發現亞密變得好俊俏，直到此時他才意識到，或許亞密跟他一樣，都很在乎彼此的存在。畢竟，他不隨便給其他人同樣的笑容。

他們原本就說好第二天要去散步。當日微風徐徐，兩人走下碼頭時，陽光時不時露臉。亞密心情很好，不斷開玩笑，興高采烈地討論自己與父親去漢堡的一次旅行。

他們避開馬兒、推車以及搬運木材的工人，結果有一堆圓木從小推車掉落，兩人立刻停下腳步，因為逼得駕駛正忙著招呼附近人們幫忙把木頭搬上車。此人越是苦苦乞求，其他碼頭工人越是愛調侃，嘴裡吐出的方言把托瑪斯及亞密都逗樂了。

「眞希望我也可以跟他們一樣，講出那些話來。」亞密說。

其中一人開始幫忙推車，結果反而弄巧成拙，亞密越看越認眞，一面大笑，一面圈住托瑪斯的肩膀，然後落下他腰間。男人們手忙腳亂堆疊圓木，大夥開始嘻笑辱罵。亞密擁住托瑪斯。

「這就是我愛呂貝克的原因，」他說。「在漢堡，一切都是如此井然有序，太過於現代化，中規中矩。我永遠不想離開呂貝克。」

在他們望著兩位工人固定圓木時，托瑪斯才突然發現，自己理當回應亞密的擁抱。他不確定自己該不該轉身擁住他，但他感覺自己的動作一定會很不自然。

他們繼續朝倉庫區走去，接著轉進一條小巷，那裡沒有人車來往，亞密說，從這裡可以走到水岸邊，看著各種船隻入港。

「我有東西要給你看。」托瑪斯說。

他從夾克口袋拿出那兩首詩交給亞密，亞密開始安靜閱讀，神情專注，看來有幾個字或幾句話令他難以理解。

「是誰寫的？」他看完那首將愛人比喻爲詩與音樂的作品後，開口問道。

「我。」托瑪斯回答。

亞密接著讀第二首詩，他沒有抬起頭。

「這也是你寫的嗎？」

托瑪斯點頭。

「還有其他人知道嗎？」

「沒有，我是寫給你看的。」

亞密沒有回答。

「我是特別寫給你的。」托瑪斯幾乎是在低語。他想伸手碰觸亞密的手臂或肩膀，但他克制住了。亞密的臉漲紅，低頭瞪著地面。有那麼一刻，托瑪斯擔心亞密或許深信他圖謀不軌，甚至打算約他去附近空無一人的倉庫。他需要讓亞密知道，他心思純正。他想要的，不是什麼稍縱即逝的慾望，而是來自亞密的溫柔話語，或是一個眼神，也許一個動作。其餘的，他完全不奢望。

他發現自己凝視亞密時，眼眶早已含淚。亞密翻過紙張背面，看看還有沒有其他文字，然後又仔細看了一遍詩。

「我想我不像音樂或詩，」他說。「我就是我。有人也說我像我父親。至於，與詩人永遠同住，我不知道。我想我這輩子應該會先住在我父親的房子，直到我買得起自己的房子吧。我們去看船。」

他將詩交還給托瑪斯時，還輕輕揍他一拳，玩笑地拍拍托瑪斯的胸口。

「你要確定沒人發現這些詩。我那些朋友早就知道你是什麼樣的人，但這還是會毀了我的名聲。」

「它們對你一點意義也沒有嗎？」

「我喜歡船遠過於詩，喜歡女孩遠過於船，你也應該如此。」

亞密大步往前走。他回頭看見還拿著詩的托瑪斯時，開始大笑。

「收起來，否則會被人看見，到時我們就會被丟進水裡了。」

在學校的最後一年，亞密・馬登斯跟托瑪斯都變了。亞密沒了友善與稚氣，如今成了一個嚴肅認真的青年，不久後，他就要在父親的磨坊工作，會有自己的辦公室。他已經知道自己未來將會有遠大前程。亞密對於自己的無趣人生渾然不察，托瑪斯心想，還以為自己就此可以成功融入呂貝克的商界。

在提貝醫生家樓上，比托瑪斯大一歲的威睿就睡在前面房間。一開始，威睿就表明自己不想與托瑪斯當朋友。托瑪斯更訝異老師竟然對於自己的大兒子威睿缺乏學習熱忱深感自豪。

「他喜歡戶外，熱愛機械，」老師說，「假使世人都能理解他的喜好，這世界會更美好。也許，念書終究是一條死路。」

每次威睿在晚餐結束前，便自顧自地起身離席，沒人出言制止。他比他父親高大強壯。這也是提貝醫生得意的地方。

「很快就輪到他使喚我了。我又何必指揮他呢？他早就知道自己該做什麼了。他是成年人了。」

說完這段話，他望著吃飯慢條斯理的托瑪斯，彷彿暗示他也該從他兒子身上學點東西。

夜深人靜時，隔著薄薄的牆面，托瑪斯能清楚意識鄰近房間裡威睿的一舉一動。他想像他準備上床，鑽進溫暖的被窩。托瑪斯知道自己根本不可能寫任何關於威睿的詩，不禁笑了；肯定不會有人花時間在威睿身上。他最近實在寫太多詩了，然而威睿在隔壁房間的畫面，總在他腦海流連不去，令他興奮不已。

有一晚，威睿敲門，請托瑪斯到他房間幫他翻譯一段拉丁文。托瑪斯坐在床沿研究那段文字時，驚訝發現威睿竟然開始脫衣服。他看到背對他的威睿快要全身脫光，尷尬地想提議明天早上再看拉丁文。片刻後，他才意識到威睿根本不在乎拉丁文作業，他邀托瑪斯到房間是別有目的。

很快地，在威睿房間見面成了兩人間的儀式。托瑪斯會踮腳走過嘎吱作響的地板，直接打開威睿房門。此時油燈通常還在燃燒，衣著整齊的威睿躺在單人床上。

有一晚，拜訪完伊莉莎白姑姑之後，托瑪斯一如既往靜悄悄上樓，在樓梯頂端，他看見威睿的檯燈還亮著。回到房間後，托瑪斯脫下外套，坐在床邊。有時候，在房間等威睿來找他更刺激。

他默默傾聽。四下安靜的夜裡，他知道最細微的聲響都會被睡在樓下的其他提貝家人發現。威睿走進托瑪斯房間時還裝作輕鬆自在，他走到窗邊，將窗簾開了一個小縫，望著窗外荒涼空無的黑夜，彷彿這就是他人在托瑪斯房間的唯一理由。他轉身時，表情閒散滿足。他對托瑪斯伸出手，碰觸他的臉一秒鐘。然後他微笑，挺身望著托瑪斯，托瑪斯也回以同樣的凝視。

在威睿指示下，脫了鞋的托瑪斯跟在他身後，朝他房間走去。威睿關上兩人背後的門，指著床，用另一根手指按在他唇上。托瑪斯走過房間，躺在床上，雙手枕在頭後。威睿背對他，開始脫衣服。

這是屋內其他人入睡後，他們每一晚進行的儀式。威睿開始脫下外套，將它掛在房間單人椅椅背上。他的動作彷彿獨處一室。他鬆開長褲，脫掉，放在椅子上。托瑪斯從床上檢視威睿強壯光滑的雙腿。他知道威睿脫下內褲後，就會彎腰脫襪子。這是他等會回到自己房間後，會不斷回憶的時刻。為了看得更清楚，他將自己從床上撐起來。威睿將襪子塞進鞋子，直起身，解開襯衫。

威睿一下子脫個精光。他舉起雙臂，將手放在頭後，模仿托瑪斯在床上的姿勢。有好一會兒，他完全沒有移動，也沒有出聲。托瑪斯仔細打量他的身體，知道自己不能下床，不能去擁抱威睿。

有一晚，威睿對著他勃起時，托瑪斯解開衣服，緩緩湊近。這是他第一次主動碰觸威睿，威睿鼓勵他靠得更近。當托瑪斯發現，他毫無預兆地高潮，甚至發出短促激烈的叫聲時，他與威睿一樣嚇到了。威睿對他低語，要他立刻離開房間，回自己臥室熄燈，上床。

托瑪斯偷偷摸摸走上走廊，聽見樓下有一扇門打開，威睿父親大喊：「你們兩個還沒睡嗎？在上面搞什麼鬼？」接著，樓梯傳來腳步聲。

托瑪斯知道假使提貝醫生走進他的房間，觸摸那盞燈，就會知道燈才剛熄滅。如果他掀開被子，還會看見托瑪斯衣著完整。如果站得夠近，他甚至能從氣味察覺自己的兒子與托瑪斯剛才做了什麼。

托瑪斯聽見威睿的房門被打開，提貝醫生質問兒子剛才的聲響是怎麼回事。他沒有聽見威睿的回答。他知道很快提貝醫生就要過來檢查他的房間。他將臉轉向牆壁動也不動，設法裝作自己早已熟睡。

在他聽見提貝醫生打開房門時，他調整呼吸頻率，讓它平穩輕柔，因為對方可能會認真觀察，想找出他是否清醒的跡象。提貝醫生絕對清楚吵醒他的就是托瑪斯的聲音，就是托瑪斯發出那難以壓抑的呼喊。

即使聽見門關上了，他也不敢移動，深怕提貝醫生故意調虎離山，可能人還在他房間內。

他等了好一會兒，傾聽最微弱的動靜，最後才下床，在黑暗中緩緩動作，脫去衣褲，將睡衣穿上。

第二天清早，他不確定威睿的父親對昨晚聽見的激情呼喊會如何評論。早餐時，提貝醫生卻顯得心不在焉，默不作聲，似乎專注在報上的新聞。在托瑪斯加入時，他頭也沒抬。

父親死了，公司也不在了，托瑪斯還寄人籬下，在學校的他跟隱形人沒兩樣。他原以為與生俱來的權勢地位如今人走茶涼。父親離世前，他猶如王公貴族，享受家族豪宅的舒適，沉浸於母親豐富多樣的存在。

他父親過世前，托瑪斯在學校的桀傲不馴、散漫怠惰僅限於老師間的耳語，在學期結束，送出成績單後，卻成了見不得人的醜聞。有一些老師卯起來想要扭轉他的懶散；也有老師會特別挑他出來訓話糾正。這讓托瑪斯的學校生活天天都很精彩。

如今完全不是這個榮景了。這些努力毫無必要，現在，他不過是個不需要花腦筋應付的學生。老師不在乎他懂不懂數學方程式，有沒有偷看同學的筆記。沒有人要他把詩背熟，雖然他暗中喜歡上艾辛朵夫、歌德與赫德的作品。

他與威睿之間沒有心靈交流。他很清楚，他們兩人在房間做過的一切對威睿毫無意義。斷斷續續的親密行為完全不值得一提，大白天時，他們只會漠視彼此的存在。每次用餐結束或週日空閒時，威睿與他也不曾找彼此聊天。

要他不公開蔑視師長，他辦不到，就連他之前再三容忍的那幾位，也不例外。對數學老師伊馬特，他更自豪自己的狂傲乖戾。全班陶醉於他的快人快語，更熱愛目睹老師被他氣得火冒三丈。當伊馬特老師對校長投訴托瑪斯的態度時，校長寫信通知托瑪斯的母親，母親立刻寫信給托瑪斯，告訴他如果他父親仍然在世，八成會不樂見他反叛又不認眞向學的態度，但畢竟他父親已經指派兩位監護人——克拉・泰朵先生與賀曼・威漢・費林領事——來監管托瑪斯，往後若她再收到投訴，她就不得不跟他們聯絡了。

托瑪斯發現班上同學有人開始對詩感興趣。前幾年相處時，大家多半很矜持，不太開口，所以他根本沒注意到他們的存在，其中也鮮少有人出自呂貝克的顯赫家族。

如今學業即將告一段落，男孩們反倒愛上了散文、故事與詩。他們對舒伯特、布拉姆斯的偏好遠勝於華格納，托瑪斯倒不會因此失望；這表示華格納屬於他一個人了。大家都想投稿到文學雜誌，看見自己的詩被刊登出來。就這樣，托瑪斯成爲眾人的良師，儘管大家年齡相仿，大夥卻無不仰慕敬重他。他對德國詩人的淵博知識對同學而言，遠比他在課堂上的差勁表現重要。他確實覺得其中有幾位同學長得頗爲帥氣，但他知道不可以再寫情詩給人家了。

大多數同學都沒有遠離呂貝克的野心，但托瑪斯很清楚，學校一畢業他就要離開家鄉。公司賣了，這讓他根本無立足之地。他經常在城市裡散步，一路走到碼頭，偶爾停在妮芮革小餐館，買巴西蔗糖做的杏仁膏，知道自己總有一天得忘卻此處的大街小巷、餐館與咖啡廳，往後，它們將長存在他的回憶中。他矗立在波羅的海的凜冽寒風中，感慨連大海也要走進回憶，成爲過去了。

雖然母親與妹妹寫信給他，但他總感覺她們信中省略沒提的比眞正寫出來的內容還要重要。她們的語氣總是彬彬有禮，讓托瑪斯不得不輕描淡寫自己近況，也沒提他差勁的學業表現。他知道母親收到了成績單；但他想她應該選擇直接放棄他了。

母親與兩位監護人對他的看法，起初他是從伊莉莎白姑姑那裡聽來的。他拜訪她時，她一定會絮叨家族往日榮景，接著一五一十對他報告，之前城裡那些身分地位不如她的店員、磨坊老闆、裁縫師與某某朋友的妻子又是如何看不起她。

「還有這件事，」她悲傷點頭。「眞是雪上加霜。」

「什麼？」他問。

「他們要替你找辦事員的工作。辦事員！我大哥的兒子！」

「這不是眞的吧？」

「你呢，學校功課不行，他們早放棄你了。我常常被其他人在路上攔住，跟我說你成績多爛。你也沒必要繼續念書了，乾脆去當個小職員！不然，你還有更好的建議嗎？」

「我還沒聽說。」

「我猜他們要等一切都安排妥當。」

托瑪斯寄了幾首詩給海因里希，但大哥只讚美其中幾首詩。托瑪斯更希望看到他對於詩句表達的意象提供具體評語。但看到信的最後一段讓托瑪斯整個人坐起來：「我聽說你很快就要離開呂貝克，把書桌換成辦公桌。只要有空氣、水與土壤，就會有火。這對你一定是好消息。」

他回信問海因里希是什麼意思，但哥哥沒有回信。

有一天，他發現監護人之一費林領事神情嚴肅地在提貝醫生家的小客廳等他。領事沒跟他打招呼，也沒有握手問候，托瑪斯很怕自己在樓上的夜間活動被發現了。

「令堂跟我聯絡，一切都安排好了。我想令尊也會很高興。看來老師們並不會特別想念你。」

「安排什麼？」

「幾週後，你要到慕尼黑的史賓奈爾火險公司上班。這是很多年輕人夢寐以求的工作。」

「為什麼沒人告訴我？」

「我現在就是來通知你。你不需要回學校了。你最好把房間清空，不要到頭來還讓提貝醫生抱怨。你也該在離開前與姑姑見面。」

領事安排了他到慕尼黑的行程。由於托瑪斯從頭到尾都沒聽母親提到火險公司工作的事情，他很確定自己應該可以說服她，這工作實在不適合他。家人寫給他的那些信，只有露拉的信讀來比較有趣。在一些日常閒聊中，她無意提到海因里希每個月都會收到母親寄去的零用錢。

托瑪斯知道父親身後變賣公司，換來一大筆錢，但他以為資金主要用在投資，母親只會使用利息。他從來沒想過這筆錢會給海因里希，或他或妹妹們。

但海因里希如今在慕尼黑與義大利幾個城鎮間旅居。他的第一本書出版了，根據露拉透露，就是由母親贊助的；與此同時，他還在雜誌發表短篇小說。露拉寫道，因為母親同意資助海因里希，讓他可以全心投入自己的文學生涯，自從去了義大利，他開始多了一種慵懶感。

托瑪斯真希望之前與跟母親往來的書信中，他曾經對自己在校刊發表的文章與詩歌多加著墨。他早該強調他也對文學有濃厚興趣，更不用說朋友們都認同他未來絕對大有可期。如此他便能向她要每月零用錢，過得跟海因里希一樣。

他將自己的作品整理成檔案。一到慕尼黑，他就要將它交給母親。海因里希只會寫故事，托瑪斯需要母親意識到，他是一個承襲歌德與海涅傳統的眞正的詩人。他希望她能爲此驚豔。

抵達慕尼黑時，托瑪斯原本期望母親在其他人上床就寢後，能向他解釋火險公司的工作內容，以及爲何他被迫離開學校。偏偏第一晚她什麼都聊，就是隻字不提要他來慕尼黑的原因。

他被她的外表嚇到了。她依舊一身黑衣，但衣服的款式接近年輕女性。她的髮型也年輕，蓄著瀏海，頭上有髮梳髮夾裝飾。她化了妝，上了口紅，還很驕傲地告訴他唇膏是巴黎來的。他走進她的臥室時，看見桌上擺滿了化妝品。她與如今已經是青春少女的露拉常常有如同輩般討論時尚，讓托瑪斯更訝異的是，她們甚至還會討論那些傍晚會來造訪的條件合格的男人，哪個可以成爲她們的追求者。

第二晚，托瑪斯還期待可以與母親認眞討論未來，但她卻開始與露拉講到一場沒參加的派對，據說當天可以看到有人展示時下最流行的晚禮服長度。

「我不覺得會流行太久。」母親說。

「但已經有人穿了，」露拉說。「我們跟不上時代了。」

「我們會修正的。」

「怎麼說？」

「跟上潮流啊。過去我沒做過，如果妳覺得我應該做，那麼我就做。在呂貝克，我就是潮流。」

托瑪斯決定自己還是去散步好了。慕尼黑的春日夜晚相當暖和，他很高興海因里希還在義大利，讓他有機會獨自探索慕尼黑。街上都是散步的行人；甚至有人坐在餐館戶外座位。他找到了一處可以好好坐下來，分心觀察路人的地點。

幾天過去了，他發現自己並不特別想念呂貝克。就連盛夏時，家鄉的風吹來依舊刺骨。人們多半會別開視線，不想與他人有視線交會，基本上只要晚上六點之後，大家都關在家裡不出門了，彷彿一年四季都是寒冬。對呂貝克的居民來說，最開心的時刻莫過於前往教堂，就算沉悶的布克斯特胡德[2]管風樂作品伴奏無聊透頂的彌撒也無所謂。他原本就唾棄冷漠的德北清教徒與呂貝克當地人在貿易商業上短視近利的作風。在慕尼黑，街頭的牧師就跟警察一樣平凡，常常看到這些人也跟大夥一樣在路上閒晃。這是個自在放鬆、處處有樂趣的好城市，他認為自己也可以好好在此處安頓，但得先與母親談過才行。

他過去也曾經來過母親的公寓，到現在他還是很訝異在這個新的小空間裡，竟然還能看見呂貝克舊家的傢俱，有些甚至是從奶奶家拿來的。母親的平臺鋼琴佔了客廳一半的空間。之前在呂貝克家中那些習以為常的餐桌、餐椅、畫作與燭臺，到了這裡卻看上去突兀，與周遭的裝潢格格不入。

儘管母親強調自己仍然擁有異國氣質與開創思維，甚至將新公寓視為落難女繼承人的避難所，但她終究是失敗了。她堅信自己原本期待能在慕尼黑找到的成功社會地位已然不再，她也不在乎讓孩子們知道，夜夜笙歌的派對與晚宴就是漏掉了她的名字。

她的火花沒了，托瑪斯心想，取而代之的是憂思傷懷與鮮明的自我防衛心態。早年母親還覺得呂貝克的社交活動荒唐誇飾，但今天她只剩滿腹怨懟不滿。郵差沒有準時送信她不開心，包裹早上沒抵達，到下午才出現，她連這個也要抱怨。朋友沒找她看歌劇參加派對也令她鬱鬱寡歡，更不用說孩子們如托瑪斯學校成績低落，使她渾身更不對勁。

托瑪斯在公寓所在的史瓦賓區散步時，發掘了一個自己從未認識的世界。貌似藝術家或作家的年輕人自信地漫步街頭，與朋友高談闊論。他不確定這是近來的趨勢，或者是他之前沒注意過的現象。就連剛開幕的咖啡館也會圍幾桌人深入交談。儘管看上去大他沒幾歲，但這些人代表了一個新世界。托瑪斯還注意到很多怪現象：假使他們服裝打扮隨興，髮型就一定很老派。他們在寒暄或有人先離席時，還會沿用舊時代的傳統禮儀。但他們暢談歡笑時，反而很放鬆，不介意露出被菸草染黃的牙齒。他們似乎易於取悅，能放能收，該嚴肅時也會板起面孔，這些人通常都是閒散地往後靠坐，一旦要強調某個論點時，會立刻坐直，在煙霧瀰漫的空氣中伸出一根手指。

他想聽聽這些人的對話。他得知其中有些人是新聞記者，也有人是評論家或在大學工作。在路上，他也會看見三兩成群拿著作品集的人們，他猜想這些人應該是藝術家，或者要去上課，也有可能是準備前往畫室或藝廊。他們行走與講話的神采彷彿不只是這個城市，連未來都是完全屬於他們的。

第一週到慕尼黑，每天晚餐後他都會出門散步，直到自己再也走不動，才緩緩悄聲回到公寓，怕將其他人吵醒。每次他決定回家時，心中總有一股強烈的淒涼感。他獨坐咖啡廳時向來感覺自己與外在的誘人世界隔絕。他不知道海因里希認不認識這群人，他們若看了他的詩，托瑪斯心想，大概就不會想跟他往來了。這些人們都會感十足，言詞犀利，他確定自己那些小情小愛的詩只會成爲取笑的目標。在他們眼中，他不過是個稚嫩天眞的男學生，儘管如此，他卻也熱切期盼得到他們的認同。

在家用餐時，話題不外乎服裝時尚與異性。假使父親還在，他很確定話題會更嚴肅，妹妹們甚至無從置喙，更不用說發表自己的想法了。

一天傍晚，女士們熱烈討論幾位新近造訪的賓客時，他終於受不了了。

「我不想再看到那幾個人。他們的言行舉止跟公司職員沒兩樣。」

妹妹們對這種評語很不以爲然。母親瞪視前方，一言不發。

又有一晚，他回到樓上房間時，看見床頭擺了一封史賓奈爾寄來的信，通知他週一早上到慕尼黑辦公室報到，到時再解釋工作內容。信一定是他母親放的。離週一還有五天，他決意找她談談，不能再浪費時間了。

第二天下午，妹妹們出門購物，維克多被僕人帶去公園玩，他聽見母親在彈蕭邦。他拿了一疊自己寫的詩與小品文，走進母親的房間，靜靜傾聽。

彈完後，她疲累地站起身。

「眞希望公寓可以大一點，換個房子住也好，」她說。「這裡好擠。」

「我喜歡慕尼黑。」托瑪斯說。

她轉身對著鋼琴，彷彿沒聽見他說話。在她翻閱樂譜時，他拿著詩走到她面前。

「這些是我寫的，」他說，「有些也出版了。我想要當作家。」

母親不經意地翻動紙頁。

「大部分我都看過了。」她說。

「我想應該沒有吧。」

「海因里希寄給我看過。」

「海因里希？他從來沒告訴我。」

「這樣也好。」

「妳這話什麼意思？」

「他覺得沒什麼特別。」

「他寫信告訴我，他覺得很不錯。」

「那他很貼心，可是他寫給我的信完全不是這樣說。我有收起來。」

「他非常鼓勵我。」

「是嗎？」

「我可以看他的信嗎？」

「這樣不太好，何況你已經有工作了。星期一就要上班了。」

「我是作家，我不想坐辦公室。」

「我可以把海因里希的意見念給你聽，讓你更實際一點。」

她離開房間，回來時，手裡拿著一疊信。她坐在沙發，想找到剛才她說的那幾封信。

「這裡！兩封信都有。這封寫你是『青春可愛的靈魂，心神未定，意志不決，找不到方向。』還有這封，他說你的文字『虛無飄渺，過度詩意，多愁善感』。但我自己還蠻喜歡其中幾首的，他的批評有點過頭了。他可能也欣賞其中幾首詩，我看了他的信之後，才發現眞該好好替你決定未來。」

「我對海因里希的意見沒有興趣，」托瑪斯說。「他又不是評論家。」

「對，但他的想法可以替我們指出方向。」

托瑪斯低頭看著地毯。

「所以我們才與史賓奈爾先生聯絡，」她繼續，「他是你父親的朋友，當初在呂貝克經營火險公司很成功。在慕尼黑更發達。公司很大，只要夠勤奮認眞，很容易就有晉升的機會。我們沒讓史賓奈爾先生知道你的學校成績，他只知道你是你爸個性穩定，聽話的好兒子。」

「海因里希有零用金，」托瑪斯說。「妳還資助他出版第一本書。」

「海因里希想當作家。他的作品很多人都很重視。」

「我也想要當作家。」

「我不希望你繼續。從你的學校成績看來，你什麼事都做不好。我大概不應該告訴你，你哥對你的評語，但是我得讓你實際一點。火險公司的工作可以讓你過上好日子。接下來，我們還得找裁縫師替你量身訂做幾件體面的西裝，讓史賓奈爾先生印象深刻。你剛來時就該去了。」

「我不想在火險公司上班。」

「恐怕你那些監護人已經決定了。就說都是我的錯吧。你也知道我很隨興，看到學校成績時，我一時不知道該怎麼處理，所以也沒採取什麼行動。如今監護人們看在眼裡，就很難收拾了，完全不在我的掌控之內。要不是那些詩，我大可以拒絕他們的。」

母親走過小房間，又坐回鋼琴前。他看著她線條優美的後頸，幅度窄小的肩膀與細緻的腰身。她才四十三歲。之前，她對他溫柔可親，忙於其他事物，無暇注意他，也不想被他惹毛。但剛才，她似乎在下達指令，她對他人說話時經常會用這種口氣。她大概想模仿監護人或他父親吧。其實，讓她回到平常的樣貌不難，但是此刻的他無所適從，也沒想到自己如此信任海因里希，與他分享自己想當詩人的抱負，結果海因里希竟然背叛他，尖銳殘酷批判他的作品。

母親又彈起蕭邦，看上去全神貫注，他很高興自己沒看到她的臉。他甚至更開心母親沒有看見他武裝自己，打算往後防備她與海因里希的決心。

1《羅恩格林》（*Lohengrin*），德國作曲家華格納於一八四八年完成的三幕浪漫主義歌劇。該劇根據中世紀傳說改編，講述一名神祕騎士冒險拯救一位少女的故事。（編按）

2 布克斯特胡德（Dieterich Buxtehude, 1637-1707），十七世紀巴洛克時期著名德國丹麥裔管風琴家及作曲家，曾任呂貝克聖瑪麗亞教堂管風琴師，巴赫曾經從阿恩施塔特步行約兩百五十公里去聆聽他的演奏。（編按）

第三章

慕尼黑　一八九三年

一開始到史賓奈爾上班時，他天天都處於戒慎恐懼的狀態。他們給他的工作分量壓得他喘不過氣。他們希望將所有客戶的帳戶放進同一個帳簿，再抄寫到另一本帳簿，未來可以歸檔到總公司。

他們確保他知道哪裡可以找到筆芯、墨水與吸墨紙之後，便確信他可以獨立作業了。他在高腳桌前工作時，幾位辦公室的前輩路過時也會跟他打聲招呼。看見來自好人家的年輕人前來學習火險業務似乎讓他們很開心。其中一位胡涅曼先生最是友善。

「你很快會升職的，」他說，「我看得出來。你就是那種能力很強的類型。我們運氣很好，有你當同事。」

沒有人來檢查他的工作進度，他打開帳簿，確保自己看來專注工作。他的確抄了一些內容，但每天越做越少。假使他在寫詩，有可能因爲眉頭深鎖，默默唸出聲韻，引起他人側目，因此，他改而寫起故事。他工作時保持心情平靜，他夢想自己未來的人生時，便覺得心情很好，每晚回家母親看他開心的模樣。也深信辦公室規律的工作對他有益，她甚至認爲托瑪斯有可能在火險產業大放異彩。

能夠無視規矩，把雇主與監護人拋在腦後的生活，讓托瑪斯非常滿意。他不再害怕上班。但有時當公寓悶熱，漫漫長夜不知如何度過時，他一刻都不想安坐餐桌前。

他知道母親不贊成他在慕尼黑街頭亂走，看見一間小餐館就闖進去的作風，萬一他喝得太多，或與自己身分地位不符的人在一起，她就更有藉口了。

「你散步時是去見了誰？」她問。

「沒特別見誰。每個人都可以認識。」

「海因里希在這裡時，總是陪著我們。」

「他是妳最完美的兒子。」

「你爲什麼在外面待那麼久？」

他微笑。

「不爲什麼。」

托瑪斯覺得自己膽怯軟弱，他就是沒辦法跟海因里希一樣，在母親面前自信滿滿。常常到了晚上，他才會發現，除非自己加快抄寫帳簿的速度，否則史賓奈爾的人很快就會發現他在鬼混。但他持續寫作，很得意自己有源源不絕的紙張及文具用品，假使有必要，他甚至可以花一整天重寫一個場景。後來，故事被一間雜誌社接受了，他也享受保持祕密的樂趣，希望等到故事刊登出來時，最好沒人注意。

胡涅曼先生總是用刻意專注的眼神凝視他，被托瑪斯發現時，他便立刻撇開視線，彷彿唯恐自己犯法。他那頭鋼灰色的頭髮如尖刺般豎立在頭頂，臉龐修長削瘦，眼睛是深藍色的。托瑪斯覺得他令自己不自在，卻也發現當他回視對方，逼著對方低下頭迴避眼神時，當下竟有種奇特的權威感。日子一天天過去，他逐漸意識到這些微不足道的邂逅，四目交接的短暫片刻，應該是胡涅曼先生一天中最精彩的時刻。

一天清晨開始上班後不久，胡涅曼先生走近他的辦公桌。

「大家都想知道你了不起的工作進展如何，」他的嗓音低沉神祕。「我知道總公司很快就會問，所以先看了一眼。而你這個小混蛋，根本就在鬼混。而且比鬼混更糟。我在主要帳簿下面發現你創作的好幾段文章。不管它們是什麼，都不是公司要求你做的。如果你只是動作慢，那我們可以理解。」

他搓搓雙手，湊近托瑪斯。

「也許是我看錯了，」他繼續，「可能你已經抄到另一本沒放在桌上的帳簿。是這樣嗎？請問年輕的曼先生有什麼話要說？」

「你想幹嘛？」托瑪斯問。

胡涅曼先生笑了。

有那麼一瞬間，托瑪斯還以爲眼前的男人認眞考慮要幫他解圍，讓他的投機偷懶成爲彼此心照不宣的祕密。而後，他望著這位同事臉色一沉，下巴收緊。

「我打算舉報你，年輕人，」胡涅曼先生低語。「你有什麼話要說嗎？」

托瑪斯將手枕在腦後，笑了笑。「你可以現在就去。」

回家時，托瑪斯在門廳看見海因里希的行李，海因里希和母親在客廳。

「我被公司開除了。」當母親問他爲什麼不在史賓奈爾火險時，他這麼回答。

「你病了？」

「不，我被逮到了。我沒有在工作，都在寫故事。這是我從《阿傻》雜誌的編輯阿爾伯特．蘭根收到的信，我最近的投稿被雜誌社看中了。相比於火險業的未來遠景，我更在乎他的意見。」

海因里希示意要他把信拿出來。

「阿爾伯特．蘭根是業界很推崇的人士，」看完信後，海因里希說。「大部分的年輕作家或許多資深文字工作者若收到這封信都會很高興。但這不表示你可以任意離開工作崗位。」

「難道你是我的監護人嗎？」托瑪斯問。

「顯然你就是需要人監督，」母親說。「是誰允許你可以中途離開辦公室回家的？」

「我不打算回去了，」托瑪斯表示。「我要寫更多故事和小說。假使海因里希要去義大利，我也要跟。」

「你的監護人會怎麼想？」

「很快我就可以脫離他們掌控了。」

「那你的錢要從哪裡來？」

托瑪斯將手放在腦後，就像他在胡涅曼先生面前做的那樣，對母親笑了笑。

「我找妳要就好了啊。」

在一星期的冷戰、哄勸之後，他終於爭取海因里希跟他站在同一邊。

「我該如何向監護人解釋？」他的母親問。「史賓奈爾火險那裡的人可能已經告訴他們了。」

「就說我有結核病。」托瑪斯說。

「不用管那些監護人。」海因里希補充。

「你們兩個都不懂，假使我不向他們報告，他們可以切斷我的津貼。」

「那就說他病了。需要義大利的空氣。」海因里希說。

她搖搖頭。

「我才不要胡扯兒子生病，」她說。「我認爲你應該回去道歉，學著把工作做好。」

「我不會再回去了。」托瑪斯說。

他知道母親其實心知肚明他不肯回史賓奈爾火險工作。加上海因里希在場，他努力說服她提供零用金。但到最後，母親依舊沒有屈服，他只好找上兩個妹妹。

「家裡逼我做這麼卑微的工作眞的很糟。」

「不然你要做什麼？」露拉問。

「我打算跟海因里希一樣寫書。」

「我認識的人都不看書。」露拉說。

「假使妳肯幫我，妳跟媽媽吵架時，我會站在妳這裡。」

「你也會幫我嗎？」卡菈問。

「我兩個都幫。」

她們於是告訴母親，有兩位當作家的兄長，對她們在慕尼黑社交界的地位很有助益，她們會獲邀參加更多場合，讓更多人注意她們。

最後，茱莉亞告訴托瑪斯，她認爲他最好也去義大利。她寫了一封正式的信件給兩位監護人，告知他們基於專業建議，出國對托瑪斯的健康有益。她的語氣很嚴肅，很克制自己的情緒。

「我唯一的擔憂就是聽說義大利連三更半夜街頭都有人走動。慕尼黑都已經這樣了，到今天我都還不清楚你們一天到晚出門在外面做些什麼。我要逼海因里希承諾，確保你每天早點上床睡覺。」

兩人計劃南下時，海因里希告訴他，自己花了多少功夫在母親面前說情。他說他告訴母親，自己很欣賞托瑪斯的詩作。托瑪斯簡單道謝。

他喜歡與他無法完全信任的人一起旅行，這樣更讓他無須分享自己的任何祕密。他們可以討論文學，甚至政治，音樂也行，不過，托瑪斯始終明白海因里希與母親對他的影響力，他必須提防大哥找到任何將來可能用來對付他的把柄。他眞的不想再回到火險業了。

他們先去了那不勒斯，沿途若是看到德國人就閃得老遠，隨後他們搭上郵遞馬車，前往羅馬東方薩賓山丘的帕萊斯特里納，它位於山谷上方，道路兩旁有桑樹叢、橄欖樹與藤蔓夾道，古老石牆將翻土耕種的農田分隔成段。他們在海因里希待過的貝爾納迪尼之家安頓下來。這是一棟位於下坡僻靜巷弄的堅固石屋。

兄弟倆各自有一間臥室，屋內還有一間由涼爽石板地砌成的起居室，擺了藤椅與馬鬃沙發，此外，還有兩張書桌讓他們可以如隱士或盡責職員般，背對彼此專心工作。

房東夫人叫做內拉，她睡在樓上，寬敞廚房就是她的總部。她告訴兩兄弟，在他們之前有一位俄羅斯貴族住客，據說總有孤魂野鬼找上他。

「我眞是鬆一口氣，」她說，「他總算把那些幽靈帶走了。帕萊斯特里納當地的鬼魂已經夠多了，我們不需要外來的找上門。」

在那不勒斯時，托瑪斯幾乎沒怎麼睡。他房間太熱了，加上他白天在城裡漫步時，周遭一切給予他的強烈感官衝擊。例如有天早上，一個年輕人跟著他和他哥，托瑪斯這才發現他們穿得太拘謹，非常顯眼。年輕人先是用英語向他們打招呼，靠近後改成說德文。對方說要介紹女孩給他們，當下兩兄弟不理睬，打算走遠，但這傢伙緊追不捨，甚至一把抓住托瑪斯的手臂，低聲說他手上有女孩，還不只有女孩，語氣神祕充滿暗示。此人顯然過去曾經用過「不只有女孩」這句話。

他們好不容易在繁忙街道擺脫他，海因里希輕輕推推托瑪斯。

「這種事最好在天黑後，而且最好找單身的。他只是在耍我們。白天做不了什麼的。」

海因里希聽起來很輕鬆世故，但托瑪斯不確定他是否在虛張聲勢。他望著狹窄巷弄的老舊建築，揣測欄杆後的陰暗角落也許正進行不為人知的交易。托瑪斯觀察路人面容，其中有些絕美精緻的年輕臉龐，不禁納悶這些人，或與他們一般的年輕人是不是總在夜幕降臨後，讓自己垂手可得。

他彷彿看見自己獨自出門，悄悄經過海因里希房門，接著踏進黑夜的街頭，四處瀰漫廢棄物與垃圾的惡臭，路上有流浪狗兒流連，窗戶與門口流洩而出的人聲，也許，角落會站著幾個人，眼神謹慎。他幻想自己與其中之一親密互動，這就是他想要的。

「你一臉若有所思。」海因里希說，他們走上一處有教堂的大廣場。

「這些味道對我來說都很陌生，」托瑪斯回答。「我在思考自己可以拿來描述的文字。」

托瑪斯無論是清醒或作夢時，都能明確感受那不勒斯給他的衝擊。即使當他在帕萊斯特里納寫新故事，或是聽見海因里希在另一張書桌上振筆疾書時，那不勒斯的夜晚可能發生的遭遇為他注入了不一樣的能量。他想像自己被一盞昏黃的燈引入一個房間，那裡的傢俱破爛，地上鋪了一張褪色的地毯。接下來，一位穿西裝打領帶，表情莊嚴的年輕人進來，悄悄關上背後的門，此人黑髮閃亮，雙眼深邃，表情目的明確。他沒有說話，也沒有看托瑪斯，便動手開始脫衣服。

他試圖收起這些思緒，與自己達成協定，寫完一個章節後，再讓心思恣意奔放，或許回到那間房的那一刻，他提筆寫作，意識到剛才自己所感受的活躍生命力也同時體現在他筆下創作中的場景。當海因里希停下筆後，托瑪斯發現自己需要繼續寫作，才能打破室內的沉寂。完成那一幕後，他無聲無息起身，穿過房間，卻瞥見海因里希偷偷將幾張紙塞進筆記本下方。

稍晚趁海因里希出門散步時，托瑪斯抽出那本筆記，發現裡面還夾了四、五張紙，上面都是巨乳裸女的素描。其中幾張甚至畫了手臂、雙腿，雙手與腳，也有抽菸或喝酒的裸體女子，她們的胸部碩大豐盈，乳頭畫得特別寫實。

這實在奇妙，托瑪斯心想，他們兩人每天認眞寫小說，腦中卻有其他心思，想像力極其豐富。他想知道，當年父親與人談生意，到銀行找投資夥伴時，是否也會想這些足以讓自己呼吸急促的私密心事。

每次海因里希外出散步，托瑪斯常想同行，但他知道哥哥對獨處的需求遠比他強烈，或該說，大哥意識到兩個年輕的單身兄弟一起出門散步顯得不尋常。

房東女士也有兩名這樣的兄弟，他們身體孱弱，住在一起。有時他們晚上會過來，坐在廚房，或在星期天彌撒後出現。托瑪斯覺得他們很怪，即使在熟悉的環境，也顯得侷促不安。未婚的兩人似乎厭惡彼此。其中一位曾是律師，但他為何提早退休則不得而知。另一位兄弟老是提到這件事，每次一講，姊姊馬上叫他閉嘴。後者是個迷信的人，律師對此非常不以為然。每次他神祕兮兮告訴托瑪斯與海因里希，與牧師見面時必須將右手放在睪丸上時，律師會堅持根本沒必要。

「其實，」他說，「你們有必要不這麼做。人類的義務就是保持理性。所以人才會思考，有思想。」

托瑪斯不確定自己與海因里希是否就是兄弟檔的蒼白版。也許進入中年後，彼此的相似點會更明顯。他們現在仍然選擇與對方同進同出，他想，只因為結合力量，一起跟媽媽要錢會更容易，還可以講述沿途趣事，或與工作有關的見解。

這趟義大利旅程中，曼氏兄弟只吵過一次。起因是海因里希表達了托瑪斯過去從未聽過的觀點：海因里希堅持，德國統一是天大錯誤，只會進一步鞏固普魯士的統治地位。

「他們以進步為名，強行奪取控制人民的權力。」

對托瑪斯而言，德國統一早在海因里希出生那一年便成定局，四年後托瑪斯才出生。沒有人能質疑它的價值。它一開始是遠景，如今事實擺在眼前，德國是個統一的國家，人民講著共同的語言。

「你認爲巴伐利亞與呂貝克隸屬於同一個國家嗎？」海因里希問道。

「是的。」

「德國，假設我能用這兩個字，其實包含了兩大直接對立的元素。一個與情感有關，語言、人民、民間傳說、黑森林、遠古過往。但另一個是與金錢、控制和權力有關。它用夢幻般的語言掩飾純粹的貪婪與赤裸裸的野心。普魯士的貪婪。普魯士的赤裸野心。最終一定會以糟糕的結局收場。」

「難道義大利的統一也會有嚴重後果嗎？」

「不，只有德國。普魯士贏得戰爭，拾回霸權。它由軍方控制。義大利軍隊是個笑話。然而你不會拿普魯士軍隊開玩笑。」

「德國是偉大的現代化國家。」

「你這是在胡說八道。你一天到晚只會胡扯，只相信自己聽到的一切。你不過是個渴望愛情的年輕詩人，但你卻來自一個熱衷擴張與統治的國家。你必須學會思考，否則你將永遠無法成爲小說家。托爾斯泰會思考。巴爾札克也會。這是你無法想像的宿命。」

托瑪斯起身離開房間。接下來的幾天，他努力想提出觀點反駁海因里希。但同時他也認爲，或許海因里希那些說法都不是發自內心，可能他也想要辯駁，畢竟之前從未聽過他如此義正詞嚴。

巴貝里尼宮俯瞰城鎮，是一座龐大的營區。托瑪斯沒有告知海因里希，便自己跑去參觀旅遊手冊中提到的西元前二世紀尼羅河馬賽克畫。門口有位女士對托瑪斯的出現很訝異；她語氣滿是憂思，告知他建築物關閉的時間，然後引導他前往馬賽克畫的方向，它由一位穿著破舊制服的年輕人守衛。

托瑪斯著迷於馬賽克單調沉悶的色彩，看來是歲月讓它褪了色，如今只剩迷濛的灰與水藍，之前基調的石板與大地色早已不復以往。

尼羅河上方的泛白光暈讓他回想起呂貝克的碼頭區，風讓雲層來回移動，父親曾經告訴他，如果他想，可以從一個護柱跑到下一個護柱，但得小心別被繩索絆倒，並且不能離水太近。他父親當時與一名員工在一起；正在討論輪船、貨物和船期。雨滴緩緩落下，兩人看了一下天空，伸出雙手，確認大雨就要來臨。

當時他突然有了靈感。他看見了自己一直在思考的小說將如何成形。他要把自己塑造成獨生子，媽媽則是精通音樂，細膩貼心的女繼承人，伊莉莎白姑姑則是善變的女主角之一。家族企業中，每個成員都是主要人物。呂貝克的商業氛圍會是故事背景，但這間公司注定倒閉，正如家族的獨生子也終將面對自己的宿命。

正如馬賽克作品的藝術家想像了一個雲與水沖刷的液態世界，他也要重新塑造呂貝克。他要進入父親、母親、奶奶與姑姑的靈魂。他要看見他們所有人，同時記錄家族的衰敗過程。

回到慕尼黑後，托瑪斯開始組織小說《布頓柏魯克世家》。儘管他常見到海因里希，但他沒有透露太多，只讓哥哥看那些自己一直在寫的故事，很快它們就要集結成書了。但是當他一心專注於寫作時，他卻發現慕尼黑實在是個容易讓人分心的地方。他走了太多路，讀了過多報紙與文學期刊，每晚都在熬夜。他需要找到一個可以讓他全心投入寫小說的環境，而且在創作初期，一個無須跟他人分享小說內容的地點。

他到了羅馬，在那裡他著手專注寫作。他在此地舉目無親，因此擁有最大的自由得以發揮。當然城裡不可能沒有年輕文人聚集的好去處，不過他沒特別去找，他將小房間的書桌移到窗前，規定自己每寫作半小時，就可以躺上小床休息十分鐘。每天他眼睛一睜開就開始工作了。

他記憶中的呂貝克都是零碎凌亂的片段，彷彿它被人一次打破，留給他的只剩下碎片而已。每次他啟動一處場景，都必須創造一個完整連貫的世界，讓他感覺自己總能夠挽回所有頹勢。呂貝克的曼氏家族或許很快就要被人遺忘，但假使他能讓這本越寫越長，超乎自己計劃的作品一鳴驚人，布頓柏魯克家族的興衰史也許終將在未來的文學佔有一席之地。

回到慕尼黑時，他已經完成了這部小說的前幾章。

由於海因里希和托瑪斯已經有作品出版，只要他們願意，他們可以在慕尼黑任何一間文學咖啡館找到同好。其實他們走到哪裡都會被認出來，人們熱情以待。假以時日，托瑪斯發現自己已經可以與一年前只能遠觀，不敢親近的藝文人士平起平坐。

沒多久他就在一家雜誌社找到兼差工作，他終於有辦法租下自己的小公寓。他總是盡己所能寫作，直至夜深人靜。在他快滿二十三歲的某一晚，那時小說快寫到一半時，他與一些人同桌，其中有兩位他不認識的年輕人。他覺得這兩人很有意思，因爲他們是兄弟，卻不會對彼此的存在感到不自在，反而總是熱烈交談，把對方當朋友或同事。他們是保羅．埃倫伯格[3]與他弟弟卡爾，都是音樂家，卡爾在科隆念書，保羅在慕尼黑學繪畫。

托瑪斯認爲這兩人很有意思，因爲他們說話口吻可以時而庶民，時而知識分子，行爲舉止都很不按牌理出牌，這對兄弟在德勒斯登長大，甚至還會學當地居民或鄰近鄉村的農民說話，當地人們向來將豬隻與農產品全放上推車，一路風塵僕僕到大城鎮販售。他設法想像自己與海因里希模仿呂貝克的鄉親，但他不覺得海因里希會認爲這樣很好玩。

他與保羅熟識後，犯了一個錯誤，他將他介紹給家人，結果他發現保羅愛慕妹妹露拉，所以托瑪斯母親更期待保羅能成爲家中常客。

有時候，托瑪斯與保羅的對話非常直白，兩人都認同男性思維極其複雜，甚至會拐彎轉向，他們默認彼此對許多事物都享有同樣的感受看法。所以，當他們提到會在路上避開妓女或浪蕩女子，也表達對上流社會仕女的興趣時，托瑪斯很清楚，上流仕女本來就可遇而不可求，其實保羅話中有話，另有所指。

他們開始相約在藝文朋友們比較少光顧的小餐館單獨見面，找到最後面的小桌子，不選擇窗邊人來人往的位置。他們不覺得要說話。兩人可以自在凝視遠方，讓思緒不明而喻，然後深深凝視彼此，久久不能自己。

保羅是托瑪斯唯一吐露小說進度的人。一開始只是在開玩笑，他讓保羅知道自己完成了多少頁，但仍然看不到結局。

「不會有人想看的，」他說。「沒有人要出版。」

「你爲什麼不把它縮短?」保羅問道。

「每一個場景都有存在的必要。這是一個衰敗的故事。爲了加強家道中落的衝擊,我就得展現這家人最有自信的時刻。」

他已經盡量不要對這本書過度認眞,只要滿足於扮演一名躲在閣樓創作,野心強大卻又極度缺乏審愼態度的作家。他知道保羅明白他很認眞,但保羅也發現與他討論工作進度非常乏味。

有天晚上,保羅顯然已經不知道該如何回應關於他小說的內容了。

「我今天在小說中把自己殺了,」托瑪斯說。「昨晚就開始了。我要好好仔細讀過一次,修改一點細節,但結局已經決定了。我在醫學課本中找到靈感。」

「讀者會知道那是你嗎?」

「會的。我是小男孩漢諾,他死於傷寒。」

「你爲什麼殺了他?」

「家族無法延續了,他是家族最後的成員。」

「沒其他人了?」

「只剩下他母親。」

保羅變得沉默,似乎有點侷促不安。托瑪斯知道他很快就會厭倦這個話題。

「我開始愛上他了,」托瑪斯繼續,「他的細膩,他演奏音樂的方式,他的孤獨,他的痛苦。我知道他這些特質,因爲那就是我。我對他有一種奇怪的操控慾,我不想讓他繼續活下去,透過他,我似乎也找到了主掌自己死亡的方式，我要一字一句引導他的落幕，用感性的態度面對。」

「感性？」

「我寫作時就是這個感覺。」

如今小說已經接近結尾，保羅知道兩人的祕密會面對托瑪斯有多重要，他開始捉弄托瑪斯，偶爾臨時改變計畫，或送紙條到托瑪斯的公寓取消見面。權力掌控在保羅手上。他常常將托瑪斯拉近，再無預警地放鬆韁繩，若即若離。

托瑪斯聽說小說要分兩卷出版的那一天，當下便認為自己一定要馬上找到保羅，告訴他這個消息。他先是到保羅家，留下一張紙條，接著到保羅的工作室找人，還走遍好幾家咖啡館，但時間都太早了，終於，在晚餐之後找到人了。保羅跟一些藝術家朋友在一起。托瑪斯坐下來，想單獨找他說話，但保羅完全沒有反應，只是在大家提到某位教授對光影的解說時，跟著大夥開玩笑。

「就光影而言，你必須混合灰與棕，然後加一些藍，」保羅模仿老人說話。「但比例必須很精準，錯誤的混色就會帶來錯誤的光影。」

眾人談話繼續，托瑪斯轉向離他兩個座位遠的保羅。

「我的小說被接受了。」他說。

保羅心不在焉地微笑，旋即轉向另一頭的年輕人。在接下來的一小時內，托瑪斯持續設法引起他的注意力，但保羅只是不斷模仿他人或開同事的玩笑。他甚至模仿起農夫賣田，完全不願回視托瑪斯的目光。托瑪斯最後決意離開，甚至幻想保羅或有可能追上來。但最終發現自己獨自在街上走路，只能悻悻然回到自己的小公寓。

他的小說出版時，許多人認可他的表現。但從呂貝克傳來的耳語，顯然當地有人視這本書是一大侮辱。伊莉莎白姑姑寫給母親的短箋明白表達了她對此書的厭惡。

「有人在路上認出我，卻不是把我當成曼氏家族成員，而是書中那個惡毒的婦人，而且這之間的關聯完全沒有經過任何人的允許。若是我媽還在世，絕對會被氣死，妳那兒子眞是個不懂事的小鬼。」

海因里希也沒有表示，他住到柏林去了，托瑪斯甚至懷疑自己寄給他的信可能搞丟了。他母親將《布頓柏魯克世家》展示給所有客人看，堅持自己熱愛兒子在書中對她的描述。

「書裡面的我很有音樂品味。這就是我本人的寫照！不過我在書裡更是才華洋溢，全心投入音樂。現在我要更認眞練習，才能追上葛達的程度。但我覺得自己比她有智慧多了，至少大家都這麼說的。」

城裡的咖啡館有些作家與畫家都認爲，慕尼黑最不需要的就是另一部關於衰敗家族的兩卷小說。儘管保羅自稱很欣賞這份作品，但托瑪斯仍向保羅抱怨，假使今天他寫的是探索靈魂黑暗面的狂亂詩集，可能會更受歡迎。

妹妹們也想知道爲什麼書中對她們隻字未提。

「這樣世人會覺得我們根本不存在。」卡菈說。

「我希望大家不要把我們跟那可怕的小漢諾聯想在一起，」露拉補充。「媽媽說你小時候就跟他一個模樣。」

托瑪斯明白儘管此書以呂貝克的曼氏家族爲藍本，同時加上一些他憑空杜撰的想像，他寫作時天馬行空，彷彿被下了魔咒，當然，創作時的靈感如今已無法重現。眼前人們對他的讚譽讓他終究大徹大悟，原來，寫作的成功足以掩蓋他在其他領域的挫敗。

他仍然保持自己的隱晦神祕，誠然，他確實未曾向保羅坦承自己眞正想從他那裡得到的東西。但他在慕尼黑待得越久，他深信彼此的相處模式必須有所改變。倘若保羅登門造訪，就算在冬夜，哪管只需一小時，也許兩小時，一切都該有所不同。

一天晚上，托瑪斯出於衝動，也已經等得不耐煩，於是擺脫自己慣有的防衛，他提筆寫信給保羅，訴說自己如何渴望能有人對他說聲「好的」。寄出那封信後，他精神一振，但這心情沒有持續太久。他們下一次見面時，保羅卻對那封信隻字未提。反而只對托瑪斯微笑，碰碰他的手，找他討論繪畫與音樂。天色漸晚，保羅伸手圈住他，將他拉近，在他耳邊親密低語，在外人眼中，兩人就像一對戀人。托瑪斯不禁納悶，自己是不是被玩弄了。

在清晨的曙光中，他才能自問，究竟他想從保羅那裡得到什麼？莫非他想要一夜情，臣服在彼此肉體的歡愉中？想到與另一個男人同床共枕，在對方臂彎中醒來，感受彼此雙腿交纏，他不禁瑟縮。不是這樣的，他想要的是，保羅沐浴在他書房的檯燈光線下。他想要碰觸他的雙手，他的雙唇；他想要他爲自己寬衣解帶。

他一心只想鮮明活在這炙熱貪婪的時刻，確信它們終究就會成眞。

托瑪斯等著海因里希回慕尼黑。原本他已經決心不過問母親是否聽過大哥對小說的評語。但他仍然屈服了，問了之後，他馬上後悔。

「我收了海因里希的幾封信，」母親說，「他似乎很忙。根本沒有提到那本書。他很快就會來看我，到時再聽聽他怎麼說。」

海因里希抵達當天，全家一起吃了晚餐，托瑪斯猜想，也許大哥會想在其他人就寢後，找他討論小說。但海因里希與卡菈在客廳熱烈交談，當下托瑪斯很想插嘴提問，可是看見兄妹倆密密私語的模樣，他也不好打斷，最後，托瑪斯出門了，心裡如釋重負，因爲總算可以遠離家人了。

他開始接受海因里希不會對《布頓柏魯克世家》發表任何評論的事實。某個星期天清晨，他發現海因里希獨自在公寓，其他人上教堂去了。在討論幾位雜誌編輯的習慣後，兄弟倆陷入沉默。海因里希開始翻閱一本雜誌。

「我很訝異你竟然沒收到我的書。」托瑪斯說。

「我早就看了，我會再讀一遍的。也許我們可以等我看完第二次，再來討論？」

「或者也許不用了？」

「它改變了我們家族，人們看待我們父母的角度，還有對你的態度。往後，無論我們到哪裡，世人都會自認把我們看得很透徹。」

「你會希望你的作品也有同樣的效果嗎？」

「我認為小說不應該如此執著，描述人們的私生活。」

「《包法利夫人》呢？」

「那是一本扭轉道德觀念，見證社會變遷的作品。」

「那我的書呢？」

「或多或少，也許如此。不過你這本書的讀者，更會覺得彷彿透過你家窗戶，窺見了你家族的一切。」

「這或許是對小說的完美定義。」

「如果以這個為前提，那麼你寫的就是經典。你現在開始聲名大噪，我也覺得理所當然。」

小說二刷後，托瑪斯有更多的錢可以花了。卡菈想當女演員，托瑪斯常買戲劇和歌劇的門票給她。有天晚上，他們坐在歌劇院包廂前排座位時，她要他注意一家人，他們正興高采烈在包廂喧鬧。

「他們就是那幅畫的小孩子，」她說。「你看！」

托瑪斯不知道她在說什麼。

「他們打扮成默劇小丑，」她說，「就是那本雜誌，你還剪下來，釘在呂貝克臥室的牆上。就是普林斯海姆家族。從來沒有人受邀到他們家。除非你是古斯塔夫．馬勒。」

他想起一幅有幾個孩子的畫作，裡面只有一個女孩，那幅畫出現在母親帶回家的一本雜誌，女孩雙眼靈動活潑，兄弟們長相俊美平靜，他們全都是黑髮，最重要的是，他記得這群年輕孩子的活力，在畫中，他們凝視畫家的眼神帶著一種青春才會有的桀傲淡漠。在呂貝克，除了他母親，沒有人擁有這種神情。

父親還在世時，母親經常渴望造訪慕尼黑，她渴望享受它波希米亞的風格與輕鬆放浪的氣氛，因此，他將剪報釘在牆上，支持她的心願。等他年長些，他就是想跟這類人往來，不只如此，他也要成為他們的一分子。

普林斯海姆一家坐定後，他仔細端詳。女孩與兄弟坐在最前面，父母在後面。這非比尋常。女孩端莊內斂，幾乎帶點哀愁的氣質。哥哥對她低語時，她沒有回應。她的頭髮很短。那幅畫作完成後，她長大了不少，但仍然留著一絲稚氣。她哥哥再次低聲找她說話，這次她笑了，一面搖搖頭，彷彿讓他知道自己並不覺得他有趣。她轉身看看父母，自制的神情彷彿若有所思。燈光暗下來後，托瑪斯期待第一次中場休息，讓他再好好觀察她。

「他們家超級超級有錢，」卡菈說。「父親是教授，但他們還有其他財源。」

「猶太人嗎？」托瑪斯問。

「我不知道，」她說。「但一定是的吧。他們家就像博物館。當然我是沒去過啦。」

在接下來的幾個月，假使有華格納的作品演出，普林斯海姆一家就會出現在觀眾席。現代樂演奏或實驗音樂的演出也會看見他們全家人的身影。托瑪斯不擔心自己總盯著女孩的舉動，因為他心想兩人也不可能正式見面，他不在乎她有何反應。

隨著讀者群的擴大，托瑪斯發現自己也會被人在音樂會、劇院、餐館或街上盯著瞧。此外，那位普林斯海姆女孩在某次音樂會也讓他看出她確實知道他在觀察她。她回應他的目光坦率開放，無所畏懼。而且，她哥哥應該也注意到了。

一天晚上，他與幾位文學界朋友坐在某間咖啡館的窗邊小桌，一位他不太熟識的詩人跟他攀談。此人弱不禁風，似乎很害羞。每次開口就要猶豫幾秒，看餐館菜單時還得瞇起雙眼。

「我有幾個朋友老是在談論你。」他說。

「他們讀過我的書？」托瑪斯問道。

「他們喜歡你在音樂會上看他們的方式。他們叫你漢諾，就是你小說中死去的小男孩。」

托瑪斯這才發現詩人講的是普林斯海姆女孩與她哥哥。

「她叫什麼名字？」

「卡蒂亞。」

「她哥哥呢？」

「克勞斯。他們是雙胞胎。他們還有三個哥哥。」

「這對雙胞胎會什麼？」

「音樂。他很有天賦。還曾經跟隨馬勒學習。但卡蒂亞也很厲害。」

「也是音樂嗎？」

「科學。她父親是數學家，瘋狂熱愛華格納。她非常有內涵。」

「我能認識他們嗎？」

「她和她哥哥都很推崇你的作品。他們認爲你太獨來獨往了。」

「爲什麼會這麼想？」

「因爲他們觀察你的程度，跟你觀察他們不相上下，也許更仔細。你是他們的目標之一。」

「我應該引以爲榮嗎？」

「要是我，我就會。」

「你也是他們的目標？」

「不，我只個寫詩的傢伙罷了。我阿姨去過他們在亞瑟希大街的房子。非常搶眼華麗。我就是這樣認識他們的。因爲我阿姨是畫家。他們收藏她的作品。」

「你覺得我見得到他們嗎？」

「也許他們很快就會邀請你到家裡吃晚餐。他們不去小餐館。」

「什麼時候？」

「很快吧。他們不久後就要辦晚宴了。」

每次托瑪斯拜訪母親時，常常發現過去被視爲不合宜的追求者竟然也自在舒適地坐在他家客廳。海因里希擔憂妹妹們的名聲，托瑪斯也曾表達不認同。他們曾經在母親公寓深入討論家中女士們標準不一的看法，這讓兩兄弟猶如行走世界的智者，只在乎外表，彷彿父親幽魂不散，持續鼓勵他們向「追求表象可敬」的神祇致意。

有個叫約瑟夫．勒爾的銀行家也是常客。一開始托瑪斯被引介認識時，他還以為對方是母親的追求者，她近來的行徑越來越隱晦空靈，托瑪斯知道她的牙齒開始鬆動了。若她想成為勒爾夫人，最好盡快處理這個問題。

但勤於到家中走動的勒爾想追求的並非母親，而是妹妹露拉，托瑪斯對此非常震驚。露拉比他小了快二十歲，與這位庸俗無趣又厚臉皮的資產階級人士毫無任何共通點。保羅．埃倫伯格說，勒爾就是那種如果天上掉了一大堆鈔票，還會認真建議身旁的人要把錢花在刀口上。但露拉熱愛揮霍，喜歡出遊，個性樂天嬉鬧。托瑪斯眞的不知道假使兩人眞的結婚，在迢迢婚姻之路上，究竟有什麼好聊。

保羅在露拉與勒爾宣布訂婚時非常不以為然，畢竟他喜歡曼氏家族的女性們，包括托瑪斯的母親，對他言聽計從。他喜歡和她們一起玩樂。才剛回到柏林的海因里希更不贊成。他寫信給母親，催促她盡快推掉這門婚事，堅持她必須關上自家大門，不要讓追求者侵門踏戶，因為他不相信她能勝任正面引導女兒的責任。海因里希說，他才不管這位銀行家有什麼身分地位，他寫道，勒爾根本不適合露拉。她要不會被他那些要求逼死，要不就會讓她無聊致死。一想到妹妹得替勒爾持家，他就想吐。

母親把信交給托瑪斯。

「他大概覺得合適的年輕男人都長在樹上，伸手就可以摘到。」她說。

「這是因為他疼愛妹妹。」

「大概吧，只是可惜他不能娶她們其中一位，或兩個都娶進門。」

托瑪斯將信還給母親時，注意到她的沮喪。她妝畫得太濃，髮色也很不自然，聲音與眼神早已沒了往日的光彩，女兒訂婚的消息將它們徹底熄滅了。

普林斯海姆家的晚宴應該有一百多人出席，托瑪斯猜想。這是他第一次參加，幾間接待廳放了長桌，室內天花板雕花精細，鑲嵌各種繪畫與壁畫。放眼望去，屋內從上到下都經過悉心裝飾設計。今天那位緊張兮兮的年輕詩人與詩人阿姨是他的同伴，阿姨的脖子與頭髮掛滿各種閃閃發亮的珠寶。

「普林斯海姆家的男孩，特別是克勞斯和彼得，」阿姨說，「可以當作慕尼黑年輕族群的典範。他們進退得宜、溫文有禮，都很有成就。」

托瑪斯原本想追問這兩人到底成就了什麼，但在他們交出大衣後，阿姨便不知去向，留他們兩個年輕人站在角落躊躇不前，旁觀熱鬧的場合。

有幾次他看見卡蒂亞·普林斯海姆也正望著他，儘管她似乎對他出席感到有趣，但她沒有直接走來打招呼。晚餐結束後，他請朋友替他介紹卡蒂亞和克勞斯，兄妹兩人正站在門口熱烈交談。他可以看到卡蒂亞微笑打斷哥哥，將手指放在他的嘴唇上，阻止他說話，他們一定意識到托瑪斯和詩人走近了，但他們沒有轉身。詩人伸手碰碰克勞斯的肩膀。

克勞斯望向他時，托瑪斯這才看出他有多美。他幾乎理解克勞斯何以不常造訪小餐館。人們一定會盯著他瞧。他態度有禮，語氣沉穩，衣著整潔，與時下流行的粗鄙寒酸、不修邊幅大相逕庭。

觀察她哥哥的同時，托瑪斯意識到卡蒂亞正在看他，於是他將注意力轉到她身上。她的眼睛與哥哥一樣深邃，肌膚更顯柔軟，眼神並不羞怯。

「你的書很受現場人們的喜愛，」克勞斯說。「說真的，我們因爲有人把第二部藏起來，還吵了一架。」

卡蒂亞伸了懶腰。他看出她身上蘊含的男性特質。

「我就不提罪魁禍首了。」克勞斯繼續。

「我哥很煩。」卡蒂亞說。

「我們叫你漢諾。」克勞斯說。

「我們『有人』叫你漢諾。」卡蒂亞說。

「連我們的母親也這麼稱呼你，她書都還沒看完。」

「她看完了。」

「至少今天下午兩點前，她還沒看完。」

「我已經把結局告訴她了。」卡蒂亞說。

「我妹最喜歡掃大家的興。她甚至把《女武神》的結局說出口。」

「爸爸早已告訴我們了，我只擔心他會發現你沒在聽。」

「我們的哥哥海因茨甚至將聖經結局全說出來，」克勞斯說。「非常掃興。」

「其實是彼得說的，」卡蒂亞說。「他太可怕了。爸爸不得不禁止他參加聚會。」

「我妹這輩子都很認眞聽我父親的話，」克勞斯解釋。「她也跟著他一起做研究。」

托瑪斯的視線來回在兩人身上移動。他察覺這對兄妹的談話內容其實隱約是在嘲笑他，這作法很卑鄙，感覺無視他與他同伴的存在。他知道自己回家後，會再度回味他們剛才說的每一句話。當年他從雜誌剪下年輕的普林斯海姆兄妹肖像時，就已經想像這樣的世界——衣香鬢影的華服人士與華麗精緻的居家擺設，人人談話機巧犀利，卻又完全沒有重點。他不介意過度雕琢的裝飾陳設，或是熱情過頭的賓客。只要這兩個年輕人繼續讓他聽他們說話，看著他們，他什麼都不在乎了。

「哦，不！」卡蒂亞驚呼。「媽媽被那個丈夫拉中提琴的女人緊緊抓住了。」

「為什麼邀請她？」克勞斯問。

「因為你或父親或馬勒或某某人欣賞她丈夫拉的中提琴。」

「爸爸根本對中提琴一無所知。」

「我外婆認為應該禁止女性結婚，」卡蒂亞說。「想像假使人們聽從她的建議，這裡的景況會如何截然不同。」

「我外婆是海德薇・多姆，」克勞斯對托瑪斯說，彷彿在分享祕密。「她很前衛。」

離開時，年輕詩人告訴托瑪斯，他問過阿姨，普林斯海姆家族是不是猶太人。

「她怎麼說？」托瑪斯問。

「曾經是。父母家族都是。但現在不是了。他們現在是清教徒，儘管他們看起來很像猶太人。更高貴的猶太人。」

「他們改變信仰了？」

「我阿姨說，他們同化了。」

有天晚上，托瑪斯與保羅兄弟在咖啡館待到很晚，走近他公寓那棟建築物時，托瑪斯忙著摸索鑰匙開門，一轉身他看見一位戴眼鏡的中年高瘦男子。他好一會兒才認出那是史賓奈爾火險的胡涅曼先生。

「我需要和你談談。」胡涅曼先生嗓音低沉嘶啞。

托瑪斯心想胡涅曼大概是遇到麻煩，例如被人襲擊或搶劫。他不知道這個人怎麼會知道他的住處，街上空無一人，他沒有選擇，只能請胡涅曼先生進屋。走到公寓門口時，他有了其他念頭。

「一定要今晚嗎？」他問。

「對。」胡涅曼先生說。

進了公寓後，他請客人脫下外套。確定他沒有受傷後，托瑪斯想，胡涅曼先生應該就可以離開了。他也許需要錢搭計程車。

「我花了一段時間才找到你的地址，」胡涅曼先生說，他們面對面坐在小客廳。「但我在一家咖啡館找到你的朋友，跟他說我有急事。」

托瑪斯困惑地看著他。胡涅曼的頭髮依舊灰白豎直。但眼前的他跟之前托瑪斯印象中的他不太一樣，他沉默不語時，面容看來更爲細緻優雅。

「我想請你原諒。」胡涅曼先生說。

托瑪斯正準備開口，說自己很感激當年在史賓奈爾火險時，被胡涅爾發現自己打混，但胡涅曼請他先不說話。

「我有辦公室的鑰匙，隨時想去都可以。我得向你承認，有時我會在晚上走進沒有人的辦公室，只爲了碰碰你坐過的椅子。我還做了一些別的，我會將臉靠在座位上。白天時，我只想要你對我有點回應。」

托瑪斯突然意識到，也許是保羅．埃倫伯格把他的地址給這個人。

「不管我做了什麼，無論我走過你身邊多少次，或是特別找你說話，你都只是將我當作同事而已。結果我一發現你沒有在抄帳簿時，我報復了。我得請求你的原諒。除非得到你的諒解，否則我無法入睡。」

「我原諒你。」托瑪斯說。

「就這樣？」

胡涅曼站起來時，托瑪斯以爲他準備離開，他也跟著起身。但胡涅曼緩緩走向他，親吻了他。起初，他只用嘴唇輕碰托瑪斯的唇，但隨後他將舌頭滑進了托瑪斯的嘴裡，手也伸進托瑪斯的襯衫，接下來他刻意地將手往下撫摸。他的呼吸聞起來很甜美。他彷彿正耐心等待托瑪斯回應，才會繼續下一個動作。

他們之間發生的一切似乎再自然也不過，托瑪斯也沒有其他選擇。顯然胡涅曼比他更有經驗。他引導他，鼓勵他。赤裸裸的胡涅曼溫柔脆弱，幾乎是柔軟的。與此人白天外表的苛刻嚴厲相比，這感覺極其突兀。高潮時，他驚聲高喊，宛若一個突然被魔鬼附身的男人。

一直到胡涅曼離開，托瑪斯才開始相信自己起初並沒有想要發生這些事。胡涅曼成功引誘他，循序漸進，手法高超熟練。穿好衣服後，托瑪斯對剛才發生的一切覺得噁心反胃，當胡涅曼明確表達他的意圖時，托瑪斯早該嚴詞拒絕。

他拿了大衣。街上依舊空空蕩蕩，胡涅曼已經消失在黑夜之中。托瑪斯決定，無論未來發生什麼事，此人將再也無法踏進他公寓一步。倘若他再度出現，托瑪斯會讓他知道，剛才發生的那些行爲，再也不會重演。

他找到一家營業到深夜的安靜小餐館，坐進室內最後面的桌子，點了咖啡。讓他最爲困擾的是他自己的反應。他想要有人親吻撫摸，甚至是胡涅曼也行，然而，之前他只把此人視爲一個庸碌平凡的中年男子，托瑪斯甚至不喜歡他的眼神常常停駐在自己身上，這個人成天眼神骨碌碌，最終害他被逮到不務正業。

他怎麼會對胡涅曼這種人有一丁點兒的慾望呢？隨著年齡增長，難道他會在夜裡期盼他那種人靠近他，只看見他家客廳點了一盞燈嗎？難道他終究得眼睜睜望著來客匆匆忙忙穿好衣服，轉身離去時，甚至連一眼都不回頭看他嗎？

又或者他會遇到其他版本的保羅，儘管最愛取笑他，卻也總是出現在他夢中嗎？在慕尼黑，或往後他前往的任何城市，他是否都只能在暗夜鬼鬼祟祟接待訪客？他起身付錢，確定自己未來該怎麼做了。一路走回家時，他內心十分篤定：他要向卡蒂亞．普林斯海姆求婚。假使她拒絕，他就再問她一次。一旦心頭確定打算娶她後，他感受到一種全新層次的滿足。

接下來的一段時間，人們壁壘分明，戰線明確，大家謹慎思考卡蒂亞是否該接受托瑪斯的求婚。她外婆強烈反對，但她母親則舉雙手贊成。卡蒂亞的父親認爲，如果她要嫁，也該嫁給教授，而不是作家。

托瑪斯的母親則認定卡蒂亞是被寵壞的有錢人家女兒。她希望托瑪斯能找一個更貼心，不愛炫耀的女孩結婚。人在義大利的海因里希寫信給托瑪斯的內容不外乎討論文學問題，但妹妹們則很樂見卡蒂亞成爲嫂嫂。

與卡蒂亞和克勞斯雙胞胎兄妹在一起時，托瑪斯深刻意識到他們跟自己的距離。這兩人從小到大沒體驗過「失去」這兩個字。他們不曾從任何地方被人連根拔起。自小，人們便讚美他們的才華，同時家人也一心鼓勵兄妹倆追求自己的目標，不要虛擲自己的天分。若是想當小丑，家人會驕傲地遞給他或她一個小丑鼻子，送他或她到馬戲團訓練。但他們想當的不是小丑，他們是音樂家與科學家。他們兄弟姊妹各有長處，也都會繼承一筆財富。儘管卡蒂亞的父親看似不務正業的數學家，但他管理從先父繼承的大量資金、財產與股分，也多次向托瑪斯明確表示，在他眼中，他的獨生女是孩子中最聰明的。假使她願意犧牲，絕對會成爲傑出的科學家。

普林斯海姆一家認爲世人理應對文學、音樂與繪畫擁有一定的知識。有幾次，在托瑪斯高談闊論某位作家或某本小說時，他發現卡蒂亞和克勞斯會偷偷交換眼神。他心想，他們多半認爲托瑪斯刻意展現自己學識淵博，普林斯海姆家族不做這種事，他們沒有時間斤斤計較。

他第一次向卡蒂亞求婚時，她回信表明自己對現狀非常滿意。她寫道，她喜歡目前的學術研究，喜歡有家人相伴，平日也會騎單車與打網球。她才二十一歲，她強調，整整比他小了八歲。所以，她還不打算找丈夫，對家管也完全沒有興趣。

每次見到她，他感覺自己渾身赤裸。她話很少，總是讓他和她哥哥聊天。克勞斯不喜過度嚴肅。從一開始，克勞斯也很清楚自己對托瑪斯的影響，知道要如何將托瑪斯的注意力從妹妹吸引到自己身上。克勞斯作弄托瑪斯時也逗得卡蒂亞很開心。

她的筆跡跟小孩一樣，書信風格簡潔明瞭。托瑪斯發現能引起她注意的唯一方式就是寫冗長複雜的信給她，他寫給海因里希的內容就是這樣。既然他無法像她兄長們，能夠輕鬆不費力表現自己的成熟世故，那就算了。他逆勢操作，只能用上自己最大的真誠。唯一的風險便是會讓她覺得他很無趣。但還有另一種可能則是，儘管卡蒂亞的家人嘴上犀利，但非常尊重藝文人士，或許會因此視托瑪斯爲有思想見地的小說家，而不是汲汲營營、過度積極的呂貝克商人之子。

一天晚上，當他坐在咖啡館時，他看見保羅．埃倫伯格走了進來。他們已經有一段時間沒有聯繫了。

「我聽說你找到了一位公主，並試圖吻醒她。」他說。

托瑪斯笑了。

「婚姻不適合你，」保羅說。「你應該知道的。」

托瑪斯要保羅小聲點。

「在座的每個人都知道，婚姻不適合你。所有人都知道你眼神會停在哪些人身上。」

「你的工作如何？」托瑪斯問。

保羅聳聳肩，忽略他的問題。

「你的公主很年輕，而且很有錢。」

托瑪斯沒有回應。

保羅等了一星期，才無預警地出現在托瑪斯的公寓門口。當天下雨，他衣服全濕了。托瑪斯替他找了一條毛巾，掛他的大衣。他心想，保羅也許是來談論茱莉亞的事，茱莉亞剛宣布自己打算離開慕尼黑，要到巴伐利亞鄉間居住。

「我希望你能勸她想都不要想。」托瑪斯說。

「我早就告訴她了，我不知道她在巴伐利亞的鄉下能做什麼。多數人寧可選擇離開那裡。」

「她認爲我弟弟在鄉下學校會表現得比較好。」

托瑪斯納悶兩人這種對話還要持續多久。

他走到兩扇窗戶前，拉下百葉窗。

「你要說什麼嗎？」保羅問。

「沒什麼。」

「我眞的不認爲你應該結婚。」

「那我就讓你跌破眼鏡。」托瑪斯回答。

3 保羅・埃倫伯格（Paul Ehrenberg, 1876-1949），德國小提琴家、畫家，《浮士德博士》中的魯道夫・施維特菲格（Rudolf Schwerdtfeger）的原型人物。（編按）

第四章

慕尼黑 一九〇五年

訂婚一宣布，普林斯海姆夫婦便爲茱莉亞．曼、她的女兒露拉與女婿約瑟夫．勒爾舉辦了一次晚宴。這是托瑪斯首度到普林斯海姆家參加正式晚宴。進入大客廳時，勒爾驚呼：「我敢說這裡花了不少鈔票吧。」卡蒂亞轉身對托瑪斯微笑，彷彿在暗示他妹婿的平庸簡直無藥可救。他眞希望卡菈沒有隨劇團巡演；身爲女演員，她在這種場合絕對派得上用場。

卡蒂亞的父母熱情接待他們。女主人煞有其事地張羅各式飲料，卡蒂亞的父親則開始與勒爾討論當天新聞，勒爾也回以得體的答案。當眾人被召喚到餐廳用餐時，托瑪斯的母親卻晃進走廊底的接待室，他看見她正在檢查椅子的織錦。托瑪斯督促她隨他到餐廳。餐點送上時，母親沉默不語，托瑪斯心想，她大概正努力要扮演優雅的遺孀角色。

每個客人面前都有一只插了蘭花的玻璃花瓶。玻璃器皿與餐具都是古董，但托瑪斯無從得知它們年分多久。燭臺倒是很現代。畢竟他們四周也都有現代畫裝飾。托瑪斯很清楚，假使這裡是呂貝克，媽媽應當會非常熟悉這棟房子，她會是常客。她能夠與卡蒂亞父親自在談論鄰居與同事，也會想認識他的裝潢與藝術品味，這是媽媽最內行的話題，甚至，她有可能發現自己與女主人的朋友圈有交集。

如今，在普林斯海姆宅邸的茱莉亞·曼卻無所適從。亞爾弗·普林斯海姆不是商人。他沒有店面或倉庫，也從未經手進出口事業。他不過是個數學教授，從投資煤礦與鐵路的父親那裡繼承了大筆財富。儘管他將自己的錢看管得很好，但他喜歡宣稱自己對理財一無所知，甚至不確定該如何花費。他蓋這棟大宅，只因爲自己需要有地方住，購置那些繪畫，只因爲他與妻子喜歡那幾位畫家。

「請問您都與哪家銀行往來？」聽到這段話後，勒爾問道。

「喔，我總是說我照顧自己的家人，」亞爾弗說，「貝斯曼則照顧我。」

「很有道理，」勒爾回答。「貝斯曼。老字號的公司。猶太人。」

「與宗教人種無關，」亞爾弗說。「假使我認爲巴伐利亞天主教徒可以好好掌握我的金錢走向，我也會找他們。」

「好的，往後你若打算換銀行，我可以推薦你最優秀的人才。投資銀行家，這些人的耳朵隨時貼在地上，非常清楚風向。」

卡蒂亞看向托瑪斯，目光充滿諷刺。

「一個人如果太在乎金錢，就會窮途末路，」亞爾弗說。「這是我的座右銘。」

他喝了一口酒，點點頭，又喝了一口。

「我在想，地球哪一天才會沒有銀行，到時候，或許連錢都消失了。」他說。

勒爾尖銳地瞪視他。

「但同時，」普林斯海姆補充，「每天早上我醒來時發現床罩用絲綢做的，就會有一股快感，對於一個不在乎錢的人來說，這也太奇怪了！」

托瑪斯看見母親東張西望，欣賞周遭的繪畫與雕塑，然後將注意力轉移到精緻的天花板，伸長脖子想看清楚樑柱間的典雅設計。

卡蒂亞的母親海德葳．普林斯海姆則盡職確保大家餐點及飲料都足夠，幾次向丈夫示意他該讓客人說話，不過她自己卻沒有加入討論。她保持沉默，這是展現自己身分地位的高段手法。

當晚氣氛輕鬆多了，克勞斯在維也納，因此卡蒂亞找不到人分享她的冷嘲熱諷。她學物理的大哥海因茨在場，此人舉止非常規矩，看起來就是個注定要從軍的年輕人。當他表情放鬆時，托瑪斯覺得他看起來比克勞斯更俊美，皮膚更光滑，頭髮閃亮，嘴唇飽滿。

托瑪斯注意到卡蒂亞試圖與妹妹聊天，解釋家人對華格納以及近年來對馬勒作品的熱愛時，他深刻感受到自家人與他未來姻親家庭之間的巨大差異。

「除了這兩個人，其他我們幾乎無感，」卡蒂亞說。「我媽比我爸更挑。」

「她也喜歡馬勒？」露拉問。

「馬勒是她的老朋友，」卡蒂亞說，掛起天真的微笑。「他總是說，假使我媽能住到維也納，那就再完美不過了。他非常景仰她。但她總不能搬到那裡，因爲父親在這裡工作。」

「他這麼說，妳父親不介意？」

「還好，我爸誰的話也不聽。他只聽音樂，也許這就夠了。所以他也不清楚馬勒說了什麼。我爸無時無刻都在思考數學。還有數學定理以他爲名。」

托瑪斯看得出來，露拉根本不知道什麼是數學定理。

「住在這麼漂亮的房子一定很棒。」露拉說。

「托米說妳們家在呂貝克的大宅也很美。」卡蒂亞回答。

「根本比不上這裡！」

「我想慕尼黑應該還有更壯觀的豪宅，」卡蒂亞說。「只是這就是我家，該怎麼辦呢？」

「當然是好好享受啊，我想。」露拉回答。

「嗯，我很快就要嫁給妳哥哥了，看來能享受它的時間也不長了。」

★

在婚禮前的幾星期，托瑪斯設法吻了卡蒂亞，但她的雙胞胎哥哥總是陰魂不散，這讓他很不安，卡蒂亞也不斷暗示他該提防些，卻也說過她認爲家人這樣限制她的舉動實在很可笑。

克勞斯會短暫離開，讓他們獨處，但等到他現身後，總是意有所指地微笑。他甚至常常直接走到妹妹身邊搔她癢，讓她扭動掙脫，咯咯發笑。托瑪斯眞希望克勞斯能更專注於自己的音樂事業，也許讓他哥彼得取代他，表現得更拘謹莊重一些。

每次準備出遊，卡蒂亞總在房間花很長時間打扮，這讓克勞斯有機會與托瑪斯輕鬆討論藝術和音樂，或是質問他的人生。

「我從沒去過呂貝克，」有一天卡蒂亞在樓上時，他說。「我認識的人連漢堡都沒去過，更不用說呂貝克了。慕尼黑對你而言一定很陌生。但我在這裡自在多了，比我在柏林、法蘭克福或維也納更自由。比方說，在慕尼黑，如果你想親吻男孩，不會有人在乎，但你能想像這會在呂貝克造成多大的震撼嗎？」

托瑪斯淡淡一笑，假裝自己不太懂克勞斯想傳達的意思。他想，假使克勞斯還要堅持聊這些，他一定要換個話題，確保他們不要再兜回這些談話內容。

「當然，要看那男孩是否眞的想被親吻，」克勞斯說。「我想大多數男孩是願意的。」

「馬勒賺了很多錢嗎？」托瑪斯問道。

他知道馬勒這個題目對克勞斯來說太誘人了。

「他日子過得很優渥，」克勞斯說。「但他什麼都擔心。本性如此。在大型交響樂曲中，他甚至擔心躲在後面的小短笛家得吹的幾個音符。」

「他妻子呢？」

「她替他下了魔咒。她愛的是他的名聲，表現得好像他是世上唯一的男人。她很美。連我都被她迷住了。」

「誰讓你著迷？」卡蒂亞一進房間就問。

「當然是妳啊，我的雙胞胎妹妹，我的分身，我的喜悅。只有妳。」

卡蒂亞將雙手蜷成爪子，想抓他的臉，甚至發出動物般的響亮叫聲。

「是誰規定雙胞胎不能結婚？」克勞斯問。他甚至讓人感覺他是認眞想知道答案。

托瑪斯仔細觀察雙胞胎，他即將與其中一位成婚，卻意識到自己或許永遠無法徹底融入只屬於他們的小世界。

亞爾弗．普林斯海姆未經新婚夫妻同意，便自行著手設計他們的公寓時，托瑪斯與卡蒂亞都沒有出聲抱怨。新房位於法蘭茲約瑟夫大街一棟建築物的三樓，共有七個房間與兩座抽水馬桶，還可以俯瞰利奧波德王儲宮殿公園。亞爾弗爲他們裝了電話，還送來一架小型平臺鋼琴。

托瑪斯沒料到亞爾弗連書房也想插手，畢竟那是很私人的領域，托瑪斯訝異發現亞爾弗替他挑了書桌，還自行設計了書櫃，找了工匠打造，他只能向岳父表達感謝，同時竊喜亞爾弗並沒有察覺他決心往後不受普林斯海姆家族的束縛，除非必要，也不願意陪他們一起用餐了。

母親知道婚禮不在教堂舉行時，非常震撼。

「那他們算什麼？」她問。「如果信奉猶太教，爲什麼不直說？」

「卡蒂亞母親家人改信新教了。」

「那她父親呢？」

「他沒有宗教信仰。」

「我相信，他顯然對婚姻制度也沒有太多的尊重。你妹夫說，他在自家客廳招待情婦，據說是女演員。我想婚禮我們就直接省略她吧。」

典禮後的婚宴，托瑪斯覺得無聊透頂，若是邀請那位女演員出席，想必能增色不少。卡蒂亞一家人完全無法掩飾失去女兒的愁容。克勞斯則過度注意茱莉亞的一舉一動，托瑪斯知道，茱莉亞趁機展現自己的怨恨及她對呂貝克的回憶，克勞斯偶爾瞥向卡蒂亞，看似對她婆婆的舉止樂在其中。總而言之，大概托瑪斯十四歲的小弟維克多是最開心的。

卡蒂亞和托瑪斯搭火車到蘇黎世。普林斯海姆夫婦為他們預約了巴爾拉克旅館的頂級客房。兩人盛裝出席抵達餐廳時，托瑪斯注意到畫面有多絕美：三十歲的知名年輕作家與他來自富裕家族的新娘，新娘是慕尼黑少數大學畢業的女性，儀態自信高傲，打扮則低調典雅。

晚餐時，他不斷想像赤裸裸的卡蒂亞，她白皙的肌膚，豐滿的嘴唇，小巧的乳房，有力的雙腿。她說話時聲音低沉，若說她是小男孩，似乎也不爲過。

當晚卡蒂亞一接近他時，他便渾身興奮。他無法相信自己獲准能撫摸她，讓他恣意用雙手在她身上游移。親吻他時，她伸出舌頭，張開雙唇，彷彿無所畏懼。但是，當他聽見她呼吸加速沉重，意識到她想從他那裡得到的東西時，他遲疑了，幾乎是害怕的。但他持續探索她，推著她側面轉向他，兩人面對面躺著，她的乳頭碰觸他的胸膛，他的手按著她的臀部，他的舌頭在她的嘴裡。

卡蒂亞說話時的模樣，她對自己讀過的書、聽過的音樂，以及造訪的畫廊感想，這一切都令托瑪斯極其著迷。她有辦法找到議題的中心，遵循她自身建立的邏輯。她不在乎他人意見。相反地，她關注的是談話模式與結論依據。

她會注意最細微的小事，例如公寓客廳的矮桌是否該展示藝術書籍，或者該不該再添購檯燈，還會列出優劣點。本著相同的原則，她會審視他的出版合約，他的銀行帳戶，理解他的財務狀況。到最後，她不著痕跡地管理起他的日常事務了。

她一點也不像他的妹妹或母親。他眞希望海因里希能盡早從義大利回來認識她，畢竟海因里希是唯一可與之分享他妻子猶太特質的對象。有幾次，在他試圖鼓勵聊聊她的起源背景時，她表明自己的不情願。

「即使在我家人爭執最激烈時，也不曾提到這些，」她說。「我們對此不以爲然。我父母熱愛音樂、書籍、繪畫以及機智聰明的同伴，我的哥哥們與我也是如此。當然這很難單純歸結是因爲我們信奉一個我們甚至不理解的宗教。這種結論太荒謬了。」

結婚幾個月後，他們到柏林與卡蒂亞的姨媽艾瑟．羅森堡及她丈夫同住。托瑪斯喜歡他們在蒂爾加滕的宏偉豪宅，羅森堡夫婦對《布頓柏魯克世家》的熟悉更令他受寵若驚。他訝異姨媽與姨丈在提到自己的猶太人身分時竟然可以如此坦然，同時卡蒂亞也顯得輕鬆自在。他發現，羅森堡夫婦不上猶太會堂，甚至不知道至高聖日是哪幾天，但他們經常開玩笑，自嘲自己就是猶太人，並引以爲樂。

正如普林斯海姆家族，羅森堡一家也喜歡華格納。一天他們用完晚餐在大客廳閒坐時，卡蒂亞的姨丈找到《女武神》的幾份鋼琴樂譜。當艾瑟問他是否能找到布倫席爾德、齊格蒙德與齊格琳德合唱的場景時，還眞的找到了，他研究了一下，結果發現它太難了。相反地，他用輕柔的男高音唱起布倫席爾德的臺詞，接著壓低聲調，開始了齊格蒙德的歌詞，當時，他問布倫席爾德自己深愛的孿生妹妹願不願意與他們一起前往英靈殿堂瓦爾哈拉。

起初他聲音稍嫌不穩，但他早已將臺詞銘記在心，終於，他將譜放下。

「還有比這更美的嗎？」他問。「我的表現眞是毀了這美妙的歌劇。」

「他們之間是偉大的愛情，」他的妻子說。「每次聽到這裡總讓我眼眶泛淚。」

有那麼一秒鐘，托瑪斯回想起自己的父母，想像他們看見雙胞胎兄妹發現彼此深深相愛時會有的反應，他知道茱莉亞與議員經常出席聆聽歌劇，眞不知父親對手足相愛會有什麼看法。

羅森堡夫婦與卡蒂亞正在討論幾位曾經演出華格納歌劇的歌手。當托瑪斯在一旁聽著，感覺自己就像來自德國內陸，造訪眼前這個都會家庭的鄉巴佬。他根本不知道他們講的那些歌手是誰。

他的目光被牆上褪色的織錦掛毯吸引。一開始他看不出來，後來才注意到那是盯著水面，細細品味自己倒影的納西瑟斯。周遭人繼續談話時，他開始想像一個雙胞胎被迫分離的故事，因爲其中一位要結婚了。想必納西瑟斯與自己倒影分離時也是同樣的感覺。

他也可以稱他們爲齊格蒙德和齊格琳德，但他們活在現代。回到慕尼黑後，托瑪斯開始更明確勾勒故事主軸，立刻注意這作法有多麼冒險。他原本打算讓故事發生在羅森堡豪宅，或者位於柏林，與他們家情況相當的富裕家庭，但坐在餐桌的則是卡蒂亞一家人。最重要的闖入者，也就是那位娶走齊格琳德的男人，便是他本人。不過，在書裡面，此人不是作家，而是政府官員，沉悶無趣的傢伙，與齊格琳德家人格格不入。

他要把故事稱爲《沃爾松之血》。大部分內容他都獨立完成，卡蒂亞則在隔壁房間，這令他越寫越起勁。他需要專心時便將書房門關上，不過他常把門打開。他喜歡聽著卡蒂亞在公寓走動，一面在自己筆下創造她的虛構版本，一位總是與她的雙胞胎哥哥手牽手的女孩。兩人長相非常類似，他這麼寫道，兄妹鼻頭略為下垂，嘴唇飽滿，顴骨突出，眼睛炯炯有神。

他自己的分身則叫做貝克拉特。身材矮小，蓄著尖尖的鬍鬚，臉色泛黃，是個拘謹呆板的傢伙。要開口講一句話之前都會從嘴巴迅速吸氣，這是他從約瑟夫・勒爾觀察到的細節。

雙胞胎兄妹的母親阿倫霍爾德夫人，他寫道，身材嬌小但卻老得很快。她只會跟家人用方言說話。夫婿在煤業賺了一大筆。故事交待得很明確，儘管貝克拉特是清教徒，但這家人可是不折不扣的猶太人。

故事核心的午餐場景描述貝克拉特與這家人搞得越來越不愉快。某次小舅子齊格蒙德嘲笑一位不識晚宴服與夾克差異的熟識友人時，貝克拉特頓悟，自己也摸不透二者間究竟有何不同。

不久話題轉向藝術時，貝克拉特更沒有把握了。

在鳳梨片上灑糖時，齊格蒙德宣布，他與妹妹希望取得貝克拉特許可，讓他們兄妹當晚可觀賞《女武神》。貝克拉特雖然同意，也說自己想要一同出席，但齊格蒙德不歡迎，兄妹倆希望在婚禮前再單獨相聚一次。

在故事中看完歌劇後，齊格蒙德知道屋內沒人，他回到房間，深知妹妹會跟在他後面。當她走進他的臥室時，他告訴她，由於她是他的分身，未來她與未婚夫耳鬢廝磨的經驗，也能讓他切身感受。她親吻他閉上的眼瞼；他親吻著她的頸子，兩人親吻彼此的手，在愛撫中忘我，陷入了蠢動的激情漩渦。

托瑪斯火速完成最後幾頁，知道假使自己一停下來思考，就會顧慮卡蒂亞和她家人的感受。他沒有告訴卡蒂亞自己寫了什麼，最後一句完成時，他將故事擱在一旁，隔了好幾天沒去看它。他知道普林斯海姆家族不喜歡被歸類，更不贊同自己被公開當作猶太人。

做了一些更正後，他終於把它拿給卡蒂亞看，很訝異她的平靜。

「我很喜歡，特別是你關於音樂的描述。」

「但是主題呢？」

「這很呼應華格納的作品。有什麼大驚小怪？」

她微笑了。他想，她絕對注意到阿倫霍爾德家族與她家之間的神似點！但她似乎沒有看出其中的蹊蹺。

幾天後她告訴他，她已經告知她母親與克勞斯，托瑪斯寫了一個新故事，他們想請他晚餐後回到家裡讀故事給他們聽。

他納悶卡蒂亞是否趁機要警告他，或是希望托瑪斯由於必須面對岳母與舅子的壓力，率先放棄故事。但他已經打算投稿到一家雜誌社，能先讀給他們聽最爲妥當。

當他在普林斯海姆大宅客廳認眞翻閱手上的稿紙時，克勞斯與卡蒂亞走出房間加入了他，他們坐得很近，托瑪斯的岳母則離他們有段距離。

他清清嗓子，喝了一口水，開始閱讀。他有個感覺，儘管克勞斯高談闊論親吻男孩的話題，但他本人其實天眞無害。等到他唸完故事後，托瑪斯沾沾自喜，想必他也無法裝無辜了吧。但他預見岳母會厭惡尖叫地跑出去，高呼要找她丈夫或女僕或卡蒂亞的外婆。

由於三位聽眾都熟悉《女武神》，當提到雙胞胎主角準備去看這場歌劇時，大家一致點頭認可。壁爐的火焰劈啪作響，僕人進進出出。托瑪斯盡可能在會冒犯他們的段落輕描淡寫，速速帶過。儘管他之前決斷強勢，然後，在那些會令他們不安的情節出現時，他卻沒了勇氣，因此跳過好幾頁，甚至雙胞胎最後熱情交合的場景，他也含糊唸了幾句，甚至刻意省略幾段文字。結束時，他幾乎確信他們沒有掌握故事的精髓。

「太完美了，而且你唸得很棒。」卡蒂亞的母親說。

「妳有教他歌劇嗎？」克勞斯問妹妹。

他很快將《沃爾松之血》寄到《新宏觀》雜誌，對方立刻同意會在一月刊登。沒多久，他就把這事忘了，因爲卡蒂亞就快生下他們第一個孩子了。

從沒人事先警告他，卡蒂亞分娩時會經歷如此漫長折磨的痛苦。孩子終於出生的那一霎那，他如釋重負，知道這次經驗對卡蒂亞有很劇烈的衝擊，生兒育女的初體驗將讓她終身難忘。

老大是女兒，名叫艾芮卡。托瑪斯本來想要男孩，但他寫信告訴海因里希，也許看著一個女孩長大，可以助他更認識「另一個」性別，即使他早已身爲人夫，但這方面，他不得不承認自己對異性知之甚少。

女兒出生的頭幾個月，托瑪斯經常見到岳父母，他們溺愛外孫女的程度，足以讓他決定撤回關於雙胞胎的作品，儘管人物設定早已成立，但萬一讓他們看見白紙黑字，發現它影射的正是自己家人，絕對會深感冒犯。之前他與一位年輕編輯見面時，對方表示已經看過故事，甚至直接告知他，其他人也早已讀過後，他更是憂心忡忡。

「我們都覺得你眞的膽子很大，你明明娶的就是雙胞胎，還可以寫這種兄妹情愛的故事！」編輯說。「我有個朋友，很想知道你要不是想像力非常豐富，要不就是娶了慕尼黑最詭異的家族成員。」

一天下午，卡蒂亞帶著孩子從娘家回來時，她告訴他，岳父勃然大怒，要求立刻與托瑪斯見面。他過去從未走進岳父書房。有一面牆的落地書架擺放的是藝術書冊。另一面牆則是皮革裝訂的書卷。兩座書櫃都有木梯。書桌後面的牆上則掛滿義大利錫釉彩陶。托瑪斯認眞欣賞彩磚時，岳父問他寫故事時，腦子究竟在想什麼。

「城裡謠言已經滿天飛，我知道內容後也覺得噁心。」

「它已經被撤下了。」托瑪斯說。

「這根本不是重點。已經有人看過了。假使我們知道你會有這種想法，當初就不會允許你進我家門。」

「什麼想法？」

「反猶太。」

「我沒有反猶太。」

「我才不在乎你到底怎麼想，我介意的是，家族隱私被一個自以爲是我女婿的人冒犯了。」

「我沒有自以爲是。」

「你是低等生物，克勞斯看到你肯定揍扁你。」

有那麼一秒鐘，托瑪斯很想開口質問亞爾弗，關於他情婦的事情。

「你能向我保證，這個令人反感的故事再也不會出現在任何爛雜誌上嗎？」亞爾弗．普林斯海姆問。

托瑪斯瞥了他，聳聳肩。

他跟著托瑪斯走進客廳，卡蒂亞將孩子留給女僕，也回來娘家了。她站在雙胞胎哥哥身旁，他們的母親坐在一旁的扶手椅。卡蒂亞的眼睛閃閃發亮，對他微笑。

「克勞斯很遺憾故事不能發表。不然他就聲名大噪了。他說自己之前可沒有這種名氣，對吧？我的小兄弟？接下來人人都要對你側目了。」

克勞斯開始搔她癢。

「聽說你想揍我？」托瑪斯問克勞斯。

「只是爲了讓老爸開心。」

「可憐的老爸，」普林斯海姆夫人說。「他還怪我沒有告訴他故事有多可怕，尤其在他知道你早就唸給我們聽過之後。我說當時我只注意節奏韻律，聽起來就像一首詩。我沒有特別理解內容，但我個人覺得還蠻可愛的。」

「我每一個字都聽得清清楚楚，」克勞斯說。「眞的很溫馨。想像力實在太豐富了！或者你只是個很好的聽眾？」

剛才在門口的亞爾弗原本有點不知所措，此刻一開口便嚴厲喝斥。

「我建議你，」他指著托瑪斯說，「往後繼續寫歷史題材或呂貝克的商業生態就好。」他說「呂貝克的商業生態」時，語氣彷彿在指某個偏遠落後地區最乏味無聊的活動。

他們公寓最經常來訪的就是克勞斯．普林斯海姆，他想知道艾芮卡是否眞的需要午睡。

「一個小女孩生存的目的就是逗她可悲的舅舅開心，」他說，「他都來看她了。」

「讓她好好睡覺。」卡蒂亞說。

「妳丈夫會再寫更多關於我們的故事嗎？」克勞斯問道，彷彿無視托瑪斯才剛走進房間。有那麼一瞬間，托瑪斯看見卡蒂亞遲疑了。自從艾芮卡出生後，她幾乎變得更嚴肅了。克勞斯的工作就是讓她變得跟他一樣，玩世不恭，凡事蠻不在乎。

「或者寫出一整本書？」克勞斯繼續。「讓我們更有名。」

「我丈夫有更多有用的事要做。」卡蒂亞說。

克勞斯往後坐，雙臂交叉打量她。

「我的公主變得更哀愁了嗎？」他問。「這就是婚姻和母性對她的影響？」

托瑪斯很想插話改變話題。

「我眞的是來這裡跟寶寶玩的。」克勞斯說。

「我甚至不確定艾芮卡是不是喜歡你。」卡蒂亞對克勞斯說。

「爲什麼不？」

「她不喜歡男人那麼輕浮跋扈。我想她欣賞腳踏實地的傢伙。」

「她喜歡她爸爸？」克勞斯問。「他腳踏實地得厲害。」

「是的，她喜歡她爸爸。」托瑪斯說。

「她是他的小寶貝嗎？」克勞斯問。

托瑪斯認爲自己該回書房了。

他母親離開慕尼黑，定居在南部一處名爲玻林格的小村莊。約瑟夫·勒爾婚前就認識的施韋格哈特家族在村莊郊區有個農場，也住在一座本篤會修道院的古老建築。麥思與卡塔莉娜·施韋格哈特夫妻夏天時會提供旅客住宿，收取一些費用。茱莉亞與維克多造訪時，卡塔莉娜熱情款待，同意他們全年都可以使用修道院地產上一棟房子，也承諾要將茱莉亞介紹給地方人士，她還告訴茱莉亞，玻林格的空氣與社交氛圍非常適合她，維克多住到這裡比待在慕尼黑好太多了。

村莊不會有太多外界干擾；多數往南行駛的火車甚至不在此處停靠。托瑪斯第一次來訪，就被卡塔莉娜拉到一旁。

「我不是很確定，」她說，「你是什麼職業。我認識勒爾先生和露拉。我見過卡菈一次，她是演員。但我不知道你和哥哥在做什麼。你們都是作家嗎？你們靠這個謀生？」

「對。」

卡塔莉娜得意地笑了。

「兩兄弟都是作家，這對我很新鮮。我們這裡夏天常常有畫家來住，但我總是不確定這些人是否認真看待人生。」

她住了嘴。

「我不是指金錢或謀生方式。我指的是生活的黑暗面，人生的苦難與艱困。作家們很是明白，我想，能設身處地，換位思考，這是最重要的。一個家庭能培養出兩位作家，真的很了不起。」

她提到人生的黑暗，彷彿它的存在再正常也不過，猶如日月星辰，分秒更迭。

爲了她在修道院庭院的簡陋小屋，母親從慕尼黑運來了上等傢俱地毯，有些還是之前在呂貝克用過的。托瑪斯無法置信站在原地，望著它們最新的安息地，它們猶如幽靈，象徵舊世界尚未將它們忘記。

在短時間內，母親已經把玻林格當自己家。她自己準備午餐，也樂意在晚上由卡塔莉娜或她女兒提供餐點，維克多與麥思及他兒子更在田野度過開心時光。

茱莉亞不久後便開始設宴款待賓客，彷彿仍然是昔日的呂貝克富商女主人，平凡百姓也被她視爲異國貴客。假使有人騎自行車前來，她會請求對方允許她觀察自行車，對它的用途讚嘆不已。玻林格眾人都尊稱她爲議員夫人，她也樂在其中。

繼托瑪斯的第二個孩子克勞斯出生，三年後戈洛也出世了。兩個大孩子成天吵鬧，欲取欲求，戈洛甚至養成用嗓子尖叫的習慣，到頭來，托瑪斯發現自己更常到玻林格探視母親，好讓自己的心情得到暫時的舒緩放鬆。

令他深感興趣的是那棟小屋，以及當地的農舍、棚屋、穀倉、果樹、圍欄、蜂箱，這靜謐有序的農牧環境，讓他期待自己能更瞭解巴伐利亞區，也希望未來得以其中一座村莊爲背景，創作小說。

他喜歡在院子散步，拾步上樓到修道院空蕩的門廊。這成爲他日常生活的規律。樓上有個房間，想必曾經屬於某位修士，室內有個小窗戶俯瞰下方的榆樹，在它隨風搖曳時，樹影便投射在殘敗的古牆。托瑪斯喜歡將房門關上，享受片刻的寂靜與千變萬化的光影，追憶昔日住客祈禱、冥想與克己的時刻，讓孤獨的靈魂遠離俗世塵囂。樓下還有所謂的「院長室」，他喜歡坐在這個大房間讀書。

他會與母親一起午餐，隨她討論當天的雜事，還有她對卡菈的擔憂，妹妹得到的角色越來越少，只要難以符合她抱負的角色，卡菈一律拒絕。

「她根本不是演員的料，」茱莉亞說，「過去不是，未來也不可能是，但只要跟她提這件事，露拉就曾經直言不諱地告訴她，她不會演戲，結果卡菈再也不跟露拉說話了。海因里希當然只會鼓勵她，但她過於依賴他的支援。我認爲她該找個丈夫，過正常的家庭生活，但她身邊只有一堆男演員，那些人根本無法給她正常的生活。」

托瑪斯記得曾在杜塞朵夫的小劇院看過卡菈演一些小品喜劇。在舞臺上，她是屢戰屢敗的女主角，雖然她的臺詞還算有趣，下了戲吃晚餐時，他發現妹妹坐立難安，她不停問他對她的表演有什麼看法。幾杯酒下肚後，她讓他想起了他們的母親。

卡菈幾乎沒有問起他的妻兒。只要他一談到他們，她便很快改變話題。等到後來終於聊到婚姻時，她說露拉的婚姻很不幸福，儘管她生了幾個可愛的女兒。你能想像嫁給約瑟夫・勒爾，每晚還得跟他同床共枕嗎？她問。話說到此，托瑪斯不得不回答說他也無法想像，兩人都大笑了。

海因里希寫信告訴他，卡菈有個未婚夫。他的名字叫亞瑟・吉博。他是來自米盧斯的實業家。此人與劇院八竿子打不著關係，希望卡菈放棄事業，共同與他建立家庭。卡菈喜歡的是講法文的城市米盧斯，也告訴媽媽，她很期待擁有會說法文的小孩。

「她最信奉的波西米亞態度怎麼了？」托瑪斯問。

「她再不到一年就要滿三十歲了。」母親說。

「亞瑟見過舞臺上的她嗎？」

「聽到她的近況我鬆了一口氣，」母親說，「我從來沒有多問什麼，也叫露拉不要問問題。但我很清楚，吉博家寧可亞瑟娶一個沒有舞臺經驗的女孩。」

托瑪斯在玻林格見到卡菈時，覺得她看起來更蒼老了。他對她不斷詢問海因里希近況以及他何時要來有點惱怒。他根本不知道海因里希下一步打算做什麼。當他告訴卡蒂亞已經懷著他們的第四個孩子時，她給了他一個挑釁的眼神。

「夠了吧。」她說。

他聳肩。

「我確信卡蒂亞很幸福，」她說。「她很幸運。在我們所有人中，你們的關係是最穩定的。」

他問她這句話是什麼意思。

「我知道，」她繼續，「你以為海因里希比你更可靠，但他不是。或你認為露拉的人生比你更妥當，但也不是。而我呢？我只想要兩樣東西，但它們卻直接對立。我想在舞臺成名，參加巡迴演出，享受其中的刺激。但我也想要成家，幸福安逸度日。我無法兩者兼得。而你，可以專心追求自己的目標，滿足自己的期望。兄弟姊妹之中，只有你做得到。」

他從來沒有聽過卡菈這樣說話，沒了她慣有的冷漠，反而更眞誠嚴肅。他不確定是否因為她發現自己終將得步入婚姻這條路。

午餐時，母親熱烈討論卡菈的婚姻計畫。

「我知道玻林格也不新潮，對吉博家人而言也是很遠一趟路，但應該有人告訴他們，新娘的母親極其渴望婚禮能在村裡可愛的教堂舉行，婚宴會在院長室盛大舉辦。這是我能想到最賞心悅目的婚禮地點了。小勒爾和小艾芮卡可以當花童。」

托瑪斯看見卡菈瑟縮了。

「假使海因里希不能參加，我一輩子不原諒他。議員過世後，大哥幾乎就等於妳的父親了，可憐的卡菈。妳大大小小的問題與祕密都與他分享。連我都不知道妳在想什麼！妳記得有一次妳在梳妝臺放骷髏頭嗎？女孩子家怎麼會有這種東西！只有海因里希能懂。我們都應該寫信給海因里希，告訴他我們期待他準時出席。」

那年夏天莫妮卡出生後，托瑪斯、卡蒂亞與孩子們搬到他們在伊薩爾河畔巴特特爾茨的新房子，此處是慕尼黑市民熱愛的避暑勝地。托瑪斯喜愛快速變幻色彩的天空，它將繽紛的光線投射到屋內；年幼孩子則開心能隨著朋友，在女管家的監督下四處漫遊。

盛夏時節的某一天，他與卡蒂亞正在宴客，花園充斥了孩子們的嬉鬧，大人在露臺用餐，開心暢飲托瑪斯收藏的白酒。客人離開時，女僕將三個大孩子帶到水邊，卡蒂亞則照顧不到兩個月的莫妮卡。

托瑪斯正打算睡午覺時，電話響起了。玻林格的牧師打電話來。

「請有點心理準備，我有壞消息。」

「我媽媽出事了？」

「不是。」

「那是怎麼回事？」

「有人在你身邊嗎？」

「你能告訴我到底出了什麼事嗎？」

「你妹妹死了。」

「哪個妹妹？」

「當演員的那一位。」

「在哪裡？」

「在玻林格。現在。今天下午。」

「怎麼會？」

「我沒有資格多說。」

「是意外？」

「不是。」

「媽媽在嗎？」

「她沒辦法說話。」

「請轉告她，我立刻趕來。」

托瑪斯放下電話，走進廚房。他記得剛才有一瓶酒只喝了一半，應該要將軟木塞塞回去的，他小心翼翼塞好，然後喝了水，站在原地瞪著廚房，彷彿裡面的物品可以教導他，當下究竟該有什麼感受。

他考慮寫個簡單的紙條告知卡蒂亞，說自己要去玻林格看母親。但這應當不夠。他需要解釋妹妹死了，但他連這幾個字都無法寫完。接著，他想到卡蒂亞就在樓上。

她說服他等到早上再開車去玻林格。

他到時還不到中午。他在施韋格哈特夫婦高聳的客廳找到了母親。卡塔莉娜正在安慰她。

「遺體被帶走了，」她說。「在他們封棺前，有問我們是否想再見她最後一面，但我說不用了。她已經渾身黑斑。」

「怎麼會？」他問。

「氰化物，」母親回答。「她服用了氰化物。她隨身攜帶。」

接下來幾小時內，托瑪斯瞭解了來龍去脈。妹妹一直與一位醫生交往，這位醫生會前往她表演的城鎮，住在同一間飯店。男子已婚，告訴妻子自己需要到不同城市爲病人看診。卡菈曾經告訴母親，此人極其善妒。得知卡菈訂婚後，便要求繼續與他保持關係，卡菈拒絕了。醫生開始威脅要寫信給亞瑟·吉博與他家人，告訴他們卡菈不配與可敬的亞瑟結婚。卡菈屈服了，醫生得逞後，卻還是寫信告知卡菈的未婚夫與他家人。

卡菈寫了信給在義大利的海因里希，請他介入，讓吉博一家知道醫生的信全是謊言。

但海因里希還來不及行動，亞瑟隨著早已先一步逃回玻林格的卡菈，找上她質問，她當面告訴他眞相。他跪在地上求她再也不要與醫生見面，至少這是幾天後亞瑟告訴她母親的。她同意了。他一離開，卡菈便匆匆走過母親，進了自己房間。幾秒鐘後，母親聽見她大喊，接著傳來嘔吐聲，因爲卡菈試圖讓燒灼的喉嚨冷卻下來。母親想把門打開，但它被鎖上了。

茱莉亞跑出家門找施韋格哈特一家人幫忙。麥思很快就抵達，但也開不了門，於是他破門而入，但此時卡菈已經在躺椅上，手上和臉上都有黑點。她死了。

托瑪斯寫信告訴海因里希，知道母親已經告訴他卡菈的死訊。

「在母親面前，我可以保持冷靜，」他寫道，「但當我獨自一人時，我幾乎無法控制自己。如果卡菈能來找我們，我們原本可以幫她的。我也試圖和露拉說話，但她傷心得無法自已。」

卡菈下葬幾天後，托瑪斯帶母親與維克多回巴特特爾茨。

海因里希沒有出席葬禮。當他出現時，跟托瑪斯約在慕尼黑，兩人再一起去玻林格。海因里希想在卡菈去世的房間待上一陣子。

他們到了她的房間。在她死後，有些物品被立即取走了。這裡已經看不見當時她爲了漱口用過的玻璃杯。也沒有不見衣服或珠寶。床已經鋪得整齊。床頭櫃放了一本莎士比亞的《愛的徒勞》。托瑪斯心想，卡菈應該是正準備參與這部戲的演出。他注意她的行李箱就在房間角落。海因里希打開衣櫃時，映入眼簾的是卡菈的衣服。

感覺她隨時就會走進房間，問哥哥們他們在做什麼。

「躺椅是呂貝克運來的。」海因里希一面說，一面用手撫弄褪色的圖案。

托瑪斯完全沒有印象。

「她就躺在這裡。」海因里希說，像在自言自語。

當他問托瑪斯是否聽見卡菈去世前的哭叫，托瑪斯解釋，她死時他不在玻林格，他在巴特特爾茨。他以爲海因里希知道。事實上，他確信自己當天早上已經告訴他了。

「我知道。但你聽見卡菈哭喊嗎？」

「我怎麼可能聽見她哭？」

「我聽到了。就在她服用氰化物的那一刻。我正好出去散步。我當場停下腳步，左右張望。聲音很清楚，是她的聲音。她非常痛苦。她一直叫我的名字。我在原地等著，努力傾聽，直到她安靜下來。當時我就知道她死了。我等有人通知我。我過去從來沒有遇過這種事。你也知道我討厭談論幽靈或死亡。但一切千眞萬確，不要懷疑我，是眞的。」

他穿過房間，推開門。

「不要懷疑，是眞的。」他又說了一遍，茫然凝視弟弟，默默站在門口，直到托瑪斯走離他下樓。

第五章

威尼斯 一九一一年

托瑪斯獨坐在慕尼黑大廳的靠走道座位，望著古斯塔夫．馬勒帶領管弦樂團的音樂家們穿過安靜的走道，大廳鴉雀無聲，他舉起雙手，彷彿想要維持或掌控這種肅靜。後來，他在邀請托瑪斯欣賞他們排練時告訴他，假使他能在第一個音符之前得到這種肅靜，那麼他就無所不能了。但這種機會實在少之又少。總是有些天外飛來的噪音擾亂，要不就是音樂家們無法如他要求屏住氣息。他不只需要靜默的時刻，他說，他要的是一片空無，純然的虛空。

作曲家在臺上控制全場時，他幾乎是溫柔的。他從動作透露，他尋找的東西不是透過誇大手勢獲得。他想從無到有拉高樂音，讓樂團在演奏前便戒慎即將呈現的作品。在托瑪斯看來，馬勒似乎想降低音樂的強度，他會指向個別成員，要求他們收斂。接著他會伸出雙臂，彷彿傾盡全力要將樂曲拉向自己。他要音樂家們清楚知道，他們應該隨著樂器，盡可能輕柔演奏每個音符。

他讓他們反覆演奏開場小節，揮動指揮棒，標出他們應該同時發出樂音的確切時刻。他想要聽見一個單一尖銳的音符。

托瑪斯心想，這就像寫作某一章，然後劃掉句子，再重新開始，添加文字與短語，刪去其他片段，慢慢修飾完成，無論白天或黑夜，無論自己疲憊無神或精力充沛，他都知道，自己用盡全力了。

托瑪斯聽說馬勒很迷信，他其實早就是瀕死之人；但他不想要人家提醒這已經是他的第八號交響曲，接下來還該有第九號交響曲[4]。

聆聽交響曲演奏時，托瑪斯突然頓悟，這才是浮誇與細膩的巧妙碰撞，它象徵馬勒的聲望與力道，畢竟只有他才足以召集規模如此龐大的管弦樂團與合唱團。音樂中隱然存在某種神祕未解的謎團，似乎在追求某種效果，但其旋律也散發微妙的寂寥滄桑；時而悲傷，時而試探，這是天賦與才華的完美展現。

慶功晚宴上，馬勒看起來並不疲憊，其健康惡化的謠言該是誇大其詞。他駝著背坐在椅子上，東張西望，似乎不是很安心，一有人靠近，他便挺起身，抖擻活躍，此時人人都會對他行注目禮。托瑪斯看得出來馬勒彷彿被注入一股陌生的力量，但這只屬肉體上的表演，他的精神依舊萎靡。後來，阿爾瑪[5]終於加入他們了，她嚴重遲到，導致餐點延後供應，但托瑪斯仍看得出來作曲家對妻子的著迷。這一定是夫妻的小遊戲吧，他心想，因爲阿爾瑪無視丈夫的存在，一一親吻擁抱馬勒的團員，大作曲家則爲她保留空位，耐心等待她，彷彿今晚的演出，或甚至這龐大交響曲的問世，全都爲了討她歡心，讓她坐進他身旁。

那次過後不久，卡蒂亞從克勞斯那裡得知，馬勒眞的時日不多。他的心臟逐日衰竭，已經有幸運之神眷顧，幾次死裡逃生，但好運總有用完的一天。馬勒正沒日沒夜創作第九號交響曲，但或許他有生之年是無法完成了。

讓托瑪斯肅然起敬的是，馬勒只要還剩一口氣，便積極創作，將腦海的樂章音符一一寫下，深知自己對音樂的全力投入就要轉瞬化爲烏有。未來某一刻，他也將見證自己寫下生命中的最後一個字。但屆時，已經不由他的意志力決定，而是他的心跳。

★

海因里希來訪時，他告訴他們卡菈的死依舊讓他困擾。每天一張眼，他就想到妹妹，直至入睡十分，她的死仍在自己腦海揮之不去。卡菈的靈魂早已自在悠遊，看來就連死了，也仍舊不願歇息。海因里希跟母親談過，似乎母親也曾經在玻林格家中的陰暗角落感應到女兒幽魂的存在。海因里希明白表達自己的哀痛，但托瑪斯發現，妹妹去世後，自己一心忙於寫作。有時他甚至成功唬過自己，忘記她早已自殺。他幾乎羨慕起可以談論卡菈的海因里希了。

海因里希討論家務事時，比談起國際局勢的他容易溝通多了。現在他已然成爲堅定的左翼分子與國際事務專家，媒體每天都在報導德俄與英法間的緊張情勢，儘管托瑪斯深信其他國家完全出自惡意迫使德國增加軍費開支，但海因里希認定這是普魯士野心擴張的例證。他似乎遵循一套準則判斷報紙上的新聞。托瑪斯覺得與大哥討論政治讓人很有壓力，又非常無趣。

但托瑪斯從未見過海因里希如此痛苦，特別是提到卡菈的自殺時，哥哥總是欲言又止，停頓許久，無法說完一個句子。

卡蒂亞表示，海因里希回羅馬時，如果可以隨同前往，她也會很高興，托瑪斯也同意與海因里希回義大利渡假，也許有人陪伴多少能安慰他。他們可以將孩子留在慕尼黑，由女管家和僕人照顧，畢竟卡蒂亞的母親也正好到訪。比起羅馬或那不勒斯，托瑪斯更想到亞得里亞海看看。提到「亞得里亞」就讓他聯想到和煦陽光與溫暖海水，特別是每次在嚴寒刺骨的科隆、法蘭克福與其他城市年度巡迴演說時，海岸風光更讓他嚮往不已。

五月時，他們在伊斯特拉海岸附近的布里奧尼島訂了一家旅館，搭上從慕尼黑到的里雅斯特的夜車，再轉當地火車抵達。托瑪斯欣賞旅館工作人員的客氣有禮，古董傢俱典雅高貴，就連小碎石灘也極具地方風情。餐點近似奧地利傳統料理，而且多數侍者都會說流利的德語。

然而，他們三個人都對一位住進旅館的大公夫人產生了強烈厭惡。她與她的隨從走進餐廳時，其他賓客都被要求起身直到夫人坐定。除非她先行離開餐廳，否則不得有人提前離席。一旦她起身要走，大家也得再次站起來。

「我們比她還重要耶。」卡蒂亞大笑。

「我從頭到尾都要坐在椅子上。」海因里希堅持。

她在場讓他們相處起來自在多了。當海因里希原本又要就普魯士該如何擺脫非理性的焦慮大放厥詞時，他們可以轉而探索大公夫人與虛情假意的餐館經理如何走近她，小心翼翼點餐的可笑表情，這傢伙甚至面向夫人，一面緩緩往後退，走到廚房，因爲他要親自將夫人要的餐點告知廚師。

「好想看她掉進水裡，」卡蒂亞說。「水一視同仁，不分貴賤，都會把人弄濕。」

「帝國就是這樣結束的，」海因里希說，「一隻瘋狂的老蝙蝠竟然連在地方等級的旅館都可以被噁心吹捧。這一切很快就會消失。」

島上的沉悶與大公夫人的跋扈讓他們急著想提早離開達爾馬提亞海岸。他們發現波拉有艘蒸氣輪可以帶他們前往威尼斯，托瑪斯於是在麗都河畔的德班大旅館訂了房間。

出發前一天，馬勒去世的消息傳來。這是所有報紙的頭條。

「我哥克勞斯，」卡蒂亞說，「非常愛他，他的許多朋友也是。」

「妳是說——？」海因里希問。

「沒錯，我就是這個意思。但我確定什麼也沒發生。阿爾瑪盯得很緊。」

「我只見過阿爾瑪一次，」海因里希說。「如果我娶她，我也會早死。」

「我記得她根本無視馬勒的存在，但這似乎讓他很開心。」托瑪斯說。

「年輕男人都很愛他，」卡蒂亞繼續。「克勞斯和朋友們甚至打賭誰可以先親吻他。」

「親吻馬勒？」托瑪斯問。

「我想我父親更喜歡布魯克納，」卡蒂亞說。「但他喜歡馬勒的作品。還有其中一首交響曲。但我忘記是第幾號了。」

「一定不是我聽過的那一首，」海因里希說，「它太冗長，可以從四月聽到新年。我的鬍子都可以長到拖地板了。」

「我家人非常喜愛馬勒，」卡蒂亞說。「連說出馬勒的名字也能給予我哥奇特的滿足感。除此之外，他都很正常。」

「你哥？克勞斯？他正常？」托瑪斯質疑。

托瑪斯以前從未搭船前往威尼斯。在他瞥見城市輪廓的那一霎那，他馬上知道自己要將它當做下一次寫作的題材背景。同時他也想到，假使他能在故事中讓馬勒復活，對自己也是一大安慰。他想像馬勒就在身旁，同時為了取得最佳視野，在船上換了位置。

托瑪斯知道該如何描述馬勒：身材矮小，大大的頭與他的身材很不搭。頭髮往後梳，眉頭高聳粗獷，眼神隨時可以將人看穿。

托瑪斯計劃在自己即將動筆的故事中，身為作家的主角著作等身，甚至寫了托瑪斯也曾經想過要寫的作品，關於腓特烈大帝的豐功偉業。他在自己的國家很有身分地位，但此刻的他只想遠離工作與名氣，好好休息。

「想什麼？」卡蒂亞問他。

「對，但我不確定是什麼。」

蒸氣船的引擎一停，貢多拉就陸續靠過來，繩梯放下之後，海關官員爬上船，讓旅客陸續上岸。他們坐上貢多拉時，托瑪斯注意到它的黯淡無光，彷彿這艘貢多拉原本是負責載運棺材蜿蜒橫渡威尼斯的大小運河，而非歡樂喧鬧的觀光客。

他們站在旅館大廳時，托瑪斯表示，這裡沒有大公夫人真是不錯。他們的房間俯瞰沙灘，海水已經漲潮，緩緩將長浪有節奏地送上沙灘。

晚餐時，他們發現自己身處一個國際化的世界。幾位客氣低調的美國人坐在離他們最近的桌子，他們身後還有幾位英國女士、一家俄羅斯人，幾個德國人與波蘭人。

他觀察到那位與女兒同行的波蘭母親先請侍者離開，因爲還有一位成員沒來。接下來，她們對著一位剛從雙扇門走進來的男孩揮手，要他盡快過來。他遲到了。

男孩走過餐廳，帶著一股默然的狂傲。他金髮碧眼，捲髮幾乎及肩，他身穿英國水手服，大步走向家人，對著母親與姊妹們鞠躬，坐在托瑪斯目光可及的方向。

卡蒂亞也注意到這個男孩，但海因里希應該沒有，托瑪斯想。

「我想看聖馬可廣場，」海因里希說，「這應該是主要的觀光景點吧？還有聖方濟會榮耀聖母聖殿，也許再參觀聖洛克大會堂的丁托列脫繪畫，另外，好像哪裡還有個像商店的小房間，甚至看得見卡帕齊奧的作品。差不多就這些。其餘時間我只想游泳，什麼都不想，望著大海與天空發呆。」

托瑪斯注意男孩皮膚白皙，雙眼湛藍，舉止沉穩。當母親對他說話時，男孩禮貌點頭，同時嚴肅地與侍者對話。此時撼動托瑪斯的不僅是他的俊美，他自持冷靜的態度更令他驚嘆，他安靜時不顯得鬱悶，與家人同坐時，又保持著距離。托瑪斯端詳他的泰然自若。男孩一眼就看見他，托瑪斯立刻低頭，決心要好好安排明天行程，不再多想這名男孩。

第二天早上晴空萬里，他們決定充分利用旅館在沙灘的設施。托瑪斯帶著他的筆記與一本他覺得自己會看的小說，卡蒂亞也拿了一本書。飯店人員讓他們在大陽傘下舒適坐定，還另外安排桌椅，以便托瑪斯寫作。

他早餐時又見到了男孩；他又一次比家中其他成員晚到了，彷彿這是他爲自己爭取的特權。他跟前一晚一樣，步伐優雅穿過餐廳。托瑪斯知道自己被他深深吸引，正因爲沒機會說話，他唯一能做的，就是觀察。

他剛開始寫作的第一個小時完全不見男孩或其家人蹤影。男孩終於現身時，竟然是上身全裸，對一群在沙灘玩耍的人們宣布他的到來，他們大喊他名字，它有兩個音節，但托瑪斯沒聽清楚。年輕人開始用舊木板架在兩個沙堆之間。他望著男孩拿起木板，另一位比較年長的強壯男孩前來幫忙，將它放妥。兩人檢查他們的成品便摟著彼此的肩頭滿意離開了。有個小販兜售草莓，卡蒂亞將他打發了。

「連洗都沒洗。」她說

托瑪斯放棄寫作，拿起小說要看。他假定此時男孩與朋友已經跑到別的地方探險，接下來大概在午餐時間才會見到他了。

海面閃閃發亮，乳白色光暈讓他昏昏欲睡，他時而醒來讀點書，偶爾打盹，直到他聽見卡蒂亞說：「他回來了。」

她的聲音刻意壓低，他想，好讓海因里希聽不見。他起身看向卡蒂亞，她卻在低頭看書沒理會他。但她是對的。男孩站在及膝的水中，開始往外涉水，接著便開始游泳，直到他母親與一位應該是女管家的女人堅持要他回到岸上。托瑪斯望著他從水裡走出來，金髮仍濕漉漉的，不斷滴水。他觀察得越認眞，卡蒂亞便讀得越專注。即使後來他們兩人獨處時，也沒有再多加討論，畢竟，也沒什麼好說的。一旦知道自己無須掩飾興趣，讓托瑪斯更加自在，於是他挪動座位，換一個角度，以便更清楚凝視男孩擦乾身體，他母親與女管家正在嚴密監督他的一舉一動。

第二天早上儘管天氣依舊溫和宜人，但海因里希說服他們陪他前往教堂與畫廊。貢多拉剛從小碼頭出發，托瑪斯就後悔了。他必須離開熱鬧的沙灘活動，前一天眞是太精彩了。接近廣場時，威尼斯的美景一覽無遺，這是最棒的角度。溫熱的西洛可風徐徐吹來，他往後靠，閉上雙眼。他們一整個早上都要看畫，也許吃點午餐，在陽光變得更柔和的午後回到麗都。

他和卡蒂亞看著海因里希在聖方濟會榮耀聖母教堂看到提香的《聖母升天圖》時的興奮，不自覺地笑了。不會有小說家喜歡這幅畫的，托瑪斯心想。中心人物儘管色彩華麗豐富，卻過於浮誇不眞實。端詳了一會兒後，他將注意力轉向繪畫下方，那群表情訝異的凡夫俗子，跟他一起目睹了奇蹟的發生。

走回大運河時，他知道海因里希絕對心有所感，馬上就要發表自己對歐洲、歷史或宗教的偉大看法，但他沒什麼心情聽，卻又不願破壞今天早上與哥哥的親密時刻。

「你們能想像被釘上十字架時還活著的感受嗎？」海因里希問。

托瑪斯嚴肅地看了他一眼，裝作自己也在思考同樣的問題。

「我想世上不可能再重演同樣的事了，」海因里希提高聲調，以便蓋過狹窄街道的晨間喧囂。「我是說，未來確實會有地方戰役或國際戰爭的威脅，也會簽訂事後的條約與協定。國與國之間貿易終會延續，船隊會更龐大，速度加快，航線更爲龐雜，未來會有更多隧道穿越山脈，橋梁也會更堅固。但不會再有災難，不會再有眾神降臨。資產階級終將永垂不朽。」

托瑪斯微笑點頭，卡蒂亞說她喜歡提香和丁托列托，儘管手冊載明兩位畫家厭惡彼此。

他們走進陰暗角落欣賞卡帕其奧的作品，托瑪斯很高興沒有人看得見他，沒有人會注意他對這些畫的反應。他走離卡蒂亞和海因里希。令他驚訝的是，馬勒的身影突然闖入他心頭。有那麼一秒鐘，他想到自己就是這昏暗畫廊的馬勒。這眞是一場奇特幻夢：馬勒在現場，欣賞一張張畫作，品味每一個場景。

在從波拉過來的蒸氣船上，他想像以馬勒爲本，擔綱演出的故事時，那位主角是個孤單的男人，既不身爲人夫也沒有當過父親。托瑪斯來回玩味，考慮該讓主角擁有各種偉大的人生經驗，或是只爲了一個想法、一次經驗或一場挫敗而活著。就像剛才海因里希在大街發表的言論，把它置入某段黑暗壓抑的情緒中檢視。但那時他還沒有把這個想法與這幾天自己在沙灘及旅館餐廳的體驗連結。

他的主角，無論是馬勒、海因里希或他自己，到了威尼斯，面對各種美景衝擊，內心的慾望也被驅動了。托瑪斯原本考慮對象是一位年輕女孩，但他立刻想到，情節會顯得理所當然又平凡無奇，特別如果女孩年紀稍長。不，他想，一定得是男孩。他要暗示此等肉體的渴望，畢竟那是遙不可及，終究無法實現。那位年長男子的眼神將炙熱猛烈，因爲，一切都不可能成爲事實。但這次邂逅終將徹底扭轉主角的人生，它稍縱即逝，沒有結果，永遠不可能被世界、社會或家族接受，但力道卻足以衝破主角自以爲堅不可摧的靈魂大門。

海因里希到銀行換錢時，出納員警告他不要按照原訂計畫繼續往南，因爲聽說那不勒斯正在流行霍亂。一聽到這些話，托瑪斯就知道自己會將它融入故事。他要霍亂的謠傳出現在威尼斯與麗都旅館，房客將一一散去，而年長男子的慾望將與疾病、腐敗融為一體。

第二天早餐時，不見波蘭人蹤影，前一晚也是如此。托瑪斯找機會問櫃檯的年輕人，他告訴托瑪斯，這家人還沒離開。

午餐時，男孩的母親與姊姊到了餐廳。卡蒂亞和海因里希正在討論當天海因里希在早報看見的新聞，托瑪斯緊盯門口。有幾次，它驀然打開，卻只見到侍者，隨後，他出現了，穿著水手服的男孩正大剌剌走過餐廳，在坐下前，他突然停下腳步，對托瑪斯迅速點頭，短暫燦笑，轉頭專心點餐。

下午在沙灘時，托瑪斯整理了他計劃寫的故事。海因里希行李搞丟了，這也可以成為故事題材，如此一來，主角還可以藉口晚點離開，但其實他只是很想與對方在同一時空待久一點。他想到之前有人兜售的草莓。它也可以寫到故事裡。

他的主角看見這完美軀體的情感衝擊，將隨著日子過去更加強烈。主角奧森巴哈常常見到男孩，在聖馬可廣場穿越潟湖時也曾巧遇。他注意到這家人總是提前吃早餐，好在沙灘消磨更多時光，他也早早結束，先他們一步走上沙灘。

故事中的奧森巴哈孑然一身，曾經結過婚，很早就沒了父母親，他有一個女兒，但父女倆並不親近。奧森巴哈沒什麼幽默感，這是作家的通病，他的諷刺本性僅出現在他對哲學與歷史議題的詮釋；但他不允許自己出現任何譏諷嘲弄的言行舉止。他無法抗拒每天清晨在亞得里亞海燦爛的陽光下，望著那位身穿藍白泳衣的美少年。男孩在地平線的輪廓深深吸引了他。奧森巴哈完全聽不懂男孩的外國腔調，他最渴望的就是男孩暫停戲水時，他獨自站在水中，英姿勃發，家人就在遠處，他習慣雙手枕在頸後，凝視頭頂的湛藍天空，一面做白日夢。

他與卡蒂亞及海因里希準備打包離開，他們得知威尼斯可能有霍亂，此時托瑪斯已經有故事大綱了。他知道若跟卡蒂亞聊起故事內容，她一定會似笑非笑地看著他，心知肚明他想用它掩飾心中的渴望。

在大廳等她時，他努力想回憶她對他究竟可以有多瞭解。他想應該是與她第一次見面時，那天在她父母家，那次，她跟克勞斯找他攀談。現在想起來，她似乎是拿克勞斯當圈套，或是誘餌。因爲她看見那位將成爲她夫婿的男人正盯著哥哥看。

托瑪斯也注意到卡蒂亞的存在，但如此而已，他想起那次派對，他曾在卡蒂亞與其兄長的嘲弄眼神下，短暫放鬆警惕，或許他在其他場合也曾經這麼做。最怪的是，他心想，她似乎不以爲意。

結婚這幾年來，在她步步爲營的監督下，夫妻倆有了某種默契。一開始是爲了要放鬆，有一次卡蒂亞發現溫巴赫酒莊的某一款麗絲玲白酒可以提振托瑪斯的活力，讓他體力充沛，精神滿滿，喝完後，托瑪斯甚至可以再來一兩杯干邑白蘭地。兩人互道晚安後，卡蒂亞會先上樓，同時篤定托瑪斯很快就會出現在她房門前。

這不言而喻的默契中，有個條款就是托瑪斯絕對不會做任何危及家庭幸福的事，於是，卡蒂亞也默許他的慾望本質，以最大的寬容接受他的眼神就是落在某些人身上，她也很有風度，讓托瑪斯知道只要舉止合宜，她將會欣賞他各種不同的面貌。

故事完成後，他交給卡蒂亞閱讀，等了幾天都沒得到回應，最後，他還得開口問她。

「嗯，你掌控得不錯，感覺你就在現場觀察，只是，你腦海還有我。」

「妳想如果出版，會有外界的壓力嗎？」

「你是最受尊崇的作家。但這份作品帶來很大的改變。世人會以不一樣的角度看威尼斯。我想，人們也會改變對你的觀感。」

「所以就不要發表？」

「我想你創造了它，不是爲了留在身邊不出版吧？」

那篇故事在雜誌連載兩期，隨後出版成出，托瑪斯以爲外界會群起圍攻，甚至擔心會有評論暗示作者似乎對此類主題非常熟悉，更不用說作者本人還是個有四個孩子的父親。

事實上，評論家將作家與男孩間的關係解讀爲，在這人際關係疏遠冷漠的時代，死神誘惑與永恆魅力如何拉鋸較勁。他們面臨最激烈的反對意見來自卡蒂亞一位舅舅，他很生氣，也看不出什麼隱喻，忿而寫信告知卡蒂亞父親：「什麼故事！明明是有家庭的已婚男人！」

但另一方面，卡蒂亞八十出頭的外婆，則投書到一家柏林報社盛讚托瑪斯的作品，同時寫信告訴卡蒂亞，自己終於克服了之前對托瑪斯所有的不滿。往後，她不會再拒於他於千里之外，她現在認定，托瑪斯·曼代表的就是新德國，也是外婆畢生嚮往的嶄新國度。

在這本書問世前，托瑪斯與卡蒂亞得面臨一個比較令人不安的私事。卡蒂亞肺部一處舊的結核再次蠢動。他們決定她該前往瑞士達沃斯接受治療。

六歲與五歲的艾芮卡及克勞斯對於離開他們，準備前往療養院的媽媽沒有特別想念，讓托瑪斯心裡不爽快。同時負責照顧他們的女僕依利又對孩子們極其嚴厲，認眞履行職責，特別是兩個年紀最小的孩子。很快地，艾芮卡與克勞斯就找出對策應付大人，包括每晚睡前來場戲劇表演，兩人打扮得荒謬誇張，大聲吵鬧，讓父親不得安寧，在樓下房間壁爐前的閱讀時間常常被打斷。

卡蒂亞不在家後，托瑪斯特別請母親在夏天時到巴特特爾茨支援。茱莉亞從來不曾跟不受控的孩子打交道。她自己的孩子們過於早熟，卻也聽話，容易控制。艾芮卡和克勞斯把奶奶的特立獨行視爲自己可以爲所欲爲的理由。他們堅持自己年紀夠大，不需要老是陪戈洛與莫妮卡待在花園。他們有自己的朋友，自己的活動，他們還說，媽媽總是讓他們和其他同齡孩子一起去河邊，只要有朋友家的女僕監督就好。

母親找上托瑪斯求助，他甚至與艾芮卡和克勞斯齊聲抗議，結果艾芮卡又拉著他，堅持他們過去從來沒有這樣被限制行爲，要爸爸跟奶奶談談，聲援他們的行動自由。

戈洛活在自己的小世界，不吵不鬧，從來不跟在哥哥姊姊後面，當然他們也不歡迎他。他跟奶奶不親，也不會特別找母親代理人。他很少在意爸爸在做什麼。只要他在房間，他便會找到自己的小角落。在花園，他也選擇坐在樹蔭下。托瑪斯很驚嘆他的自制力。

莫妮卡還是小寶寶，向來很難帶，夜裡哭鬧，莫名其妙就不開心。托瑪斯與三個大孩子用餐時，向來要艾芮卡與克勞斯準時出席，身體坐正，隨時記得說「請」和「謝謝」，也要等眾人用餐完畢才可離席，但他眞的不知道該拿莫妮卡怎麼辦。在巴特特爾茨時，他將她全權交由母親照顧。每當他經過她在的房間時，就聽到她在哭。

一開始卡蒂亞每天都從達沃斯寫信回家，口吻開朗風趣，描述了她病友與療養院的生態。托瑪斯回信時，總是設法想出一些孩子們的有趣軼事。兩個大孩子的活動都很好玩，讓人看出他們有多麼聰明機巧，就連戈洛的習慣也可以拿來開玩笑。但莫妮卡就很難描述了。

無論他們給對方的信有多冗長仔細，在卡蒂亞離開後沒多久，托瑪斯發現自己眞正開始想她了。她離開前，他從未意識到兩人有多親密。眞的，他向來不認爲他們有常常交談。兩人會一起用餐，下午出門散步。但妻子在他工作時從不進他書房。近年來，由於睡眠較淺，托瑪斯與卡蒂亞分房睡。但現在連最平凡的日常瑣事都沒意思了，因爲他沒法找她討論。

全家人在開學時從巴特特爾茨回到慕尼黑後，托瑪斯很清楚卡蒂亞在療養院的時間可能得延長。他在幾封信中曾經強調，家人都很期盼她回來。他知道她的母親與外婆深信她連續生了好幾個孩子，還得操持繁重家務，更不用說丈夫的財務問題，讓她必須承擔太多責任。她們好幾次對他暗示，她的病就是歸咎他，從此他便小心翼翼避開相關話題。她母親與外婆與他自己的媽媽不一樣，完全沒主動提議要幫忙帶小孩，他不認爲自己有必要隨她們起舞。

卡蒂亞回信寫道她很期待他的來訪。他列出了自己想告訴她的事，但即使他加進小孩的趣事，他們說過或做過的一些可能讓她開心的小事，但他也注意到，在她缺席的這幾個月，四個孩子各自有不同的成長與發展，往後或許就定下來了。兩個大孩子已經被校方與同學家長投訴多次。每次有人找戈洛說話，便顯然打擾了他奇特的內在均衡。而莫妮卡，不管大夥如何全力安撫，總是很難冷靜。

他知道把這些寫在信裡感覺會很聳動，假使將它們穿插在對話中，應該衝擊就不會那麼大了。如果他可以暫離孩子們，前往達沃斯，對他一定是一大解脫。這陣子他成了愛立規矩的老爸，一天到晚發出命令，他知道三個大孩子開始不喜歡他了。他們總是盡可能迴避他，不管他在餐桌上多麼熱情鼓勵他們開口，大家一貫保持沉默。

他讓母親轉告孩子們他要離開三星期，出發當天，他在拂曉前便走出家門，趕上一列前往羅爾沙赫的早班火車，隨後上了一輛區間列車前往阿爾卑斯山區的蘭德夸特。抵達之後，再轉搭車廂狹小的登山列車，一路坡度陡峭崎嶇，彷彿路途迢迢，沒有終點，軌道險象環生地擠在岩壁間，在火車到達終點站之前，他開始覺得他跟孩子們之間的相處問題離他非常遙遠了。

這不僅因爲他從慕尼黑長途跋涉，在車站等待列車時，慕尼黑的印象緩緩退去，他逐漸融入了由卡蒂亞主導的山間國度，這是一個被疾病掌控的世界。

卡蒂亞到車站接他。

「終於有人可以聊天了。」他們前往療養院時，她對他說。他有自己的房間，離她的房間有點距離，不過他跟她與病友會一起在餐廳用餐。

她曾在信裡對他描述自己遇過的許多病友。托瑪斯抵達達沃斯不到三十分鐘，就碰到那位總是到處走動，大喊「你們兩個！」的西班牙女人，她是在跟得了肺結核的兩個兒子說話。另外，他還見到一位對巧克力上癮，不斷威脅要開槍自殺的男人。

托瑪斯與卡蒂亞最初幾天聊個不停。他得知在她住院期間，許多病人都死了，她在信中選擇省略這個消息。但他很訝異她竟能如此隨意地提到那些人。沒多久，他便與她分享孩子們的種種，包括他對自己發誓絕對不透露的細節。

「你是說大家都沒有變？」她問。

「沒變？」

「他們四個人在我離開前就是這個樣子了，哥哥姊姊總是很誇張，愛演戲，非常難教。戈洛獨來獨往，不說話，沉浸在自己的世界，莫妮卡就是小寶寶啊。都沒有人出狀況？」

「沒有。」

「唯一不一樣的是，你終於開始注意他們了。」

他的房間宜人安靜，實用的白色傢俱，地板一塵不染。一打開陽臺落地窗，谷壑間的陽光便灑落而入。

晚餐時，一位醫生走近他們，當他聽到托瑪斯堅稱自己非常健康，只是來探望妻子時，似乎覺得好笑。

「想想看！」醫生說。「我還眞的沒遇過一個非常健康的人呢！」

卡蒂亞悄聲爲他解釋魚貫走進餐廳的病友生態。她指著兩桌俄國人。

「一張屬於俄羅斯上等人，全留給他們國內的名流士紳。另一張都是被這種人排除在外的俄國人，可以說是俄羅斯下等人的餐桌。」

卡蒂亞曾經警告他，他鄰房的夫婦就屬於後者，他起初沒怎麼在意這種地位之分，但當天晚上，他被悶聲嘻鬧的人聲吵醒，這才發現原來牆壁很薄，托瑪斯無須聽懂俄語，就能理解隔壁房間的人們在做什麼。直到對方發出的聲音變得更淫穢後，他才開始想接下來的日子該如何正視他們。一旦正式介紹，這對夫婦就會發現托瑪斯對他們情愛時刻的呻吟有近距離的認識。但此時此刻，他們顯然完全不太在乎。

卡蒂亞來找他一起早餐時，他決定不向她提及自己前一晚的經歷，但儘管如此，後來他還是忍不住把它當作緊急事件跟她分享。

托瑪斯發現療養院封閉了她。她對外界仍然很感興趣，孩子們做了些什麼，或是她媽媽與婆婆在忙什麼，她全都想知道，可是，一提到達沃斯，她更是積極多話。過去他們未曾如此熱烈交談，他在這裡也沒有書房可以躲，但他卻能明確感受她的疏遠。他幾次提到她回慕尼黑的可能性時，她反而有點閃爍其詞，她告訴他，自己的肺部還是有一些毛病，眼前離開達沃斯不能當作選項。

她完全變了，他心想。她現在是病人。一兩天後，他注意到自己入境隨俗，他就像卡蒂亞，不需要時時照護，所以他能觀察病患，深入瞭解他們背景，後來他簡直有點走火入魔。雖然他從家裡帶了書，但他發現自己晚上累到讀不下去，白天就算有休息時間，他也不想看書，他只想放鬆，躺平，思考他在這間療養院的所見所聞。

他喜歡午休時間，因為他知道自己很快能見到卡蒂亞，他們可以天南地北聊天，分享兩人分開後，彼此觀察到的人事物。

他告訴她，他知道身處在陌生場所，時間總是過得緩慢。

「可是等到我一想，才知道自己不知道已經來了多久，離我到這裡的第一天，彷彿已經是永恆。」

主治醫生每次在走廊看見托瑪斯和卡蒂亞時都會停下腳步。他表示儘管他也是托瑪斯的讀者，但卡蒂亞的病情才是他最關心的焦點。然而有一天，很快跟卡蒂亞討論她的狀況後，他轉向托瑪斯，將他引到光線下，認眞檢查托瑪斯的眼白。

「有醫生檢查過你嗎？」他問。

「我不是病人。」托瑪斯回答。

「你可以善用在這裡的時間。」他說，臨走前他還別有意味看了托瑪斯幾眼。

醫生替托瑪斯預約門診時，並沒有特別告知，只在某天早上的休息時間派了兩名護佐到托瑪斯房間。兩人說醫生要他們帶托瑪斯去門診。當他說他得先告訴妻子自己的去處時，他們說他不得打擾妻子休息。

在診間，醫生命令托瑪斯脫下夾克、襯衫與背心。他感覺自己被人扒光，想必他看起來比自己的實際年齡還要蒼老。好一會兒醫生才回來，然後一句話也沒說，開始檢查他的背部，用拳頭敲一敲，傾聽回音，另一隻手則輕放在托瑪斯的腰背凹處。醫生來回檢查某些部位，一處靠近左鎖骨，一處在鎖骨下方。

他找來一位同事，他們要托瑪斯深呼吸，然後用力咳嗽，接著在他的背上下移動聽診器，傾聽內部壓力。他們檢查速度很慢，托瑪斯知道，等到一切結束，他們可有話要說了。

「跟我料想的一樣。」其中一位說。

托瑪斯眞希望剛才可以說服兩位護佐，說自己太忙，不能隨他們來找醫生。

「恐怕你不能只把自己當成這裡的訪客了，」另外一位醫生說。「你一到這裡我就料中了。還好你有來。」

托瑪斯抓起襯衫。他只想把自己蓋住。

「你的肺葉有點問題。如果不立刻治療，我可以保證，再過幾個月你就會回到這裡。」

「什麼治療？」

「和這裡其他人一樣。這需要時間。」

「多久？」

「啊，大家都這麼問，後來，也都懶得問了，他們知道我們很難給出答案。」

「你們確定嗎？我在其他地方都沒有類似的診斷，會不會有點太巧了？」

「這裡山上的空氣，」年長的醫生說，「對治療很有益處。卻也有可能讓老毛病浮現出來，甚至導致潛在疾病的爆發。我們要盡快替你照X光。」

X光將他從達沃斯的美夢中喚醒了。一天早上，他被告知當天下午他要到地下室檢查室。他問卡蒂亞時，她說這沒什麼，只是讓醫生看清楚他的肺部狀況。

他在小房間等待，還有另一位高個子的瑞典人在場。在這密閉的狹小空間，他發現自己敏銳察覺

瑞典人的存在，這感知遠超過他到達沃斯後，對周遭一切的觀察。他想像X光穿透男人的皮膚，找到他體內沒有人能觸摸或看到的區域。在一名助理走出來要他們兩人脫掉上半身的衣服時，托瑪斯其實很尷尬，原本打算問他可不可以晚點再脫，但瑞典人很乾脆，他先一步走進X光室。托瑪斯只好不情願地照做了。

當他脫下襯衫時，瑞典人已經轉身背對他脫下內衣。在昏暗的光線下，他的肌膚光滑，散發金黃色的光暈。此人背部肌肉異常發達，在短暫的幾秒鐘內，托瑪斯敏銳意識到，由於這裡太過於狹窄，他等會一定會與這名同伴有肉體接觸，或許手臂甚至會不經意地流連在男子赤裸的背部。在他排除這個思緒前，瑞典人轉身大方地將拇指與食指放在托瑪斯右臂的二頭肌，想要感受他的肌肉力量。他稚氣地笑了笑，聳聳肩，指指自己上臂的肌肉，然後輕拍肚子，表示自己體重過重了。

在檢查室裡的小房間，醫生站在一個類似櫃子的東西前。眼睛逐漸適應黑暗後，托瑪斯看見一個如相機般的盒子放在可以滾動的支架上，牆上有一排排玻璃板。他還辨識出玻璃器皿、電器開關與高大的垂直儀錶。他心想，這裡比較像攝影師的暗房，發明家的實驗室或巫師的據點。

一位更年長的醫生出現了。

「你們倆等一下痛的時候可不要叫得太大聲喔。」他說，現場的人都笑了。

「要不要看看我們的手工藝品？」他問。

他扭開開關，一組玻璃板瞬間點亮，眼前全是身體器官——手、腳、膝蓋、大腿、手臂、骨盆，影像朦朧如幻影。X光機能夠剝去層層血肉，推開柔軟組織，專注於核心，讓人類知道，假使肉體不再，原有的身體架構是何等模樣。托瑪斯屏住呼吸，專注端詳某位他也許曾在走廊擦身而過的病友身體結構，他發現自己靠在瑞典人身上，他的肩膀碰著此人的上臂。

醫生決定瑞典人先上場。他們要他坐下來，面向某個鏡頭，胸口靠在金屬板上，雙腿張開。助手將他的肩膀向前推，以一系列揉捏的動作推擠他的背部，然後要瑞典人深吸一口氣，閉氣，接著，機器運作了。托瑪斯看得出來瑞典人閉上了雙眼。儀錶發出藍光，火花沿著牆壁劈啪作響。紅燈閃爍。然後一切歸於平靜。

輪到托瑪斯了。

「抱著面板，」醫生說。「想像一下，這是某個人，某個你喜歡的人。把你的胸口緊緊壓在對方身上，深吸一口氣。」

結束後，醫生要他與瑞典人稍候。他們將可以很快看出鏡頭究竟捕捉到了什麼。首先是瑞典人的片子。

在畫面中，托瑪斯看見胸骨與脊柱融爲一體，是一根暗黑駭人的柱子。然後，他注意到胸骨附近一個看起有如囊袋的物體。

「看見心臟了嗎？」醫生問。

輪到托瑪斯看自己的影像時，他覺得自己彷彿走進了聖地的隱密聖所。螢幕點亮後，他想起父親的肉體，如今已經成了呂貝克墓園的一具骷髏。然後，他也看見了自己往後將留存於墓穴的模樣。他想知道，在這些圖板中，是否也有卡蒂亞的影像，看見她會留在亙古永恆的模樣後，如今的她對他更珍貴了。

當下，他知道這可以寫進自己的下一本書，內容會非常戲劇化，這應當是小說家首度描述X光，毛骨悚然的光線與不可思議的聲音造就了迄今為止無人分享的影像。他彷彿被下了魔咒，來到達沃斯。一旦他掙脫此處的奇特氛圍，他知道，自己一定會開始提筆寫作。他渴望馬上回到自己的書房，假使哪個孩子吵鬧，肯定被他責罵。他恭敬地聽了醫生的話，醫生告訴他，X光證實了他們的懷疑，他得了肺結核，也需要治療。他溫順點頭，也表達自己願意信賴醫生的照顧。但在腦海中，他早已跳上火車，沿著阿爾卑斯山蜿蜒狹窄的鐵軌，一路下山，回到平地。

他與慕尼黑家庭醫生的討論，幫助他掙脫了在達沃斯時而清醒時而做夢的幻覺，之前緊箍他的魔咒瞬間破解。

「我的建議，」醫生說，「就是你留在平地。假使你開始咳血，立即安排見我。但我覺得我們應該不會太快見面。也告訴你的妻子，如果她願意聽，遠離家人只會讓她病得更重。」

托瑪斯回到之前的人生，每天忙著要求兩個大孩子坐正用餐，不得浪費食物。有時，在艾芮卡的要求下，他會說笑話變魔術給他們看，卡蒂亞離開後，他從未這麼做過。他有個拿手把戲是假裝自己沒看見椅子上的艾芮卡，把她當舒服的小抱枕。艾芮卡和克勞斯每一次都捧腹大笑，戈洛會用手捂住臉龐。當兩個大孩子要求他再表演一次時，他總是希望卡蒂亞能在場，決定自己該不該就此打住。

他開始計劃他的小說《魔山》。主角比他小十五歲，來自漢堡，擁有科學家的智慧與洞察力。科學家到達沃斯原本只是要訪視在當地接受治療的表弟，後來，在他循著院方的日常行程起居後，開始發現時間喪失了意義，這種奇特的感受令他驚惶不安，後來，科學家也習慣了。

在這想像中的達沃斯，循規蹈矩、按部就班的日子取代了平地雜亂無章的人生。病患惡化速度極其緩慢，反映平地生活無孔不入的道德疾患。但這樣的情節太單純了。他必須讓人生本身，而非人生理論主導這本書。他一定要創造充滿機緣巧合的瑰異場景。除此之外，他還想探索情色的狡詐本性。

在他夢想自己的新作品時，他也意識到慕尼黑社會的新氣象。當記者到他家時，他們想問的是政治議題而非小說創作。他們提到巴爾幹半島與列強，認定托瑪斯也會就德國在歐洲的地位與鄂圖曼帝國的解體發表意見。他有時希望卡蒂亞與海因里希也能在場，因爲他下了很大的功夫，讓自己的言談聽起來彷彿他眞的曾經深刻思考上述的政治議題。但他發現自己也喜愛成爲一個時而針砭時事，關切媒體頭條的小說家。他開始在意新聞報導，它們會報導德國軍方的壯大，還監督皇帝必須隨時保持警惕，畢竟鄰國強敵環伺，虎視眈眈。

托瑪斯寫信給卡蒂亞，告訴她他又開始寫小說了，但她對此沒特別說什麼，反而告訴他，俄羅斯下等人那一桌有成員過世了，院方甚至選擇在夜深人靜時，偷偷摸摸將遺體處理了。

儘管他多次詢問卡蒂亞，她認爲自己還要在達沃斯待上多久，但她不曾正面回答。他發現她對那裡的生活有點走火入魔，他的造訪，甚至陪著她加入療養院的日常生活，都無法將她從現實喚醒，反倒加強了她的幻象。

爲了打破魔咒，他寫信給她，告知她他打算在慕尼黑蓋房子。他說，自己已經在看合適的地點了，也參考了一些設計圖。他記得他們在巴特特爾茨蓋房子時，卡蒂亞盯緊大小細節。建商甚至開玩笑稱她是建築師。她還常常在晚上醒來，修改設計。

他寫了幾封信給她，告訴她自己在考慮什麼型式的建築物，甚至畫圖給她看他想要的書房模樣，也強調廚房要擺在地下室。他希望這麼做能將她從沉睡中喚醒。他想這一切都需要時間，建築藍圖也需要更深入，才能吸引她回頭。等到他收到她幾封內容無痛關癢的信後，她又寄來一封短信，明言醫生告訴她，留在山上對她沒有進一步的好處，所以她很快就要回家了，這讓他非常訝異。

他不知道是否該立刻通知孩子們，或者是讓他們的母親返家當作是給所有人的驚喜大禮。他期待她回家時，心裡知道，不用多久，卡蒂亞就能重申她的存在感與重要性，彷彿她從未離開。而他，卻得在接下來的寫作歷程中，鎮日沉浸在她打算離開的那個奇特地方了。

---

4 在貝多芬之後的作曲家，都因寫完第九號交響曲後不久離世，以致不少作曲家對此忌諱。（編按）

5 阿爾瑪・馬勒（Alma Mahler, 1879-1964），奧地利作曲家，婚後被迫放棄作曲。（編按）

第六章

慕尼黑 一九一四年

克勞斯・普林斯海姆彈鋼琴，九歲的艾芮卡和小她一歲的克勞斯・曼分坐在舅舅兩側。卡蒂亞在沙發上，穿著一件黑色鑲鑽裙。莫妮卡找到了一把湯匙，不顧大家乞求，用它敲打廚房的平底鍋。戈洛面帶厭惡望著這一幕。

「克勞斯，」他的舅舅說，「當艾芮卡開始和聲時，不要跟著她，維持你自己的旋律。需要的話，大聲唱。」

他們準備要唱的可是音樂廳的名曲。

即使哥哥在場，卡蒂亞仍然泰然自若，能夠隨意變換角色。她從達沃斯回來後，便全力投入處理孩子們的需求，仔細監督正在興建的波辛街曼氏大宅，這棟建築物就座落在河畔。當夜裡終於四下安靜後，托瑪斯常常看見她獨坐餐桌旁審視設計圖。但只要雙胞胎哥哥來訪，卡蒂亞便搖身成為當年在普林斯海姆家的派對上，令他著迷的年輕少女。她與克勞斯重拾兩人慣有的嘻笑打鬧，往往讓托瑪斯覺得他們其實在嘲弄他。

「我們需要的，」克勞斯說，轉身面對托瑪斯，「是個能與法國肩並肩對抗普魯士的獨立慕尼黑。

是一場一定得贏的硬仗！」

「你打算加入這場戰爭嗎，親愛的？」卡蒂亞問道。

「白天，我會是最可怕的軍人，」克勞斯說。「晚上，我會爲部隊創作振奮人心的音樂。」

他開始彈《馬賽進行曲》

「我們家有鄰居，」托瑪斯說，「現在很敏感。」

「鄰居也渴望戰爭。」卡蒂亞說。

艾芮卡和她的哥哥克勞斯開始唱起歌。

我們討厭強尼俄羅斯和他的大臭屁。
我們討厭狡詐的法國人。
我們討厭冷酷無情的英國人。
匈人將與他們作戰，直到他們死光光。
死，死，死。直到他們死光光。

小孩在房間邁步前進，莫妮卡跟在後面，用湯匙敲打鍋子。很快戈洛也加入了他們的行列。

「這都是哪裡學來的？」托瑪斯問。

「外面到處都聽得見這樣的歌曲，」他的小舅子說。「你該出去見見世面。」

「托米喜歡世界自己上門找他。」卡蒂亞說。

「到時瑪利安廣場得更名爲法文的瑪麗廣場，」克勞斯說。「搞不好最後會有俄羅斯名稱。」

托瑪斯發現有些僕人擠在樓梯間偷看。早知道他和卡蒂亞就應該替大兒子取個「克勞斯」以外的名字。家裡有一個克勞斯已經足夠。他眞心希望克勞斯・曼能以舅舅以外的人當作榜樣。

一月時他們搬進新家。有一段時間，出於迷信，托瑪斯避免經過工地。每次卡蒂亞要找他討論細節，他總是說自己只需要一個可以安靜獨處的書房，如果有陽臺更好，他可以在那裡思考時局。

「我還想要自己的浴室，但我就不計較這個小細節了。」

「我們還得讓我爸不要插手，他肯定會連傢俱也要挑毛病。」

「我想要呂貝克的書櫃，不是妳父親設計的書櫃，也許還可以通往花園，讓我可以隨時消失。」

「我拿給你看，設計圖上有。」

他微笑舉起雙手，表示投降。

「每次給我看圖，我眼裡只看到我們得花的錢。」

「我爸——」卡蒂亞開口。

「我寧可從銀行借錢。」托瑪斯說。

房子氣勢宏偉，他想，就像有錢人的豪宅，一個曾經到荷蘭和英國等地旅行，欣賞當地風格，同時更不吝嗇展示雄厚財力的富商。他會以擁有這棟宅邸自豪，卻又在意其他人感受，例如海因里希。

更不用說，他擔憂孩子們會在同儕間成爲邊緣人。他們或許會在家附近找到價值觀類似，志趣相同的朋友，但一定會有人認定他們父母將財富視爲理所當然。他不希望他的孩子會如此看待特權。但到目前爲止，他無能爲力。他時時注意不要對卡蒂亞抱怨，畢竟她很高興向她家人展示新房子。

「看我們這位小作家把妳的身分地位提昇了，」克勞斯對她說，對托瑪斯眨眨眼。「從霧濛濛的呂貝克到閃亮奢華的慕尼黑，別告訴我你們貸款的金額！作家沒那麼多現金！」

他們到巴特特爾茨避暑時，托瑪斯非常盼望不會有人提到戰爭的可能性。一旦出城，他確信，就不會聽到什麼愛國主義的笑話了。自結婚後，托瑪斯便很少造訪慕尼黑的小餐館，也鮮少接觸政治八卦。他認爲戰爭不太可能發生。他當然知道英國要的是一個不太強大，沒什麼自信的德國，但他也看出來法國與俄羅斯何以要參戰，畢竟最大獲利者將會是英國，它至今仍堅持從各處殖民地取得豐厚利潤。

沿途他們多次停下來休息，但沒有聽到任何新聞。傍晚抵達後，大人忙著安頓小孩，隨後才能出門散步。托瑪斯夫婦允許大孩子在女僕陪同下出門找朋友，嚴格規定他們必須在七點之前回家。

托瑪斯正在書房整理他的書，艾芮卡和克勞斯衝了進來。

「他們槍殺了大公！他們槍殺了大公！」

起初托瑪斯以爲這又是另一首歌的開場白。他從假期一開始便下定決心不讓兩個大孩子自行其是。

他很高興卡蒂亞在樓上，因爲他一把抓住克勞斯，還兇狠地用手指著艾芮卡。

「我不要再聽見你們唱歌了！不准再唱！」

「克勞斯舅舅說我們想唱什麼就唱什麼。」艾芮卡說。

「他不是你們的爸爸！」

「我們又沒有在唱歌，」艾芮卡說。「這是事實。」

「他們殺了一個大公，」克勞斯說。「你是最後一個知道的。」

「什麼大公？」他問。

「誰在說大公？」卡蒂亞出現時問道。

「他們開槍打死了他。」艾芮卡重複。

「他死了，」克勞斯補充道。「死，死，死。直到他們全都死光光！」

第二天早上到處都買不到報紙。托瑪斯已經向當地報刊代理漢斯．加勒訂購了幾份德國報，讓他在接下來的兩個月內每天都有報紙可看。加勒從曼氏家族抵達當地避暑後，便很自豪地將托瑪斯的作品放在櫥窗展示。

他陪著托瑪斯走到街上，四下張望，似乎期待看見外國軍隊。

「暗殺斐迪南大公的不僅是塞爾維亞人，」加勒語氣緩慢卻肯定，「他是塞爾維亞民族主義分子，這意味著他領的是俄國人的薪水。假使眞是俄羅斯人下令，那麼英國人絕對參與其中。法國人太軟弱又很笨，根本無力阻止。」

托瑪斯不確定加勒所言是在報上讀到，或從客戶那裡聽來的。每天早上托瑪斯出門拿報紙時，加勒早已彙整自己當天接收的資訊，再加油添醋，補充自己的主觀意見。

「一場短暫激烈的戰爭是唯一的解套。我們應該像夜賊般，對法國人窮追不捨。打敗英國的唯一方法就是經過海路。我知道德國正努力研發新魚雷，它一定能嚇跑敵人。」

托瑪斯想到艾芮卡和克勞斯唱過的那些歌，配合上加勒的可怕預言，不禁莞爾。他越詳讀各方報紙，越明白英、法、俄正不計一切代價想要發動戰爭。他很驕傲德國對新型軍武的投入。他深信這是對敵人傳送的最佳訊息。

「我不認為德國渴望戰爭，」一天早上他對加勒說。「但我想英國和俄羅斯相信，若是他們現在不盡全力碾壓我們，就再也沒有機會跟我們平起平坐了。」

「這裡很多人都很想打仗，」加勒說。「男人們都準備好了。」

托瑪斯沒有告訴卡蒂亞他與加勒的談話。他知道她不希望在家裡討論戰爭。

由於他們不在家時，慕尼黑的家又蓋了一間新浴室，托瑪斯被迫回城付錢給建商。俄羅斯就在此時宣布動員。

他付錢時，建商指著浴室工人。

「這是他們在這裡的最後一天了，」他說。「我們不斷趕工，晚上就可以完成。下星期，世界就不一樣了。」

「你確定?」托瑪斯問道。

「下星期，我們都要穿上軍服，大家都是。前一天蓋浴室，第二天修理法國人。法國人是個悲哀的民族，我可憐他們，但假使有俄羅斯人敢出現在慕尼黑，我向你保證，我會給他終生難忘的教訓。俄羅斯人再怎麼胡搞，都該知道自己最好離這裡遠遠的。」

那天托瑪斯早早吃了晚餐就進書房。他注意到自己書架每一本書都是德文書。他與海因里希不同，從未學過法語或義大利文。他有簡單的英語閱讀能力，但他的口說只能算是初級。他拿了自己從呂貝克時期便擁有的詩集，如歌德、海涅、賀德林、普拉登與諾瓦利斯，將幾本比較薄的書放在扶椅旁的地板，意識到這可能是他如此奢侈舒適度過的最後一晚。他在找結構簡單語調憂鬱的詩集，內容或與愛情、風景與孤獨相關。他喜歡鏗鏘有力的德文音韻，它有種甜美，帶著一種完美，近乎圓滿。

摧毀這一切並不困難。儘管德國軍武實力堅強，他心想，但它又不堪一擊。它的存在，是因爲這片土地的人們擁有共同語言，也就是眼前這些詩集的語言。它重視音樂與詩在精神層面的表現，探討人生與生命的困頓苦痛，可是，德國如今卻得任憑那些與自己毫無任何共通點的國家宰割箝制，孤立無援、一蹶不振。

他走進客廳，翻動唱盤。這臺留聲機令他最滿意的就是能播放他曾經親身聆聽的現場演出。在他結婚的最初幾年，他記得普林斯海姆一家曾帶他看《羅恩格林》的利奧·斯萊扎克演出。他翻找唱盤，看見了由斯萊扎克演唱的詠歎調《在遠方之地》。他記得斯萊扎克在慕尼黑歌劇院詠唱這首曲子時，岳父大聲鼓掌叫好，旁人莫不瞠目結舌。

歌手徐徐唱出曲調，吐露了渴望與心願，托瑪斯知道，許多眼前的一切就要輕易失去了。在華格納的作品中，總有種盡全力追求光明或知識的企圖心，但當中又鋪陳了許多不確定性，因此，人物角色無計可施，只能卯足全力，追求那遙不可及的精神境界。

他低下頭。戰爭腳步已然逼近，導火線並非出自彼此的誤解。各方代表不可能集結開會，立刻達成共識。其他國家憎恨德國，想要看到它徹底挫敗。這是戰爭的緣由，他想。德國擁有強大軍力與富足工業，不只如此，舉國人民深化對自我靈魂的理解，不斷持續審視省思。他聽完詠歎調後，意識到除了德國人，任何民族都無法明白這音樂能帶來多深刻的力量與安慰。

第二天早上他到了市中心，幾名讀者走過來和他握手，彷彿將他視爲他們的領袖。托瑪斯在一間小餐館時，正好走進幾位士兵，他們年輕天眞，對侍者彬彬有禮。舉手投足充滿尊嚴，動作機敏靈活，不願打擾托瑪斯看報紙。

他想寫一些戰爭會對德國造成衝擊的文章，但是整個下午都沒有寫出一個字，托瑪斯知道，他該回巴特特爾茨了。卡蒂亞顯然爲時局非常苦惱，擔心德國參戰。晚餐時，她問起他建商與浴室的事。他沒有跟她分享自己與詠嘆調及詩共度的美好夜晚，也沒有告知她，他準備著手寫關於戰爭的文章。

一大早，他發現加勒激動站在店門口。

「我替你準備好所有的報紙。德國今天就要宣戰。事態已經非常清楚。這是德國値得驕傲的時刻。」

他似乎很篤定托瑪斯意見會與他相左。

「緊張是正常的。」加勒繼續。「任何人都不可能對戰爭等閒視之，雖然似乎有人輕鬆以對。」

他看著托瑪斯的眼神滿是指責。托瑪斯納悶是不是自己某本書的觀點冒犯了這位代理商。

「我想你是海因里希．曼的弟弟，對嗎？」

托瑪斯點點頭，加勒走進店裡，走回來時，拿了兩天前的一份柏林左翼報。

「這種內容必須有人審查才對。」他說。

海因里希的文章一開始就堅持，戰爭沒有所謂的勝利，只有傷亡。接著，海因里希悲嘆德國的軍費開支增加，欠缺改善人民生活的基礎建設支出。文章最後指出，假使德皇不撤軍，人民必須明確表達，高聲爭取自己視爲優先的要項。

「煽動叛亂，」加勒說。「從背後捅人一刀。他應該被抓起來。」

「我哥哥是國際主義者。」托瑪斯說。

「他是人民公敵。」

「是的，他最好保持沉默，直到戰爭勝利。」

加勒犀利地看他一眼，確保托瑪斯不是在開玩笑。

「我原本有個兄弟，這些都是他的，」加勒說。

他指著小店，彷彿這裡是鄉下一座莊園。

「我在養豬場工作。但後來他決定去美國。沒人知道爲什麼。我們只收到一張他的明信片。如此而已，其他什麼都沒有。所以我才守著這裡。我們都有兄弟。」

托瑪斯被視爲不適服役，這似乎天經地義，海因里希也是，加勒也一樣，但他才二十四歲的弟弟維克多則立刻被國家徵召，卡蒂亞的兄弟海因茨也是。

在巴特特爾茨，托瑪斯發現加勒四處轉述支持戰爭的言論。有一天，當他和卡蒂亞在大街時，一群路過的中年男人向他致意。其中一人上前告訴他，在此危機存亡時，德國需要像他這樣的作家。聽到這句話，旁人齊聲歡呼。

「他是什麼意思？」卡蒂亞問道。

「我想他是說他很高興我不是海因里希。」

托瑪斯與卡蒂亞從巴特特爾茨到慕尼黑參加維克多的婚禮，因爲維克多希望在自己趕赴前線之前先完成終身大事。托瑪斯發現空氣中有一種輕盈感，一種喜悅。在擁擠的火車車廂，平民一出現後，軍人會立即起身讓位。包括托瑪斯在內的許多人都認爲，不用了，位子給士兵們坐就好。此時，一位士兵站上長凳，對大家宣布。

「我們爲德國服務。這就是我們身上這套軍服的象徵意義。我們希望站著，而不是坐著，以強調我們一心爲國的決定。」

此人同袍同聲叫好，平民們用力鼓掌。托瑪斯發現自己眼眶有淚水在打轉。

在簡單的婚禮儀式上，母親告訴他，海因里希認識了一位捷克女演員，也打算結婚。

「她叫咪咪，我覺得這個名字很可愛。」

托瑪斯沒有回應。

「我沒有看他的文章，」母親繼續，「但我鄰居看了。這是全國上下團結的最佳時刻，我好替維克多感到驕傲。」

露拉與夫婿喝太多了，勒爾告訴卡蒂亞可以轉告她父親投資戰爭債券。

「好讓外界不再懷疑他不支持戰爭。」

「他爲什麼不支持？」卡蒂亞問道。

「他不是猶太人嗎？或妳祖父不就是猶太人？」

卡蒂亞成了黑市專家。她在家附近有一群與她配合的店家，可以取得必要的生活用品。卡蒂亞說自己可從雞蛋價格判斷戰爭進展，但當雞蛋連出了天價也買不到時，她這些理論也站不住腳了。艾芮卡和克勞斯被嚴格規定不得唱任何與戰爭相關的歌曲，或對戰爭發表任何評論，即使在自己家裡也是如此。

「他們會把不聽話的小男孩送上前線。」托瑪斯說。

「眞的是這樣。」卡蒂亞幫腔。

戰爭一開始的幾個月，托瑪斯的書房與家人的活動區域間的距離拉長了。他甚至禁止孩子靠近書房外的走廊。克勞斯．普林斯海姆想來就來，他彈琴，逗孩子們開心，總有辦法將某位將領的談話加入大家的對話。托瑪斯無時無刻都在提醒自己不要找小舅子吵架，後來，只要克勞斯出現，托瑪斯甚至不再現身。

在書房，托瑪斯可以回到自己熱愛的書上。然而，戰爭造就的混亂讓他無法專心繼續那本關於療養院的作品。他開始有點掙扎，考慮自己是否該寫一篇文章，探討戰爭對德國及其文化的意義與衝擊。有時他真希望自己懂得更多，但他從未詳讀任何政治哲學，對德國哲學也僅有粗淺認識。

結婚後，他大部分時間都與家人在一起，迴避其他作家參加的文學圈聚會。卡蒂亞更留意那些設法賺取他的友誼，刻意與他往來的人們，對這種人抱以強烈戒心。這對一個渴望討論未來生涯的作家而言，確實非常掃興。

在戰爭前一年，作家恩斯特．貝特拉姆曾經幾次找上他，他還以為是因為《魂斷威尼斯》。也許身為同性戀的貝特拉姆深信托瑪斯是個可以交心的朋友。他還以為貝特拉姆打算得寸進尺，但其實貝特拉姆只是對德國與哲學很有興趣，他涉獵廣泛，對許多事都有自己的主見，除了想博取托瑪斯的注意，別無其他目的。

貝特拉姆討論世局時，引用的論點都非常飄渺。他頻繁引用尼采；俾斯麥和梅特涅對他而言，地位等同於柏拉圖與馬基維利。但他引用出處向來精準；他可以隨時說出自己在哪本書哪一頁哪一行看到的某個句子。

卡蒂亞對貝特拉姆並不親切。

「他對你很感興趣，」她說。「超乎常情。有時他就像一隻尋求主人認可的大狗，舌頭掛在外面，有時我甚至感覺他早就計劃跟你逃走。」

「能去哪兒？」

「瓦爾哈拉，」她說。

「他懂很多。」

「沒錯，他知道要裝得很有禮貌，但又會迴避我的眼神。他只想認識男性友人。這也太日耳曼作風了！」

「有什麼不對嗎？」

「你會這麼認爲，我一點也不意外！」

貝特拉姆逐漸成了家裡的常客，熟識孩子們和僕人。如果正好在早上來訪，他是唯一獲准進入托瑪斯書房的客人。

貝特拉姆提到德國命運，這片土地深植的文化根基，德國音樂如何積極提振德國精髓。後來，他們也不再討論貝特拉姆正在撰寫的尼采論文，反倒著重探討德國的獨特單一，它的文化強度讓鄰國孤立它。貝特拉姆認爲，德國唯一的選擇，就是戰爭，一旦勝利，德國在全歐發揮影響力的日子，將指日可待。

托瑪斯同意，無論是華格納的歌劇或尼采的著作，字裡行間蘊含的激情與渴望便是德國精神的展現，它時而蠢動，不甚理性，矛盾衝突連連，造就了它的存在感與偉大。貝特拉姆堅稱，德國人的精神信仰無法屈就於簡單的民主制度，這讓托瑪斯不斷點頭稱是。

貝特拉姆從不掩飾自己有一位男性伴侶。他甚至透露兩人同床的親暱細節。有時他說話時，托瑪斯心裡會不斷猜想，眼前這個不起眼的傢伙赤身裸體會是什麼模樣，想必他每天早上起床，男伴便躺在身旁，托瑪斯進一步想像兩人覆滿細毛的雙腿交纏，熱情親吻。他想得入神，卻也讓他瑟縮。托瑪斯不覺得與貝特拉姆同床共枕會有太多樂趣。

托瑪斯想寫一本德國與戰爭的短篇作品，結果大綱一列，篇幅越來越長，內容極富野心。他以往總會請卡蒂亞看過他的作品，大聲朗讀內容，可是，他無法找她討論這本政治論述作品，也不想唸給她聽。

「你能想像等到克勞斯和戈洛年紀再長，從軍參戰，到時我們每天會心驚膽戰，等待他們的下落嗎？」她問。「這一切只因爲什麼鬼理想思維作祟。」

後來當他們第五個孩子伊莉莎白出生時，讓貝特拉姆當她的教父似乎天經地義。彼時他已經是托瑪斯唯一的朋友了。

在托瑪斯關注戰爭進程，同時發表支持德國奮戰的文章時，托瑪斯更樂見自己參與了這場上至德國工商階層，下自地方百姓的全民運動。畢竟，他在意的價值正飽受威脅，而歐陸國家如好戰的俄羅斯、耽於十八世紀革命美名的頹喪法國正集中火力，攻擊德國，他怎麼還能作壁上觀，堅持寫作？

這場戰爭，他寫道，將帶領歐洲擺脫腐敗。德國是出自道德參戰，而非被虛榮、驕傲或帝國主義驅使。德國將遠勝以往，更爲自由美好。但托瑪斯警告，德國萬一挫敗，歐洲將永遠看不到安居樂業的榮景。唯有德國勝利，才能保證歐洲和平。

他很高興在文章發表後收到許多前線士兵來信，眾人無不表示他的文字深深激勵了他們。而後，在貝特拉姆鼓勵下，托瑪斯日夜不輟，完成了自己計劃中的作品，它就是《一個非政治者的反思》[6]。

戰前托瑪斯認為海因里希的國際主義肇因自他在義大利與法國住得過久。如今，隨著德方死傷增加，托瑪斯假定大哥對德國面臨的外侮內憂不會冷漠以對，甚至有機會放棄他的世界觀立場。

托瑪斯到玻林格訪視母親時，他發現她已經寫信給海因里希，要求他停止公開反對他的祖國。托瑪斯發現，這場戰爭為母親注入了全新活力。她在村子走動，只要見人就要對方停下來討論德國有多麼進步，她甚至會高喊愛國口號。

「大家都把我攔下，想瞭解我兒子最近如何。他們關心的是維克多，我可憐的小維克多。之前，人們眼中只看見海因里希和托瑪斯。但現在大家最在乎的是家裡的軍人。我每天散步兩次，或三次，或者更多。人人都要我堅強。所以我很堅強。」

一九一五年底，海因里希發表了一篇文章，指稱小說家左拉在德雷福斯案中，企圖通報同胞事有蹊蹺。顯然，這位法國小說家是海因里希的偶像。

托瑪斯深感冒犯的不是文章中的論點，而是第二句話：「革新者總是大器晚成，年紀稍長才會蛻變為成熟男人——二十出頭就早慧的傢伙則注定會提前凋零乾涸。」

他將文章拿給卡蒂亞看。

「這是針對我的人身攻擊。我就是在二十多歲成名。他就是在說我。」

「但你還沒有乾涸啊。」

這點他則不敢辯駁，因爲連《魂斷威尼斯》也不如他的第一本書成功，海因里希一定是藉此在嘲笑他。

貝特拉姆來訪時，他覺得自己終於可以放開矜持，大力抨擊他哥了。

「他一直沒有原諒我因爲那本小說出名，或者娶了有錢人的女兒，或比他提早成家立業，他則是男女關係失敗連連，到現在才結婚。」

「他就是所謂的社會主義分子，」貝特拉姆說。「憤世嫉俗，尖酸苦澀。」

一天傍晚，托瑪斯到玻林格探望母親，天色已經昏黃，他走進客廳時，她正坐在黑暗中。

「誰啊？」她喊道。

「托米。」他回答。

他關上身後的門時，她火力全開。

「哦，托米？對，我同意你的看法，他就像個指揮戰爭的小將軍。很快地，他就要帶著號角闖入比利時了！他怎麼變得這麼好戰？我早就告訴他那個妻子，一定要他冷靜點。結果她只是盯著我瞧！你知道嗎？我從來就跟那個卡蒂亞．普林斯海姆合不來。我更喜歡你家咪咪。」

「媽媽，我是托米。」

她轉頭瞥了他一眼。

「哦，原來如此！」

回到慕尼黑，他告訴露拉事情始末，她笑了。

「媽最愛你們兩個。海因里希在時，她就是羅莎·盧森堡[7]。你在場時，她就成了興登堡[8]。她只會找我討論抱枕跟針線插。」

儘管卡蒂亞設法與海因里希的新婚妻子咪咪保持友善，兩人偶爾書信往來，交換禮物，但托瑪斯與哥哥卻刻意切斷聯繫。更令托瑪斯不屑的是，左拉的那篇文章竟然爲海因里希贏得許多掌聲，人們視他爲少數肯挺身而出的勇者，膽敢揭露戰爭眞實性的公眾人物。

海因里希早期的作品都絕版了，銷量奇差。但如今，書店可見海因里希·曼的十卷套書，每一卷都發行平裝版。海因里希的反戰立場使他在文學圈的名聲鵲起。

就連咪咪生下一個女孩時，托瑪斯也沒有與大哥聯絡。他聽說海因里希在利奧波德大街的公寓，成了反戰人士以及新型態政治思想支持者的避風港。在伊薩爾河的這一頭，托瑪斯的社交圈只剩下固定來訪的貝特拉姆。他依舊沒有寫出任何小說。而批評戰爭的文章措辭也越見刻意，經常修改。

社會輿論開始瞭解曼氏兩兄弟有不同的政治立場，歧見越來越深。海因里希有年輕的左派分子追隨，托瑪斯卻注意到，過去自己最忠實的讀者也開始恣意批判他。由於很多觀點都有當局審查，如今很難公開發表與戰爭相關的文章。相反地，搭曼氏兄弟的順風車，發表個人對戰爭的觀點與立場，如今反倒在其他作家與記者之間蔚爲風尚。

獨處時，托瑪斯和卡蒂亞不討論戰爭，但一旦有她父母與兄弟在場，卡蒂亞多少會讓托瑪斯聽到，她深信德國將輸掉這一場戰爭，而且她甚至無法認同德國參戰的理由。她的語氣肯定，卻也帶著一種輕快與不在乎，所以他根本不能找她爭辯。

「愛祖國是人民義務，但閱讀歌德《浮士德》的第一、二部也是我們的責任，」她說。「我認為這些都有點過分了。我愛丈夫和孩子。我愛我的家人。這些已經用盡我的精力。我想，這樣聽起來，我應該是個很糟糕的人吧，人們應該離我遠遠的。」

托瑪斯不僅在普林斯海姆斯一家面前保持沉默，連回到自己家中也很少說話。孩子愛吵鬧，很會搗亂，特別是克勞斯。如今已經與戰前歲月不同，當年托瑪斯坐在餐桌前，完成當天早上的工作進度，確信自己掌控全局，於是會開始講笑話逗大夥開心，對孩子們的一舉一動也很留意。現在他很難在用餐時不出言糾正十歲的克勞斯，他堅持兒子要表現得跟他同齡男孩一樣乖巧，也會命令戈洛回答母親的問話，否則一星期都吃不到甜點。

但他努力裝出來的嚴厲形象經常失敗。他還是會在餐桌上說笑話，玩把戲，還曾經一身巫師打扮帶艾芮卡與克勞斯參加派對。幾天後，他在克勞斯做惡夢時走進他房間，兒子說他夢見有男人將頭夾在腋下走路。托瑪斯要克勞斯別再看那傢伙，同時明確警告對方，自己父親可是大名鼎鼎的魔術師，所以他不准任意走進小孩房間，理應以自己的行為為恥。他還要克勞斯重複好幾次。

第二天早餐時，克勞斯告訴媽媽，爸爸會魔法，還知道該如何將可怕的鬼魂趕走。

「爸爸是魔術師。」他說。

「他是魔術師！」艾芮卡重複。

原本是個玩笑話，或是讓全家人開懷用餐的說詞，後來成了孩子們對他的暱稱，艾芮卡甚至想讓來客都如此稱呼她父親。

戰爭尚未歇息，托瑪斯持續關注海因里希的文章。他發現大哥不經常直接指涉這場衝突。相反地，他開始分享自己對法蘭西第二帝國的看法，給讀者足夠的空間認識當年的法國與現代德國的關聯。但隨著反戰行動方興未艾，托瑪斯觀察到哥哥變得更加英勇大膽。例如，海因里希同意參加反戰社會分子在慕尼黑舉辦的集會，他堅持眾人無須熱衷戰爭，它既不文明，更也沒有淨化人心的效果，它無法成就一個眞實公正的社會，更不可能達成稱兄道弟、世界和平的終極目標。

托瑪斯仔細端詳報導中的每一個字，認爲「稱兄道弟」特別針對他。他知道，所有看過海因里希文章的讀者，都會發現這就是兩人爭執的癥結。

戰爭結束時，餐桌上的談話仍然集中在卡蒂亞該如何繼續尋找食物來源以及她對父母的擔憂。

「不知爲何，」她說，「雞蛋很多，但我買不到麵粉。我唯一能買到的新鮮蔬菜只有菠菜。」

「我們討厭菠菜。」艾芮卡說。

「我討厭雞蛋和麵粉。」克勞斯補充道。

克勞斯．普林斯海姆來訪時表示，他組織了一個由退伍軍人組成的管弦樂團。

「他們之中有人跟我一起受訓，都是才華橫溢的音樂家。但許多人都有雙手顫抖的問題，肺部健康也大不如前。我不知道他們未來的人生要怎麼走。我原以爲能夠活下來已經萬幸，但我現在不這麼認爲了。」

他警告托瑪斯和卡蒂亞在街上行走時要小心。

「我家附近街角兩天前出現一群年輕人。打扮跟農民差不多，推了一車蘋果，父親從大學回來時，其中一個人朝他丟蘋果，砸中他的太陽穴。」

艾芮卡大笑。

「他吃蘋果了嗎？」她問。

「沒有，媽媽將它扔進垃圾桶，然後打電話報警。我跑上街頭，發現那群人根本不是農民，而是社會主義分子，這就是他們表達自己想隨心所欲、爲所欲爲的作法。」

「他們有朝你扔蘋果嗎？」托瑪斯問道。

「他們不知道我是誰，但你應該注意一下，」克勞斯．普林斯海姆說。「而且警察也幫不了你，他們告訴媽媽，假使她擔心人身安全，就要聘請私人警衛。有一位音樂家朋友告訴我，這些人很快就會有武器在身，到時候，朝你丟過來的，就不會是蘋果了。」

「萬一眞有武器，」托瑪斯說，「不可能沒人處理他們。」

「根本沒有人能對付他們，」克勞斯說。「不久後，他們就會接管城市。輸掉戰爭就是這樣。警方根本沒用。」

「我們很想把戰爭拋在腦後，」卡蒂亞說。「貝特拉姆那傢伙前幾天上門來，臉上表情猙獰，我把他趕走了。」

她眼神挑釁地環顧餐桌。托瑪斯原本就在納悶貝特拉姆爲何沒有與他聯絡，還以爲他有可能打電話或寫信給他。

原本他打算用餐結束後對卡蒂亞抗議這件事，但她早早上床睡覺了，最後他發現自己獨自回到書房，尋找可以聊表安慰的書來看。

德國戰敗了。他的書已經寫完，不久後就要在一個改頭換面的德國出版。才六個月前，人們熱血沸騰，高舉愛國旗幟，滿腔對民族與國家的熱情，如今，只能悲嘆傷患與死者的下場，其餘的，什麼也沒了。報紙成天報導日常用品的配給與供應。皇帝跑了，但沒人確定有誰或什麼會取而代之。德國如今成了共和國，但托瑪斯覺得它簡直是個大笑話。

今晚不適合看詩，他也不想看他近來都在研究的哲學書。任何德國作品此時都無濟於事。假使貝特拉姆來了，托瑪斯想問他，既然迅速吞敗，德國又何以要發動戰爭？他還想知道，如今德國還有什麼足以自豪？

但是，倘若此時海因里希現身，他也想問，往後，德國是否要如其他國家一樣，遭受列強統治，聽命他人？所以，現在他用德文寫作，在擺滿了德語書籍的書房工作，夜裡待在留聲機旁傾聽德國音樂，這一切又有什麼意義？

他想到那些扮成農民，對有錢市民扔蘋果的年輕人。這就是未來？戲謔？愚昧？之前，偉大德國的遠景計畫，就淪落到此等下場？

艾芮卡和克勞斯持續關心每日新聞。戰後舉行第一次選舉時，他們很高興女性終於可以投票，更逮住機會在用餐時間對長輩輕蔑無禮。茱莉亞從玻林格來訪時，艾芮卡表示，她聽說所有已婚婦女都會跟著丈夫投同樣的候選人。

「也許嘴上答應，我的小寶貝，」卡蒂亞說，「但投票是很個人的行爲。除了我外婆，她已經公開宣布她要投給誰。」

「那妳呢？」克勞斯問奶奶。

「我會理性投票。」茱莉亞回答。

「魔術師呢？」

這是好幾個月以來，托瑪斯第一次開懷笑了。

「我會跟著你們媽媽投票，想必她也會理性投票。」

「結果會怎麼樣？」克勞斯問父親。

托瑪斯還沒來得及回應，卡蒂亞就插話了。

「德國將成爲民主國家。」她說。

「但是社會主義分子呢？」克勞斯問道。

「他們也將參與這個民主社會。」卡蒂亞堅定回答。

「貝特拉姆先生是社會主義者嗎？」克勞斯問。

「不，他不是。」卡蒂亞回答。

「我是社會主義者，」克勞斯說。「艾芮卡也是。」

「你們去找人爭論啊，都去，」托瑪斯回答。「外面很多人等著。」

「他們年紀太小了。」茱莉亞說。

「戈洛信奉無政府主義。」克勞斯說。

「我不是！」戈洛大吼。

「克勞斯，坐直，」托瑪斯說，「要不你就給我離開。」

「知道嗎？我從來都不喜歡這個皇帝，」茱莉亞說。「我相信，我會更喜歡新上任的那群人，但他們不要告訴我人人生爲平等這種鬼話。我這輩子沒特別學過什麼，但我告訴你們，那些相信自己地位高尚的人，其實低級得不得了。」

「勞工階級就要掌控政府了。」克勞斯說。

「誰告訴你的？」茱莉亞問。

「舅舅。」

「這是他個人偏頗的想法。」茱莉亞回答。

「魔術師也這麼認爲。」艾芮卡說。

「艾芮卡，閉嘴！」卡蒂亞出聲制止。

「你們究竟支持哪種論點？」茱莉亞問托瑪斯。「真的很難理解。也有人來問我。」

「我支持德國，」托瑪斯說。「我支持的是我的國家。」

當他看向卡蒂亞時，她不斷搖頭。

他計劃將《一個非政治人物的反思》成爲辯論時的干預要點。但它出版後，相關議題早已進行過番評論，有些評論即使讓人看了不爽，卻沒什麼人願意深入解釋自己爲何不喜歡這本書。於此同時，海因里希的新小說卻廣受好評。

自從艾芮卡和克勞斯發現父母對國家政治發展的看法不一後，餐桌儼然成了戰場。艾芮卡固定打電話與給舅舅克勞斯．普林斯海姆保持聯絡，瞭解時事新聞，也在有人送貨時到廚房，詢問慕尼黑街頭的眞實景況。

「在我成長的過程中，在呂貝克，」托瑪斯說，「任何十三歲的女孩與她十二歲的弟弟總是有耳無口，除非大人問他們意見。」

「現在是二十世紀。」克勞斯回他。

「慕尼黑會發生一場革命。」艾芮卡補充道。

一天晚上，當他坐在書房時，卡蒂亞問他是否記得一個名叫庫爾特．艾斯納的年輕作家。

「海因里希的朋友，」托瑪斯說。「曾經因爲發送排版印刷都很糟的煽動小書被人逮捕。」

「廚房裡在謠傳，」卡蒂亞說，「說他發起革命。」

「他寫了什麼嗎？」

「他控制了這座城市。」

過了幾天，僕人們就消失了，卡蒂亞發現黑市根本買不到任何食物。艾芮卡和克勞斯嚴禁打電話，對外聯絡，但他們仍設法接收了外界的傳言與臆測。

「這是蘇聯式的作法。」艾芮卡說。

「你們知道這是什麼意思？」托瑪斯問。

「他們開槍打死有錢人。」克勞斯說。

「把人拖出家門。」戈洛插嘴。

「這些究竟是哪裡聽來的？」

「大家都知道啊。」艾芮卡說。

聽說庫爾特・艾斯納被一名右翼極端分子槍殺身亡時，托瑪斯震驚。因此他擔心海因里希在艾斯納的葬禮上發表演說時，將陷入險境。

卡蒂亞發現家裡的司機漢斯消息靈通。一天早上，她走進托瑪斯書房，手裡拿著一張便條，上面有兩個名字。

「現在這兩個人當家，」她說。「一切掌管在他們手上。但是他們不處理日常物品，所以我買不到麵粉，也沒有牛奶。平常兜售牛奶的夫人也被人警告了。」

「名字給我看，」托瑪斯說。

當他看到恩斯特·貝特拉姆與埃里希·穆薩姆的名字時，他大笑。「他們是詩人啊，」他說。「他們成天只會坐在咖啡廳。」

「他們現在是中央委員會的成員，」她說。「假使你有任何需要，就得找他們。」

當天稍晚，克勞斯·普林斯海姆到了他們家。

「我還得繞路過來，」他說，「因爲一群詩人封鎖街頭，非常可怕。」

「你應該待在家裡。」卡蒂亞說。

「家裡根本待不下，爸爸被人威脅。他們告訴他，他到頭來還是得交出房子跟畫作收藏，目前他們只想取得他的瑞士銀行帳號。」

「希望他拒絕了。」托瑪斯說。

「他嚇壞了。媽媽甚至認出其中一個男孩，對他尖聲大吼。她說，她知道他來自知識分子家庭。她還告訴他，假使他不立刻離開，下場會很慘烈。」

「結果呢？」卡蒂亞問。

「他用槍指著她，說他才不要聽她講這堆廢話。我就趁亂開溜了，我打扮成僕人，我覺得我們家會跟末代沙皇家族一樣，被人抄家滅族。到時候我們就會成爲歷史懸案。」

自從慕尼黑革命的風聲傳來，托瑪斯便不太出門。但當他發現岳父母竟能自由自在穿越城區，出現在他家大門，他眞的很想確認這場革命的眞實性。同時，他注意到，在這場人民自發的起義後，岳父更熱愛自己的渾厚嗓音了。

「他們宣揚人人平等，表示他們憎恨所有與自己不一樣的人，」亞爾弗說。「他們最想看到的就是把大家塞進一個房間，見證我們這些人服務自己的僕人，我就說了，我不要這樣，僕人也不想。」

「呃，不是全部的人都跟你一樣啦。」克勞斯．普林斯海姆打斷他。

「我覺得我們最好把聲音壓低。」卡蒂亞說。

「到時候就會是這種下場，」她父親繼續。「在我閉嘴之前，我可否提醒大家注意巴伐利亞這個非法的新政府，還有一個所謂的財政部長？他說他不相信貨幣，打算廢除！所有的貨幣！還有一個什麼叫利普的博士，管外交的，根本就是認證過的瘋子！一想到這些人要掌管慕尼黑，我們就該趕緊振作。我真的很火！這群害蟲怎麼還沒人被逮捕，送進大牢！感謝上帝還有瑞士，沒錯，這就是我的意思，現在就帶我去吧！」

「我們可以先保留自己慷慨激昂的心情。」卡蒂亞說。

「的確，」托瑪斯說。「應該不用太久就用得上了。」

艾芮卡走進來時，外公外婆起身想抱她，但她退後一步。

「馬上就要宵禁了，如果你們現在不離開，就等著被人抓走。」

普林斯海姆夫婦訝異孫女的冷靜。她望著他們，彷彿可以主掌命運。托瑪斯發現，此時就連克勞斯．普林斯海姆也無話可說。

托瑪斯花了一段時間才接受慕尼黑有了一個新政府，而且由詩人、夢想家與海因里希的朋友組成。聊表安慰的是，其他城市的革命沒有成功，表示軍方將盡早壓制國內動亂，以求恢復自己千瘡百孔的名聲。

有時他幾乎確信，當前他們最該做的，就是耐心等待。巴伐利亞區信奉天主教，極其保守。它不會默許讓一群無神論的死硬派主導。他也相信即使德國輸了戰爭，國內現狀詭譎多變，任何人都有機會趁亂掌權，但德國仍有本事策動計畫性的戰略，一舉壓制亂源。但話又說回來，此時軍方或許還無法從上場戰爭節節退敗的事實中重振士氣。

他希望國家能夠速戰速決，在這些詩人與他們的黨羽還沒機會意識到自己將要面臨處決或無期徒刑之前採取行動。這群革命領袖仍然被他岳父一干人等視爲荒謬可笑，但托瑪斯認爲，他們的冷嘲熱諷可能會爲自己帶來可怕危險的威脅，攸關生死。

終於，在幾次軍方攻擊後，叛亂分子開始從上流社會與中產階級劫持人質。托瑪斯賣掉了巴特特爾茨的避暑宅邸，他別無選擇，只能留在波辛街的家裡，但他不再出門散步，也沒有用任何方式引起人注目。

他知道卡蒂亞曾經告誡艾芮卡與克勞斯，不得與僕人同流合汙，也不許打電話給克勞斯舅舅，或者聽進任何流言蜚語。學校已經關閉，兩人在媽媽的嚴密監督下，在家上課。

但他們仍然發現像父親這種人士有可能遭人逐一逮捕，體面大宅如自家宅邸也會遭人洗劫。儘管他們不敢公開抗命，但連卡蒂亞想不到連安靜的戈洛也會在屋子裡到處大喊：「我們都會被開槍打死了！」

這些意見領袖裡，托瑪斯心想，一定有人清楚他與哥哥之間的恩怨。他很幸運，幾乎沒人看他的書，畢竟武裝人員正在街頭搜索，想要揪出那些以文字行動聲援領導階級的人士。

軍隊終於就緒，準備進入城市結束革命時，漢斯帶來外界傳言，指出叛亂分子開始射殺人質。曼氏家族與僕人立即遠離窗戶。托瑪斯盡可能待在書房。假使革命成功，那麼岳父的預言就要得到證實，全家人將無所不用其極，用盡各方力量逃往瑞士邊境。此時能逃走已經算是幸運的了。

想到德國即將成爲冷漠、叛變與混亂的國家，托瑪斯眞是心有不甘，幾乎想憤怒敲桌，屆時，他只想關心家人與資產何去何從。這場叛亂爲他貼上標籤，成爲不折不扣的資產階級，在這之前，他不過是虛有中產階級的外表罷了。

鄰居從來不曾造訪，他也不認識他們。他是個沒有國家的人。當今的德國彷彿成了小說人物，吸引了過多的熱度，如今也該揮發了。他想像自己被那群近視眼又得結核病的武裝詩人從自家拖上大街，對美的關注讓他們更偏執野蠻。他相信，牢房就要爆滿，應付囚犯的全是滿腔熱血的年輕人，於是，用不了太久，他們就會一一將囚犯拉出去槍斃。想到被關進大牢就讓他顫慄，天還沒亮就因爲聽見那些被處決的人名而驚醒。

這些年他曾經有過的想法，都比不上他對於眼前厄運將至的恐慌。他曾經想像戰爭結束後，國家將有足夠的能量，社會穩定繁榮，但現在的他只能夜不成眠，對自己與家人的命運感到惶惶不安。

動亂的結束來得緩慢，槍聲嚇壞了所有人，除了戈洛，他反而拍手叫好。漢斯告訴卡蒂亞，托瑪斯應該躲進閣樓，因爲反動分子已如喪家之犬，什麼都做得出來。但托瑪斯堅持留在書房，要僕人送餐給他，也要求卡蒂亞盡可能多陪著他。

歷經慕尼黑革命的浩劫，托瑪斯如今唯一的安慰就是嬰兒伊莉莎白，她正在學爬。每天早餐一結束，他就將她抱進書房。他會緊盯她的一舉一動，伊莉莎白環顧房間，眼神聰慧平靜，確定室內除了書與沉重傢俱，沒什麼其他好玩的東西後，便會開始朝緊閉的書房門前進。直到那時，她才會看見爸爸就在旁邊。她轉頭，可能想要他替她開門，讓她離開去找兄姊，只有他們才會找刺激有趣的把戲陪她玩耍。

革命平定後不久，有位蒼白的年輕詩人前來拜訪托瑪斯，他說自己是海因里希派來的。僕人找托瑪斯到走廊會客，他不邀請訪客進客廳或書房了。

「海因里希自己不能來嗎？」他問。

年輕人做出不耐煩的手勢。

「我們需要幫忙。我是恩斯德．托勒的朋友，他很崇拜你跟你的作品。他即將面臨處決。有人要我過來，請你簽署一份對他有利的請願書，要求減刑。」

「是誰派你來的？」

「你哥哥告訴我，我應該來見你。但恩斯德．托勒本人也想請你簽署。」

托瑪斯轉身，看見卡蒂亞下樓。

「這位年輕人是海因里希的朋友。」托瑪斯說。

「那我們當然應該請他進來。」卡蒂亞回答。

年輕人婉拒坐下。

「你的身分地位，」他說，「讓你很有影響力。」

「我並沒有聲援革命。」

男子笑了。

「這一點我們很清楚。」

最後這句話，語氣幾近諷刺，現場氣氛頓時緊張。托瑪斯以爲訪客準備大步離開，但深思後，還是決定留下。

「原本你就在拘留名單上，」他說。「名單出來時，我也在場。其中兩位領導人堅持要拿掉你的名字。一個是埃里希·穆薩姆，另一位就是恩斯德·托勒。托勒讚揚你的美德。」

托瑪斯聽到「美德」二字時幾乎笑了出來，他很想追問究竟它們是什麼。

「他人眞好。」

「他非常英勇。當時其他人都很不贊同，但他堅持立場，獨排眾議。這我可以向你保證。我也可以作證，你哥哥也牽涉其中。」

「以什麼方式？」

「算是可以拯救你的方式吧。」

他很訝異的是，年輕人非常瞭解撰寫請願書的基本架構、措辭與請願對象。他說應該再準備另一份抄本，也建議托瑪斯暫時無須公開呼籲要求赦免。假使恩斯德·托勒需要進一步的協助，他會再回來找托瑪斯。

一天下午，托瑪斯準備散步，在屋內或花園都找不到卡蒂亞。最後他聽到樓上呼喊聲，找到了艾芮卡和克勞斯。

「媽媽呢？」

「她去找咪咪。」克勞斯說。

「哪個咪咪？」

「就那個咪咪，」艾芮卡說。「電話是我接的。媽一放下電話，就拿起帽子和外套，去看咪咪了。」

她對咪咪這兩個字的發音覺得很逗趣。

卡蒂亞回來時，打開托瑪斯的書房門。她還帶著帽子，身穿大衣。

「我需要你立刻寫一張紙條，」她說。「我可以告訴你該怎麼寫，或者你也可以自己來。它要放在送往醫院的花束。你大哥住院了，已經脫離危險，他得了腹膜炎，他們覺得他可能活不久。咪咪心情很差。鮮花和紙條會是很大的驚喜。」

她遞給托瑪斯一支筆。

「我有筆，」他說。「我會寫，但這不是道歉。」

紙條與鮮花送出去了，儘管海因里希身體虛弱，但他收到花時非常高興。

海因里希出院後，咪咪寫信告訴卡蒂亞，提到丈夫很期待弟弟探望。

托瑪斯到了利奧波德大街，帶了花給咪咪，替海因里希帶了一本里爾克的詩集。公寓門一打開，咪咪便自我介紹。

「我是你的仰慕者，」她說，「我們早該見面了。」

她的髮型非常現代，口音聽起來更接近法國人而非捷克人。她的語氣輕佻卻又不失優雅。她氣場十足，很誘人，一路陪著他走進客廳見他的哥哥。

「我帶了個老朋友來見你。」她說。

公寓的裝飾手法強調了它的簡潔小巧。土耳其地毯、赭紅壁紙，到處都是相片，書櫃上也有好幾張，室內的茶几與邊桌擺放許多小型雕像與奇形異狀的花瓶。深藍色的窗簾由粗絲編織而成。置身繁複圖案豐富色彩的阿拉伯風格抱枕中，海因里希本人穿著西裝打了領帶，還搭上一件俐落的白襯衫。托瑪斯想，他那雙皮鞋應該也是義大利手工打造。哥哥看起來就像生意人或保守派政客。

咪咪迅速端出咖啡。杯子精緻可愛，咖啡壺線條感十足。咪咪仔細打量兩兄弟，給了他們貼心的微笑，就離開了，玻璃珠簾外有間書房。

卡蒂亞和托瑪斯說好，就算海因里希挑釁，托瑪斯也不會討論政治。但托瑪斯察覺海因里希散發一種冷硬的貴族魅力。他說自己眞希望早幾年就可以結婚，沒有什麼人生比得上成家立業。他說話時，眼裡閃耀著喜悅。

他們討論了母親健康的惡化與通貨膨脹讓她收入驟減的問題。他們不確定她還能撐多久。氣氛輕鬆一點之後，他們也提到維克多竟然可以從戰爭全身而退，毫髮無傷，而且他有多沉悶，又不愛看書。

「要是我們所有人都能像維克多就好了！」海因里希說。「他的腦子可沒有被書本搞得烏煙瘴氣。」

他們一面聊天喝咖啡，有個小女孩走進房間。她看到陌生人時，顯得害羞不安，然後悄悄走近父親，將臉埋在他的腿上。當她終於抬起頭時，托瑪斯用雙手做了他多年來在家裡會玩的小把戲：把自己的大拇指變不見。她見狀，又趕緊將臉埋進父親大腿。

「這是蔻琪。」海因里希說。

她的母親加入了他們，並鼓勵蔻琪向叔叔打招呼。她站起來朝他瞥了一眼，托瑪斯從女孩的烏黑雙眼與有稜有角的下巴看出了姑姑、奶奶與父親的影子，兩代人的長相特質竟能在一張小臉全都找到。

他轉向海因里希。

「我知道。」海因里希說。

「她是漢莎同盟小公主，」咪咪說。「對不對，我的小寶貝？」

蔻琪搖搖頭。

「你的拇指怎麼又回來了？」她問托瑪斯。

「魔術，」他說。「我是魔術師。」

「可以再做一次嗎？」她問。

他告訴卡蒂亞，他需要見恩斯特・貝特拉姆一面，離他們上一次見面已經太久了。

「當初就不要讓他當伊莉莎白的教父，」她說。「如果他想見她，就說她去找外公外婆了。」

他們在書房坐定後，托瑪斯告知貝特拉姆近來已與兄長有所聯繫，也補充說道，他與大哥重修舊好，不表示兩人關係就此穩固，想必未來大概也是爭執不斷，所以他不帶任何期待。他還向貝特拉姆保證，自己的觀點沒有改變，但他相信人性，也知道戰敗德國終將更認識人性二字。

貝特拉姆冷漠以對，令他很惱怒。

「我們就是生在戰敗德國，」托瑪斯說。「舊思想無法延續。」

「看起來是挫敗了，」貝特拉姆說。「但實際上，這是邁向勝利的第一步。」

「戰敗就是戰敗，」托瑪斯說。「你去火車站，看那些正在找地方收留他們的傷兵。斷了腿，瞎了眼，神智不明。就問他們到底是贏還輸！」

「你聽起來就跟你哥沒兩樣。」貝特拉姆說。

前一年，卡蒂亞再次懷孕時，她母親建議她墮胎，甚至著手爲她安排。普林斯海姆家族的官方說法是卡蒂亞爲了操持家務早已精疲力竭：處理宅邸雜事，應付難搞的小孩，還有她那成天只會幻想德國未來美景的丈夫，連一本能讀的書都寫不出來。

托瑪斯陪卡蒂亞一起到醫生的手術室諮詢墮胎。他注意到她詢問各種關於手術的細節時非常冷靜，當他們離開建築物時，她悄悄說：「我要把孩子生下來。」他挽住她的手臂，兩人走向車子，沒有再說一句話。

這一胎很不好過，卡蒂亞在邁克出生後必須臥床好幾星期，托瑪斯負責監督小孩。他觀察到艾芮卡與克勞斯在這段母親缺席的日子裡，開始打扮得不一樣了，散發出成人特質。他注意到艾芮卡初萌芽的乳房，克勞斯的聲音也變得低沉。他問卡蒂亞有沒有發現時，她大笑，說好幾個月前他們就開始發育了。

家人與僕人用盡一切鼓勵一歲的伊莉莎白跟著父親一起探望母親，同時看看她的小弟弟。然而當她看見嬰兒與媽媽躺在床上時，她退縮了，要求離開房間。第二次，托瑪斯想將她抱到卡蒂亞的房間，她在樓梯頂端搖搖頭，蠻橫地指著樓下。

艾芮卡和克勞斯從小就很喜歡彼此的陪伴，戈洛一懂得識字，就會去找莫妮卡，帶她到家裡的安靜角落，讀書給她聽。但伊莉莎白下定決心不理邁克。他只要放聲大哭，她也跟著吵鬧耍賴，彷彿自己的好心情也被搞砸了。她還會找上最容易支配的戈洛，要他陪著她，保護她免受小弟的霸凌。邁克出生的最初幾年內，就托瑪斯的理解，伊莉莎白從來沒有看過他一眼。卡蒂亞和她的母親，甚至艾芮卡都認定這解釋了伊莉莎白的壞脾氣，但托瑪斯倒認爲伊莉莎白決心不被小嬰兒左右，其實是很令人佩服的。

懂得走路後，伊莉莎白會在早上主動出現在托瑪斯書房外。她一開門，就會將一根手指放在自己的嘴唇上，表明她知道自己跟爸爸一樣，都必須保持絕對沉默。等到她會說話，他人就會利用她傳遞訊息。

艾芮卡和克勞斯在戰爭與革命中成長，除了政治，其他話題幾乎絕口不談。他們總是搶先父親一步要拿到報紙，更樂見父母對德國未來的分歧。

「民主究竟有什麼不好？」克勞斯有一天問道。

「沒有不好。」卡蒂亞說。

「我們不希望外來體制掌控，」托瑪斯說。「就讓德國人決定自己的未來。」

「所以你反對民主？」艾芮卡問。

「我相信人性。」他回答。

「我們都相信，」克勞斯說。「但我們也相信民主。我跟艾芮卡都是，還有我們的朋友，媽媽，克勞斯舅舅，海因里希大伯。」

「你又知道海因里希大伯相信什麼了？」

「大家都知道！」戈洛插嘴。

「民主終究會來，」托瑪斯說。「我希望它會出自德國人對人性的信仰。我確定我大哥也這麼認爲。」

卡蒂亞看著他，點點頭。

幾個月後，當他們散步時，卡蒂亞提醒他之前對民主發表的言論。

「讀者會很想知道你現在對德意志共和國的看法。」她說。

「他們得等我的小說了，我最後一次與他們溝通時，普遍不受歡迎。」

「我認爲你該寫一篇文章，甚至演講。你不必說你已經改變了心意，只需要解釋你支持德意志共和國的成立，這也是你思想的延續，因爲我們必須與時俱進。你甚至可以說，你本人的立場不見得總是難以撼動，特別我們身處這個年代，你其實能動能靜的。」

「能動能靜？」

「嗯，這是你可以用的說法。你還可談論德國人性，你對它的信念，畢竟這就是你思想的根基。」

他點點頭，思考自己該如何運用她的建議，斟酌措辭。他對自己微笑，因爲他知道卡蒂亞就這議題，應該不會再發表任何意見，終究，她還是贏了。兩人轉身慢慢走回家，因爲慕尼黑終歸平靜都鬆了口氣。

---

6 《一個非政治者的反思》（*Reflections of a Non-Political Man*），托瑪斯・曼於一九一八年出版的非虛構作品。書中捍衛德國的專制主義和文化，反對西方文明。（編按）

7 羅莎・盧森堡（Rosa Luxemburg, 1871-1919），德國馬克思主義政治家、社會主義哲學家和革命家，德國共產黨創始人之一。（編按）

8 興登堡（Paul von Hindenburg, 1847-1934），第一次世界大戰期間德國陸軍元帥。（編按）

第七章

慕尼黑 一九二二年

「我想制定新規則！」

艾芮卡挑釁地看著她的父母。

「妳自己辦得到嗎？」卡蒂亞問她。

「那當然，」艾芮卡說，「規定就是人人上桌前都該洗手，尤其是莫妮卡，她的手很髒。」

「我才沒有！」莫妮卡辯駁。

「我也要說，我們應該準時開飯，特別是戈洛，他每次都忙著看書，沒有吃東西。」

戈洛聳肩。

「此外，我還想規定，人人都可以插嘴，沒有人有權利將自己想說的話一次講完。假使我不認同你的觀點，我就可以打岔，要是談話的內容很無聊，我還可以叫你閉嘴。」

「那妳說話時，我們也可以打斷妳囉？」卡蒂亞問。「還是妳就希望像往常一樣，自己永遠是例外？」

「我的新規定適用於每個人。」

「連魔術師也是嗎？」莫妮卡問。

「特別是魔術師。」克勞斯說。

有時，托瑪斯的兩個大孩子讓他覺得非常有意思。他們比家裡最小的兩個孩子還要吵。然而，在其他時候，他們卻能帶著嚴肅認眞的口吻，對書的內容與政治現狀提出自己的洞察力。他們似乎廣泛涉獵德、法和英美文學，鎮日埋首於最新出版的小說，克勞斯常常拿著紀德的作品與E．M．佛斯特的小說。但托瑪斯也納悶，他們究竟都在什麼時候才能眞正靜心坐下，閱讀那些他們聲稱很仰慕的作品？畢竟就托瑪斯的觀察，只要一有空閒，兩人就忙著參與社交活動，熱衷打扮，與朋友一起精心計劃戲劇演出，其中一位是帥氣聰明的瑞基．賀卡登，他就住在附近，另外還有帕美菈．韋金德，一位新潮劇作家的女兒。

儘管托瑪斯經常惱於孩子們與朋友們進出家門時的尖叫喧鬧，但他也很欽佩這群年輕人。例如賀卡登就表示，德國文學幾乎不符合他的嚴格標準。他就是有辦法鄙夷所有文學作品，還能讓克勞斯折服，跟隨他的字字句句。例如，他堅持認爲莎士比亞的喜劇比悲劇寫得更好。托瑪斯原本認爲他在虛張聲勢，於是問他究竟是哪些喜劇，他毫不含糊，一一列出。

「《第十二夜》和《仲夏夜之夢》。我喜歡它們的結構與型態，」他說。「但在所有的劇本中，我最欣賞《冬天的故事》，但它算不上喜劇，我甚至會把牧羊人那幾段全部刪掉。」

托瑪斯還在想他是否看過整齣劇，不過瑞基．賀卡登沒有注意，此時他正忙著區分自己最愛的希臘戲劇以及他儘管欣賞卻不太喜歡的作品。他說話時，托瑪斯聯想到卡蒂亞的哥哥克勞斯，想當年，他也對文化特別有主見。外表同樣黝黑英俊。

由於艾芮卡與克勞斯無法見容於正常學校體制的嚴明紀律，總是不斷被校方投訴，卡蒂亞說服托瑪斯允許他們到一間更自由自主的教育機構就學。此後，艾芮卡與克勞斯便恣意享受他們認可的自在人生，到頭來，父母親不得不發出禁令，要求兩人不得在年幼弟妹面前，討論他們不受約束的校園生活，也不准在露拉姑姑或外祖父母面前提起。

但托瑪斯發現克勞斯．普林斯海姆在某次短暫來訪時，大力鼓勵艾芮卡分享，他為此非常火大，此外，他發現艾芮卡在學校與其他女孩過從甚密，她弟弟克勞斯也與男孩發生戀情。

「我的外甥與外甥女跟呂貝克的那些祖先已經相去甚遠了，」克勞斯．普林斯海姆對托瑪斯說，他嘴上把呂貝克講得彷彿是自然界的畸形生物。「他們生性不羈，又從他們母親那裡承繼清秀的長相，我一直知道他們長大後會很受歡迎。」

「我不希望他們長得太快，」托瑪斯說，「我向來認為他們好看的外表是拜父母雙方所賜。」

「你是說，他們長得像你？」

「這很意外嗎？」

「如果我聽說的傳言屬實，我確定他們還有許多意外之處。」克勞斯說。

托瑪斯刻意告訴卡蒂亞，她那自命不凡的哥哥，對艾芮卡和克勞斯不是好榜樣。

「我相信他們兩個自成弟弟妹妹的壞榜樣。」卡蒂亞回答。

儘管多次抗議，艾芮卡依舊成功拿到她的高中畢業證書，但克勞斯拒絕再念書。當母親問他打算如何沒有正式學歷計畫未來時，他嘲笑她。

「我可是藝術家耶。」他說。

托瑪斯問卡蒂亞，這些奇特生物怎麼會從他們這種古板家族冒出來。

「我外婆是柏林最直言不諱的女性，」卡蒂亞說。「你的母親也說不上沉默寡言。艾芮卡從她出生的那天起就徹底展露自己的本性，然後帶動了克勞斯的一舉一動。她以自己爲本，塑造了他。我們也從未出手阻止。我們是自食惡果。也許，我們的古板形象也只是僞裝罷了。」

露拉沒有告訴他們約瑟夫．勒爾快死了。她每次到家裡時，表現得很尋常，她和十一歲的莫妮卡很親，常跟她分享彼此的祕密。

「她是我唯一聊得來的孩子，」她說。「其他人太高等了。我可以跟莫妮卡講一些不爲外人所知的事。她也把她的祕密告訴我。」

「希望妳沒有分享太多。」托瑪斯說。

「比我告訴你的還要多！」露拉回答。

海因里希告訴他們，勒爾活不久了。

「他家裡的幾個女人很怪。咪咪說她們全對嗎啡上癮，舉止行爲都很詭異。」

葬禮上，露拉仿效當年議員父親過世時的母親形象。托瑪斯看出她散發出世光暈，笑容勉強，輕聲細語，臉上塗抹的脂粉使她看來極其蒼白。當她隨著棺木行走時，面戴黑色面紗，三個女兒即使緊隨在後，彼此卻不交談，很有刻意擺姿勢給畫家或攝影師的感覺。

他和卡蒂亞與海因里希夫妻走近她時，她朝他們點頭，似乎不太確定他們是誰。

後來，卡蒂亞與咪咪陪著露拉女兒們時，托瑪斯與海因里希走在後面。

「她告訴我，」海因里希說，「勒爾留下來的錢根本少到不能再少。」

托瑪斯深信，自己如今身處三個德國。第一個德國，是屬於兩個大孩子的嶄新國度。毫無秩序章法，目無紀律尊長，一心只想破壞和平。它的存在，只是爲了重整世界，推翻律法，再加以重塑。第二個德國也是新近出現的。它由一群中老年人組成，他們會在冬夜閱讀小說與詩，這些人一心要擠進劇院大廳，只爲了看托瑪斯的演講或閱讀他的作品。

戰爭結束後，他認爲自己對許多德國知識分子來說，是一個賤民般的人物。戰爭開始時，他的論點與大眾輿論維持一致，但戰爭進行到一半時，他的觀點已經明顯過氣。如今戰後承平時期，不會還有人想聽他大放厥詞。

他筆下的德國與戰爭也逐漸從大眾記憶消逝了，取而代之的是他的小說與故事，德國人開始大量閱讀他的作品，他的作品就代表了自由。他讓時局人事物的變化充滿渲染力，張力十足。《魂斷威尼斯》處理了複雜難解的性議題。《布頓柏魯克世家》則記錄舊時德國商業大家族的興衰起落。他描繪各階層婦女的細膩手法更受女性讀者歡迎。

托瑪斯喜歡收到邀約，也會將它們拿給卡蒂亞看，研究自己的行事曆，妥善安排行程。他喜歡在火車上與人會面，有專車接送更好。能在活動前，與市長、民間領袖、文學編輯或出版商共進晚餐，讓他更心滿意足。他很高興如此受人尊重，更感激這一切活動讓他獲利豐厚。

他注意到自己的聽眾對他樂此不疲。他可以朗讀整整一小時，大家仍覺得不夠。在卡蒂亞的建議下，他的導讀時間拉長，接著停頓片刻，然後再開始進入內容。假使他的聲音不夠清楚，卡蒂亞會在現場對他做手勢，他便提高音量。托瑪斯有時感覺整件事就像宗教儀式，他是牧師，而自己的故事或章節便是神聖的文本。

觀眾席上總會出現年輕族群。他們多半隨同自己熱愛文學的父母前來；其他年長聽眾則很容易因《魂斷威尼斯》深受感動。一站上講臺，他習慣瞥向第一排觀眾，鎖定其中一位，凝視對方片刻，而後將目光移開，再認眞望著對方，直到這位年輕人深信自己的獨特，等到閱讀結束，托瑪斯會尋覓剛才接收他目光的年輕人，但通常，他關注的目標會消失在黑夜。但總會有人害羞有禮地走近，手裡拿著一本書，他們會小聊一下，直到主辦單位請托瑪斯將注意力轉向等待見他的書迷。

第三個德國是他母親居住的玻林格村。那裡一如既往，什麼都沒變。年輕人參戰，死傷無數，但戰爭一結束，生活立刻恢復正軌，彷彿村民未曾經歷生離死別的錐心刺痛。農家收穫時，田裡照常有機器運作，穀物乾草也收入同一座穀倉。餐桌上依舊粗茶淡飯，人們在教堂時，對神祇的禱告內容始終如一。慕尼黑一樣如天邊般遙不可及。火車的時程從來沒更動過。

母親的民宿主人施韋格哈特夫妻歲數漸增，但客氣如昔，卡塔莉娜委婉地向托瑪斯傳達對他母親健康的擔憂。施韋格哈特的孩子說話口音也與村民一般，同時也繼承了父母的智慧與精明。

從鎮日與艾芮卡及克勞斯爲伍，到寧靜的玻林格村，等於從一個混亂無所事事的世界，走進了靜僻安逸的永恆國度。

但當然沒有什麼是安逸或永恆的。在露拉與母親紛紛抱怨她們的收入變得一文不值時，托瑪斯也發現通貨膨脹的嚴重問題，這都得歸咎於戰爭的勝利方，他們對德國出口的產品徵收了一系列嚴苛稅收。如所有德國人一樣，托瑪斯非常不齒這種行爲，認爲這些國家圖謀不軌，一心報復。他花了一段時間才明白，通貨膨脹不僅會帶來悲慘痛苦，甚至足以煽動怨懟憤恨，而後者是難以輕易平息的。

由於托瑪斯作品的海外銷售收入隨著美元升値飆升，他與卡蒂亞可以輕鬆支付僕人薪水，替艾芮卡和克勞斯解決牢獄之災，同時金援他母親與妹妹。家裡買了兩輛車，還請了一個司機。很快就有人注意到他們生活優渥。有一天，家裡來了幾個客人，托瑪斯問起卡蒂亞他們的身分。

「來兜售的，聽說我們家有錢。他們賣畫、樂器和毛皮大衣。剛才最後上門的那女人說她有一尊她覺得很有價値的雕像。我不知道該說什麼。」

幾次從玻林格回家路上，或者參加活動回來時，托瑪斯都看見街頭正在示威遊行，他在報上讀過反共團體蠢蠢欲動，此時的他每天都認眞創作自己戰前放棄的小說，對於慕尼黑當前穩定非常感激，樂見一切歸於平靜，所以沒有特別在意這些示威。

母親到慕尼黑他家暫住，每天找露拉見面，把露拉弄得很煩躁。

「她說話反反覆覆，還以爲我是卡菈，或假裝如此，只爲了把我惹毛。她回玻林格會好一點。」

母親將一些鈔票拿給他，他以爲她明白它們已經沒有價值了。

「我太老了，不知道怎麼樣最值錢。我大概連加減法都忘了。還好有你和卡蒂亞替我處理。露拉根本沒用，我把鈔票拿給海因里希看時，他還叨唸我。有時候他眞的很像你爸爸。」

他替她付玻林格的房租，雇了管家，確保房子溫暖，食物充足。但他沒辦法替母親買衣服。她穿拖鞋，她說，因爲腳會痛，但托瑪斯知道這是因爲她買不起鞋。卡蒂亞建議去購物時，茱莉亞甚至假裝自己很累。

有時他發現母親確實很疲憊。午餐後，她常在客廳找個角落就打盹睡著了。她和露拉很喜歡莫妮卡，還說她是唯一保有傳統呂貝克風格的第三代。

「爲什麼我很傳統？」莫妮卡問。

「這是在說妳很有禮貌。」托瑪斯說。

「不像艾芮卡？」

「沒錯，」卡蒂亞回答。「不像她。」

茱莉亞回到玻林格不久，他們就聽說她開始臥床了。

托瑪斯抵達時，卡塔莉娜．施韋格哈特正在等他。

「我想她沒有什麼問題的，」她說，「但這附近的村民都有一樣的情況，特別是只靠積蓄過活的婦女。去年就這樣了，臥床，不進食，等死。你母親就是在做一樣的事情。」

「但她接受了很周全的照顧。」托瑪斯說。

「她不能習慣沒錢可花。這裡大家都愛她。人人都願意幫助她。但她已經沒錢了。一個習慣揮霍的人無法忍受這樣過日子，這世界就是這樣。」

「醫生看過她了嗎？」

「有，但他也沒有辦法。她給了他一張舊鈔票。」

茱莉亞捱過了冬天，靠喝湯跟吃麵包度日。有些日子她會想找卡菈或露拉，其他時候她也會呼喚兒子們。一天晚上，托瑪斯陪著她時，心想也許她撐不過了，她似乎將他當成在巴西的某個人了。

「我是妳爸爸？」他問。

她搖搖頭。

「妳記得的某個人？」

她瞪著他許久，開始低語，他相信那是葡萄牙文。

「妳愛巴西嗎？」

「是的，我愛巴西。」她說。

過了一星期，她還活著，但看起來更瘦弱了。她看到他時，她要求讓她坐起來。海因里希和維克多在樓下，他問她是否也想見他們，但她搖搖頭。她搜索著他的眼神，很是困惑。他告訴她他是托瑪斯。

「我知道你是誰。」她低聲說。

他握著她的手，但她慢慢抽回去。有幾次，她開口說話，但沒有聲音。她打哈欠，閉上雙眼。卡塔莉娜出現後，她對他母親說，她看起來氣色很好，很快就會康復，跟以前一樣生龍活虎，到處散步。茱莉亞給了她一個虛弱的笑容。

走到房外，卡塔莉娜告訴托瑪斯，茱莉亞撐不過這一晚了。

「妳怎麼知道？」

「我母親和外婆都是我照顧的。她夜裡就會離開我們，自在溫柔地離開。」

托瑪斯、海因里希、露拉和維克多坐在她床邊。茱莉亞常說她想喝水。卡塔莉娜和女兒換床單，讓她更舒服。午夜過後，茱莉亞閉上眼睛。呼吸時深時淺，然後又恢復正常。

「她能聽見我們說話嗎？」托瑪斯問卡塔莉娜。

「或許到生命的盡頭，她都還能聽見附近的人說話，但這一點也無從得知了。」

在昏暗燭光下，母親的臉龐看起來仍有些許生命力。她動動嘴唇，眼睛偶爾打開，然後又緊閉。當他們有人想握住她的手時，她明確表示自己不願意。一小時過去了，然後又過了一個小時。

「往往這就是最艱難的。」卡塔莉娜說。

「什麼？」

「死。」

死神來臨時，托瑪斯就坐在她床邊。他以前從未目睹此等突來的變化。前一秒，母親還活著，下一秒，她就不在了。他不知道它竟能如此迅速果斷。

托瑪斯的孩子中，只有艾芮卡出席奶奶的葬禮。

「我從來沒看過你哭。」她對托瑪斯說。

「我的眼淚就快停了。」他說。

海因里希哭了，維克多也哭，露拉比以往更蒼白，她凝視前方，沉著冷靜。直到他們站在教堂，托瑪斯才注意到她有多疲憊虛弱。她的女兒們不得不扶著她走在棺木後。

母親過世後有一段時間，托瑪斯什麼事都提不起勁，只能提筆寫作。卡蒂亞建議他們到義大利一趟，他說等他將《魔山》寫完，他們想去哪裡就去哪裡。

同時他在附近城鎮也開了幾場讀書會與講座。這種公開場合爲他帶來能量。他發現閱讀前後的幾小時最有成效，他滿腦子都是嶄新思緒，也會發明新的場景，爲小說注入活力。

艾芮卡知道他在寫這本書，但他很謹慎不讓卡蒂亞知道太多。她知道它與達沃斯一間療養院有關，但僅此而已。他寫一些章節時，心裡其實是以卡蒂亞爲主角的。他想像她是這本書的唯一讀者，他很清楚書中內容有許多他們倆夫妻的隱私，例如，他也從她寫給他的信中，改編了一些她提過的場景與病友。有時，在他反覆閱讀自己創作的文字時，他擔心除了卡蒂亞，或許不會有讀者欣賞他的作品，他最在乎的莫過於龐雜細節的處理，繁多的人物陣容，以及與哲學與人類未來相關的長篇論證。

但更關鍵的是，他不知道自己將時間的流逝或時間的前進，也就是將時間作爲人物的手法，是否眞能打動讀者的心。想到這裡，他自嘲地笑了，因爲這本書原本就出自作者本人最執迷的私密思緒，若只能默默地在讀者心中發酵茁壯，也是想當然爾的結果。

《魔山》印刷完成後，有一天托瑪斯告訴卡蒂亞，有個包裹是寄給她的。她滿臉驚訝，他趁勢將放了書的郵包交給她。

他們坐下來用餐時，他認眞觀察她的神情，但她只對他露出謎樣的微笑，離開餐桌時亦然。她說自己很忙，必須回去工作了。

戈洛對父母與兄姊擁有無法饜足的好奇心。只要沒人知道艾芮卡和克勞斯的下落，戈洛一定有答案。

托瑪斯經常發現小兒子在書房外徘徊。有一天，他攔住托瑪斯，問他是否知道媽媽在讀什麼。

「爲什麼問？」

「她一直在笑。我知道這是因爲她在讀你的新書，但你的書不好玩啊。」

「有些人覺得它們很有趣。」

「不，我想這一點你是被誤導了。」戈洛說，如老教授般皺眉。

他與卡蒂亞下午都會出門散步，他很希望她能給他一些回饋，但她只提到他們在意的日常雜事，如露拉的財務狀況與艾芮卡和克勞斯惹的麻煩。

一天早上，她端著放了咖啡與餅乾的托盤出現在他書房門口時，他知道她已經將書看完了。

「我會有很多話要說，」她開口。「我喜歡你將我變成了書中的男主角，而且非常可愛貼心。但這是小事。更重要的是，你全部都更動了。」

「妳是指書嗎？」

「你的嚴肅認眞展露無疑，看得出來本書也以它爲核心。愛書的德國人都該讀它，全世界的人類也應該要讀。」

「我還以爲這是專屬我們兩個人的作品？」

「也行。但這樣除了我，就不會有人看見了。你花了好幾年的時間才提筆完成，現在正是讓人人都可以閱讀它的最佳時機。現在不讓它登場，更待何時！再恰當也不過了。」

在接下來的幾星期內，兩人仔細順過書的內容，卡蒂亞提供不少建議，加以補充或刪除，但大部分的時間，她都在找自己最欣賞的段落，偶爾唸出來，對一些細節非常激賞。

「處理時間的手法！步調整個緩慢細膩！還有，他們在留聲機播放《情聖的祈禱》時，那個以我爲本的主角回到房間，就這樣復活了！還有俄羅斯好人桌以及壞人桌！」

「你和媽媽在做什麼？」戈洛問。

「我們正在讀我的小說。」

「你是說，那本搞笑小說？」

出版商對這本書的篇幅持謹愼態度，但後來決定善用它。很快地，外國出版社買下版權。這本書問世幾個月後，只要托瑪斯和卡蒂亞聽歌劇或看戲，就會有人上前過來恭維他們，盛讚這本作品。德國各地寄來邀約，全都想請托瑪斯前往朗誦，舉辦讀書會。更有一本雜誌鼓勵讀者投稿，描述自己最喜歡的段落。

瑞典傳來傳言，指出瑞典學院正在認眞看待《魔山》的定位，這是決定諾貝爾文學獎的機構。

艾芮卡十八歲，克勞斯十七歲時，他們搬到了柏林，艾芮卡當起女演員，克勞斯開始撰寫散文和故事。兩人很快就成爲媒體報導的寵兒，以風格華麗浮誇聞名。社會視他們爲新一代發聲的代言人，身爲托瑪斯．曼的孩子，他們總會打出父親名號，但他們也告訴採訪者，自己冀望拉出長輩與他們之間的距離，希望外界以他們的成就進一步認識他們。

「可惜了，」卡蒂亞說，「這些表現沒有拿到應有的金錢酬勞。假使讓我再看到艾芮卡的訪談，我就會將那些她寫信跟我要錢的可悲信件發布給媒體。」

關於曼氏姊弟的自信與無知，外界開始傳開各種笑話。有幅漫畫是年輕的克勞斯對父親說：「爸爸，人家說，天才的兒子不是天才。所以，你不能當天才！」不喜歡托瑪斯的布萊希特寫道：「全世界都知道克勞斯．曼是托瑪斯．曼的兒子。喔，對了？托瑪斯．曼是誰啊？」

托瑪斯與卡蒂亞有時候也弄不清楚兩個大孩子究竟在搞什麼鬼。傳言說克勞斯跟帕美菈．韋金德訂婚了，但卡蒂亞卻聽說艾芮卡的愛人就是帕美菈。

「也許他們分享她。」托瑪斯說。

「我不認爲艾芮卡是肯跟人分享的類型。」卡蒂亞回答。

克勞斯寫了一本小說，裡面有個角色是同性戀，另外還有一部劇本，主角是四個離經叛道的年輕人。由於家裡習慣在晚餐後讀書，因此眾人同意克勞斯可以與家人分享他的新作品，包括露拉姑姑。

克勞斯讀完劇本後，露拉姑姑明言抗拒兩個女主角的親密關係。

「非常不健康，」她說，「我希望劇本上不了舞臺。托瑪斯和海因里希的書都寫這麼好，現在這些小孩，本來應該好好待在學校，結果想寫什麼就寫什麼，我要確保我家女兒不會看到這些。」

「戰爭結束了，露拉。」托瑪斯說。

「嗯，我也不喜歡和平。」

露拉的觀點與名演員古斯塔夫·格倫根相去甚遠，他是漢堡室內劇院的大明星，毛遂自薦要參加克勞斯作品的演出，也建議另一個主角由克勞斯擔綱，另外兩位女演員則讓艾芮卡及帕美菈·韋金德上場。

格倫根讓曼氏家族有點困惑，連戈洛也開始欣賞格倫根極端的癖好。有一天，克勞斯親筆來信，坦言自己的性傾向，說他與格倫根相愛了。結果沒多久，艾芮卡寫信回家告知她準備嫁給格倫根。過一陣子克勞斯回家，對著滿臉疑惑的父母與戈洛吐露，雖然姊姊與格倫根訂婚，但實際上她仍然愛著帕美菈·韋金德，而他也與格倫根相戀，可是他與帕美菈訂婚了。

「大家在結婚前都會這樣嗎？」戈洛問道。

「不，不是大家都這樣，」母親回答。「只有艾芮卡和克勞斯。」

克勞斯的作品在德國巡迴演出時，四位演員錯綜複雜的關係早已在記者間傳開，他們在報導中無不暗示這部戲劇作品完全發想於演員本人的生活。

「我們計劃在慕尼黑舉辦一場盛大的開幕式，」艾芮卡說。「我們需要大家都在場。我們的成功就靠這一次了。」

「找來十四馬也無法把我拖到現場，」托瑪斯說。「反正媒體總是熱情洋溢報導你們在各地的活動。我寧可留在書房，晚上還能早點睡覺。」

托瑪斯和卡蒂亞明白，他們無法阻止艾芮卡和克勞斯墜入愛河、訂婚與演戲。多數時間，他們覺得自己的孩子很可愛，但他們越來越不欣賞古斯塔夫．格倫根，並希望艾芮卡能注意到他們的不贊同。

艾芮卡帶格倫根到父母家時，此人很樂於分享自己對曼家的認識。他不旦知道戰時托瑪斯兄弟鬩牆的細節，甚至提到了曼氏家族的美金收入。格倫根是第一個設法滲透曼家姊弟堅不可摧的黃金光環的局外人。托瑪斯和卡蒂亞在帕美菈．韋金德小時候就認識這個小女孩，他們是瑞基．賀卡登父母的鄰居，不過托瑪斯夫婦根本不知道古斯塔夫．格倫根這傢伙是誰。

「我曾經在慕尼黑到柏林的火車上看過一個像他這樣的人，」卡蒂亞說。「滿臉微笑，非常可愛，結果列車長要驗票時，他竟然沒買票！」

露拉來訪時滿臉漲紅，非常亢奮，但提到艾芮卡和克勞斯的誇張行徑突然暴怒。

「我看到一篇艾芮卡的採訪。看來她不尊重權威。她在採訪中是這麼說的。」

一天下午，克勞斯．普林斯海姆正悠哉與托瑪斯和卡蒂亞喝咖啡時，露拉出現了。托瑪斯注意到舅子聊天時把露拉扯進來，真心希望剛才這兩人原本保持距離。

「能活著眞是一件幸福的事，」克勞斯說。「皇帝上臺一年，第二年就都自由解放了。這才是歷史的眞諦。」

「才不是這樣，」露拉說。「來自好人家的人們就像小丑一樣，在德國各地示威，這最令人憤慨。」

「妳是說艾芮卡和克勞斯吧？」克勞斯．普林斯海姆問道。「好人家孩子？」

「沒錯，至少我們家族很受人尊崇。」露拉回答。

「那謝天謝地，還好我家不是，」克勞斯說，「說到底，大概是嫁錯人娶錯對象了。」

「克勞斯是在開玩笑啦。」卡蒂亞說。露拉的臉頰瞬間漲紅。

「你到底靠什麼謀生？」她問克勞斯。

「我學音樂。有時我會指揮管弦樂團。我不靠任何事謀生。」

「你應該爲自己感到羞愧！」

「羞愧兩個字早就過時了，」克勞斯說。「晚上在慕尼黑或柏林街頭走走，妳就知道了。它跟皇帝同時退位了。現在，德國成了一場無恥的盛宴。」

「德國完了！」露拉更激動了。

「那不是一件好事嗎？」克勞斯問道。

露拉宣布她得馬上離開。突然間，她顯得虛弱無力。她坐了一會兒，眼神瞪視前方。有那麼一會兒，大家以爲她睡著了。托瑪斯不得不扶她走到門口。

他進屋子後，克勞斯問他露拉是否有人照顧。

「什麼意思？」托瑪斯問道。

「我看你妹妹應該很享受嗎啡的陪伴。」

「別傻了。」卡蒂亞說。

很快地艾芮卡開始穿西裝打領帶。她和弟弟長得很像，兩人常常同時開口說話，內容相仿，假使格倫根在場時，應該也會認同自己就是姊弟世界的局外人，他永遠不會理解他們晦暗難懂的隱喻，繁複細膩的玩笑話或對道德準則的所有抵制。他們的語氣口吻，托瑪斯心想，刻意將新來者排除在外。托瑪斯和卡蒂亞怎麼想都想不透，何以艾芮卡還會想要嫁給格倫根。

「她不嫁反而更好。」卡蒂亞說。

托瑪斯心裡有個念頭，但一直忍住沒說，他想說很可惜艾芮卡不能嫁給自己的弟弟，因爲這會是控制克勞斯的最佳作法。他原本也不相信女兒眞的會與格倫根完婚，畢竟她總是把這種事當作必須完成的任務，如此而已，一切都是應大眾要求的額外加場。可是，過了一陣子，托瑪斯收到了邀請函，上面甚至有日期。

他和卡蒂亞撐過了歡樂的婚禮，周遭年輕人嘻笑玩鬧，表現各種愚蠢荒唐的行爲時，他只能一臉莊嚴正式，大夥替男孩取女孩名字，反之亦然，開各種猥褻笑話。卡蒂亞輕輕推他，他才發現克勞斯已經閉上雙眼，要不是一位穿著暴露的年輕女子走過來請他跳舞，他可能早睡著了。同一位年輕女子後來加入了托瑪斯與卡蒂亞，告訴他們，帕美菈．韋金德出於嫉妒，今天選擇不出席。

「他們會到康斯坦絲湖畔的旅館渡蜜月，艾芮卡和帕美菈最近才在那裡過了甜蜜的週末，」這位年輕女子說。「格倫根很惱怒，將艾芮卡的婚紗撕成碎片。但她一點也不介意，還放聲大笑，因爲她甚至不喜歡婚紗，事情變得更難以收拾。在蜜月旅館裡，帕美菈打扮成男人，稱呼自己是韋金德先生，大家都覺得，假使格倫根允許，艾芮卡甚至會在賓客登記簿上簽名，稱自己是曼先生，他有時候實在非常無趣。」

艾芮卡與新婚夫婿開啓了婚姻生活；克勞斯留在慕尼黑與家人在一起。白天，他總是一臉疲憊，但晚餐時，他便高談闊論自己的想法計畫，托瑪斯注意到，有時他彷彿是在對艾芮卡說話。克勞斯說之前與格倫根合作時，那傢伙會把另外三個人搞得很沮喪。格倫根是個沉悶沒樂趣的人；他沒看什麼書，欠缺好奇心，舞臺下的他明星光環完全褪色。但一旦他粉墨登場，簡直脫胎換骨，無所不能。每次克勞斯、艾芮卡和帕美菈都期盼下臺後可以找地方大吃一頓，但舞臺燈光一暗，格倫根就變得極其渺小，一頓飯吃下來，他更是平淡無奇。假使他們徹夜不歸，大家跟他簡直無話可聊，但舞臺上的他是個奇妙生物，太不可思議了，簡直有點嚇人，克勞斯如此描述。

當他說話時，托瑪斯突然意識到，相較於其他活動，寫作之於克勞斯是個沉悶冗長的過程。克勞斯熱愛出遊、派對、結識新朋友，把握所有可以旅行的機會。

他不像鍊金術的元素，會自然而然被吸引到暗處角落，然後發光發熱，他寫作速度極快，儘管才華橫溢，但托瑪斯清楚，克勞斯算不上什麼藝術家。他不禁猜想兒子年紀稍長後，要以什麼維生？又會選擇什麼職業？

克勞斯警告他們，艾芮卡與格倫根的婚姻從一開始就是一場大災難。他說自己在在柏林與他們共進晚餐時，格倫根拿出一本雜誌，封面上有克勞斯、艾芮卡和帕美菈・韋金德的合照。他提醒他們，這張照片在拍攝時，明明他也在場，但某位編輯顯然覺得他不夠出名，所以把他剔除在外。他說看來他還不夠重要；其他三人才是了不起的演員，他不算。或者，格倫根堅稱，他們只是被知名文學巨匠父親寵壞的小鬼，而他不是。

當天晚上他們全都在聽格倫根抱怨，克勞斯說，艾芮卡早已厭倦他了。他還希望她請她父親以他的名義，向各大劇院的管理階層交涉。格倫根不只想當演員，克勞斯告訴他們，他想經營自己的劇院。「等艾芮卡回家，」他說，「她會覺得自己眞的夠笨才會嫁給這男人。到時我們全都得安撫她了。」

托瑪斯偶爾關注阿道夫・希特勒的動靜，但沒有特別留意。慕尼黑向來是怪人與狂熱分子的溫床。他們是左翼或右翼都無關緊要。希特勒還在坐牢時，人們就議論紛紛，聽說他被釋放，驅逐到奧地利後，也成了國內輿論的焦點。一九二四年十二月的選舉，他的政黨只贏得了全國百分之三的選票。

托瑪斯認爲德國打了敗仗，象徵某個時代的結束。由於他對德國靈魂的獨特性自有定見，他深信自己有責任阻止類似言論出現在他的字庫與思想。只要他在小說寫作花更多時間，就越確定自己需要以質疑諷刺的角度，檢視自己的文化傳承。

某次海因里希和咪咪到家裡用晚餐時，托瑪斯便清楚海因里希絕對會宣稱希特勒是個迫在眉睫的危險人物。此人慷慨激揚的言論，煽動人群的畫面開始定期出現在許多報章雜誌。

「他的長相很咄咄逼人。」托瑪斯說。

「他讓人很有壓力。」咪咪回答。

「金錢不再是金錢，」海因里希說。「對多數人而言，這完全無法想像。能夠用尖銳嗓音指責世道的傢伙甚至都有聽眾。」

「但沒有人會聽希特勒的，」托瑪斯說。「他所謂的政變是場災難。他是個失敗的煽動者。」

「你覺得他怎麼樣，卡蒂亞？」咪咪問。

「我希望這個希特勒不要來煩我們，」卡蒂亞說。「沒有他的巴伐利亞已經夠糟的了。我無法想像有了他，巴伐利亞會是什麼模樣。」

咪咪報告，她知道露拉眞的在用嗎啡。

「她還在跟那群女人混，她們的共通點就是藥物。彼此把風，確保來源充足。我有個朋友妹妹也在那個小圈子。」

後來露拉來訪時，眼神渙散，不斷點頭，口齒不清，然後又突然意識到了什麼，打起精神聊天。女兒們在身旁時，露拉會確保她們跟她一樣遵循社交禮儀。假使她發現其中一人坐姿不正，她會當場訓斥。她對於抵達與離開時該如何行禮如儀非常嚴苛，也要求她們跟著她做，必須表達傳統問候的敬語，也要親吻對方。

有一天，當她獲邀到家裡午餐時，她糾正戈洛握刀叉的方式，覺得他太過隨便，口氣猶如修道院長，只要一丁點的違規行爲都會讓她悲嘆搖頭，要不就提高音量，表達對世風日下的不滿。

「你們盡量就責怪戰爭吧，」她說，「或拿通貨膨脹當藉口，但我要抱怨的是人。沒有禮貌，不重規矩。父母比孩子更糟糕。」

「妳是在指我爸媽嗎？」戈洛問。

「你這樣魯莽發問，就是我的意思。」

只要艾芮卡和克勞斯回家，露拉便會表示不許女兒到托瑪斯家，免得她們受到表兄姊無視社會規範的行爲影響。

「艾芮卡根本沒有女性特質，」她說。「她要怎麼過日子？她看起來就像個男人，」

「她就是希望外界這樣看她。」卡蒂亞說。

「這對弟弟妹妹，表妹與一般年輕女性都是很不好的榜樣。」

由於海因里希在慕尼黑各社會階層都有人脈，他聽說在勒爾去世前，露拉甚至已經跟已婚男人搞外遇了。有人看過她在一棟著名公寓的前門大吵大鬧。起初，托瑪斯本以爲這是八卦，只因爲這位寡婦有兩位名作家兄長。他相信人們就喜歡拿露拉品頭論足。在慕尼黑文學圈以及其他受尊崇的同行之外，露拉總是引人注目，不僅因爲她的觀點，更因爲她散盡家產。

海因里希告訴他們，他確信露拉有個情人，對她不忠。這名男子已婚，在公共場所經常可以看到他與妻子和露拉以外的女人同進同出。

「他的妻子早已不再在乎了，」海因里希說，「但對露拉來說，這是公開污辱。」

不久後，海因里希又告訴他們，有人看到露拉在街上跟蹤對方，跑進咖啡廳和餐館，檢查他在不在，告訴店家對方名字，然後找個座位落寞獨坐，堅持要等他出現。

終於，傳來露拉自殺的消息。海因里希到家裡告知托瑪斯和卡蒂亞，卡蒂亞與戈洛立即出門安慰露拉的女兒，海因里希和托瑪斯則留在托瑪斯的書房，尋求心靈的避風港。

海因里希回憶母親對他們描述她在巴西童年的夜晚。

「在那樣的夜晚，你能想像，會有人走進來，告訴我們兩個妹妹都自殺嗎？」托瑪斯問道。

「卡菈離開時，」海因里希繼續，「我的一部分跟著她死了。現在又是露拉。很快地，我們都要走了。」

一九二七年與一九二八年時，當諾貝爾文學獎宣布之際，他家門外總會聚集記者。第一年，卡蒂亞讓僕人替大家泡茶，還送上蛋糕，但到了第二年，她關上百葉窗，要家人從後門出入。

「去年宣布你沒有得獎時，我察覺了一絲喜悅的氛圍。」

到了一九二九年，托瑪斯與卡蒂亞開始害怕他會得獎。由於德國失業人口再次超過兩百萬人，希特勒三個字都掛在人們嘴上，此人在慕尼黑舉辦的大型集會竟然吸引了上萬人出現，托瑪斯夫婦絕對不願意在眾目睽睽下，成爲大筆獎金的接受者，也不希望讓艾芮卡和克勞斯更吸引眾人目光，畢竟他們對希特勒及其黨羽的謾罵與希特勒人氣的上升成了正比。

當海因里希與艾芮卡及克勞斯表達自己對希特勒的憂心，也明確表達對希特勒追隨者的厭惡時，托瑪斯其實不太信任他們的說法。他認爲，大哥與兩個孩子只想德國找個敵人搞對立罷了。不過當托瑪斯看報紙時，經常發現自己會瀏覽與希特勒相關的新聞，這一次，希特勒的政黨宣布以百分之幾的差距，贏得地方與區域選舉。

然而，戈洛已經開始收藏希特勒和衝鋒隊的剪報。一九二九年八月的紐倫堡集會後，他買下所有的報紙，有些報導估計出席人數多達四萬人，也有一說是十萬人。他將剪報放在餐桌，請父親看。

「人數越來越多，」他說，「而且很有紀律。他們同時參加選舉，也管理一支半正式的軍隊。」

「他們沒有人支持。」托瑪斯說。

「這不是眞的。我可以每天給你看有哪些人支持他們。都不是祕密了。」

托瑪斯和卡蒂亞達成協議不再提諾貝爾獎，也不許其他人講到這個話題。但在宣布文學獎的前一天晚上，他躺在床上，心裡想著自己有多想得到它，又覺得這是他性格的缺陷。他告訴自己，他不該一心想得獎。也許他的讀者群會大增，但這也會給他帶來麻煩。

早上，他聽見電話響，他等著卡蒂亞或戈洛出現。不見人影時，他兀自微笑，想到自己一開始怎麼會如此篤定會得獎。在卡蒂亞端著托盤進來時，他還以爲她是來安慰他的。他什麼話都沒說，她坐下來，把門關上。

「再兩分鐘，電話就要開始響了，門口也會擠滿一堆記者。在那之前，我們可以享受片刻安靜的時光。短時間不會再有這種機會了。」

他原本就約好要到萊茵區開朗讀會；如今又插入其他活動，包括在慕尼黑舉行的慶祝晚宴與波恩大學的受獎儀式。人群將大廳擠得水洩不通，都是戰爭開打後一直參加讀書會的熟面孔，但氣氛更加高昂，期待滿滿，所有的聽眾彷彿都在等他將大家從恐懼與挫敗中解救出來。

在引言中，他沒有談到政治，只是提到自己身為德國人，必須無視當前鬥爭與混亂，一心寫出世人都喜愛的作品，這些活動就像反對黨的地下集會，讓德國至今尚未受玷污的生靈有稍微喘息的機會。

戈洛告訴他，自由派媒體將諾貝爾獎視為對他作品的肯定，同時，他也成為了祖國思想精髓的代表。其中一份報紙寫道，這些慶典在在譴責了當今威脅德國的黑暗勢力。

戈洛給他看由希特勒控制的《旗幟》時，他讀到了一些他早已經知道的事，只是文字更具煽動性。如今，托瑪斯成了諾貝爾獎得主，他也就此成為納粹的頭號目標。從大戰以來，托瑪斯代表的文化背景——資產階級、世界觀、追求平衡、無感淡然——正是納粹黨羽最渴望摧毀的象徵。托瑪斯作品中，字裡行間的深思熟慮、隆重正式、理性文明——與納粹慣用的口吻簡直天壤之別。

這群人自認在打一場對抗文化霸權的戰役。因此，一位猶太人或左翼作家創作的抒情詩便足以嚴重冒犯他們，作家被當成只愛賺錢的猶太企業。因此，知名小說家正如一個不友好的國家或一名猶太銀行家，全部都是他們的眼中釘。納粹不僅想控制街頭巷尾、政府建築、銀行與企業，甚至要讓未來德國重現榮光。假使他們連一首抒情詩或一本小說都不在意，那麼，他們怎麼可能掌握操控德國文化的未來？畢竟這群人最在乎的就是現在，以及未來。

當晚他獨坐在慕尼黑的書房時，他有了以上的結論，它們如天外驚雷撼動了他。過去，他從未想過納粹會掌權。往昔這些人對他而言不過是惱人的社會亂源，蠻野粗鄙的象徵。現在，餐館侍者不再彬彬有禮，他常光顧的書店員工沒了耐心，卡蒂亞也更常抱怨找不到合適的家務幫手。托瑪斯更確信，郵差送信的速度也變慢了。

但這些都是小事，他對街頭穿軍服的暴徒從來沒有多想，因爲他很少出門。納粹分子的存在對未來德國的任何政體都不値得一提。由於他們憑空出現，他總相信，這些人也會很快消失，他知道未來的鬥爭將出現在社會主義與社會民主主義之間的拉鋸。

幾年前，當戈洛對政治哲學產生興趣時，最喜歡找他辯論上述二者將如何調和。如今，他與戈洛多半在探索納粹與義大利法西斯黨之間的差異，例如國家社會黨竟能在從未贏得任何選舉的情況下，寸步滲透到人民想像力的核心，加上軟化自己的煽動語調，贏得了廣泛支持。當他設法讓戈洛對社會主義與社會民主主義產生興趣時，戈洛聳聳肩：

「只因爲海因里希、艾芮卡和克勞斯認爲希特勒威脅到我們大家，並不代表這一切不是眞實的。」

「我從來沒有說過他不眞實。」

「那就好。」

他發現艾芮卡與克勞斯從敵人的粗鄙惡毒取得了源源能量。他們前往美國，遇上了一群希望採訪他們的好奇記者。住在紐約的友人瑞基．賀卡登提供住所，也帶著姊弟認識這座城市，玩遍大街小巷。有些內容，艾芮卡在信中寫道，實在不方便透露給親愛的父母知道。兩人搭乘火車橫越美國，接下來是環遊世界，造訪日本、韓國與俄羅斯，還一起記錄旅程點滴，出版遊記，書的結尾是兩人如何樂不思蜀，卻不得不踏上返鄉之旅，他們是如何在蒼白的黎明曙光中走上普魯士故土，一旁還有員警密切關注的眼神，至此，他們才不得不停止大笑，重新開始認眞面對往後的人生。

其實托瑪斯記得，他們抵達時根本沒有什麼警方相伴，在場的只有父母與弟妹歡迎。他們不是回到柏林，而是回到慕尼黑。他們回家的第一天，兩人馬上又幼稚了起來，通常他或他們的母親總得提醒姊弟兩人在餐桌上謹言愼行，但這一次，他們在世界各地經歷了各種天眞無辜的冒險，他們就像童話故事的姊弟，到哪裡都有善心人士照顧，經常靠著運氣僥倖逃過劫難。

很快地，他們又回到大人世界了。瑞基從美國回來後，艾芮卡跟他合寫了一本兒童繪本，他負責插圖，卡蒂亞告訴托瑪斯，克勞斯與瑞基成了戀人。克勞斯現在每年出版一兩部小說。艾芮卡則因爲發表一連串文章，強調當代新女性該有的作爲在德國聲名響亮。她喜歡被人拍到開快車，可以展示自己俏麗的短髮，再大放厥詞，發表對性愛與政治的個人觀點，其內容往往火爆又極具爭議。她與瑞基參加一場長達十天的賽車競賽，贏得大獎後，艾芮卡還在沿路休息站投稿了幾篇文章。

在托瑪斯與卡蒂亞安於步入安逸靜謐的中年晚期時，艾芮卡與克勞斯則找到享受精彩人生的刺激方式。他們計劃開兩輛車從德國前往波斯，找了瑞基與艾芮卡的朋友安娜瑪麗．施瓦岑巴赫同行。

對於托瑪斯而言，從滿足於現狀到啞口無言的迅速轉變讓他來不及反應。在他得諾貝爾獎後一年內，納粹黨取得了六百五十萬張選票，在兩年前，他們只有八十萬人支持。但他深信，德國社會對納粹的支持將如他們憑空竄起一樣大起大落。托瑪斯認定，國家社會黨的空泛承諾遲早讓人民棄守。只要戈洛不再拿那些晦澀難懂的文章給他看，他也可以繼續安心進行手邊的工作。

然而幾個月後，在他忙於寫作，巡迴演講以及參加朗讀會時，德國社會各面向的變化實在令人刻骨銘心。他之前已經同意在柏林的貝多芬音樂廳發表名爲「對理性的呼籲」的講座。這個題目在其他時間也許不帶任何挑釁意味，但現在可不然。當他悉心準備講座，越寫越憤怒，越確信這些話必須說出來。

他仍然相信聽眾應該來自於他認識的第二個德國。他希望貝多芬廳會坐滿冬夜讀書有思想的人。他設想這群人應該就是他的同路人，對當前乖戾無理，毫無原則的文明社會遺憾至極，他仍然堅持「自由、平等、教育、樂觀以及對進步的信念」。他深信聽眾同樣鄙視「這一些特立獨行的野蠻人，在民粹作祟的原始遊樂場恣意叫囂」，他們會認同他的觀點，即國家社會黨打造了「怪誕的政治風氣，創造不經大腦，反射性的群眾口號，猶如遊樂園鐘聲，如哈利路亞呼告式的吶喊，單一口號像咒語般不斷重複，現在只有看見大家口沫橫飛」。他呼籲聽眾支持德國政治體系，最理性進步的社會民主黨。

演講當天座無虛席，起初，席間反應熱烈，人們無不拍手叫好，他很高興看見艾芮卡、克勞斯與卡蒂亞都在聽眾席。當他描述到德國當今出現了即將成爲「全球威脅」的現象，並補充納粹分子有「外界看不出的瑕疵缺陷」時，有一名男子起身要求發言。

從來沒有人打斷托瑪斯演說。他當場不確定該如何處理，他猶豫了，然後示意請男子發言。

男子大吼，大廳聽得一清二楚，他指稱托瑪斯是可惡騙子與人民公敵，觀眾隱約發出了不贊同的雜音。托瑪斯鬆了一口氣，慶幸自己早已準備好講稿，他決心不為所動。他知道欣賞他的觀眾便會同意他的看法，同時這位找他爭執的傢伙卻也可能被激怒。

他看出現場有一些異議分子，似乎一有機會就準備高聲辱罵和發出噓聲。很明顯，他們是有組織的行動，今天來到現場只為了阻止他發言。現在這群人開始叫囂要他下臺。其中幾位甚至從座位區走向講臺，多數觀眾靜靜坐著。顯然這群搗亂分子的座位都經過刻意安排，而且全是年輕人。他每次一抬頭，就看見他們蓄勢待發，不惜一戰的神情。

他繼續演講，旁人遞來一張紙條，警告他必須縮短時間，免得緊張局勢進一步高漲。他決不服從，萬一真的做了，媒體必然大肆渲染他的屈辱與順從，更不用說，假使抗議者自認他真的怕了，他與卡蒂亞以及現場其他人又該如何平安離場。

他持續猛烈抨擊納粹意識型態，現場越來越緊張，一觸即發。現在不只是烏合之眾的吼叫，開始有小群民眾齊聲唱歌辱罵，他即將收尾，但已經聽不見自己在說什麼了。

他演講結束，但顯然現場已經找不到安全脫身的出口。他看見卡蒂亞示意要他走到一旁，他看見指揮家布魯諾．華爾特夫婦，他們很熟悉音樂廳複雜的廊道設計，兩人小心引導他與卡蒂亞到鄰近建築，華爾特的車子就停在那裡。

托瑪斯很清楚，只要納粹聲勢持續上揚，此後他再也無法公開討論德國現狀，因為今晚的情形很有可能再度重演。就算有人想聽他演講，卻也知道參與這種活動非常危險。他同意將演講稿出版，也很高興它有三刷的成績，但他很清楚，這一切已經沒有意義了。他早就被人盯上。戈洛原本提議，要他看看靠攏國家社會黨的報紙對他的演講有何評論時，他拒絕了。他知道他們會用哪些形容詞描述他。

他繼續寫作，但他知道，假使他冒險走上慕尼黑街頭，不可能不被注意。他和卡蒂亞在河邊散步時，一路警覺提防。他認爲選擇與納粹對立非常值得，也深信他們終將挫敗。通貨膨脹已讓國家動盪不安，派系之間的紛爭短時間內無法平息，彼此的意識形態尚未達到平衡，未來的波動還有得瞧。但那天晚上在柏林的遭遇終於讓他意識到，儘管在文壇地位崇高，也無法保證自己能全身而退，不受攻擊。往後，他再也無法隨心所欲，暢所欲言。他的德國，那個他朗讀會時提到的德國，其核心價值已不復見。

艾芮卡與克勞斯因爲家中狀況四面楚歌，激發成更辯才無礙的人才。儘管在柏林被人高聲叫囂，使父親不願意參加更多的活動，但隨著納粹的威脅越見迫切，姊弟反倒更爲英勇。

克勞斯爲四位演員寫了第二部劇本，主角仍是兩男兩女，但這次基調更暗淡陰鬱；原本視愛情爲歡愉遊戲的主旨，如今加入了更多危險元素。劇本中，年輕主角爲生命奮戰，對他們而言，毒品不會帶來解脫，反而暗示了厄運。他們認清，擁有對方的炙熱愛情只是一張糾纏不清的網，不如追求死亡才能得到最終的自由解脫。

克勞斯、艾芮卡和瑞基．賀卡登繼續爲波斯之行做最後準備。托瑪斯和卡蒂亞越來越欣賞瑞基，他跟他們說話時，也將他們當作艾芮卡姊弟一樣輕鬆自在。有了瑞基的陪伴，克勞斯更懂事貼心，不再提出一些可能激怒父親的極端想法。

然而那幾個月，大家很難不對國家社會黨持有極端看法。用餐時，托瑪斯聽著大家激烈謾罵。儘管如此，他對瑞基譴責希特勒的語氣也很驚訝。

「全盤皆輸，我們注定要失敗了！我們全體。他們要摧毀一切。書、繪畫，什麼都沒了。沒有人是安全的。」

然後，他模仿希特勒無休止的激動咆哮。

「你們還沒看出問題所在嗎？」他問道，聲音顫抖。

計劃出發的前一天，瑞基、艾芮卡、克勞斯和安娜瑪麗·施瓦岑巴赫前往巴伐利亞一家準備拍攝他們這趟旅程的影片公司。爲了拍攝，克勞斯與艾芮卡坐在車裡；另外兩個人假裝修理損壞的機件。當瑞基要克勞斯假裝自己身上也有傷口要修補時，大家狂笑不已。

他們原本安排與家人度過最後一晚，在第二天下午三點出發。然而，中午消息傳來，瑞基在阿默湖畔烏廷的自家公寓對著心臟開槍自殺身亡。他留給當地警方一張紙條，上面寫著卡蒂亞的名字與電話號碼，建議警方聯繫曼夫人，請她告知他父母他的死訊。

當晚艾芮卡和克勞斯在餐桌沉默無言。兩人這段時間一直欣喜若狂。克勞斯原本擔心這次旅行會對他與瑞基的脆弱關係產生壓力，但瑞基以嶄新的性愛手法安撫克勞斯，讓兩人對未來充滿期待，這是艾芮卡告訴母親的。原本，克勞斯就要與他在世上最愛的兩個人踏上異國之旅，所以有好幾天他坐立難安。托瑪斯每次看到艾芮卡，她面前都攤著路線圖以及一大疊旅遊指南與外語字典，她獨自一人坐在房間，彷彿胸有成竹，也想好沿途要寫的文章標題，甚至準備撰寫一本由四位旅人完成的書。

他們到瑞基自殺的公寓，看見他床上的牆壁濺滿鮮血，看見他的遺體與血泊時，艾芮卡開始尖叫。當克勞斯帶她回家時，她還在尖叫。

卡蒂亞到書房找托瑪斯。

「我不知道爲什麼瑞基將我的名字交給警方。我一敲門，就知道我會毀掉他父母的人生。艾芮卡不能再尖叫了。你一定要離開書房，要她閉嘴！」

接下來的幾天，托瑪斯設法與艾芮卡和克勞斯談論他兩位妹妹的死，這兩起自殺事件同樣令人震驚，難以解釋，但他們似乎無法理解。他們無法將瑞基的死與任何人的死亡連結。即使他詳細講述自己當年的心情，以及他在卡菈與露拉死後的感受，孩子們似乎都沒有在聽。彷彿他們的人生自有光芒，極其豐沛鮮明，而這是其他人的生命無法衡量的。姑姑根本無法與瑞基相提並論，因爲根本沒人記得她們了。

「你不懂，」艾芮卡一次又一次告訴他。「你眞的不懂。」

第八章
盧卡諾 一九三三年

一九三三年二月國會縱火案發生時，托瑪斯和卡蒂亞正在瑞士阿羅薩度假。每天，他們都聽說國內發生大規模逮捕以及街頭攻擊事件。一星期後聽說要舉辦國民議會選舉時，托瑪斯第一反應就是要儘快返回慕尼黑，確保房子不會被暴民洗劫一空。他考慮在必要時，將房子出租，甚至賣掉，悄悄將資產轉到瑞士。

在他聽到卡蒂亞告訴飯店客人，他們不能回慕尼黑時，他很震驚。

他建議等到他們與艾芮卡講到話之後再決定下一步該怎麼做，但卡蒂亞堅持直接打電話到家裡很危險。他們連自己人在哪裡都不該說出口。她打電話時，他坐在她身邊。他聽見艾芮卡接了電話。卡蒂亞用暗語說話，問女兒現在適不適合春季大掃除。

「不，不，」艾芮卡回答，「天氣很糟。你們再待久一點好了，反正你們什麼也沒錯過。」

艾芮卡和克勞斯也儘快離開了慕尼黑。現在只有戈洛在家。令大家困惑的是，戈洛口吻很平常，彷彿新政權的崛起沒什麼大不了。他告訴他們，自己聽說艾芮卡被抓到達豪的集中營，但他現在知道這不是眞的。戈洛補充，他還遇見叔叔維克多，維克多很高興自己在銀行升官了。但戈洛猜想有可能叔叔頂替了某位猶太同事的職位。

卡蒂亞在盧卡諾替家人租了一棟房子，莫妮卡和伊莉莎白隨後抵達，邁克進了一所瑞士寄宿學校。不久後，艾芮卡也來了，她的菸癮比之前更重，酒也喝得多，早上總是率先起床拿報紙。整間屋子都聽得到她在說話，艾芮卡比較像是被派來碎唸他們的親戚，而不是隨他們在異鄉避難的大女兒。由於艾芮卡連德國地方鄉鎮首長的名字都記得一清二楚，所以非常瞭解國內瞬息萬變的政治生態。她整個上午都在寫信給住在各地的朋友敘舊，一直打電話。她語帶驚奇地解釋自己被囚禁在達豪的謠言，同時，她誓言必將違抗當局，開車回慕尼黑搶救父親的手稿，但在母親的堅持下，她同意放棄這項危險任務。後來，托瑪斯饒有興味地聽見她描述自己如何計劃搶救手稿，彷彿早已身歷其境，她要騙過納粹邊境衛兵，將珍貴文件藏在駕駛座下。

當艾芮卡開始宣布，要家人準備接受慕尼黑老家有可能再也回不去了的時候，托瑪斯笑不出來了，他們有可能失去大宅，甚至得忍痛放棄存在德國銀行的錢。艾芮卡說這席話時條理分明，彷彿早已謹記在心，只是重新背誦給父母聽，好讓兩人接受他們在一直逃避的現實。

艾芮卡希望托瑪斯發表聲明，表達自己要永遠脫離德國。托瑪斯曾有一場關於華格納的演說，內容遭到巴伐利亞音樂和文化界一長串知名人士撻伐，當中不乏理查·史特勞斯與老友漢斯·普菲茨納等人，托瑪斯心知肚明，最明智的做法就是不再回應。他推測這群人必然受到新政府的施壓了。不過艾芮卡反倒建議他善用時機，宣布自己對新政府的唾棄，同時高聲疾呼同胞以各種方式反對希特勒。

當托瑪斯終於發表相關聲明，廣發於瑞士媒體時，他先確定艾芮卡還沒見到內容。卡蒂亞後來告訴他，女兒認為聲明太迎合軟弱了。

在第一次世界大戰開始時，托瑪斯對他的德國聽眾知之甚詳。當他在柏林發表演講時，眾人能與他分享對自由與民主的看法，大家都深深明白身為德國人的意義。但這些人現在沉默了。他找不到發表言論的管道。假使他從安逸無事的瑞士譴責希特勒，他會立刻受到抨擊。他的書會從書店和圖書館中下架，總之，他必須就此噤聲。

他對納粹的看法眾所周知。戈洛和卡蒂亞的父母還在德國，他在慕尼黑還有房子，德國銀行也尚有存款，他知道重複批評毫無價值。此外，之前國家社會主義黨不過是邊緣政黨，擾動社會秩序的一小群人，如今，他們儼然成了尋求合法性的德國政府，這可是截然不同的。

他們每收到一封戈洛的信，就越發擔心他的安全。但他本人似乎毫無畏懼，在他筆下的慕尼黑彷彿是劇院或一場奇觀，他只不過覺得自己有責任稟報它的動態罷了！有些內容很悲傷，特別是他造訪外公外婆時，兩個老人家仍堅守自己的華麗豪宅，對未來卻越顯焦慮。例如外公，戈洛寫道，就不斷重複：「我們都活到這把年紀了，還得見識這一切！」就當局而言，普林斯海姆是猶太人。卡蒂亞的哥哥彼得已經被柏林的洪堡大學解僱，他和兄長們一樣，都在計劃離開德國。

卡蒂亞的父親寫信給她，找人親手交給她，要她不得回信或回電。她把信拿給托瑪斯看：

> 我從來就不知道，我的寶貝女兒，原來大家都認識妳，我的女兒，就是艾芮卡和克勞斯．曼的母親，也是托瑪斯．曼的妻子。這頭銜可能曾經讓妳是慕尼黑的驕傲。但現在妳

卻流亡海外，我知道妳的孩子夫婿都大聲疾呼，反對新秩序，這我全理解。但它會使我們的情況更岌岌可危。一直以來，我們都努力要當忠誠的德國人。我熱愛華格納的音樂，我全力資助支持他，也替他創辦了拜律特音樂節。在這一片渾沌黑暗中，我們的一線希望就只能來自溫妮菲德・華格納了，但這願望卻又最不可能實現，因為她竟然熱切支持一個我連提都不想提的人。她告訴我們，她會幫我們，但我們真不知道這又能代表什麼。

托瑪斯注意到，伊莉莎白雖然讀了這封信，但她沒有拿給其他人看。用餐時，卡蒂亞放任艾芮卡高談闊論，她每天晚上都盡可能提早回房，而且在艾芮卡離開到法國與克勞斯會合後，看起來也輕鬆多了。

十四歲的邁克到盧卡諾加入他們。托瑪斯記得他在慕尼黑時很討厭上小提琴，鋼琴老師拒絕繼續替他上課，因爲他上課態度很差。但他在寄宿學校跟了一位義大利老師學習中提琴和小提琴，看起來並不排斥。

「他和其他老師有什麼不一樣？」卡蒂亞問道。

「他是義大利人，其他老師都笑他。」邁克說。

「所以你才喜歡他？」

「他的父親和哥哥都在監獄。如果他回義大利，也會被馬上逮捕。而且現在根本沒有人要學小提琴。所以他看起來很哀傷。」

邁克每天花好幾個小時拉琴，特別是中提琴，同時也安排他的老師每週兩天到盧卡諾陪他練習。當托瑪斯告訴他，他演奏的音樂聽起來很美時，邁克皺起眉頭。

「我的老師說，我有才華，僅此而已。」

「不然你還想要什麼？」卡蒂亞問。

「我要當天才。」邁克說。

邁克建議托瑪斯跟這位老師上英文。

「他英文講得很完美，而且他需要錢。」

「他是義大利人。我不想把英文講得跟義大利人一樣。」

「講得跟德國人一樣難道會比較好？」邁克問。

托瑪斯同意上課，他會嘗試用英文讀一本簡單的書。

在戈洛的一封信中，他提到自己在慕尼黑與恩斯特·貝特拉姆共進午餐，後者堅持，儘管他偏愛自由，但自由只適用於優秀的德國人。當戈洛告訴他，父親也許永遠不回德國時，貝特拉姆道：「爲什麼不回來？他是德國人，我們生活在自由的國家。」戈洛補充，貝特拉姆還設法找一堆藉口，解釋自己爲什麼人在盧卡諾時不拜訪托瑪斯。他說，當時他不是獨自一個人，看來要不要繼續與戈洛父親維持友誼對貝特拉姆而言備感壓力。

戈洛還提到他在家裡辦了派對，這樣才不會浪費父親酒窖蒐藏的頂級好酒。他已經在慢慢收書整理文件了。

每當他聽到外界討論類似的內容，暗示他再也無法回到老家時，托瑪斯總是極其訝異。他仍然每天關注新聞，期盼希特勒的權力消失，或者被暗殺，或者軍隊內部起而反抗領導階層。

起初，當冒犯納粹的書在柏林被燒毀時，托瑪斯很慶幸自己的書不在其中。但艾芮卡回來後，她指出，所有重要的德國作家如海因里希與克勞斯以及布萊希特和赫曼．赫塞的作品全都丟進火裡，被排除在這群人之外，根本算不上什麼榮譽勳章。托瑪斯注意卡蒂亞也默默點頭。戈洛寫信告訴他們，儘管恩斯特．貝特拉姆支持焚書，但他確保托瑪斯的作品不包括在內，卡蒂亞先讀了信，再將它交給他，離開書房。

事實證明，戈洛輕輕鬆鬆就將傢俱、繪畫與書從慕尼黑的房子運走，只要假裝它們準備被賣到瑞士就好。同時，戈洛也成功從父親的銀行帳戶領出一大筆錢。儘管托瑪斯希望手稿、信件，包括卡蒂亞從達沃斯寄回家的信件都可以從德國運出來，然而他心裡知道，當中最重要的是他的日記。它們收在書房保險箱，從來沒有給外人讀過，他推測卡蒂亞知道它們的存在，也一定意識到，因為它們總是鎖在保險箱，所以內容一定極其私密，不為外人所知。然而，她大概從未想過，除了天氣與他演講內容等尋常事物，日記更鉅細靡遺描述了他的綺麗春夢與情色人生。

他需要把日記從慕尼黑拿出來，但得先想辦法將保險箱打開，在沒人看見日記內容的前提下，讓它們回到他手上。

他老早將自己的性愛綺夢寫進故事與小說，但在書中，它們可以輕易被詮釋為文學手法。畢竟他已經是六個孩子的父親，從來沒有人公開指控他擁有私密癖好。萬一日記被有心人士出版，它們會成爲他本質與幻想的鐵證，讓外界窺知，他疏離、書卷氣滿滿的文筆，死板拘謹的行爲舉止，熱愛接受眾人擁戴尊崇與重視，全是用來掩飾他性慾對象的僞裝。有些作家如恩斯特．貝特拉姆或是詩人斯特凡．喬治斯，已經公開他們的同志身分，但托瑪斯卻將個人癖好鎖在日記，並且緊鎖在保險箱裡。托瑪斯深信，假使這一切曝光，他會因爲兩面人的身分遭受更嚴厲的抨擊。

卡蒂亞早已接受回不了老家，必須長時間海外流亡的可能性，但他知道，她無法接受丈夫顏面掃地。

「眞奇怪，」她說，「我們現在又成了猶太人了。我父母連會堂都沒靠近過，我家孩子全是曼家人，結果現在因爲母親是猶太人而成了猶太人。」

她擔心戈洛在慕尼黑待太久。她也擔憂如今即將步入而立之年的艾芮卡與克勞斯要如何謀生，畢竟德國已經將曼家人全面封鎖。托瑪斯想，卡蒂亞對於另一迫切危機渾然不知。關於他這個人的祕密，他不可能在不透露日記內容的情況下與她分享，她必然會震驚於他竟然愚蠢淪於命運的人質。

他六個孩子中，戈洛自小就最擅長保守祕密。餐桌上的他向來專注觀察，面無表情。托瑪斯確信，如果他將保險櫃鑰匙寄給戈洛，要求他把油布封面的日記取出，不得翻閱，收進手提箱，寄到盧卡諾，戈洛也會照做。當戈洛回信告知他已經這麼做時，托瑪斯鬆了口氣，如今就只剩下耐心等待它們抵達了。

在慕尼黑，戈洛越來越難自在行動，銀行不讓他領錢，他也深信自己早已遭人監視，隨時有可能被拘留。他更無力阻擋當局沒收家裡的兩輛車，到頭來，他發現原來司機漢斯根本私通納粹黨人，告知對方戈洛計劃將其中一輛車開到瑞士。戈洛找上漢斯對質，此人態度傲慢，到處威脅廚師和女僕，說他也會找人抓他們。戈洛聽得一清二楚，知道漢斯根本就是在指鹿爲馬，暗示戈洛的下場。

抵達盧卡諾後，戈洛告訴父母這段故事，然後隨口提到：「我把手提箱託給漢斯了，他答應要替我拿到郵局，天知道他把它帶到哪裡，也許交給納粹也不一定。」

卡蒂亞離開後，托瑪斯問戈洛，他交給漢斯的手提箱難道就是裝了日記的那一只手提箱。

「他主動拿的，我心想他比較不會引人注意，因爲我總覺得自己被監視了。當時這似乎是最好的作法。我當然也可以帶著它再等一陣子，但我猜你會想早點收到。」

「他有交給你收據或什麼紙，證明寄出嗎？」

「沒有。」

戈洛不安地瞥了他一眼，當下托瑪斯意識到，戈洛可能已經知道日記內容。他納悶戈洛也許翻閱或甚至讀了幾段。假使他眞的這麼做了，他便可以很快推斷它們爲何被長年放在保險箱，爲何只有這些，而不是其他文件，需要寄到盧卡諾。

戈洛與他面對面坐著，這是托瑪斯離兒子最近的時刻。此時此刻，無聲勝有聲，如此戈洛才會比較自在。他跟兄長不同，除了自己，他還會揣測他人心思。托瑪斯想，現在戈洛也許在思考父親的用意，畢竟多年來，他也是默默在角落觀察大家。

只不過，任何看了日記的人，都會發現他的家庭與一般德國人的生活相去甚遠，當同胞們手上鈔票毫無價值時，他卻有足夠的美金可以花費。這段期間，他總將奢華人生視爲理所當然，他的政治看法自由又國際化，但就生活方式來說，他卻是孤立疏離。

二〇年代時，他厭惡納粹，因爲他們庸俗低等，他原以爲，這群人頂多是一根尖刺，杵在奮力掙脫現狀的德國社會。現在，他想像他們一群人正一頁頁翻閱他的日記，被他的自以爲是激怒，有些片段甚至讓他們氣急敗壞。他們在意的不是他漫無目的的悠哉人生，這些人的眼中帶著怒火，正急著找出足以將他定罪的場景與文字。

他很清楚，他家兩個大孩子不容許他身敗名裂，他們如今在世上擁有立足之地，正因爲他們公開鄙視對傳統的性別二分，所有破壞他們聲譽的輿論都會被他們與朋友嗤之以鼻。但是假使他日記內容公開，大家都笑不出來了。

每天早上當他起床後，便滿心期待手提箱能夠順利抵達。他不確定它會由郵遞貨車或其他公務車送來。著裝之後，托瑪斯會從樓上窗戶觀望。由於他的臨時書房就正對著屋子前廊，任何人來來去去他都看得一清二楚。郵差出現時他特別警覺，但對方只送來信件與小包裹。

屋內靜悄悄，托瑪斯相信假使郵車送來手提箱，他不可能會錯過。他傾聽引擎聲。他對納粹越瞭解，就更清楚他們的宣傳本領。假設戈培爾拿到日記，一定把它當寶物對待。他將挑出最具破壞力的細節，把它們包裝成全球頭條，讓托瑪斯．曼從偉大的德國作家搖身成爲下流醜聞的代名詞。

在蘇黎世找到書商後，托瑪斯替自己的臨時小圖書館內的書籍清單增加了王爾德的作品。他並不想跟王爾德一樣因爲洩密入獄，但他也知道王爾德生活放蕩不羈，與托瑪斯的人生大相逕庭，然而，托瑪斯對於知名作家的淪喪過程很感興趣。王爾德迅速落入凡塵，沾了一身腥，當年輿論也不遺餘力，萬夫所指，加諸他各種罪行！

他反覆思忖自己的日記內容，有些私人紀錄是無害的。他記得裡面有自己對小伊莉莎白的關愛，想必任何父親看了都會感同身受，即使是最惡毒的納粹分子，看見他描述對伊莉莎白的疼愛時，也不會有任何反駁。讓他眞正瑟縮的是自己對於克勞斯的回憶。大兒子年少時期，其俊美容貌總讓托瑪斯讚嘆。有一次他走進戈洛與克勞斯的臥室，發現克勞斯赤身裸體，那畫面鐫刻腦海，讓他在日記寫下了兒子的青春魅力。

他想自己一定曾經在日記中提到克勞斯誘人的肉體好幾次，或也曾提到身穿泳衣的克勞斯看起來有多麼健美。

大概不會有多少父親會有類似的感受吧，他猜想。他確信自己不是唯一，然而，會發現兒子性吸引力的父親絕對是少數，更不用說愚昧到用文字抒發自己的感受。他從未向任何人透露這件事，所以他確信克勞斯和家裡其他人根本沒想到他會有這種念頭。

他將一切寫在日記裡。而今，在德國的某處，這些文字正在遭遇一群自認理由充分，樂意破壞他聲譽的人們認眞檢視。

假使電話鈴聲響起，托瑪斯非常擔心就是要來通知他，日記有部分片段早已公諸於世，刊登在報紙上。他在屋外人行道來回踱步，等待或許將送來手提箱的郵遞卡車抵達。萬一日記落入納粹手裡，他不知道自己該不該否認到底，堅稱不是他的日記，而不過是某人高明的模仿作品。但日記內容實在鉅細靡遺，他很清楚，各種日常細節其實是發明不來的。

它們包括了一些他珍惜卻無法與人分享的時刻紀錄。那些前來聽他演講，或是在音樂會遇見，眼神曾經交會的年輕男子，短暫目光的交錯，卻夾雜強烈的情愫。儘管他喜歡在公開場合被人景仰，也感激前來聽講的大批民眾，但這些悄然私密的邂逅，才最令他刻骨銘心。他無法想像自己不用文字將這些凝視之間來回流動的神祕能量與訊息記錄下來。他只想讓轉瞬即逝的片刻堅實明確。他知道要做到這一點，只能利用他的筆。難不成，他人生的浮光掠影就要這樣流逝，直至消失無蹤嗎？

日記中讓他最在意的是他對一位少年的描述，那是克勞斯．霍伊瑟。一九二七年，也就是六年前的夏天，他與卡蒂亞帶著三個年幼的孩子到北海敘爾特島的坎彭鎮。

第一天氣候惡劣，沙灘空無一人，托瑪斯在陽臺望著飛掠天空的烏雲。他想看書，但空氣中某種沉重感讓他昏昏欲睡。卡蒂亞買了雨衣，租了自行車，帶孩子們出門騎車了。

托瑪斯走到大廳，注意到戶外光線已經暗了，儘管還是下午。他想，假使他們到西西里島甚至威尼斯，氣氛應該會很不一樣。或者如果他們到特拉沃明德，那排山倒海的孺慕之情，他也許難以承受。

從旅館前廊，他看見一位老夫人逆風而行。她一隻手拿著沉重的購物袋，另一隻手拿著手杖。一陣風突然襲來，把她的帽子吹掉了。托瑪斯準備拿回它時，他看見一位高大修長的金髮男孩，一路跟在女人後面，迅速轉身回頭拿帽子。

他聽不見男孩對老夫人說了什麼，但應該很幽默，讓她微笑連聲說謝。男孩還提議爲她提購物袋，但老夫人拒絕了。他的穿著與自信態度讓他確信男孩應該是外地人。他經過托瑪斯進入大廳，對托瑪斯微笑。

第一天晚餐快結束時，一位先生走近他們的桌子，此人自我介紹是呂貝克的藝術教授。他告訴曼家人自己多麼欣賞《布頓柏魯克世家》，認爲它提昇了家鄉的高度，昇華它的地位。此人叫哈倫。他習慣每晚與來自杜塞道夫的藝術家朋友霍伊瑟教授喝一杯，想知道托瑪斯今晚能否移駕加入他與他朋友。他指著另一張桌子，那裡有個男人向他們揮手。托瑪斯推測那位就是霍伊瑟教授。他身旁正在觀看這一切的男孩就是他稍早見到的那一位，大概是教授的兒子。托瑪斯向教授點頭，將注意力轉移到男孩身上，男孩也正盯著他瞧。他們都站起來後，他猜這男孩不過十七、八歲。他對父親說了些話，然後就領著同樣身材修長、骨架細緻的母親離開了。

那晚他們在酒廊喝酒時，托瑪斯發現原來兩位藝術教授對他的書沒有興趣，他們反而在討論自己認識的藝術家，那些名字對於托瑪斯而言都很陌生。兩人津津有味討論俱樂部的種種與德國小巷的生動場景，想來這些對畫家都是很有意思的話題。

「通膨時代的百萬富商，」霍伊瑟教授說。「可以畫成偉大的肖像。」

「或是還沒開始寫書的哲學家。」呂貝克那位教授建議。

「也許他寫了《故我在》之後，就不確定該如何繼續了。」

托瑪斯背對門口，沒看見霍伊瑟的兒子走進來。他首先注意到的是他父親關愛的笑容。他將兒子克勞斯介紹給托瑪斯。

「我兒子最近讀了《布頓柏魯克世家》、《魔山》和《魂斷威尼斯》。你能想像當他發現自己最愛的作家就住在同一間旅館的感受嗎？」

「我相信作家還有其他事好做，而不是想像我的感覺。」克勞斯說。他抿嘴露出燦爛笑容。

「他們是不是都在討論畫畫？」他問托瑪斯。

「晚上我們就只能這樣混時間囉，」他父親說。「一群窮極無聊的男人。」

第二天午餐時，伊莉莎白已經和克勞斯．霍伊瑟成了朋友。

「他告訴我，」她低聲說，「島上有個男人可以預知天氣變化。男人說天氣立刻就要熱得讓人受不了了。」

「克勞斯怎麼會認識這個人？」卡蒂亞問。

「他騎腳踏車時遇到的。」伊莉莎白說。

「那妳又是什麼時候遇見克勞斯的？」托瑪斯問。

「我的腳踏車鏈掉了，他過來替我修理。」

「他很熱心。」托瑪斯說。

「他知道我們所有人的名字。」莫妮卡補充道。

「怎麼會？」卡蒂亞問。

「他和坐辦公桌前的那個人是朋友，他在賓客登記冊上找到了我們的名字。」莫妮卡說。

下午，其他人再次騎自行車外出時，天氣開始變壞，托瑪斯站在陽臺眺望浪花拍打海岸的陣陣白色泡沫。門上傳來敲門聲，他以爲是其中一名工作人員，大喊「進來！」但沒有人進門。然後繼續又傳來敲門聲，於是他打開門，發現克勞斯·霍伊瑟站在面前。

「抱歉如果我打擾了。你女兒告訴我，你只在早上工作，我希望你現在沒有在寫作。」

男孩努力擺出最客氣有禮的模樣，並不怯場。他的語氣帶著一絲諷刺，讓托瑪斯想起了大兒子對待他母親的口吻。托瑪斯請他進房，當克勞斯直接走到窗邊欣賞海景時，托瑪斯頓時不知道該把門打開或關上。托瑪斯默默關上門。

「我來是因爲昨天我爸樂昏了頭，告訴你我看過《魔山》了。這讓我很尷尬，因爲我才看了開頭幾章，但我已經看完《布頓柏魯克世家》以及《魂斷威尼斯》。我非常喜歡這兩本小說。」

他聽起來對自己的話很有把握，但一說完他便滿臉通紅。

「《魔山》很長，」托瑪斯說。「我常常納悶是不是有人眞的會把它看完。」

「我很喜歡開場漢斯遇到他表弟的那一段。」

一陣海風撼動窗框時，托瑪斯與他一起往外看。

「天氣要變了，」克勞斯說。「我遇到了一個大家尊爲小島專家的傢伙。他有關節炎，可以從自己關節疼痛的程度判斷天氣。」

「你學藝術嗎？」托瑪斯問道。

「不，我主修商業。我沒有藝術天分。」

男孩環顧房間。

「你就在這裡寫作？」

「就像你說的，每天早上。」

「下午呢？」

「我看書，假使天氣好轉，我也會去沙灘。」

「我該走了。不能打擾你。明天就要開始放晴。也許我會在沙灘見到你。」

克勞斯·霍伊瑟的關節炎線民說得對。第二天溫暖無風。早上還有幾朵灰雲，但到了中午，已經晴空萬里。托瑪斯一走上沙灘，就想找洋傘躲太陽。他一面看書，一面望向大海，卡蒂亞得幫邁克蓋沙堡，要不就陪他下海。莫妮卡與伊莉莎白則隨著克勞斯跑到另一處沙灘。

「我們保證會小心的。」克勞斯在他出現時說。

伊莉莎白要求克勞斯在午餐時和她家人同坐。當他告訴她他母親會想他時，她設法安排她家人比其他人晚一點開動，好讓克勞斯先陪自己父母用餐，再加入曼氏家族。

克勞斯·霍伊瑟開始在中午時段固定拜訪托瑪斯。

「我父親與哈倫教授都在談論你的書。他們說你寫了一個關於一位教授及他家人的故事。」

托瑪斯被克勞斯的嚴肅口吻逗樂了。

「故事叫做《無序與年少哀愁》，」他說。「是的，那位父親就是教授。」

「就像我父親。要把我父親寫進故事太難了。」

「爲什麼？」

「因爲他會馬上看出自己是故事主角，太明顯了。他也喜歡在藝術家的故事中找出那位藝術家主角。所以他都畫自畫像。」

「他畫過你嗎？」

「我還是嬰兒時，他畫過我。現在我不想了。總之，他不畫自己時，就喜歡畫馬戲團表演者和徹夜不歸的人們。」

克勞斯每天都強調自己不會濫用托瑪斯允許他造訪書房的時間，所以他一來總是立刻走到窗前，注視通往海灘的小路。他還喜歡檢視托瑪斯的筆跡，或是大聲朗讀唸出一段文字或一句話。他與曼家人午餐或者餐後加入他們時，從來不提到自己與托瑪斯的對話，也對自己固定到托瑪斯書房隻字未提。他反而特別照顧莫妮卡與伊莉莎白。

「看來克勞斯征服了人心。」托瑪斯說。

「這男孩征服的心可不少，」卡蒂亞說。「整個餐廳都喜歡他，甚至島上大部分區域，除了可憐的邁克，他根本沒注意他，也許還有我。」

「妳不喜歡他？」

「我喜歡任何能讓莫妮卡開心的人。」

一天晚上，哈倫教授早早上床就寢，托瑪斯找霍伊瑟教授喝一杯。

「看來你征服了我的兒子。」他說。

托瑪斯很驚訝聽到對方說出類似他自己稍早的評語。

「他非常聰明，而且很成熟，」托瑪斯說。「也跟我家女兒們很處得來。」

「人人都喜歡克勞斯，」教授說，「也希望他加入他們的遊戲。」

他微笑看著托瑪斯。托瑪斯看不出任何諷刺或反對的成分。教授看起來很放鬆，這個男人很享受他的夜晚。

「你想會不會很奇怪，」他問道，「無論我們把臉畫得多好，雙手總是很難畫得完美。假使現在魔鬼在場，問我想要用什麼換取在祂統治下的永生，我會要求祂給我畫手的本事，沒有人會注意到的手，完美的手。小說家會有像我們一樣的問題嗎？」

「有時候會。最難用文字描述的，就是愛了。」托瑪斯說。

「啊，是的，沒錯，所以我也無法畫我的妻子或兒子。又該用什麼顏色呢？」

一天下午在沙灘，邁克在洋傘下睡著了，卡蒂亞打斷托瑪斯的閱讀。

「伊莉莎白堅持要我們邀請克勞斯．霍伊瑟到慕尼黑。今天早餐後，她跑去找他母親，還拉了莫妮卡一起去。她有沒有跟你討論過這件事？」

「完全沒有。」他說。

「我也沒有。眞是很任性。我看得出來，莫妮卡也怕她們沒有先問過我。但你那寶貝伊莉莎白就不一樣。她完全不在乎。」

「男孩接受了嗎？」

「他就站在附近，完全掌控全局。」

當天晚餐後，克勞斯・霍伊瑟的母親走近他們。

「你們家的女兒們是世上最可愛的小女孩。」她說。

「妳兒子才是最貼心的玩伴。」卡蒂亞回答。

「三個人都求我允許克勞斯到慕尼黑拜訪你們，但我告訴他，假期歸假期，冬天又是另一回事。」

托瑪斯看到卡蒂亞的臉一沉，因爲對方似乎在暗指女兒們過於輕佻。

「你的兒子在慕尼黑會很受歡迎。」她說。

「我最好和我丈夫討論一下，」克勞斯的母親說。「克勞斯有時間，但我就怕是他刻意想跟你們攀關係。」

「不是這樣的。」卡蒂亞說。

莫妮卡和伊莉莎白答應，假使克勞斯造訪，她們會好好照顧他。

「家裡房間很夠。」伊莉莎白說。

「一切都會很完美，」莫妮卡說。「拜託讓他來！」

「但這很奇怪，」卡蒂亞說，「一個男孩和兩個女孩住在一起。」

「我十七歲了，」莫妮卡說。「艾芮卡和克勞斯在這個年紀時，你們都讓他們去柏林。我們只是想讓好朋友來找我們。」

後來大家同意克勞斯・霍伊瑟會在秋天來訪。托瑪斯仔細想聽克勞斯會待多久，但大家都沒有提。

某天午餐結束時，他聽到莫妮卡和伊莉莎白低聲懇求卡蒂亞某件事，卡蒂亞搖搖頭，莫妮卡還在堅持。

「爲什麼竊竊私語？」他問。

「她們想要克勞斯在兩天後他父母離開時繼續留下來。」

「這當然是要由他父母來決定的吧？還是克勞斯本人？」

「克勞斯想留下來。他的父母也同意了。但他們說，既然他將是我們的責任，那麼我們也必須同意。」

「我同意，」莫妮卡說，「伊莉莎白也同意。」

「那不是就解決了嗎？」托瑪斯問道。

「如果你們大家都這麼覺得，那就這樣。」卡蒂亞說。

托瑪斯認爲自己建立的固定行程很有益處。他每天早上的工作進度也令他非常滿意。用餐時，他也樂於看女兒們與克勞斯談笑風生，午後年方八歲的邁克也越來越喜歡與父母在沙灘共度快樂時光，他現在乖巧聽話多了，他習慣了水，常常想要父母親一人各牽著他的手，帶著他踩踏陣陣浪花。儘管托瑪斯曾經背著克勞斯與戈洛玩耍，但他對現在的邁克更加悉心陪伴，每天午餐後，邁克只要看見父親出現在沙灘上，就會開心尖叫歡迎他。

父母離開的那天，克勞斯陪他們搭渡輪後回到旅館，立刻來敲托瑪斯的房門。這很奇怪吧，托瑪斯心想，才十七歲就被父母留在旅館。他和卡蒂亞如今得取代教授夫婦的地位了。他記得，當自己的兒子克勞斯十七歲時，根本沒人照顧，也毫不掩飾欠缺父母監督的優勢。但是這個也叫克勞斯的小男孩不如克勞斯．曼有主見，對意識形態或時事似乎也不感興趣。他不想寫小說，也不想登上舞臺。他可以和托瑪斯說話，詢問他，彷彿兩人地位年紀相當。托瑪斯猜他也以同樣方式對待莫妮卡和伊莉莎白，或只是稍微調整語氣罷了。

「我爸媽離開其實對我沒什麼差別，」他說。「他們在這裡時，我也一樣自由。因為我爸參加過大戰，他討厭下命令。所以他從不要求我做這個做那個，他們從來不告訴我下一步該做什麼。」

「我很想讓小孩聽我的，但大家都忽略我，特別是兩個大的。」托瑪斯說。

「克勞斯和艾芮卡。」克勞斯回答。

「你怎麼知道他們的名字？」

「我的父母在杜塞道夫的舞臺看過他們，那齣關於四個年輕人的劇，他們跟我提過，不過大家都認識他們。」

克勞斯看著托瑪斯寫的一段話。當他的手指沿著筆跡梭巡時，托瑪斯站在他旁邊。托瑪斯指著其中一個被刪掉的單字，克勞斯挫折地將手放在托瑪斯手上，打算把托瑪斯的手撥開，好讓自己看清楚被刪的那個字。

那一瞬間，托瑪斯感受克勞斯的手在他指關節上的溫熱。他動也不動，什麼話也沒說，讓克勞斯將手放在上面好幾秒。

兩人都沒有開口。托瑪斯知道他現在大可以轉身擁住克勞斯。但他也明白，這動作不太可能受對方歡迎，畢竟克勞斯到他的房間，其動機純潔無辜。他習慣和大人相處，總是被當成平輩對待。他當然不會料到自己會與沙灘玩伴莫妮卡與伊莉莎白的父親，一個年齡比自己大三倍的男人擁抱在一起。

托瑪斯努力想找出一些話舒緩現場的張力，他知道克勞斯必然察覺了彼此的緊繃心情。克勞斯瞥他一眼，臉漲紅看著地板，看起來比他實際年齡還小。此時此刻，托瑪斯會不計一切將男孩趕出房間。他確信卡蒂亞或孩子們就要隨時出現，或者，飯店人員也會敲門。儘管克勞斯走出去，托瑪斯心想，他也一定會在走廊上遇見卡蒂亞。

「你介意我到慕尼黑嗎？」克勞斯問道。

「不會的，我家女兒非常期待你拜訪。」

「希望我不會打擾你的日常起居。莫妮卡說，她們靠近你的書房時，甚至沒有人敢說話。」

「她太誇張了。」托瑪斯說。

「我希望讀完你所有的作品，」克勞斯說。「不過現在我該留你獨處了。」

他將一根手指放在嘴唇，彷彿自己正在參與祕密行動。然後他穿過房間，溜了出去，在身後悄悄關上了門。

克勞斯．霍伊瑟在秋天抵達慕尼黑後，他盡力不打擾眾人的生活。假使沒人需要他的陪伴，他便會獨自在客廳看書。如果莫妮卡有空，他便會和她在一起。伊莉莎白也是如此。不久，戈洛開始注意他。兩人經常熱烈討論各種話題。

克勞斯．曼一回家，便毫不掩飾自己對年輕克勞斯的欣賞，公開與他調情，並聲稱他相信兩人有很大的共通點。托瑪斯發現克勞斯．霍伊瑟總是與克勞斯．曼保持距離。

托瑪斯與卡蒂亞午後散步回家，睡了午覺後，克勞斯．霍伊瑟通常都會過來找他，他專注聽著托瑪斯告訴他當天早上自己寫的東西。克勞斯會想看手稿，對所有刪除片段字句更是入迷。每次托瑪斯對他指出一個字時，他都會重複那一次在飯店房間做的動作，將手放在托瑪斯的手上，流連片晌，再將托瑪斯的手挪開，好看清楚刪掉的內容。

艾芮卡回來了，堅稱自己很開心回家，這一次，她說自己甘願被迫陪莫妮卡散步，聽她各種抱怨。

「莫妮卡才不會惹麻煩，」她弟弟克勞斯說。「這間屋子沒有人會這樣，連戈洛也會微笑了。魔術師甚至打起顏色鮮豔的領帶。這一切都是因爲在北海的那座小島上，他們發現了一位來自杜塞道夫的小天使，將他打包，送到我們家門口。他住在閣樓。媽媽也愛他。只有邁克在他出現時會大聲咆哮。」

「那麼，我想你對男孩的感情也是言語無法形容的？」

「沒錯，這結論非常正確。」克勞斯說。

晚餐時，艾芮卡無視克勞斯．霍伊瑟的存在，高談闊論自己看過的各種戲劇表演，也提到當前需要組織一個足以吸引人群的反納粹歌舞團。

「這就是我應該做的，但我想先環遊世界，在文明瓦解前，欣賞各地風光。」

「艾芮卡，」她母親說，「妳對這群青少年而言眞是很好的榜樣，我想我們得找人畫妳的肖像掛在大廳。」

「克勞斯．霍伊瑟的父親就可以畫。」莫妮卡說。

克勞斯害羞微笑。

「喔，原來你就是那個黃金男孩，」艾芮卡轉向克勞斯．霍伊瑟。「哇，我都沒注意到你呢！大家快看，原來這就是黃金男孩耶！」

「沒錯，就是我。」克勞斯說，抬頭凝視艾芮卡，感覺假使她繼續言語挑釁，他也準備出手了。在托瑪斯眼中，此時的他眞是美極了。

克勞斯．霍伊瑟在某天下午造訪時，詢問托瑪斯的早年人生。他仔細聆聽，托瑪斯發現自己開始回憶父親的死亡。接著，托瑪斯提到自己與海因里希的不合，克勞斯問起他母親的事時，托瑪斯情緒激動，無法回答。他站起來走向書櫃，背對克勞斯。他在等，知道克勞斯正在考慮自己該不該靠近他。托瑪斯決心不轉身，不說話。他必須屏住呼吸，才能聽見克勞斯是否走過了房間。

托瑪斯察覺他在移動，接著，應該是停下了腳步。他想像克勞斯正不斷思考自己下一步該怎麼做。若他咳嗽，托瑪斯心想，或者發出一些聲響，轉換雙腳的重心，就能解救克勞斯於僵局。

後來，他開始懷疑自己是否要像保羅．埃倫伯格當年操縱他那樣，被克勞斯玩弄於股掌，但他確信克勞斯．霍伊瑟並沒有在耍他。他倒認為男孩敬畏他，更無從得知這位年長作家原來日夜都想著他。他相信克勞斯不會瞭解，只要一個深情的眼神，或者溫柔的觸摸，甚至他的聲音，都足以讓托瑪斯興奮，而他還以爲自己再也無法感受這些慾望的流動了。

艾芮卡提議他們邀請舅舅克勞斯・普林斯海姆共進晚餐，藉此慶祝三位克勞斯共聚一堂。原本只是玩笑話，但莫妮卡和伊莉莎白非常贊同，認眞安排幾天後的聚會。

克勞斯・普林斯海姆一到，卡蒂亞就請他坐在身旁。艾芮卡也要弟弟克勞斯坐到旁邊的位子。莫妮卡和伊莉莎白則希望克勞斯・霍伊瑟坐在她們之間。托瑪斯笑了，因爲只有他、戈洛和邁克對座位安排沒有意見，旁邊是誰都好。

餐點送上桌，談話也熱絡了，托瑪斯成了邊緣人。他注意到莫妮卡與伊莉莎白看見艾芮卡及克勞斯・曼如此關注克勞斯・霍伊瑟極其惱火，忙著問他問題，講笑話逗他開心，一面取笑他。從頭到尾卡蒂亞和哥哥克勞斯都安靜對談，享受彼此的陪伴，卡蒂亞對克勞斯說的話驚奇搖頭，接著，談話內容似乎嚴肅起來，克勞斯・普林斯海姆仔細聽卡蒂亞告訴他的某件事。

望著眼前的人們，托瑪斯感覺自己的小說彷彿有了生命。克勞斯與卡蒂亞回到他當初為他們設想的《沃爾松之血》，他們是對彼此著迷的雙胞胎，他則是無趣的闖入者，後來成爲魔術師，爲這飄渺無定的家族賦予實質意義。

他捕捉到克勞斯・霍伊瑟的目光，他意識到他自己也已經變了，他是《魂斷威尼斯》的古斯塔夫・馮・奧森巴哈，克勞斯則是那位在沙灘上，讓他目不轉睛、密切關注的少年。

托瑪斯唯一能做的就是從旁觀察。他若是此時離開餐桌，除了克勞斯・霍伊瑟，不會有人發現。就連戈洛和邁克也聊得很愉快。當他將目光從這張臉龐轉到另一張臉龐時，他注意到，即使克勞斯・

霍伊瑟在假裝專心聽莫妮卡說話時，也會固定朝他的方向瞥視。其他人都聊得很投入，他便趁機公開回望克勞斯。克勞斯一面應付莫妮卡，一面回答伊莉莎白的問題，甚至開始跟克勞斯・曼聊天，但依舊抬起眼睛望向托瑪斯，彷彿悄聲回答托瑪斯，自己其實敏銳察覺著他的一舉一動，而且無論如何，他都不會受到影響。

家人都知道早上不能打擾他，但他們也都清楚這條規則不適用於下午。儘管如此，在克勞斯・霍伊瑟和他在一起時，也不會有人靠近他的書房。兩人每次談話到一個段落，托瑪斯便會起身走向書櫃，不拿書，也不移動，只等著傾聽克勞斯靠近他。

克勞斯跟他們在一起的第二週，有天下午克勞斯告訴他自己與卡蒂亞的對話。

「很奇怪，」他說。「她說我想待多久就待多久。我不確定該怎麼回答，於是謝謝她。我本來也要說，我不急著回家，但是她又提到歡迎我繼續待下來。我覺得她是心思很細膩的人。」

「什麼意思？」

「我是說，等到我們談話結束，我連自己都不確定怎麼回事，但我已經答應本週末要離開了。」

托瑪斯用力吞嚥口水，兩人默默坐了一會兒，最後他開口。

「你希望我去杜塞道夫找你嗎？」

「是的。」

托瑪斯站起來，走向書櫃。他還來不及整理心緒，傾聽克勞斯的呼吸聲，克勞斯便迅速走過房間，抓住托瑪斯的雙手，然後將他轉過來往後面湊近，兩人面對著面，開始接吻。

艾芮卡和克勞斯要離開了，他們與家人和克勞斯．霍伊瑟吃了最後一頓晚餐。克勞斯．曼坐在他旁邊。托瑪斯在一旁看著他們討論要在杜塞道夫見面，克勞斯．曼說自己眞的會去，接著艾芮卡也表明自己打算前往，然後他們三個人計劃一起到柏林。莫妮卡和伊莉莎白明顯感覺被排除在外，克勞斯．霍伊瑟馬上轉頭與兩姊妹說話，沒有再找克勞斯和艾芮卡聊天。

托瑪斯在日記中寫到克勞斯．霍伊瑟，詳細記錄了他們在一起的時刻，沒有遺漏任何細節。當時，他看不到這樣做的風險。他只知道，自己不想冒險忘卻一切，讓它在回憶中褪色。

在克勞斯．霍伊瑟離開一星期後，某天托瑪斯與卡蒂亞在河岸邊踩著秋日落葉散步，卡蒂亞談到他們的訪客。

「我認爲我們過著非常安逸的生活，受到很好的保護，」她說。「我喜歡六個孩子，因爲我以爲他們會互相陪伴。但我常想，這是否表示我們過於封閉，對外界的接受程度很低？年輕的克勞斯照亮了我們所有人的生活，包括我自己。除了戈洛，大家都只私心爲自己著想，我們當家長的也是，但克勞斯似乎可以面面俱到。眞的是很了不起。」

托瑪斯想聽出她是否在冷嘲熱諷，但其實並沒有。

「妳哥哥怎麼看？」他問。

「第三位克勞斯嗎？我哥哥眼裡只有我。」她回答。

「莫妮卡很愛克勞斯．霍伊瑟。」

「大家都愛。我們很幸運，選擇去了敘爾特島。否則就永遠無法認識他了。」

他記得自己在日記不僅記錄了他與克勞斯．霍伊瑟發生的事，他甚至寫下自己每一天的幻想，以及男孩到書房對他的意義，那時，他一起床時就會想到克勞斯就睡在樓上房間。如今，在德國某處辦公室，幾個穿軍服的傢伙讀到他與一個年齡比他兩個大兒子還輕的男孩搞曖昧，一定會用肩膀輕推彼此，訕笑嘲諷。他想像他們將日記交給上級的那一刻。高級軍官肯定知道該如何善用這些日記。他想像自己和卡蒂亞走在盧卡諾的街道，打扮正式體面，但身旁的人們卻直直盯著他瞧。

托瑪斯的律師海因斯從慕尼黑到了瑞士，他與卡蒂亞及戈洛跟律師見面，他們一家人最在意的莫過於納粹將奪走波辛格大街的舊家。大家都同意海因斯用盡必要手段，防止這種情況發生，也委託他將書房所有文件，如信件和小說手稿保存在自己的辦公室。

最後，托瑪斯提出了手提箱的疑問。仔細詢問戈洛那位司機的角色後，海因斯說他會開始調查。

一星期後的某個清晨，他聽見電話鈴聲響起。是海因斯。

「手提箱到了，在我這裡，接下來該怎麼做？」

「你怎麼拿到的？」

「這並不難。老規矩就是老規矩，在慕尼黑也是如此，政府也還是政府。我只是向郵局抱怨延誤收件。當他們找到時也連聲抱歉，不清楚它爲什麼一直沒有送出來。」

「現在可以寄過來嗎？」

「你儘管放心，遲早會拿給你，除非你想把它跟其他文件一起收在我的辦公室。」

「不，我不想。裡面有我正在寫的小說筆記。」

等待手提箱抵達的同時，他滿心期待再讀一遍自己當年筆下的克勞斯·霍伊瑟。

而後，在某天深夜，當他在這間租來的房子獨處時，他會將那幾頁，或許還有其他幾頁，一起丟進火裡。他知道，日記能夠回到他手上，他已經很幸運了。他也懷疑，在流亡的第一年，自己是否還會需要幸運之神的持續眷顧。

第九章

屈斯赫納特 一九三四年

他完全沒有逃離祖國的心理準備。他沒有看清徵兆。他錯看了德國，這注定要銘刻於他靈魂的國度。如果他返回慕尼黑，必定很快就會被人從房子裡拖出來，帶往一個他永遠無法離開的地點，一處只可能在夢中出現的場景。

每天早上用餐看報時，家裡人總會分享新聞，也許是納粹犯下的新暴行，任意逮捕人民或沒收財產，他們威脅歐洲和平，對猶太人族群施以莫名指控，與作家、藝術家或共產分子對立，餐桌上總會有人搖頭歎息，偶爾會鴉雀無聲。有幾次的讀報時間，卡蒂亞評論，說到目前為止，狀況真的再糟糕也不過了，但艾芮卡總會立即糾正，未來會有更光怪陸離的離譜行徑出現。

起初托瑪斯認為義籍英語老師的潦倒貧窮明顯到令自己無法專心上課。此外，老是唸文法，反覆練習也很乏味。戴眼鏡的老師似乎非常生氣，於是拿出但丁《地獄》的英譯本，想帶托瑪斯逐行閱讀，逼他記下所有單字，而且要在下一次見面前把解釋全都背誦起來。稍晚，托瑪斯在晚餐時說自己正在研讀但丁的英譯原版時，艾芮卡和邁克出聲糾正。

「我得了諾貝爾文學獎，」托瑪斯說。「我知道但丁用什麼語言寫作！」

卡蒂亞也決定一起上英文；但托瑪斯覺得她更像老師，而不是學生。她早就唸好一本文法，要求老師從現在式開始，逐步解釋文法規則。每天早上，她還會交給托瑪斯一份單字表，旁邊還有德文應對的相反詞，要求在晚上前背起來。在課堂上，她設法與老師較勁，結果常常變得惱火，說出一連串義大利老師聽不懂的德文。

幾個月後，卡蒂亞找到一位住在附近的年輕英國詩人，請他來上會話課，不用上文法，還宣布自己之所以熟習過去式，一定是對歷史比較在行。

「歷史全是過去式啊，」她說，「所以我們會學得比較快。He was. It was. She was. They were. There was. There were。」

外在世界儘管安逸閒散，但托瑪斯知道自己遲早得公開譴責德國當前的局勢。儘管他承受不少壓力，他不想讓卡蒂亞的父母置身險境，也不願意連累自己的作品被下架。此外，他的出版商戈特弗·伯曼還留在德國。如果托瑪斯的書無法發行，伯曼就會破產，他爲了讓托瑪斯的作品持續印刷，付出的心血，只是讓他的處境更加危險。托瑪斯無視卡蒂亞和艾芮卡的論點，他仍然堅信希特勒將會遭麾下將領推翻，也許會出現大規模的起義。每天早上，當他打開報紙時，總期待看見透露納粹勢力正減弱的消息。

他發現自己與卡蒂亞的護照即將到期後，原本極力爭取護照換新，但德國當局先是拒絕，而後直接忽略。之前他單純愚蠢，還以爲可以仰賴瑞士介入，並給予他和他的家人公民身分。這個國家已經收留他，既是堅不可摧的碉堡，也是舒適的避風港。最後瑞士提供他臨時居留證和讓他得以旅行海外的相關文件。

這時瑞士媒體已經自然而然地尊稱希特勒元首。托瑪斯開始放棄納粹政權可能失敗的期望。他知道，納粹黨羽不是慕尼黑革命的詩人。他們可以搞街頭鬥爭，也有本事在不失去民間影響力下奪取大權。他們既是政府又是反對派。他們最擅長樹敵，甚至搞內部清算。他們不怕負面宣傳——相反地，他們渴望自己最惡劣卑鄙的行爲爲世人所知，就此塑造自己的定位，讓對他們忠心耿耿的人們，都會由衷感到害怕。

一開始，他很震驚自己竟然會失去全家人一手打造的慕尼黑大宅，氣勢宏偉沉穩的宅邸，曾經是他深信自己可以找到最安全的藏身處，從此長住不離開。但等到瑞士的相關文件通過後，他開始有點坐立不安，他感覺，盧卡諾似乎只是流亡的第一站，一處臨時的避難所。就此遠離祖國的可能性，讓他驚惶失措。有些日子，他回憶起某本書，幾乎能看見它放在他書房的某個特定位置，然而，他根本無法拿到它，打開它，這令他悲傷，甚至恐慌。但換個角度看，生活在瑞士，聽當地人對談時使用的有趣方言，看當地報紙，又能給他一種輕盈感，彷彿自己準備展開人生的另一場冒險了。

於是，決定搬往南法似乎是臨時起念。然而心意已決後，他與卡蒂亞連原因都不去多想。畢竟也不是爲了什麼。他想到兩人只因爲覺得想做，便身體力行，改變現狀，這令他微笑了。若是有人問起，他只回答相信自己到了南法，或許可以更自在，畢竟很多德國同鄉也遷居當地，一家人先抵達邦多，然後跟著其他作家朋友的腳步，選擇住到濱海薩納里，在那裡租了一間大房子。

在盧卡諾和阿羅薩時，托瑪斯還能收到德國報紙。到了薩納里，一切只能道聽塗說，德國同鄉各有各的小派系，偶爾還會起爭執。多數德國流亡人士每早都會到咖啡館。他注意到，猶太人很關心留在家鄉的同胞命運，畢竟他們面臨的迫害與日俱增。社會民主黨人則忙著憎恨共黨分子，而後者也唾棄前者。例如布萊希特就專門惹麻煩，他喜歡在固定幾間咖啡館走動，散播流言。托瑪斯很訝異恩斯德·托勒也出現在薩納里，而且到現在還有人相信他那一套，將他吹捧為意見領袖。其他人則是來來去去，包括海因里希，他平日住在尼斯，固定為當地報社撰寫法語專欄，譴責希特勒及其政權。

托瑪斯很容易就回到自己每天早上的例行作息，但下午他總想到市中心走走，看看報攤進了哪些外國報紙，找家咖啡廳喝咖啡。有猶太人同桌或社會民主黨人一起聊聊，托瑪斯也很開心，但他盡量避開共黨分子。

一天下午他獨處時，意識到附近有些說德語的年輕人正嚴密注意他。其中一人走來請他加入時，他微笑起身，對大家打招呼。他注意到，自己的出現讓這群人裡面幾個瘦弱的傢伙起了疑心。無論他們剛才在談什麼，他的出現讓他們立刻結束了話題。請他加入的年輕人本來還想說點什麼，此時也語帶保留。

「你是詩人嗎？」他問。

「不是，但我偶爾寫個一兩行，又把它們劃掉。我甚至連那張紙都會丟掉。」

「那，你都做什麼？」

托瑪斯意識到自己的問題像是在批判對方。

「我只替自己感到可憐。」年輕人回答。

另一個人大笑了。

「他不喜歡德國，」他說，「但他更恨法國。」

「你慕尼黑那間豪宅還在嗎？」一位臉龐瘦削的年輕人問。

「我相信它應該被沒收了。」托瑪斯說。

「慕尼黑革命時，我負責監視你。」

托瑪斯滿臉困惑。

「別那麼驚訝。那時我才十六歲，看起來很無辜。我監視你的行動，回頭稟報。」

「爲什麼？」

「因爲你寫了那些書。」某人插嘴，臉上擺出邪惡的微笑。

「你本來有可能會被人暗殺。」年輕人繼續。

「如此一來我就更留名歷史了。」托瑪斯說。

「托勒阻止了。」

「我知道。」托瑪斯說。

「現在他人在這裡，身無分文，但你和你的家人還是有大房子住。總有一天，一切都會改變。」

「你是指只要希特勒政權存在嗎？」托瑪斯問。

「你明知道我在說什麼。」年輕人回答。

托瑪斯從此發誓要遠離這些咖啡館，但他也無法一概婉拒其他流亡人士的邀請。他認爲，奇怪的是，即使是其中最熱衷政治的那群人，在討論自己的困境如流離失所或簽證麻煩時，也隨之激動了起來，他觀察他們，深信這群人應該早已到處碰壁，患有眞實或想像的疾患，只能坐等最新消息或外界金援，衣衫也日見襤褸。

他希望避開這些人的部分理由，多少因爲他彷彿看見了未來的自己。就像他們，他天天都在等著看報紙，任憑某一天的頭條或報導決定他當天是否能安然入睡，或將惡夢連連。

這些人以自己的方式譴責政權。托瑪斯不這麼做。他知道，以布萊希特爲首的那群人正密切觀察他，畢竟他是地方名人，因此他和卡蒂亞總是小心翼翼，夜裡到濱海大道散步時，從不穿太新穎或昂貴的衣服。

一天晚上，他單槍匹馬參加一場僑民晚宴，因爲卡蒂亞沒興趣，宴會結束後，他發現自己與恩斯德．托勒面對面。

他一直猜不透這位邋遢的年輕人究竟何德何能，足以擔當革命領袖，甚至後來還成了所謂巴伐利亞蘇維埃共和國的總統，儘管任期只有短短六天。他也不懂恩斯德．托勒哪來的動機想顚覆慕尼黑。

托勒緊張熱情地與他握手，問他是否有時間喝一杯時，托瑪斯突然想起這位詩人缺錢。他身上正好有些現金，心想等會兒坐下來後可以拿給對方，也許可以問他需不需要幫忙付清飯店房間費用。

然而，托勒對錢隻字未提，倒是問起他如何看待克勞斯在海外組織的各種反希特勒活動。

「我們這批人都覺得很羞愧。」托勒說。

托瑪斯說自己已經有段時間沒和兒子聯繫了。

托瑪斯習慣於聽人這樣讚美海因里希，但有人也如此描述克勞斯倒是他第一次聽見。

「我想單獨見你是有原因的。」托勒說。

他比剛才更緊張。托瑪斯納悶他是否準備跟自己要一大筆錢。

「埃里希·穆薩姆被納粹抓走了。他們在國會縱火案後逮捕了他。我知道他受到酷刑折磨。他跟我們不一樣，你也知道，他是劇作家，也是詩人，同時，他也是一位老派的無政府主義者。他不肯在監獄屈從，讓自己好過。」

托瑪斯記得穆薩姆也是另一位在慕尼黑革命中讓人想不透的領導人。

「你是說他都坐牢了還是直言不諱？」

「是的。」

飲料送上來時，他們沉默不語。

「他總是熱情談論你，」托勒最後開口。「我能請你幫他嗎？」

「以什麼方式？」

「你是當今最有權勢地位的德國人之一。」

「再也不是了。」

「但你一定還有一些朋友人脈？」

「在納粹政府裡嗎?」

「我是指有影響力的人。」

「如果有,我人會在這裡嗎?」

「我請你幫忙,因爲我很絕望,想到他的處境,我寢食難安。你一定有可以聯絡的人。」

「我沒有朋友在納粹政府。」

托勒哀傷點頭。

「那就沒救了。我沒有路可走了。」

走回家的路上,托瑪斯自問,這群海外人士是否眞心相信他具有足夠的影響力足以讓人從監獄釋放。他清楚托勒並非信口開河,而是經過深思熟慮。偏偏托瑪斯唯一認識的納粹分子是恩斯特·貝特拉姆,他可以想像當貝特拉姆收到托瑪斯·曼的來信,要求他動用關係,讓一位參與慕尼黑革命的無政府主義者從監獄釋放時,會有多麼震驚。

雖然他幫不上忙,但這種無力感也讓他深感不安。當他獨坐書房,他突然領略到自己可以在德國以外的遼闊世界,甚至只在美國也好,激發人們對穆薩姆案的關注,但或許他有可能因此深陷泥淖。也許他最好什麼都不做,到他就寢前,他已經如此決定,但他不知道自己的動機純淨與否:不採取任何行動,究竟是想自保,或者出於其他更好的理由。

更多德國作家與藝術家帶著家人離開祖國,包括海因里希的新女友奈莉·克羅格。海因里希和咪咪幾年前就分手了，她帶著蔻琪住在布拉格。海因里希經常寫信給托瑪斯，訴說自己離開她們的內疚，以及對母女未來的擔憂。他不能請她們到尼斯，因爲他自己都快三餐不繼，更不用說奈莉即將來與他會合。

海因里希還將法國報紙的剪報寄給托瑪斯，在幾段劃線註記。托瑪斯和卡蒂亞原來準備回信，結果忘了。托瑪斯決定，即使沒收到回應，自己也該每個星期六固定給哥哥寫信。他可以讓海因里希知道自己正在看什麼小說與詩，但他清楚海因里希對政治更感興趣。

海因里希從尼斯來找他們時，訝異當前竟然有爲數不少的流亡同胞住在薩納里，他通常早早醒來，到市中心拿報紙，看看誰坐在咖啡館。等到托瑪斯與卡蒂亞下樓吃早餐時，海因里希早已看遍了當日所有的新聞。儘管托瑪斯認爲待在薩納里的德國人如布萊希特、華特．班雅明與史蒂芬．褚威格，大部分的時間都只是在抱怨現狀，但海因里希說大家還抽空討論了藝術與政治。

「無論誰掌權，」托瑪斯說，「這群人都會覺得自己被人遺忘。」

「你應該多花時間和他們在一起，」海因里希說。「他們的觀點超越了這場戰爭，甚至不只強調和平。他們見面分享想法。偉大的作品就會從他們之間產生。」

「他們想創造的是新世界，」托瑪斯回答。「我比較喜歡舊的。我對他們幾乎沒有任何用處。」

海因里希倒了更多咖啡，坐回自己的椅子。

傍晚，他們先在濱海大道散步，將海因里希留在其中一家咖啡館，托瑪斯和卡蒂亞也鬆了一口氣。跟海因里希在一起時，他認眞傾聽，誠懇微笑，確保餐後付帳單。他問候咪咪和蔻琪的現狀，也問了奈莉・克羅格的事。

他們說好等奈莉到了尼斯之後，她會跟海因里希一起前往薩納里，住進旅館。托瑪斯與卡蒂亞會在她抵達當天，找她與海因里希吃一頓大餐慶祝。

那一天在旅館大廳，托瑪斯看見一位年輕的金髮女子坐在哥哥旁邊。有那麼幾秒鐘，他還以爲她是旅館工作人員或是酒吧侍者。他注意到卡蒂亞在奈莉站起來時變得很客氣，奈莉拍拍手驚歎，引來旁人側目。

「哇，美味大餐，香檳紅酒濃湯，然後是龍蝦或鴨子？你想他們有鴨子嗎，我的小鴨？」她撫弄海因里希的一隻耳朵。

「爲了妳，他們什麼都有。」海因里希回答。

奈莉將目光投向卡蒂亞，他們一路走到餐廳。

「天氣很熱，我卻感覺很冷，天氣冷，我又熱了起來。眞不知道我是怎麼回事。經過這麼一趟漫長的旅程後，希望我別凍僵了。他們說，火車搖搖晃晃也是一種很厲害的暖身方式呢。」

卡蒂亞冷冷望向遠方。

在餐桌上，當海因里希想告訴托瑪斯他在午報讀到的新聞時，奈莉打斷了他。

「不講政治喔，也不能談論書。」

「那麼妳想聊什麼？」托瑪斯問。「妳是貴客。」

「喔，當然是美食與愛情啊！不然呢？也許還有財富吧？我們兩個女人可以計劃在冬天結束前，買件毛皮大衣，還有毛帽與絲襪。」

餐廳的長桌坐了一群古板的中年法國人。他們小聲交談，奈莉用餐結束後還點了干邑白蘭地，顯然她不想讓今晚結束，甚至起身想向法國與法國人敬酒，令對方驚訝不已。

由於她一切以德語進行，長桌的法國客人很不以為然。

奈莉繼續堅持，海因里希要她坐下也置之不理，更別說在附近徘徊，憂心忡忡的侍者。

「敬法國，」她說。「這一杯，是向法國致敬。你們不會想要向法國致敬嗎？」

她終於坐下後，將注意力轉向海因里希。

「親愛的，今晚，我要在鎮上狂歡。就從豪華酒吧開始，跳進港口結束。怎麼樣？」

「怪不得我這麼渴望見到妳。」海因里希回答。

「卡蒂亞，」奈莉問，「妳知道城裡去哪兒找最精彩的夜生活？」

「我這輩子沒徹夜狂歡過。」卡蒂亞說。

「喔，那妳一定要來，把這位俾斯麥留在家裡。我確定他可以開始寫下一本書了。」

遷居薩納里的德國流亡人士越多，似乎就越惹當地人怨恨。托瑪斯不喜歡自己走在路上時，還被當成德國人看待，卡蒂亞每次到店裡購物，總是被瞪著瞧，這讓她很不開心。十六歲與十五歲的伊莉莎白與邁克每天都得上學，也希望自己能住到一個沒有語言隔閡的地方。

托瑪斯決定回到瑞士，伊莉莎白和邁克可以在學期開始後上德語學校。他們還希望在薩納里鬱鬱寡歡的莫妮卡在瑞士能找到事做。

他們一回瑞士，卡蒂亞就著手找了另一位英文老師取代那位義大利人。

「沒錯，我知道但丁，」她對托瑪斯說，「幽深森林，地獄之旅等等，但知道那些不能幫我在雜貨店買到胡蘿蔔，也不能替我向水管工人解釋漏水問題。我們需要學用得上的美式英文。」

克勞斯編輯的文學雜誌《選輯》創刊號從他的居住地阿姆斯特丹抵達法國時，托瑪斯在特約撰稿者的名單上看到了自己的名字。他對此一無所知，當然，他知道往後他會找機會替這本雜誌撰稿。可是克勞斯從頭到尾未曾告知它犀利尖銳的政治路線。雜誌中，海因里希寫了一篇文章，也有克勞斯主筆的社論，內容猛烈抨擊納粹政權。克勞斯寫道，儘管本刊物毫無預設的政治立場，但是它服膺的政治任務卻是毋庸置疑的。

一九三〇年柏林演講後，托瑪斯從未採取任何行動挑釁當局。在法國與瑞士流亡的頭幾年，他向來謹言慎行，不接受採訪。他從出版商伯曼那裡得知柏林政府也注意到他的寡言戒慎，所以當局或許傾向沒收他的所有財產，不發給他與他家人護照，卻仍然允許他的作品在國內販售。

他想過，將來的某一天，他的書終會在德國下架，這讓他害怕。他回想起自己最出名的兩本作品《布頓柏魯克世家》與《魔山》。他發現，如果當年他早知道它們將無法讓德國讀者閱讀，他的寫作手法會更晦暗收斂，不再自滿，人物情緒的衝突也不會過度強烈。當年他寫這些書時，他不會認爲自己干預了現狀令人憂心的德國社會，也不覺得自己想像力過度豐富。在當年，這是一種高高在上的想法。他的文字與德國讀者的互動向來平靜自然。他知道，總有一天，這種關係終將崩裂，但他依舊期待盡可能延長這種連結。

如今克勞斯卻將他列爲雜誌的特約撰稿人，把他拖入海外流亡人士的異議網絡，讓他身邊人事物陷入極大風險。

「對，」卡蒂亞說，「我同意他誤判情勢。他也許應該引用海因里希正在撰寫的小說篇章，不要直接攻擊希特勒。而且你對社論的批評也很正確，眞的過於尖銳，雖然沒有人會不同意。也該刪略往後特約撰稿者的名字。」

「克勞斯刻意要把我納入他的異議分子殿堂。」

「克勞斯衝動，做事從不瞻前顧後，」卡蒂亞說，「但他沒有心機。我建議寫一封措辭溫和的信，但要強調這種情況絕不能再發生。」

托瑪斯心想，若不是德國有家貿易雜誌社寫信警告德國各大書商，要它們不得經手克勞斯的雜誌，可能事情就這樣結束。但伯曼很警覺，立即通知托瑪斯，告知他萬一扯上這份麻煩刊物，未來有可能他的作品再也不得繼續販售，於是托瑪斯在沒有諮詢卡蒂亞的情況下，向這家雜誌社發了一封電報，告知對方《選輯》的內容與他最初理解的方向不符。

但他的電報卻在布拉格與維也納的德語報紙飽受抨擊。戈洛轉告他，克勞斯爲此難過，大半夜打付費電話給母親，訴說自己的人生潦倒悲慘，更別說父親毫不尊重他的努力。戈洛說，克勞斯不相信父親竟然會如此背叛他。

「他高興的時候，就打著我的名義，」托瑪斯說。「還覺得這樣委屈我，其實無所謂。」

「譴責希特勒怎麼會算是委屈你？」戈洛說。

「我要不要譴責希特勒是我的問題，不干其他人的事。」

戈洛站起來離開房間。

不久卡蒂亞出現了。

「以後沒跟我討論，就不要發電報，」她嚴厲指責。「但你發了信，也算幫了大忙。」

「我不認爲——」

「哦，是眞的，我告訴克勞斯，他父親就跟他一樣衝動，聽到這裡他就開心多了。」

托瑪斯原本預料艾芮卡也會大肆批評他，還命令她讓他耳根清靜。他與卡蒂亞正忙著搬進蘇黎世湖畔一棟三層樓別墅。艾芮卡回來後，便開始陪母親添購新傢俱，也監督安置他們從慕尼黑搶救回來的書畫。就目前而言，這些比起她留在阿姆斯特丹，到處惹麻煩的弟弟讓她更願意投入。

獲得瑞士當局的許可後，艾芮卡重新製作她離開德國前籌備的反納粹歌舞表演《胡椒研磨罐》。她重寫歌曲，讓它們與時事連結。電話整天忙線，因爲她正找新的表演者。

「我希望他們恨我們。」開演日逼近時她這麼說。

「嗯，這應該不難做到。」莫妮卡說。

「我希望瑞士人討厭我，但還是甘願看完表演。我想讓納粹知道我還在。如果每個人都跟我志同道合，那麼希特勒會很快淪落在我們家走廊畫畫。」

「如果沒有希特勒，妳會怎麼做？」戈洛問。

「我的字典沒有『如果』。」艾芮卡說。

「但妳剛剛才說『如果每個人都跟我志同道合』。」戈洛指出。

「戈洛，我忙到無法前後說詞一致，我太忙了。」

《胡椒研磨罐》場場爆滿，當卡蒂亞告訴他，歌舞劇巡演時，艾芮卡與一位女性朋友坐頭等艙，住最好的旅館，但其他演員則只有坐三等艙，也只能待在便宜旅社時，托瑪斯覺得好笑。

「她向來不甩社會主義，」托瑪斯說。「即便當她還是嬰兒時，她也相信自由市場。」

在阿姆斯特丹，艾芮卡見了克勞斯，他被戈培爾正式宣布喪失德國國籍，托瑪斯聯想到，自己的半國籍身分也無法持續太久。他考慮學海因里希申請捷克公民。托瑪斯見過捷克外交部長愛德華·貝奈斯，對方說非常歡迎他申請公民。艾芮卡的德國護照就快到期，她回國後向父母解釋，她決定自尋出路，找個外國丈夫嫁了。

「我一看到這個叫克里斯多福·伊薛伍德的傢伙，」她說，「我就知道他是爲我而生的。他身材矮小，英國人，是作家也是同性戀。我把他引誘到阿姆斯特丹一間克勞斯偏愛的酒吧角落，直接了當說出我的需求。我還以爲他會答應。但讓我恐慌的是，伊薛伍德拒絕了，還扯到他男朋友或他母親或兩者都會是很大的障礙。最後，他主動聯繫他朋友，這傢伙比他更有名，更英國，更同性戀。他叫奧登。這個叫奧登的說他很樂意娶我。於是我穿上我最好的西裝，飛到英國，他很貼心，有點難懂。現在我不只已婚，而且還是英國人了，所以，我現在可以吸引更多人注意我的一舉一動了。」

「我們會見到妳丈夫嗎？」卡蒂亞問。

「我不確定他在不說英文的土地，能不能存活。」艾芮卡回答。

當艾芮卡告訴家人，克里斯多福·伊薛伍德樂意被稱爲「皮條客」時，他們警告莫妮卡，由於她也將失去國籍，最好也盡快找個英國人嫁了。

「他們都不洗澡，」伊莉莎白說。「英文裡面沒有『肥皂』這個單字。」

「妳得嫁給伊薛伍德，」邁克告訴她，「他可能會收容妳。他不想要艾芮卡。」

「他渴望我，」艾芮卡說。「只是情勢所逼。」

「魔術師，」莫妮卡說，「要讓我們大家變成捷克人。」

「我更想當丹麥人。」伊莉莎白說。

「或者巴西人，像奶奶一樣。」莫妮卡補充道。

「假使讓海因里希大伯得逞，我們都要當俄羅斯人了。」邁克說。

「爲什麼我們不能是瑞士人？」莫妮卡問道。

「因爲瑞士不會隨便提供人們公民身分，」托瑪斯說。「事實上，他們從未給過任何人公民身分，更不用說那些逃離希特勒的德國人。」

「你就是在說我們嗎？」邁克問。

「醒醒吧，小弟，」艾芮卡說。「我們在這裡大聊特聊時，希特勒早就在瀏覽你的檔案了。你這個滿臉痘痘的噁心小鬼。」

她誇張地做了鬼臉，伸手假裝要攻擊邁克，在餐桌旁追著他跑。

一家人努力讓屈斯赫納特這棟租來的湖畔宅邸有家的感覺，曼奶奶從呂貝克一路帶來的燭臺就在餐桌上，另外，一百四十三卷的威瑪版歌德作品安放在托瑪斯的書房。不只如此，卡蒂亞還有本事能在家裡設計幾處親密舒適的小角落及開放式的寬敞空間。她到哪都這麼做，在薩納里如此，慕尼黑亦然。

他開始夢見自己住過的其他房子。他的模樣與現在相仿，彷彿經過神祕安排，他在空蕩蕩的房間短暫徘徊。在呂貝克，他看見鋼琴本來的位置，母親原來擺放梳妝臺的地方，樓梯間的女子油畫已經不見，留下牆壁的空白。

他走過奶奶在梅恩大街的房子，當時他確信有一天終將屬於他。

但慕尼黑波辛街的豪宅也常出現在夢中，屋子裡沒有人，沒有傢俱，沒有書，沒有畫。但他回來，是希望找到一些被留下的東西。它們很重要，一定要拿走。那時是黑夜，他必須一路摸索才找得到路。在他想不起來到底拿走什麼時，他很沮喪，擔心自己會被人發現，此時他聽見有人大步踩上樓梯，一面呼喊，他被發現了，最後被人拖出家門，上了一輛軍車，在慕尼黑大街急速飛馳。

一九三五年春天，他與愛因斯坦同獲哈佛大學榮譽博士學位，他原以爲卡蒂亞會擔憂滯留在慕尼黑的父母，不想出遠門。每次她父親決心收拾行李離開，卡蒂亞的母親又開始舉棋不定。偏偏她母親打電話來時，總是反過來抱怨丈夫常常臨時改變心意。他們並不持有任何猶太企業，不會有停業的問題，兩人行事私密，華格納的媳婦溫妮菲德也再三強調他們受到很好的保護。更不用說，他們從來就不愛瑞士，誰要去瑞士啊？卡蒂亞的母親如是說。

儘管她擔心父母，卡蒂亞仍堅持要他接受榮譽博士學位。

「在這種時刻，我們更需要盟友，」她說。「如果連哈佛都站在我們這邊，我會更好睡。」

郵輪比他想像中舒服，航程也很平穩。他在小型電影院看美國電影，避開其他乘客。

他的美國出版商亞爾弗・克諾夫在郵輪靠岸時大費周章，要求記者上船採訪這位偉大人士，甚至要求當局給予托瑪斯和卡蒂亞特別通關禮遇，引起其他旅客側目。

哈佛的活動有六千人參加。愛因斯坦似乎很高興眾人對作家的歡呼遠超過自己的。

「這是應該的，」愛因斯坦說。「如果反過來，就太亂了。」

托瑪斯猜不透他這句話是什麼意思，但崇拜者蜂擁而上想要簽名，讓他分心，午餐時與晚餐前喝飲料時，他注意到愛因斯坦努力想逗卡蒂亞笑。

「他比卓別林還好笑，」她說。「原本我還擔心他會想討論科學。我爸對他的理論也有自己的觀點，但恐怕我早忘光了。他永遠不會原諒我的。」

「誰？」

「我爸。他說，假使愛因斯坦曾經聽他的話，一切就會改觀。」

托瑪斯原本想說這眞是普林斯海姆的典型作風，但他不想剝奪現場的溫馨氣氛。

許多人邀他們到波士頓與紐約地區的幾棟豪華宅邸作客，不過當白宮邀請函送達時，這些計畫都必須取消了。因爲要與羅斯福見面，托瑪斯必須確定自己當下對德國的想法。他想，若能與美國總統討論德國猶太人的現狀以及他們逃散各地的人數，應該有機會發揮一定的影響力。他不確定美國是否適合當這些人的避風港，他應該要謹愼以對，免得讓羅斯福認爲他是爲特定團體發聲，或者只是想遊說甚至誘騙。

在紐約時，某天卡蒂亞在房間接起電話，對方聲稱來自《華盛頓郵報》，要找托瑪斯。他知道德國大使館在監視他。在他的少數採訪中，他盡可能少發言，堅持討論文學。他不喜歡這種突然打擾的作法，會讓他措手不及，因此當卡蒂亞將話筒拿給他時，他搖搖頭。

「恐怕他不想接受採訪。」卡蒂亞用她最完美的英語說道。

他看見她皺眉，用德語與話筒那端的無名氏對談。她連聲道歉。

「她是《華盛頓郵報》的老闆，」卡蒂亞說，一面將手蓋住聽筒。「她說她一直想聯繫你。她是艾格尼絲・邁耶。她會說德語。」

他想起在哈佛時，他有收到一張來自同名人士的紙條，但他當時沒有回覆。

「該怎麼辦？」卡蒂亞問。

「她想幹嘛？」

他還來不及要卡蒂亞別直接這樣問對方時，她已經問了，從他坐的位置，托瑪斯聽得見艾格尼絲咆哮。

「我要不掛斷電話，不然你親自來跟她說。」卡蒂亞說，再次用手捂住聽筒。

托瑪斯接聽電話時，這名女士正在辱罵卡蒂亞，她以爲卡蒂亞是祕書。

「妳是在和我妻子說話。」托瑪斯說。

對方沉默半晌，然後這位艾格尼絲．邁耶開口歡迎他來到美國，聲稱白宮邀請他是她的主意。

「他需要瞭解中間者的立場，」她說。「到目前爲止，他只看見自己不喜歡的納粹分子，以及他更憎惡的異議者。我向他保證，你絕對能提供耳目一新的看法，我們在華府受盡污衊誹謗。」

「我們？」

「德國人。」

「此話不假。」托瑪斯說。

「但總統不會想聽這個。」她回答。

他不喜歡她的語氣。

「妳究竟是誰？」他問。

「我是艾格尼絲．邁耶，《華盛頓郵報》老闆尤金．邁耶的妻子。」

「妳這通電話的目的是什麼？」

「不可以這樣跟我說話。」她說。

「但妳最好先回答我的問題。」

「我打電話來，是告訴你我們不妨先在華府見個面，我現在就在華府，我不會參加晚宴，因爲那是私人宴會。我是想告訴你，你需要知道兩件事。一，羅斯福會掌權很長一段時間。二，我會對你非常有用。」

「謝謝妳。」

「你讓我知道接下來的行程安排，我會安插在我家的新月大宅跟你見面，那會是非公開的會面。我要去忙了。謝謝你的時間，請代我問候夫人。」

白宮比他想像中還要小。他們被引導從一處不起眼的側門出入，羅斯福夫人就在屋內一間牆壁與窗簾都過度俗麗的客廳接待他們，同行還有幾位賓客。大家都想瞭解托瑪斯和卡蒂亞的美國之旅，以及他們計劃何時返回歐洲。

他嘗試說了一點英文，但翻譯接手時，他自在多了。

總統在晚宴廳加入了他們，一位男性助理推著他進來。他穿著天鵝絨晚宴西裝，似乎很高興看到他們。

「歐洲人覺得我很奇怪，」他說。「我既是總統又是首相。我這樣講沒有惡意喔。」

這是一頓很尋常平凡的晚宴，總統沒有多問什麼，但發表許多尖刻評論。他和妻子一樣，對艾格尼絲．邁耶親自打電話給曼氏夫婦這件事覺得好笑。

「她很讓人敬畏，」他說。「要是只跟她講過電話，會以爲她是聲樂家。」

「我們最近不得不從頭到尾看完一部歌劇，」羅斯福夫人說，「總統至今還對驚悚的看戲體驗耿耿於懷。」

晚餐後，他們被帶去看電影，接著總統藉口要處理緊急事務，找人將他推走，他的妻子向他們展示了總統書房。

托瑪斯本來以爲今晚會與總統一對一面談，也許談論德國，但顯然這不是總統想要的。

第二天，艾格尼絲．邁耶向他保證，這是羅斯福夫妻表達友好的方式。

「他們不常替別人安排這種活動，」她說。「他們話說得越少，食物越簡單，就表示他們越喜歡你。他們昨天沒有邀請其他重要人物，就表示他們很信任你們。其實，他們都是聽我的。第一夫人想秤秤你的斤兩，就我目前的理解，她眞的很欣賞你的內斂。哈佛那群人覺得你很悶，但羅斯福夫婦比較會察言觀色。而且，他們都很肯定你的妻子，這對他們而言就很有意義。他們最喜歡重視家庭的人。」

托瑪斯甚至不知道該怎麼回答。

「你隨時都可以給我暗示，」她接著說，「我會爲你打開美國大門。克諾夫家族對紐約的認識只有一小部分。他們賣書，沒什麼眞正的影響力。萬一你遲遲沒有給我任何信號，就讓我等時機正確時，傳訊給你。」

「什麼信號？」

「你必須舉家搬到美國的暗示。還有，說眞的，你的英文能力有必要惡補一下。」

托瑪斯從美國回來後，也未曾公開批評德國政權。艾芮卡發現他決心不加以譴責希特勒，只因爲深怕自己的德國出版商伯曼日子不好過，她立刻寫信給他，暗示他也該明確表達立場了，同時強調伯曼的處境根本不是重點。

「她不明白外祖父母的生命面臨迫切危機。」托瑪斯對卡蒂亞說。

「克勞斯、艾芮卡和海因里希卯盡全力抨擊，」卡蒂亞說，「其實，損害早已造成。就算你不公開聲明，對我父母也幾乎無關緊要。但不管如何，他們確實應該離開德國了。」

「看來我有沒有表達立場，對艾芮卡很重要。」

「對我們所有人都是。」

伯曼因爲繼續留在德國擔任出版商，飽受海外流亡人士抨擊，托瑪斯寫了一份聲明支持他，結果艾芮卡怒氣衝天來信，措辭強烈。

看了這封信，也許你會對我非常生氣。我已經有心理準備了，我知道自己在做什麼。當今的友好時代注定將人們分開。你與伯曼博士及他的出版社關係堅不可摧——看來你似乎打定主意為此犧牲一切。這麼說來，假使你也認定我可以為此犧牲，慢慢退出你的人生——那麼就算了吧。在我看來，真的非常悲哀又可怕。

他將信拿給卡蒂亞看，心想，也許妻子有很多話要說，畢竟從艾芮卡出生那天起，這孩子便設法操縱他們的人生。但卡蒂亞隻字沒提。

他知道，社會終究會發現艾芮卡語帶威脅，提醒他不要再逃避現實，而且，亞爾弗．克諾夫告訴他，美國讀者視他為當今最重要的德國作家，更因反對希特勒流亡海外。這些人不太理解他何以一路保持沉默。

到目前為止，他一直認為自己獨特非凡，所以才不願加入異議分子的行列。然而最關鍵的是，他其實很害怕。卡蒂亞理解，但艾芮卡、克勞斯和海因里希都不明白。他們不認識怯弱。對他們而言，目標再明確不過。然而托瑪斯認為，當代只有少數勇者才能清楚看見方向與目標；對其他人而言，這是個混亂渾沌的年代，他就屬於後者，而且，他並不以此自豪。世人眼中的他很有原則，但他知道自己軟弱無用。克勞斯發來一封電報，為艾芮卡點燃的那把火再澆上汽油時，托瑪斯獨自在湖邊散步。克勞斯等到艾芮卡寄信後再補上一刀，眞是典型！托瑪斯傾向分別回信給兩人，建議他們既然如此精明，可以考慮計算一下，兩人在流亡期間從他那裡可以得到多少金援。

最讓他惱火的是，他知道艾芮卡與克勞斯是對的。

他每天都在孜孜不倦，撰寫自己下一本長篇小說，它將以《舊約》約瑟為本；他仍然覺得這本書會有讀者，即使德國戰鼓未歇，甚至越見猛烈。但是，一旦他出聲與德國政權對立，他將失去自己的德國讀者。他正在寫的文字會直接在白紙上枯死。屆時，它們便得仰賴譯者當橋梁，他也將永遠無法從納粹黑名單除名，岳父母更會被那群人窮追不捨。每當他朝著德國的方向時，他告訴自己，其他作家也有同等遭遇，人民亦然。

他向來忠於出版商，他想留住德國讀者群。他推諉搪塞，諸事拖延，不願想自己該怎麼做，他鎮日惶恐焦慮，害怕面對他早已失去德國的事實。假使他大聲疾呼，他一定會走投無路。他當然會譴責希特勒！只不過全家人都眼巴巴等著看他迎合女兒的要求，讓他自覺更加懦弱無力。假使艾芮卡能閉嘴最好，他一定馬上採取行動。

卡蒂亞寫信給艾芮卡，表達自己的沉痛，她小心措辭，不願與托瑪斯對立，強調艾芮卡寫信給父親的內容過於傷人。幾天後，托瑪斯也寫了一封安撫的信給艾芮卡，解釋自己總有一天會表達立場。

結果，這兩封信只是更激怒艾芮卡。

某天清晨，他從書房窗戶看見卡蒂亞在車道上，他注意她收到郵件的反應。當他看到她打開其中一封信，皺眉閱讀時，他就明白一定是艾芮卡寫來的。他很訝異卡蒂亞沒有立刻走到書房將信拿給他。午餐時，他們討論了當天新聞，隻字未提艾芮卡。後來他找卡蒂亞，問她要不要一同散步時，她才給他看了那封尖酸挖苦的來信，同時，卡蒂亞交給他一份她自己草擬的聲明稿，上面是她典雅的筆跡，好讓他譴責納粹。

「所以連妳都跟我作對？」他問。

「不急，」她說。「這只是大綱。我相信你自己會寫得更好。上面的內容你一定都考量到了。」

「這是艾芮卡的意思？」他問。

「不，是我。」她回答。

「妳認同她的信？」

「我對她的信沒有興趣，早上我只是簡單看過，早就忘記寫了什麼。」

幾天後，他在《新蘇黎世報》發表聲明，內容抨擊唾棄德國政權，措辭上卻不見尖銳，畢竟他寫的時候，卡蒂亞就站在他後面。

起初，他的聲明無人在乎，他收到海因里希一封熱情洋溢的紙條，恭賀他終於表明立場，但其他人沒有下文，德國當局也沒有發出任何恫嚇。他想，納粹應該有更重要的事情要做吧。這篇文章唯一的後果就是波恩大學撤銷了他的榮譽博士學位。

他分析情勢，多加思考，認爲自己該寫一封更激昂熱情的長信，交給世界各地的媒體轉載。如果艾芮卡都能生氣，那麼就讓她看清憤怒的眞面目。她自以爲辯才無礙，滔滔雄辯，就讓他超越她。他沒有告訴卡蒂亞自己在醞釀什麼。這件事，他自己來就好。

通常，讀者抱怨他的句子冗長，文風高冷。這一次，他決定讓自己的風格更高高在上。他要全力使用自己擅長的手法，直接與納粹對話；以納粹還沒出現前的德國作家口吻，丟給這群人一大堆子句與關係子句，它們是深信自由和進步的人們最討厭的東西。他要表明自己有權得到答覆，質問這些所謂的領導人何以在不到四年內，就讓德國淪落到如今幾乎難以用文字精準描述的下場。他還要持續追問——彷彿自己沒有得到滿意答覆就不肯放棄——所有慣於字字珠璣，對作品負責的作家，看到這足以摧毀靈魂的政權所帶給歐陸的驚悚危機，怎麼還能繼續保持沉默。

他還要強調，由於他知道自己這封信將在巴黎、倫敦和華府宣讀，納粹一心鎭壓消弭異議，只會將德國人民帶往戰爭。

他一面寫，心裡也很清楚，自己這場演出太遲了，它傲慢自信的口吻，本該出自自己手上那支譴責希特勒多次的筆。托瑪斯瞭解，自己從沉默到發聲的進展過於迅速，但寫出這些句子爲他帶來信心，反覆閱讀它們也終究助他解脫了，他早該在希特勒上臺當晚就寫這封信了。

海因里希客氣回應托瑪斯的第一封信，語氣也很溫和。這一次，他帶著自己特有的熱切，很高興弟弟終於一舉將該說的話說清楚講明白，也期待能產生最大效益。他向弟弟保證，長期保持沉默對這世界沒有損失，畢竟他這次終於一勞永逸了。

艾芮卡寫信給母親表示自己的開心，終究魔術師還是做對了，她說。克勞斯也寫信讚揚父親對納粹的嚴詞挑釁。

「如果你寫信給克勞斯，」卡蒂亞說，「可能會很有幫助。」

「要寫什麼？」

「我相信你會知道該寫什麼。也許你可以寫你很期待讀他下一本書。艾芮卡說他正在著手寫出現代版的《浮士德》。」

托瑪斯的美國之旅使夫妻倆意識到自己還得下功夫才能說出一口流利的英文。卡蒂亞找到一位女士，可以替她將牢記在心的德文句子與短語翻成英文。她已經很能掌握時態與文法規則，現在也已經牢記了五百個單字，但對於開口說話還是沒有信心。那位英國詩人每天與他們交談一個小時，糾正錯誤，也上點文法課。

「這『did』，」托瑪斯說，「眞是要把我置於死地。可以說『he did do』，相反又是『he didn’t do』。怪不得英國人如此好戰。」

「那does呢？」卡蒂亞問道。

「不應該是『do』嗎？」他問道。

「兩者都可以，還有短語動詞，」卡蒂亞說。「我訂了一本文法書。」

托瑪斯注意湖邊散步的人越來越少。如果納粹眞想將他遣返回國，從這片鄉野美景將他抓走應該不太費工夫。一旦出現這個想法，它便在他腦海縈繞不去。瑞士德國的邊界漏洞百出。把他拖上車，捆好丟進後車廂，再注射安眠藥，一切顯得輕而易舉。當他納悶自己是否應該與卡蒂亞分享這些擔憂時，他突然意識到她絕對想過了。看來他們得認眞看待美國各界的邀約了。

一天傍晚走近屋子時，他們瞥見有名男子站在一輛車旁，它幾乎完全擋住他們的車道。托瑪斯暗示卡蒂亞，表示他們該回頭走。

「我有不祥的預感。」他說。

「每次有人送貨或甚至郵差送信來，我都有同感。」她說。

他們走了一條更迂迴的小路回到家裡。看見房子時，他們注意到男子離開了。

第二天早上，卡蒂亞到他的書房。「他又在我們家外面了。」她說。

托瑪斯走到一扇高窗往下看。那人三十多歲，雙手輕鬆插在口袋，站在他們家的車道。

「假使我們報警，」卡蒂亞說，「也很難跟他們解釋，反而讓外界更注意我們。」

如果艾芮卡在這裡，托瑪斯心想，她就會把這傢伙趕走，她才不管他是誰。

午餐後，他決定出門瞭解來人身分，卡蒂亞從窗戶遠遠觀察，準備在必要時打電話報警。

他走上前時，男子將手從口袋掏出來，滿臉微笑。

「我奉命不得打擾你，所以我原本準備等你進屋或出門的。」

「你是誰？」

「我是恩斯德．托勒的朋友。我們在薩納里一家咖啡館見過一次面。我那位同事曾經告訴你，他監視過你的房子。但今天是托勒派我來的。」

「他想要什麼？」

男子似乎被他的語氣嚇了一跳。托瑪斯擠出微笑緩解緊張情緒。

「他要我傳訊息給你。」

「要不要進屋子裡談？」

進門後，他向卡蒂亞自我介紹，說他前一年在薩納里街上見過她。

「你也是流亡分子嗎？」她問。

「是的，」他說，「可以這麼形容我。我也曾經是共產主義者，我甚至信奉無政府主義，但我在流亡沒錯。」

「以你的經歷，你看起來很年輕。」卡蒂亞說。

「慕尼黑革命時，我是恩斯德·托勒的手下，但我沒有被判入獄。他入獄期間，我持續爲他工作。」

「革命期間，你還是個孩子吧。」卡蒂亞說。

「我是。」

他們在托瑪斯的書房喝了咖啡後，他看出男人的表情帶著一絲剛硬，先前他並沒有發現。想到此人儘管舉止溫和，竟然還曾經是反動分子，他不禁莞爾，也許，他想，列寧也曾經是這付模樣。

「我需要告訴你埃里希·穆薩姆是怎麼死的，」那人突然開口。「恩斯德·托勒要我這麼做，我知道你寄錢給埃里希的遺孀。我們如今也已經拼湊出事情的全貌了。」

「他是呂貝克人，」托瑪斯說。「我對他的政治手腕不以爲然，但聽見他的死訊還是令我很震驚。」

「你必須知道他是怎麼死的，我要告訴你全部事實，因爲，發生在他身上的，也早已是其他人的遭遇，不只是無政府主義分子、共產黨員，還有猶太人。只要被納粹盯上，下場都非常悲慘。他們將人關進集中營。穆薩姆就待過三處營區，無時無刻遭受酷刑，這些我們都已經蒐集到明確證據。據說希特勒恨他，因爲他參與慕尼黑革命。他們本可以起訴他，將他處決。但他們沒有這麼做。托勒要我告訴你，當前最普遍的全新暴行。在這些集中營，警衛的行爲毫無約束，但就穆薩姆的案子，一切程序都是計劃過的。他們先打斷他的牙齒，這也許是一時衝動，但接著，他們拿了燒得紅熱的鐵棒在他的頭皮刻了卐字，這一定是事先安排好的。他們逼他挖自己的墳墓，假裝要當場處決他。最後，他們要他在廁所上吊，當他拒絕時，他們當場把他殺了，將他的遺體遊行示眾，他的顱骨都碎了，最終，再將他吊在廁所裡。以上都是我們親眼目睹。埃里希監禁時，我們也掌握他每天遭人凌辱毆打的證據，這一切都在十八個月內發生。」

「爲什麼要讓我知道這些？」

「托勒認爲你不明白我們的遭遇，他之前跟你提過埃里希。但沒有人救得了他。集中營現在還關了其他人。」

「我能怎麼辦？」

「要非常小心。這與我們以往的經驗都不一樣。當年參加慕尼黑革命的人都上了黑名單。」

「我從未支持慕尼黑革命。」

「我知道。穆薩姆與托勒阻止我們拘留你，沒收你的房子時，我就在現場。穆薩姆說，在我們即將開創的新世界裡，你一定不能缺席。但是，如今我們再也無法達成創造新世界的目標了，也許除了在集中營。」

他起身，托瑪斯發現他的舉止幾乎像個軍人。

「你要去哪裡？」托瑪斯問道。

「托勒計劃到美國，如果可以的話，我會跟著他。他相信我們在那裡可能比較安全，眾人都已經走到絕路，無論如何，我們都不得不離開，沒有什麼地方是安全的了，你要知道。」

托瑪斯帶他走出家門，站在車道。

「那是誰？」卡蒂亞問。

「托勒請他來跟我談談，」托瑪斯說。「一個來自過去的人，也有可能是未來將出現的某個人物。我真的不知道。」

第十章
紐澤西　一九三八年

他們離開紐約時，與他同坐後座的卡蒂亞一路沉默，似乎離他很遠。司機停下來等紅燈時，托瑪斯聽見她悶悶地嘆了口氣。他想，她可能跟他一樣在想：即使兩人在回家的路上，但目的地卻是普林斯頓一棟租來的房子罷了。

他在那裡的書房，有書以及從慕尼黑舊家運來的書桌，加上一些他之前人生的代表物品，但充其量不過是他老家書房的複製品。早上寫作時，他可以好好稱職扮演作家，認眞工作，假裝自己未曾離開德國。理論上，語言與思想原本就是隨身攜帶，他大可以在任何地方寫作。但書房外是個陌生國度。美國不屬於他，也不屬於卡蒂亞。他們年紀太大，無法順應做出任何改變。他們不適應新環境，也沒學習如何欣賞這個新國家的美德，他們仍然活在失落的年代。

但至少他們是安全的，他心想，爲此自己就該心存感激了。一旦所有的孩子、海因里希與他岳父母順利遠離危險後，他才能自在呼吸。

他朝卡蒂亞湊過去，她安慰地握握他的手，隨即抽開，用雙臂抱住自己，似乎覺得很冷。

夜色漆黑，路上沒什麼車，除了少數迎面而來的車燈，他什麼也看不見。他累了。前一晚的晚宴令他筋疲力盡。他用英語發表演說，強調世人迫在眉睫的災難，現場反應很熱烈，但他覺得自己當下的語氣有些顫抖不穩。這不只因爲他語言不夠流利，更因爲他過於認眞的態度多少掩飾了自己內心的不確定。

每天下午，普林斯頓大學德文系一名研究生的年輕妻子會來替他們上兩小時的英文課。晚上，他們會複習當天的內容，試圖每天增加二十個英文單字。他們用英文兒童繪本，卡蒂亞認爲它們比但丁的《地獄》更具啓發性。

他閉上雙眼，想睡一下。

他醒來時，看得見山坡屋舍的點點燈火。想來大概是村莊或小鎭吧，他努力想像屋內的美國生活，大家會聊些什麼，分享何等心情。不過，他一個人影都沒看到，只有一片空蕩與打破沉默的電器嗡嗡聲。他眞的無法理解美國人的生活，也不太在意他們的心情，更無從得知他們夜間都做什麼活動。假使這裡是德國，你可以看見教堂與廣場，幾條狹窄小徑與拓寬的大街。每間屋子都有可以俯瞰外界的閣樓。廚房的陳舊爐灶，客廳的砌磚壁爐。大家可能還有精心收藏的書籍，也知道書與文字能造就不同，正如傳說、民謠、詩與戲劇。甚至小說也有同等功能。

歐洲的街道名稱或家族姓氏足以讓人追溯既往，每一刻鐘，教堂鐘樓便會揚起幾世紀來便持續提醒人們的悠揚鐘聲。

他願意付出一切，讓車子此時此刻靜悄悄地駛入上述的任何一座廣場，古騰堡的作品、路德的著作或甚至杜勒的繪畫讓它增色。它見證了千年貿易行爲，繁榮穩定的社會偶爾被瘟疫或戰爭打亂，騎兵的噠噠馬蹄聲或大炮的震撼轟隆聲也曾打破這裡的寧靜，直到協約的簽訂再度帶來和平。

假使這趟旅程能持續到深夜，讓他與卡蒂亞默默搭車穿越美國，無須面對他們抵達普林斯頓後即將遭遇的陌生與脆弱，他就心滿意足了，畢竟他們即將入住的華麗豪宅完工速度極快，但顯然隨時夷爲平地也不無可能。

他突然想到——這讓他不禁打了寒顫——他們現在居住的異國時空其實是潔淨無瑕的，畢竟德國境內的村莊城鎮的空氣早已遭人毒害。想到未來，他仍然止不住顫抖；但他眞心期待這趟前往普林斯頓的車程能盡快結束，好讓他信步走過新房子的明亮室內，走進自己的書房，在那裡得到撫慰與平靜，再跟卡蒂亞及伊莉莎白安靜享受晚餐。

在他曾經熟悉的安逸人生中，此等情緒起伏對他而言很罕見。但如今的他，成天心緒不定，白天如此，夜晚更爲頻繁。

他看見遠處地平線有房子的燈光，他想要問個清楚。

「對不起，」他身體前傾，「這裡是什麼地方，我們現在在哪裡？」

「紐澤西，先生，」司機乾澀回答。「紐澤西。沒錯，就這個名字。」

司機安靜了一會兒，然後再次開口。

「紐。澤。西。」他一個字一個字清楚發音，彷彿在宣布什麼重大消息。

托瑪斯聽到卡蒂亞深呼吸。轉身正好看見她在克制自己大笑出聲。他的問題與司機的回答一定會讓卡蒂亞忍不住想與伊莉莎白分享，伊莉莎白絕對會強迫爸爸再問一次，同時逼著媽媽再度精準重現司機回覆的這一幕。然後，伊莉莎白或卡蒂亞可能會寫信告訴即將隨克勞斯抵達紐約的艾芮卡。艾芮卡再加油添醋，見誰就分享，最後所有想認識托瑪斯的人都知道，這位困惑的魔術師到了美國後，儘管做了許多努力，依舊無法準確說出漂亮的英文。

紐澤西。是的，他們現在就在這裡。

唯一的安慰，托瑪斯心想，就是莫妮卡不在他們身邊。她在義大利，計劃嫁給一位匈牙利藝術史學者。只要她得知父親的任何奇聞軼事，她絕對會不厭其煩四處轉述，到時卡蒂亞便得好好訓斥她一番。唯一能控制莫妮卡的人是妹妹伊莉莎白，她冷靜、有耐心，懂得察言觀色，非常有智慧，應對進退很有分寸。

伊莉莎白讓他聯想到舊世界。她自帶傳承三個世代的光環，車子離普林斯頓越近，托瑪斯越等不及想見到她。

他這才想到艾芮卡和克勞斯很快也要來普林斯頓找他們了。克勞斯總有辦法讓人意識到，他對政治的關切程度遠超越他對其他人的注意，包括他父親。克勞斯總能弄到非法藥物助興，放開羈絆，無拘無束、毫無罣礙，對時局新聞或是德義兩國的殘酷暴行高談闊論，然後他會質問，小說家怎能在這種時刻寫什麼風花雪月的情節？難道眞的無視正在發生的悲劇？對這些苦難毫無感覺？小說哪有什麼重要性？克勞斯甚至有可能在普林斯頓的學界名人面前，大放厥詞闡述自己的立場，然後，這些人也會對其他人轉述托瑪斯兒子的看法。

車子開上普林斯頓的主要街道後，托瑪斯決意在克勞斯來訪期間，家裡將不邀請任何賓客共進晚餐。克勞斯充其量只能與最親近的家人分享他對時事的見解，到時他怎麼犀利批評小說家不食人間煙火都無所謂。

他得跟卡蒂亞提這件事，但一定要挑恰當的時機，因爲儘管這兒子總是惹人惱怒厭惡，讓家長疲於應付，但他也是他媽媽最鍾愛的兒子。

伊莉莎白在客廳一角擺了一張小桌子。她告訴他們，她要廚師提前離開，自己準備了冷盤晚餐，有起司火腿、沙拉、醃黃瓜與洋蔥。

「希望你們沒有在期待豐盛的晚餐。如果是這樣，那我就麻煩了。」

「親愛的，妳總是知道我們想要什麼。」托瑪斯一面說，一面親吻她，讓她幫他脫掉大衣與圍巾。

「至少屋裡很暖和，」卡蒂亞在走廊忙碌。「等我一下，我要梳洗。」

「等我洗完手，也許妳可以和我趁媽媽準備時喝杯小酒。」托瑪斯對伊莉莎白低聲說。

「酒瓶已經開了。」她也細聲回答。

「我聽得見喔，」卡蒂亞說，也笑了。「現在年紀越大，我開始相信自己聽到的悄悄話比喊叫聲更清楚。你們兩個人先喝一杯，我好了就加入你們。」

托瑪斯坐上沙發，女兒詳盡追問他們到紐約的旅程細節。連小事都讓她覺得有趣。

晚餐後，卡蒂亞爲他倒更多的酒，托瑪斯注意她刻意瞥了伊莉莎白一眼，母女間似乎醞釀著什麼。有那麼一秒鐘，他以爲也許是戈洛、莫妮卡、邁克甚至克勞斯或艾芮卡的事。

他抬起頭，看見卡蒂亞向伊莉莎白點頭，彷彿彼此有默契。

他喝了一口酒，把椅子往後推。

「可以告訴我嗎？」他問。

「我們原本計劃是你進書房，等到我們想告訴你時，我再去找你，」伊莉莎白說。「但媽媽顯然忘記我們原本的計畫。」

「我是擔心妳爸爸今晚不會進書房了，」卡蒂亞說。「他會直接上床睡覺。」

「所以，有什麼事？」托瑪斯問道。

「呃，伊莉莎白有事要說。」

假使，他心想，消息與伊莉莎白有關，那就沒什麼好擔心的了。

「我最喜歡的小孩有事要稟報？」他問。

伊莉莎白抬起眼睛，調皮地看著母親，那一瞬間，托瑪斯彷彿看見了早逝的妹妹卡菈坐在桌旁。

「如果妳不說，也許就讓媽媽告訴我。」他假裝板起臉。

「伊莉莎白要嫁人了。」卡蒂亞說。

「嫁給普林斯頓大學校長？」托瑪斯問。「還是羅斯福總統？」

「就我所知，他們倆已經有妻子了。」伊莉莎白說。

她的語氣突然莊重了起來，幾乎是哀傷的。她用一隻手摀住嘴，凝視遠方。看起來遠超過她二十歲的年紀。

托瑪斯設法回想家裡是否曾有年輕人來訪，但他只記得伊莉莎白在同事家裡遇過幾位普林斯頓大學的學生，他們不欣賞她的羞怯，她也對他們的高高在上不以爲然。其中一位年輕人問她，他若與家人夏天到德國徒步旅行是否安全時，她回答，除非他是猶太人，否則應該性命無虞，他回答：「怎麼可能，我們才不是猶太人！」伊莉莎白緊接著追問，此人與家人是否可能是共產黨員時，氣氛緊繃得不得了。年輕人開始極力否認，她隨後表示，他與家人應該可以在德國過得非常開心自在，但要確保自己別靠近那些會被穿制服的惡棍從屋子裡拖出來痛毆的幾個地區。

伊莉莎白堅稱自己說話時心平氣和，但她不得不同意，當晚活動提前結束，或許與她與那位年輕人的對話有關。後來，再也沒有普林斯頓大學生找她參加聚會了。

卡蒂亞和伊莉莎白都沒有說話，只是端坐桌旁，托瑪斯問女兒是否改變心意，喜歡上那位打算與家人同遊德國的學生，那個高喊「怎麼可能」的男孩。

「她要嫁給博格斯。」卡蒂亞說。

托瑪斯望向卡蒂亞，馬上知道她沒有在開玩笑。朱塞佩．博格斯是芝加哥知名的羅曼語教授，也是反法西斯的意見領袖之一，最近才來家裡討論政治，也曾經在曼氏家族搬到普林斯頓時造訪。

「博格斯？她在哪裡遇見他的？」

「這裡。我們大家都見了面。」

「他只來過這裡兩次。」

「她只見過他兩次。」

「如果你們不介意的話，『她』正坐在這裡。」伊莉莎白說。

「這進展眞快。」托瑪斯對她說。

「而且非常循規蹈矩。」她回答說。

「是誰的主意？」

「這是我的私事。」

「這就是博格斯又來一次的原因？想見妳？」

「我敢肯定，這絕對是部分因素。」

她靦腆微笑，有點自嘲。

「我以爲他是來看我的！」

「所以他見到我跟你了！」她回答說。

托瑪斯原想說，儘管博格斯比他年輕，但本人看起來比托瑪斯還蒼老許多，不過他還是住了嘴，反而說道：「我還以爲他全心專注於文學研究與反法西斯的志業。」

「他是。」

「但也許不如我們外人想的那麼投入！」

「我和他訂婚了。如果你介意的是投入程度，你可以信任我，我做事情絕對是全力投入。」

伊莉莎白少見如此尖酸刻薄，現在卻展現無疑。

「妳一直跟他寫信嗎？」他問。

「我們固定通信。」

「所以，艾芮卡嫁給奧登，妳嫁給了博格斯。」

「是的，」伊莉莎白說，「莫妮卡則嫁給那位匈牙利人，比我年輕的邁克會娶葛蕾。人們就是這樣，長大後成家立業。」

「妳才二十歲，他是……多少？」

「五十六了。」卡蒂亞插嘴。

「只比妳可憐的老爸爸小七歲。」他繼續說。

「如果你拒絕扮演可憐生氣的老父親，」伊莉莎白說，「大家會比較開心。」

「我不是想到這個。」他說。有那麼一秒鐘，他就快落淚了。

「那是什麼？」

「我擔心失去妳。我想的是我自己和妳母親。我們沒人可以聊天了。」

「你還有五個小孩。」

「這就是我的意思。妳才是那個……」

他想說，她才是那個有理智又幽默的孩子，總是遠遠嘲諷，從不過於主觀，以至於他想像她永遠不會遇到足以匹配的對象，會陪著他們夫妻一輩子。

「媽媽和我決定，我的未婚夫來訪時，你會表現得無懈可擊。」伊莉莎白說。

他差點笑出聲。

「妳們倆花了很長時間才決定的嗎？」

「我們一路走到威瑟斯彭街再折返，那時你正忙著寫作。」

「妳真的打算嫁給他？」

「是的，就在普林斯頓，在大學教堂，很快就要舉行了。」

「真希望我母親還在。」他說。

「你母親？」

「她喜歡婚禮。非常喜歡，我想這是她嫁給我父親的唯一理由。」

伊莉莎白無視他剛才說的話。

「我問博格斯，他現在來訪會不會特別緊張，」她說。「他回答，奇怪的是，一點也不。」

「那就簡單了。一切都搞定了。」

「我們還沒有確切日期。」

「還有誰知道？」

「邁克知道，」卡蒂亞說。「我們寫信給他，等到克勞斯和艾芮卡來了，我們也會告訴他們，還要寫信通知戈洛和莫妮卡。」

「告訴我，」托瑪斯問。「博格斯以前結過婚嗎？或者這是他第一次冒險進入神聖的婚姻殿堂？」

「我現在，」伊莉莎白拱起眉頭，「在你的語氣中完全沒有察覺一絲諷刺。或許某些低等生物會冷嘲熱諷。你能這樣，我很高興。博格斯也問我，在你得知我們的好消息時，會不會誠心祝賀我們。我會說，會的，因爲我與他之間向來坦誠直率，那……」

「我心愛的女兒，我給你們最衷心的祝福。」

「我也是。」卡蒂亞說。

「妳們倆都計劃好了，」托瑪斯說。「之前竟然不告訴我。」

「當然啊，」卡蒂亞說。「你在紐約時，介意的事太多了。」

「每次到這種時候，」伊莉莎白說，「你就會站起來，若有所思地走回書房。」

「沒錯，寶貝女兒。」托瑪斯回答。

「那，我來收拾餐桌，早上再進一步討論細節。」

「妳訂婚了，我的女兒不一樣了，」托瑪斯微笑說。「我還以爲家裡最跋扈專橫的只有艾芮卡。」

「我們輪流，我相信莫妮卡遲早也會如此。」

「我原本以爲妳會保護我，不讓他們欺負。」他嘆口氣說道。

「原來這就是我的人生目標？」她問，接著在他來不及反應前，快步離開房間。

「眞是一隻老山羊！」確定女兒走到聽不見的距離後，托瑪斯說道。

「我和他們兩個人一起去散步時，博格斯幾乎沒說話。」卡蒂亞回答。

「這通常就是徵兆。」

「什麼也看不出來。他只是喃喃抱怨很冷。」

「這就是一個徵兆。」

卡蒂亞笑了。

「等到他再來見我們時，我打算對他發牢騷，即使只是短暫的也好。」她說。

「如果他要找我，就叫他到書房見我。」托瑪斯說。

他站起來。

「伊莉莎白很不好過，」卡蒂亞說。「我們到處搬家。她的人生失去了許多可以好好歡樂的時刻。」

「如果人生有所不同，她不會嫁給老人，我們也還會留在慕尼黑，」托瑪斯說。「她本來可以找到和她同年齡的人。」

他幾乎希望卡蒂亞會質疑他指責博格斯年紀過大，但連她也默許這令人抑鬱的事實。

「我猜已經無法挽回了？」他問道。

「沒有辦法了。」

當晚他準備就寢時，卡蒂亞走進他房間。

「有些事我剛才沒提。」她開口。

「怎麼了？」

「關於伊莉莎白。我真心相信她很滿足於自己即將有的新身分。」

「我們剛才是不是該讓她知道，無論如何，只要她隨時改變心意想回到我們身邊，我們絕對熱烈歡迎。」

「她不會回心轉意的。」卡蒂亞說。

他朝她微笑，嘆了口氣。

「還有，我收到一封克勞斯的信。」卡蒂亞說。

「從哪裡寄來的？」

「我想應該是船開航前寫的。內容有點東扯西扯，筆跡甚至很難懂。一定寫得很匆忙。我很擔心他。」

「我在他這個年紀時，每天早上寫作四個小時，吃一頓清淡午餐，再去散步。」

「他失去了他的祖國。」

「我們大家都一樣。」

「他來時，我們說話要謹慎點。」

「艾芮卡也寫信了嗎？」

「沒有，她捎來問候。」

「她會照顧他的。」

卡蒂亞閉上嘴，下巴繃緊。他知道，這是她從她父親那裡學來的表情。

「等他來時，我們得提防點。」卡蒂亞再強調一次。然後她輕吻他，跟他道晚安，回到自己的房間。

第二天早餐後，他們練習英文短語。卡蒂亞在一張紙上寫了所有例句，她開始檢查托瑪斯的學習成果。

「『put up with。』」（忍受）她說。

「I cannot put up with Agnes Meyer。」（我無法忍受艾格尼絲．邁耶）

「put on。」（穿上）

「I will put on my new coat。」（我會穿上我的新外套）

「Get over。」（瀏覽）

「I cannot go over my new novel one more time。」（我會再一次瀏覽我的新小說）

「Get over。」（釋懷）

「I cannot get over the news that Elisabeith is marrying Borgese。」（伊莉莎白要嫁給博格斯，我無法釋懷）

「Give up。」（放棄）

「I will soon give up to be pleasant to anyone in Princeton。」（不久後我要放棄對普林斯頓的每一個人善意以待）

「Give up 後面要加ing！不是to be！」

「妳確定？」

他計劃到普林斯頓負責處理簽證與外國學者的辦公室，卡蒂亞替他畫了一張地圖，好讓他找到建築物。她原本建議同行，但他向她保證自己應付得來。他有預感，一位與妻子同時出現的德國作家，兩人還操著口音濃重的英文，人們不會有什麼禮遇，接受的待遇絕對比不上單槍匹馬現身的作家，特別是這位作家十年前得到諾貝爾文學獎。此外，卡蒂亞對於各種規定如數家珍有可能造成反效果，惹惱校方，他總認爲校方比較會同情對法條一無所知的平凡人。

儘管他確信自己聽懂卡蒂亞的指示，但當他在校園中間，朝納莎街前進時，他才發現自己可能該朝反方向走。他已經錯過自己預定出現的時間，他找上一名學生求助，對方要他走下坡，路上會經過體育館與游泳池。

當他從一扇敞開的窗戶聽見有人潛入水中，而後傳來一陣突來的歡呼迴盪，才想到克勞斯曾經告訴他，學校很多同學跑到這裡裸泳。他一面匆匆趕路，腦海緩緩浮現畫面：年輕男孩聚集成群，背部肌肉結實緊繃，抬起手臂，準備潛水時稍微張開雙腿。同時有人冒出水面，自在展現臀腿肌肉。若此時畫面闖進一位年長德國教授，想必非常突兀，他甚至不該多加著墨泳池邊的場景。然而，他繼續前行時，彷彿看見自己也在水中，來回游泳幾圈，轉身看見一群裸體的同學正準備跳水。

霍夫曼的畫作《春天》就在他書房的書桌上方，他將它從慕尼黑舊家拯救出來，帶到瑞士，再一路帶到美國。岩石上有三位赤身裸體的年輕男人，兩位彎著腰，下半身的豐盈曲線一目了然，腿部線條纖細美麗，每天早晨時，他們總爲他帶來滿滿能量，比咖啡還有效，更不用說也是寫作時的最佳激勵。

假使稍後他的簽證會面惹他不開心，他決定自己要開始想像那幅畫作，撫慰心情，如果這還不夠，他便要讓正在走過自己身旁的一群男大學生——穿著整齊的高大年輕美國人——從更衣室門口赤身裸體一路走到泳池畔。

他找到簽證處，推開大門。櫃檯沒人。過了一會兒，他坐了下來。一個女人走過來打量他，拿起電話。等她講完電話，他站起來走近她。

「我和芬利夫人有約。」他說。

「幾點？」

「恐怕我遲到了十五分鐘。我迷路了。」

「我看看她是否還有空。」

她留他站在桌前，起身走進裡面房間，回來後，她將他領到另一處等候區，示意他坐下。

他看著室內人來人往，沒有一個人注意到他，直到一位中年婦女出現，手裡拿著一份檔案，大聲喊著他的名字，其實，這裡只有他在等。他表明自己的身分後，她示意要他跟她走進一間辦公室，她看看檔案。她一言不發地站了起來，走出房間，留下他一個人。

透過打開的門，他可以看到這位他假設就是芬利夫人的女人正在和她同事聊天。他開始想自己應該讓卡蒂亞陪他來。卡蒂亞絕對有本事讓芬利夫人清楚，自己應該專心辦公事，而非找人閒聊。當下他只能盯著遠方，不時瞥視芬利夫人是否還在談笑風生。

有那麼一秒鐘，他很想就此溜走，一路走回家不被人發現，再等著看普林斯頓校方要如何處置。但由於校長辦公室曾多次打電話到家裡，堅持他得盡快處理簽證，否則將無法領受校方的薪水，也會危及他在美國的居留身分。萬一他跑了，只會顯得他過於輕率魯莽。總之，他就是得耐心等待芬利夫人享受她的晨間時光。

終於，她回來了，坐在他對面的辦公桌前，隨意翻閱他的文件。

「不對，不對，」她說。「這說不過去，我手上的文件說你是德國公民，但我看了你的護照，又寫你是捷克公民。問題是這兩份表格都是由你本人簽署的，這可能會產生嚴重的法律後果。我必須將文件送到另一個部門審查。」

「我有捷克護照。」他說。

「我手上文件有寫。」

「但我出生在德國。」

「沒有人要知道你在哪裡出生。重要的是你的國籍。」

「我失去了德國國籍。」

「這裡很多人也是，」她說，再次翻閱檔案，「都從這些國家來的，讓我一頭霧水。」

他冷冷地盯著她。

「而且，對，還有這裡，你的妻子，也讓我搞不清楚，我想她也是捷克人吧？」

「像我一樣——」

「我知道，」她打斷，「你不需要再解釋德國的事。我不確定捷克公民的規定是什麼。這封信說你和你的妻子都是德國人。」

她從檔案抽出一封信。

「我都說了，我們本來就是德國人，直到——」

「直到你們不是。」她說。

他站起來。

「我們得另外約時間，」她說。「你還在這個地址嗎？」

「是的。」

「電話也一樣？」

「對。」

「我不知道程序還要跑多久。但請確保不要隨意更動地址或電話號碼。我們可能會臨時通知你。」

他設法讓自己擺出疏離的形象，但他想自己也得表現出難過以及被冒犯的樣子，他等著她要他離開。

「未來，你就是捷克人，」她說。「捷克。捷克。捷克。你的妻子也一樣。你不能在任何地方寫『德國』這兩個字。目前最好是回到源頭，把這些表格丟了。我看看還有沒有新的表格。」

她又離開了房間。

他發現自己氣得發抖。

「沒，當然沒有表格了，」她回來時說。「本來就沒有！我還得申請，那麼，我會再跟你聯繫。但我必須警告你，假使你再填錯，甚至簽名，後果會很難收拾，移民局不會輕易放過，到時就得送你登上前往捷克的輪船了。」

他甚至想提醒她，其實捷克不靠海，但他意識到這個小故事可以分享給卡蒂亞和伊莉莎白，或他的一兩位同事，絕對很精彩。他現在得集中注意力，才能阻止自己不爆笑出聲。

「我猜你明白重點了吧？」

他點頭。

她又開始翻閱檔案。

他不確定自己該走還是留下。他尷尬站在原地。當她抬頭看著他，她皺起眉頭。

他鞠躬離開，心想一會經過游泳池時，可以把步伐放得更慢一些。就算是其中一位泳者發出的呼喊或水花飛濺聲都足以給他帶來莫大安慰。

克勞斯和艾芮卡抵達的那天早上，他問卡蒂亞他們要坐哪一班火車。

「我想他們會開車。」她說。

「他們開車？」

「他們雇了司機。」

想到這兩人的奢侈，他微笑了。雖然沒有錢，但他們可不會委屈自己搭大眾交通工具。艾芮卡這一點比克勞斯更糟。

托瑪斯聽見車子駛上車道的引擎聲時，走到窗前，正好看見卡蒂亞付錢給司機。他看著克勞斯慢慢下車，似乎身上哪裡很疼痛。卡蒂亞和艾芮卡忙著搬行李，克勞斯袖手旁觀。

托瑪斯從窗戶走回書房。

不一會兒，艾芮卡敲了他的門。他早已習慣伊莉莎白羞怯溫柔的存在，因此看見艾芮卡大剌剌走進來，用力關上身後的門，一屁股坐進扶手椅眞是好玩，幾乎讓人耳目一新。

她立即要知道他在寫什麼書，還想看前幾章。在他翻閱紙頁時，她提起伊莉莎白與博格斯訂婚的話題。

「我剛才問伊莉莎白，結果她馬上轉身走出房間。」

「她已經決定了。」他說。

他遞給她一疊稿紙，她翻了翻。

「你的字沒有進步。全世界只有我看得懂。」

「克諾夫出版社替我找了打字員，」他說，「可是她錯誤連連，很可怕。」

艾芮卡已經在看稿子了。

「你是了不起的老魔術師。可是你知道我現在想說什麼嗎？」

「是的，親愛的，我知道。」

「你得寫一部以現代社會爲背景的小說，才能讓我們看得到未來。」

「我對現代毫無頭緒。太混亂了。對未來也沒有想法。」

「就把這混亂失序寫出來。」

「在這本之後，我還有另一本跟《舊約》有關的書要寫。」

「你可以開始做筆記，寫一本跟慕尼黑歲月有關的小說，當年的一切如何導致他崛起，但其實，當下完全沒人注意到任何徵兆。你明明也在場啊。」

「我忙著看顧孩子長大。」

「我親愛的爸爸，除了用餐時間，我們根本很少看見你。你一定在忙什麼別的事情。例如，你爲什麼不寫一本關於媽媽娘家的小說呢？」

「我對他們一無所知。」

「不，你從旁仔細觀察。」

晚餐時，他問起克勞斯，卡蒂亞和艾芮卡緊張地互看一眼。

「他不舒服。」卡蒂亞說。

「是不是在紐約玩太晚了？」托瑪斯問道。

「我們見了老朋友，」艾芮卡說，「還討論要辦一本新雜誌。但他狀況一直不太好。」

「等到《生活》雜誌的記者和攝影師出現，他就會好多了，」卡蒂亞說。「他知道自己要調整到最佳狀態。所以他在休息。」

「就是啊，好讓自己登上那篇關於我們家多幸福團結的專題報導。」伊莉莎白挖苦道。

「大家都會開心微笑，」托瑪斯說。「這是最起碼該做的。」

「博格斯是美國公民嗎？」艾芮卡問伊莉莎白。

「是的。」伊莉莎白回答。

「太好了。幾年前，我在一場會議見過他。早知道我就自己嫁給他，」艾芮卡說，「然後妳就可以嫁給奧登。」

「我才不想嫁給奧登。」伊莉莎白認眞回答。

「我也不想，」艾芮卡說，「但他會來這裡，扮演我們幸福家庭的成員之一。天啊，要是他們知道就好了！」

「我確定我們就跟其他家庭一樣幸福。」卡蒂亞說。

艾芮卡瞥了托瑪斯一眼，兩人會心竊笑了。

托瑪斯很高興艾芮卡回家了，但由於她在餐桌上以及隨後在客廳的行爲都顯得焦躁蠢動，他很清楚她也不會和他們待上太久。他猜，她回來是想看看他們，也因爲想要拿錢旅行或辦活動，更打算讓托瑪斯因爲不積極參與反法西斯運動而內疚。只要目標達成，她絕對會打包收拾，離他們而去。想到這裡，他幾乎想與她同行，就讓卡蒂亞和伊莉莎白留在安靜悠閒的普林斯頓，而他享受與大女兒出遊的樂趣，沐浴在她強大能量的光芒中，和她一起熬夜，認識新朋友。

但他知道這種衝動終究會消散，沒多久他就會渴望在書房獨處，夜裡回到自己的單人床。

半夜時，克勞斯把全家人都吵醒了，他先撞倒自己在閣樓臥室的某件傢俱，然後跌跌撞撞走下樓梯。托瑪斯傾聽動靜，知道卡蒂亞對他抗議，然後他等到克勞斯對母親及介入調停的艾芮卡大吼才下床。

「我只是要下來弄三明治，我餓了，」他說。「眞不知道妳們幹嘛大驚小怪。」

「問題是樓板很薄，你把大家都吵醒了。」卡蒂亞說。

「房子蓋得很爛是我的錯嗎？我哪裡惹到大家了？」

「克勞斯，快拿你的三明治，」艾芮卡嚴厲表示，「然後給我安靜上樓睡覺。」

「我根本不想回來，」他說。「我又不是小孩了，妳知道的。」

「寶貝，你就是小孩，」艾芮卡幾乎快發脾氣了。「你是不受控的年輕人。給我閉嘴，讓大家回去睡覺。」

托瑪斯回到床上，沒有再睡著。他自問，假使希特勒沒有上臺，克勞斯和艾芮卡會是什麼模樣？他依稀記得，戰後當姊弟倆快二十歲時，隨著時代腳步，公開自己的雙性戀傾向，惡名昭彰，眼中只有自己，熱烈追求聲望與名利。

當時他們常常回到慕尼黑的宅邸，就像現在一樣，筋疲力盡，興奮難耐，對世局時事都有自己的鮮明看法，期盼下一場冒險，那滿腔熱血的模樣總讓他欣羡不已

假使德國在動蕩危險的奇特時代，仍然維持穩健包容，姊弟倆會不會有更好的發展？即使在十幾歲時，他們也完全不受控。克勞斯剛有自己的作品出版時，眼裡根本沒有他這個父親，艾芮卡則認爲他老派古板，保守悲觀。克勞斯甚至寧可跟自己崇拜的大伯海因里希住在一起。

現在這兩個大孩子回到他的軌道了，托瑪斯很清楚，這是因爲他們缺錢，但或許他們也需要瞭

解，就算世界分崩離析，至少自己的家仍然是最好的避風港。

他們不住在自己的國家，不說自己的語言。當你人在阿姆斯特丹和巴黎，這似乎再自在也不過，但一旦美國人對他們的新鮮感消逝，這裡便不再歡迎他們，這一點托瑪斯很確信。他們聲援的國家自由，對政治現狀的熱衷，終將會被人遺忘不屑。

姊弟倆都三十多歲了。他們不能再被形容爲才華洋溢、奔放青春的曼氏二代，人家只會把他們當成無法爲社會與自己留下實質印記的傢伙，一心只追求世人肯定，卻遲遲無法證明自己的價值。隨著希特勒帶來的險局越顯嚴峻驚心，克勞斯和艾芮卡卻相形怯弱乏味，鎮日只打著寫有「我們早就提醒你們了」的旗幟行走江湖。早晚，托瑪斯確定，人們對這兩位前任神童只會興趣盡失。

記者和攝影師要來的那一天，他們跟奧登及伊薛伍德約好，在採訪前，先到普林斯頓共進午餐。克勞斯和艾芮卡會到普林斯頓火車站接他們。

艾芮卡獨自返家時，她父親在走廊上。

「客人呢？」他問。

「他們去游泳了。」她說。

「哪裡？」

「普林斯頓的游泳池。奧登說他常常搭火車到這裡游泳，克勞斯說他也知道。我問他們有沒有泳衣時，他們向我保證有。但我敢肯定克勞斯絕對沒帶。」

「也許他們會用借的。」他說。

「這一點也不衛生。」

「我相信衛生絕非妳丈夫的優先考量，我知道他有很多其他的優秀特質，但絕對不是它。」

午餐準備好時，三個年輕人還沒回來。托瑪斯、卡蒂亞以及兩個女兒在餐桌旁等了一會兒，不久後，他們便轉移陣地到有落地窗的起居室。

「《生活》雜誌的人午餐後馬上就要到了，」卡蒂亞說。「有個女的從大老闆辦公室一天打兩次電話給我，跟我討論細節，克勞斯與奧登真的不能遲到。」

「妳是說羅斯福的辦公室？」艾芮卡問。「太刺激了吧！」

「不是，別傻了，」卡蒂亞回答。「我說的大老闆是普林斯頓大學校長。他比美國總統重要多了。學校似乎希望盡可能多宣傳我們一家在這裡的生活。」

「然後再把我們送回捷克。」托瑪斯說。

「而且是搭船。」艾芮卡補充道。

克勞斯終於和兩個客人出現時，三個人都氣喘吁吁，甚至有點腳步踉蹌。

托瑪斯總算可以好好觀察這位年輕詩人，他覺得此人很像巴伐利亞鄉間會看見的瘦弱小狗，一身赤褐色，警惕謹慎，隨時準備乞求食物或吠叫，期待引起人類注意。

他對奧登微笑，握手打招呼，然後對他朋友伊薛伍德鞠躬。

「抱歉我們遲到了，」克勞斯說。「我們需要運動。」

「我改頭換面了，」伊薛伍德說，「游過泳之後，我準備好面對這個世界了。」

奧登環顧室內，彷彿裡面某些物品終將屬於自己。

「能看到不同類型的男孩眞的美妙極了。」他說。

「這甚至可以拿來當詩的第一行，」伊薛伍德說。「亞歷山大體。」

「不行，『美妙極了』的重音不太合適。」奧登回答。

托瑪斯在午餐時注意到兩位英國人自在放鬆。他想，他們一定經常出門午餐，也許覺得自己彷彿回到了名公校的校園。反之，克勞斯緊張躁動，多次離開餐桌，一直打算跟奧登分享自己要辦一份發行全球的文學雜誌，內容將著重於反法西斯的議題。

他想知道奧登是否跟維吉尼亞．吳爾芙熟識，可以請她爲第一期撰稿。

「認識她？我認不認識吳爾芙？」奧登問。

「我想找頂尖作家擔綱第一期的撰稿者。」

「如果是這樣，」伊薛伍德插嘴，「只要寫信給『吳爾芙女士』，寄到英國就可以啦，畢竟，這世上只有一個吳爾芙。」

「難道你們能想像，」奧登問，「找到其他的『吳爾芙女士』，爲雜誌寫文章嗎？會天下大亂吧？」

「你們不欣賞她？」艾芮卡問。

「哦，恰恰相反，我欣賞得不得了！」奧登回答，然後開始模仿起英國女人高亢的語調：「她要自己去買花，這位戴洛維夫人，因爲女僕萊蒂西亞總是把工作做得服服貼貼。哦，是的，就是這樣沒錯！今天眞是太美好了，有如浪花般清新迷人，那些海浪啊，就像葉片不整的包心菜般，還有那些該拿掉的多餘菜葉就這麼躺在田裡，田野安靜得令人起疑，那一切的黑暗、甜美、平整，或者可說是垂直？戴洛維夫人幼稚地想，或者是水平？哦，是的，我本人非常佩服她。」

「剛才這一段是你寫的，還是她寫的？」伊莉莎白問道。

「我這樣不公平啦，」奧登回答。「吳爾芙女士非常適合替反法西斯雜誌寫文章。事實上，我想不出誰更適合了，要知道，我眞的非常欽佩她。」

克勞斯連刀叉都放下了，他只想讓奧登聽他說話。托瑪斯看得出來，奧登根本不把克勞斯當一回事。

「我是說，假使有她的文章一定很棒。應該還有一些年輕的英國作家可以問。還有其他國家的作家。」

「沒錯，其他國家，很好。」奧登說。

「可以同時在紐約和倫敦發行。」

「只有英文版？」卡蒂亞問。

「也可出法語版，」克勞斯說。「或荷蘭語版。我在阿姆斯特丹有朋友。」

「哦，別傻了。」奧登說。

托瑪斯覺得大家該改變話題了。

「普林斯頓你熟嗎？」他問奧登。

「只有游泳池，」奧登說。「我喜歡游泳池。」

托瑪斯還沒有準備好在自家餐桌被嘲笑。

「你最好別告訴《生活》雜誌的記者游泳池的事。他很快就要到了。小心行事為妙。」

他神色凝重地盯著奧登。

「游泳池怎麼了嗎？」伊莉莎白問。

「只不過是個普通的游泳池，」托瑪斯說，「普林斯頓校方很以它為榮。」

他瞪了奧登一眼，看他敢不敢反駁。

「這位穆罕默德和我，」奧登指著伊薛伍德說，「在火車上討論了一些事，我的確想請教各位，我們認同當今有三位重要的德國小說家，穆齊爾[9]，德布林[10]與我們這位主人。他們是朋友嗎？」

「不，」艾芮卡說。「他們的作風各自不同。」

「所以是敵人囉？」奧登問。

托瑪斯很確定自己被人嘲笑了。他將目光飄向花園遠處角落。

「只是納悶罷了。」伊薛伍德解釋。

「一旦我丈夫臉上露出那種表情，你們想怎麼猜測都好。」卡蒂亞說。

「我們在倫敦見到邁克，」克勞斯插嘴。「他強烈厭惡希特勒。恨之入骨。」

「所以他完全不喜歡希特勒？」奧登問。

「有什麼特別的原因嗎？」伊薛伍德一面問，一面望向奧登，尋求他的認可。

「是的，」克勞斯說。「他告訴我們，在童年時期，他都向自己承諾，他一定要儘早前往美國，以便盡可能遠離父親，現在，由於希特勒的緣故，當他終於到美國時，他父親竟然已經在這裡了，還會在碼頭等他。」

克勞斯放聲大笑。

托瑪斯原本打算告訴大家，他不僅付了邁克的旅費，連他未婚妻的旅費也一併負擔了，甚至安排好他們的簽證，但他只是淡然望著妻子，克勞斯滔滔不絕講其他事時，卡蒂亞氣得抬頭看天花板。

午餐後，他們等記者和攝影師時，伊薛伍德走近他，開始用德文與他對談。托瑪斯聽了一會兒，得出的結論是，伊薛伍德說的德文很適合任何打算學好英文的人。他只是將英文句子所有單字用德文取代，但他的發音讓人聽了非常痛苦。儘管此人身材不高，但顯然對自己很有自信。

托瑪斯發現，自己從一九三三年來，他不太對人過於粗魯。流放海外的日常難題，就是必須得對外界笑臉相迎，話說得也少。然而此時此刻，他認爲自己沒有理由不無禮相對。他明明在自己家裡，但眼前這個小個子英國人卻如此傲慢，他認爲有必要回擊。

「恐怕我根本完全聽不到見你說話。」他用德文說。

「哦，你的聽力有問題嗎？」伊薛伍德問道。

「沒有，完全沒有。」

他說得很慢，讓伊薛伍德聽懂每一個字。

「現在，你和你的朋友，也就是我的女婿，無論他是什麼頭銜，可否在記者與攝影師到這裡時，拿出自己最好的表現？設法當個正常人，好嗎？」

伊薛伍德滿臉疑惑。

「你聽懂我在說什麼嗎？」托瑪斯用英文問道，甚至伸手輕戳了伊薛伍德的胸膛。

伊薛伍德的表情沉了下來，他很快閃開，轉頭和伊莉莎白聊天。

記者和攝影師出現後，托瑪斯對伊薛伍德和奧登的改變覺得有趣。他們不再笑鬧，兩人挺直身軀，身上的西裝看起來也沒那麼皺，領帶也不特異古怪了。他注意到大家合照時，他們顯得很習慣成爲焦點，接受外界讚賞的眼光。他們的知名度使他們討喜，所以表現得比較穩定，也不太調皮或惡作劇了。

雜誌想要一張曼氏家族的官方相片。大家都乖乖擺好姿勢，適切扮演自己的角色，奧登和艾芮卡是年輕夫妻，克勞斯與伊莉莎白是聽話的孩子，托瑪斯和卡蒂亞則是模範家長。

攝影師要求他們看起來像是正在分享笑話，他們很盡責地照做了，而後，他要托瑪斯起身站到中間，顯示自己是重要的一家之主，於是，包括伊薛伍德在內，他右手邊的沙發坐了三個人，左邊的矮凳周圍則另外有三個人。攝影師要大家表現得自在輕鬆，一面按下快門。

當記者問他們伊薛伍德和曼家人是什麼關係時，艾芮卡小聲回答，他是他們的皮條客。

到了書房，攝影師拍了托瑪斯的書桌，雖然他們多看了一眼掛在牆上的霍夫曼裸男畫，但沒有多問。畢竟，它對托瑪斯想表現的安穩和諧毫無用處。於是，他們拍了托瑪斯的唱片收藏，他的手杖，以及他曾經得過的獎牌獎項。

攝影師一面聽托瑪斯告訴記者他在申請美國公民，一面拍下更多照片，托瑪斯談到自己很喜歡普林斯頓小鎭，也常常與妻女到紐約聽音樂會。他語帶熱情提及普林斯頓舉辦的文學之夜，同時強調個人喜好，例如他一直以來總是利用上午在書房獨自寫作。

當記者暗示他是當今世上最重要的反法西斯作家與演說家時，他並沒有反對，但他堅持，自己住到美國，只希望尋覓和平，寫出更多小說，當然他知道自己有其他責任，畢竟他的同胞仍處於水深火熱，但他也強調，未來他不打算參與政黨政治。他的任務是遠離紛擾爭論，堅持自由思想與民主理念。這才是他認爲終將戰勝的核心價値。

訪談結束後，他很慶幸自己從頭到尾都關著書房門。他不想讓克勞斯或那兩名客人聽見剛才那番從他口中說出來的浮誇言論，連他自己都認爲它太把自己當一回事了。但他知道這篇文章會在華府、普林斯頓和紐約被人廣泛閱讀，他有理由讓華府那群人正視他的存在。

他欣賞這位記者的認眞態度。他總算不用接受人們字裡行間的嘲弄，奧登與及從旁慫恿的伊薛伍德就是這樣；也無須應付大兒子散發出的緊繃張力。他覺得自己很像在對著普林斯頓大學的學生說話，其中有人也很眞誠貼心，大家都很尊敬他。在這位記者面前，他不覺得自己需要時時警惕，因爲他提出的問題都很扼要簡單，沒什麼陷阱。能讓托瑪斯自在完整呈現自己的面貌給廣大的美國消費者。

回到客廳後，卡蒂亞和伊莉莎白已經不見蹤影。克勞斯、艾芮卡、奧登與伊薛伍德正就某事進行激烈討論，他們看見他與攝影師及記者同時出現後，一群人開始狂笑。托瑪斯知道，兩個英國年輕人動身前往紐約的那一天，自己絕對會很開心。

但得等記者和攝影師離開才行，因爲對方被告知，可靠負責任的奧登要在普林斯頓陪伴心愛的妻子，伊薛伍德也是兩人好友。他們還堅持曼家人期待共進晚餐，甚至用餐之後再來閱讀一些文學小品。當記者和攝影師離開後，奧登低語，他們一定要待到一切沒問題才行。

托瑪斯回到書房，在走廊遇見卡蒂亞，他告訴她，那些人不用再來跟他說再見了。但當他聽見客人離開時，他走到窗前，望著他們上車。艾芮卡準備開車送他們到車站。即使在他們關上車門，大聲道別時，他也能看見他們正在爲了某事笑鬧。他心想，他們肯定是在嘲笑剛剛目睹的可笑家庭生活鬧劇吧，他這個男主人一定也在其中。假使今天他是客人，托瑪斯心想，應該也會認爲今天發生的種種極其滑稽。他回到書房，注意到兩位客人離開後，屋內留下的靜默比往常更療癒撫慰了。

一個月過去了，簽證移民辦公室沒有傳來任何訊息，他告訴卡蒂亞自己很擔心。

「我正在處理這事。」她說。

「妳找了那個以爲捷克靠海的女人？」

「我沒找她。我親自去見了校長。在那之前，我蒐集了一些彈藥。我先打電話跟愛因斯坦攀關係，結果發現他也曾經被那女人推託。所以，拜他之賜，我到了校長辦公室，我沒事先通知，直接要求見多茲博士。他們問我爲什麼想見他時，我說我代表愛因斯坦和托瑪斯．曼，有緊急事務要處理。」

「所以他見了妳嗎？」

「他們堅稱他不在。我說我可以等到他回來。他們還說他會出門好幾天，我告訴他們我可以打電話聯繫他。他們讓我等了大約一小時，直到我告知他們，萬一多茲博士不立刻見我，會面臨什麼嚴重後果，甚至可能影響普林斯頓大學的聲譽。他們忙亂處理了一陣子後，一位年輕助理出現，一個身穿西裝的勞倫斯．史都華先生。他帶我進辦公室，我馬上表明自己的來意。」

「『恐怕，』史都華先生說，『普林斯頓大學一切都得照規矩來。』」

剛才坐在餐桌旁的卡蒂亞站起來指著托瑪斯，讓她的故事更具渲染力，他就是年輕的史都華，而她氣場強大。

「『史都華先生，』我說，『我代表愛因斯坦和托瑪斯．曼。你知道他們是誰嗎？』」

「『是的，曼夫人。』」

「『現在，你有比現在身上那套更好的西裝嗎？』」

「『我不懂您的意思。』」

「『你的理髮師厲害嗎？』」

「『曼夫人，我不明白您為什麼問我這些。』」

「『那麼，讓我解釋清楚，你現在應該馬上跑回家，穿上比較好的西裝，順便理個合適的髮型，因為《生活》雜誌的記者和攝影師很快就會到普林斯頓採訪你，將你描繪成一個讓愛因斯坦和托瑪斯．曼在美國的生活變得悲慘無比的傢伙。你有老婆和小孩嗎？』」

「『有的。』」

「『萬一他們看到這篇文章，他們不會以你為榮。那位攝影師和記者最近才來我們家，我只需要打一通電話，他們就會回來撲向你。一通電話喔！』」

「妳眞的用『撲』嗎？」托瑪斯問她。

「當然，我跟愛因斯坦的祕書練習過我這篇演說，一位布魯斯小姐。」

「然後呢？」

「這位勞倫斯．史都華先生要我第二天回來，他會約另一位同事。我同意了。我第二天回去了，他們客氣得很。從現在開始，所有簽證問題都來找我和布魯斯小姐就好。我們直接與校長辦公室打交道，其他人都不行，我們很快會收到公民申請書，你只要簽名就好。布魯斯小姐和我已經徹底檢查每一個細節。上星期我甚至獲邀到校長辦公室與他見面。」

「那麼，都解決了？」

「只除了一件事，」她說。「愛因斯坦因爲掛念這件事，好幾個晚上都睡不好，現在他總算可以鬆口氣。他抱了我。然後他說，如果我考慮離婚，千萬不要錯過他。」

「這是求婚嗎？」

「差不多吧。當時布魯斯小姐也在場，所以他只能用暗示的，沒辦法大聲說出口。當她離開後，他走近我，在我耳邊低聲說，既然我可以有效解決這個問題，我們也可以做出一些其他安排，一個適合我與他的安排，如果我聽懂他的暗示。然後他望著我的眼睛，朝我眨眨眼。他眞是個天才。」

「又是一頭老山羊。」托瑪斯說。

「沒錯，我回家路上也是這麼想。」

「我們得找他來吃晚餐，我相信我會很享受他的陪伴。既然我們就要迎接那位博格斯老山羊，沒差再多一隻，還可以更有心理準備。」

「是啊，我認為愛因斯坦很孤單。布魯斯小姐也可以一起來。她熱愛文學，還說把你的《布頓柏魯克世家》讀過三遍，很期待見你一面。但是我想最好不要讓我跟愛因斯坦獨處太久。他眞的是很可愛。但我們家問題已經夠多了。」

「所以不能讓妳跟科學家私奔？」

「我跟他還能私奔到哪裡呢？」卡蒂亞問，彷彿眞的思考過這個問題。「也得等我們所有文件都準備齊全吧。我喜歡愛因斯坦的落腮鬍跟眼神，但他那頭亂髮太糟糕了。我得先逼他梳頭才行。」

她走過房間，熱情親吻托瑪斯的雙頰，然後就離開了。

第十一章
瑞典　一九三九年

戰爭爆發前幾週，托瑪斯在卡蒂亞與艾芮卡的陪同下，先後前往荷蘭和瑞典演講，也接受採訪。各地的觀眾、記者甚至連旅館工作人員，人人看來都是一派輕鬆，甚至快活雀躍。希特勒的名字出現在報紙頭條，但過去十年向來如此。出發前，托瑪斯心存疑慮，但他終究還是很開心能回歐洲進行這次短暫的旅行。

他心中盤算了家族成員的所在地。伊莉莎白在普林斯頓很安全，等待婚禮舉行，克勞斯還在紐約，試圖爲他的雜誌籌募資金。其他孩子也受到很好的照顧：邁克和未婚妻葛蕾拿到美國簽證；他也希望能替莫妮卡及她丈夫取得身分。等到他回美國後，他也要著手爲戈洛、海因里希與奈莉（兩人已經成婚）準備文件，讓他們可以離開法國。卡蒂亞的父母失去了他們的房子、繪畫、珍貴的瓷器收藏與所有的現金，但兩人終於安全抵達蘇黎世了。卡蒂亞的兄弟們早早便離開德國，克勞斯到日本擔任帝國樂團指揮。克勞斯·霍伊瑟經常寫信給托瑪斯，他目前在東印度公司爲一家貿易公司工作，他說，只要納粹掌權，他就不打算回德國。

托瑪斯抽空在忙碌行程間，前往荷蘭諾德韋克的沙灘享受八月夏陽，細細品味靜謐的海面與長浪，提筆撰寫《安娜卡列尼娜》的譯本序言。此時，從瑞典薩爾茨約巴登的豪華旅館居高臨下，托瑪斯認爲不妙的跡象，唯有太陽下山後，即將從海面輕拂而上的陣陣寒風罷了。

前一天晚餐，他與卡蒂亞及艾芮卡商量從普林斯頓搬到洛杉磯的可能性。他們覺得普林斯頓的冬天很難捱，備感孤立。

「但洛杉磯才是世上最孤立的城市！」艾芮卡說。

「不過我們很喜歡那裡，」卡蒂亞說。「我想像自己早上醒來，就能迎接陽光。上回在那裡看見好多外國人，我們就不至於那麼顯眼。不像在普林斯頓時，人們看見我的反應，一副我的存在會毀了美國人的生活。」

「你們眞的想搬去住了一大堆德國作家和作曲家的地方？」艾芮卡問。「布萊希特在那裡。你那麼討厭布萊希特。」

「我希望能住在一棟有高牆的房子，把他擋在外面，」托瑪斯說。「但我不介意聽見德國人的聲音。」

八月即將結束，他們仍然不相信戰爭迫在眉睫；然而，他們依舊密切關注新聞。他們習慣在各自房間吃完早餐後，下樓等待外國報紙送來。雖然他們不得不努力看懂法文，但還是設法搞懂了頭條新聞的內容。英文報總會晚幾天，但內文不會提到戰爭。

「危機是存在的，」艾芮卡說。「看報紙就知道。危機就要發生。」

「一九三三年以來就是這樣了。」卡蒂亞說。

托瑪斯與往常一樣，維持早上寫作，陪卡蒂亞和艾芮卡享用午餐後，到沙灘散步。

當卡蒂亞到他的房間告訴他戰爭爆發時，托瑪斯當時還以為這絕對是假消息。他立刻打電話給人在斯德哥爾摩的出版商伯曼。伯曼確認了卡蒂亞的說法。此時，艾芮卡已經走進托瑪斯房間。

「我們得盡快回美國。」她說。

托瑪斯這才意識到，他們可能很快就要發現自己受困在瑞典了。

他在旅館便條紙上寫了一封電報，打算發給華府的艾格尼絲・邁耶，請她替他打幾通電話。他還準備發電報給紐約的克諾夫出版社，也請他們幫忙。他打電話要大廳櫃檯替他發電報時，沒人接聽。艾芮卡主動說要拿到大廳，確定電報發得出去。

托瑪斯再打電話給伯曼，建議他聯繫瑞典政府，要求他們向托瑪斯・曼提供緊急援助，讓他返回美國。

幾小時後，旅館告知他電報仍然在等待發送，他慌了。之前櫃檯原本已跟艾芮卡保證，電報早就發出去了，他試圖打電話到華府，旅館說國際線路已經斷了。

他多次到櫃檯堅持優先處理他的電報。不久後，大廳便聚集了許多人，大家都想要找櫃檯人員處理事宜。旅館經理站在不遠處，嚴肅發出指示，舉手表示除了旅館工作人員，請其他人稍安勿躁，不要直接找他說話。托瑪斯看見搬運人員憂心忡忡地提著行李到外面等候的車子。

天色漸晚，大廳仍瀰漫焦躁不安的氣氛，從表面上看來，一切彷彿沒有任何改變，餐點準時，樂隊演奏輕盈的華爾滋舞曲與吉普賽音樂，接著是幾段浪漫小品。

他的早餐在約定時間送到房間，雞蛋按照他的要求全熟，咖啡剛煮好，餐巾整齊乾淨，侍者將托盤小心翼翼放在靠近窗戶的桌上，好讓他可以一面欣賞鹽灘，隨後禮貌鞠躬，制服完美無瑕，舉止不疾不徐，金髮在燦爛晨光下幾乎是絕美的。

等待消息時，他們繼續在同一張靠窗的餐桌共進午餐與晚餐，遠離管弦樂團。下樓到餐廳前，卡蒂亞跟托瑪斯在房間仔細確認一次還可以聯絡的電話，或者是還能發電報請求幫忙的人士。卡蒂亞找到一位會說德語的旅館行李員，他為她翻譯了瑞典報紙的內容。

「這會是一場全面大戰，」她說。「歐洲沒有一個地方是安全的。」

他不確定卡蒂亞與艾芮卡會不會私下責怪他，堅持要帶她們出門來這一趟旅行。他被生活的表象誤導，自認一切穩定無虞。他一直警告外界希特勒的意圖，但萬萬沒有料到戰爭早已迫在眉睫，無視事前種種跡象。因此，在他忙於散步或閱讀，或在晚餐前與卡蒂亞和艾芮卡享受餐前酒時，一群目露凶光的軍人早已蠢蠢欲動，攤開地圖，準備有計劃入侵各地。他們的目標早已不明自喻。當然，與這些人相關的採訪早就讓人看透他們的意圖，但他竟然直接忽略，假裝這一切都還不會發生。

假使他們真能全身而退回到普林斯頓，他會利用他所有的管道人脈，讓身陷歐洲的家人橫渡大西洋。至於到時要如何維生，住在哪裡，一切都等大夥平安抵達再說。

他透過電話與伯曼找到的一位斯德哥爾摩外交官交談。對方向他保證，他將得到一切可能的援助離開瑞典，要他隨時準備離開。

卡蒂亞陪艾芮卡在房間等電話。她們都有美國簽證；現在需要的只是一班從瑪律默出發，隨後再從英格蘭南安普敦起飛的班機。

托瑪斯故作輕鬆，站在旅館大廳，離櫃檯很近，傾聽是否有電話或電報給他，很在意現場會不會有人察覺他的慌亂。

用餐時，他注意艾芮卡心情好多了，開始安排計畫，討論各種可能性。他與卡蒂亞越發沉默，艾芮卡由於持有英國國籍，甚至提起如果到了倫敦，她可能會加入某個宣傳部門或擔任記者。

「我甚至可能加入英國軍隊。」

「我不確定妳能不能加入英軍。」卡蒂亞說。

「現在有戰爭，我確信我可以。」

「妳又能在英國軍隊做什麼？」托瑪斯問。

「我可以處理跟資訊相關的工作啊，解密之類的。」

托瑪斯當時才發現，原來到現在，艾芮卡仍然不確定她要做什麼。她身爲女演員的日子已經結束了。她也不是個眞正的作家，儘管出版了幾本探討納粹邪惡體系的作品，書也賣得不好，甚至讓一些人認爲她有共產黨的嫌疑。她在美國人眼中的演說魅力已經沒了。宣戰之後，或許年輕聰明的女性終究能派上用場。艾芮卡擁有的本事——充沛精力、德語能力、英文流利、對民主的投入，同時與奧登不存在任何實質夫妻關係——在在顯示她將受到眾人青睞，她眼中重新燃起光彩，說話聲也響亮多了。

直到深夜，托瑪斯才認眞思考萬一他們就此困在瑞典的下場。希特勒竟然能輕易佔領捷克，入侵波蘭，想必不久之後，他和他的將領就會將目光轉向斯堪地那維亞半島。假使德國成功進犯，托瑪斯．曼一定在遣返名單上名列前茅。屆時沒有人膽敢介入。他在美國報上看見自己的名字，知道德國人正熱切盼望收到關於他的任何資訊。他預見作家同行會簽署請願書，要求釋放他。過去他就曾經聯名類似的請願書。他知道，儘管意圖光明磊落，追求公平正義，彈道投來，一切都是徒勞，毫無效果。

這麼看來，他們必須立刻離開瑞典。但所有航班不是爆滿，就是停飛，或者根本不知道從何訂位。稍早那位外交官沒有回電。他這位諾貝爾獎得主對瑞典科學院發出的聲明也遭到漠視。他甚至不確定自己每天發給艾格尼絲．邁耶的電報是否已經從旅館發出。克諾夫也沒有回覆。櫃檯人員在他走近時完全沒有抬頭。

有一天，他房裡電話在午餐前響起，他以爲是卡蒂亞或艾芮卡通知他該用餐了。當他聽到一個女人以濃重口音的英語確認他的名字時，他原本推測是旅館人員，他們總是習慣先打電話問他是否需要打掃房間或整理床鋪。

因此，他花了一會兒才意識到，艾格尼絲．邁耶是從華府打電話給他。

「我不知道你爲什麼沒有回覆我的電報。」她說，發現她正在和他說話後，她改用德語。

「我沒有收到任何電報。」

「旅館有通知我。」

「但他們沒人告訴我。」

「這眞的很麻煩，非常困難，我得在華府大使館和斯德哥爾摩的瑞典當局之間來回打交道，再運用我在英國外交部高層的有力管道。我丈夫很生氣，也不知道你到底在歐洲搞什麼。」

「我們打算離開。」

「離開？你要馬上逃命了。一旦接到電話，就會有車帶你到瑪律默機場，然後你飛到倫敦，再設法自己前往南安普敦。我會替你訂好華府號的船位。我一直與船運公司的管理階層保持聯繫。你到了南安普敦就直接付錢，我訂頭等艙。但可不要指望什麼頂級享受。」

「眞的非常感謝妳。」

「一到美國，你就來找我。不要繼續忽視我。」

「我保證從來沒有忽視過妳。瑞典當局會通知我們倫敦班機的資訊？妳會知道打電話的人是誰嗎？」

「我找的是外交官。他向我保證一定會有人打給你。我就沒有再問其他細節了。」

「所以我該在房間繼續等？」

「你應該準備隨時動身。現況很讓人焦慮。」

「非常感激。」

「應該的。」

「如果我們沒有收到任何消息，有沒有任何聯絡人或電話？」

「你是在懷疑我嗎？」

「妳爲我做這麼多，我已經很感激了。」

「那就趕緊收拾行李，要你妻子女兒也快一點，不要以爲會有人耐心等你。那些日子已經過去了。

我已經告訴他們，你們的簽證是有效的。你女兒的丈夫還是英國詩人嗎？」

「是的，沒錯。」

「勸她繼續和他維持婚姻關係，至少在她安全抵達美國之前。」

他沒有對此作出回應。她的語氣讓他想起自己爲什麼一直在躲艾格尼絲·邁耶。

「不要錯過班機。」她說。

「不會的。我會立即告訴我妻子。」

「到了就來找我，我說了。」

「我會的。」

第二天清晨，他們準備好行李在大廳等待，先前已經有一通來自瑞典外交部的電話要他們照做。當一位年輕官員抵達，看見他們全部的行李時，他搖搖頭。

「這些得用寄的，」他說。「我們只容許最基本的行李。」

當卡蒂亞抗議時，官員轉身背對她，與艾芮卡交談。

「假使你們想搭上這架飛往倫敦的飛機，就要先寄放這些行李。我不能讓車子一直等。你們有十分鐘的時間重新整理，不然就要錯過航班了。」

他們重新檢視所有行李，拿了他們認爲這趟旅途完全必要的物品。托瑪斯已經將胡果·沃爾夫[11]的書信集和尼采的傳記，及所有的筆記本收進一個大公事包。卡蒂亞將他的一些襯衫和內衣跟自己的衣物鞋子放進同一個箱子，艾芮卡則在官員注目下，好幾次重新打開行李箱，找一些她堅持要拿的物品。直到她父親向她保證他的出版商一定會幫他們寄行李，她才甘願闔上箱子，提著一只小包起身。

托瑪斯與卡蒂亞到櫃檯詢問存放行李，對方告知他們必須等經理決定，因爲儲物間已經塞滿前一週離開的房客的行李。托瑪斯掏出一張大鈔時，他面前這位高個子瑞典人冷冷告訴他，他們不會接受，也請曼先生聽從指示，等待經理發落。

年輕官員越來越不耐煩了。

「你們需要立刻上車，」他說。「我們要去機場了。」

飯店告訴托瑪斯行李不能就這樣丟在大廳。他們必須與經理討論細節，因爲工作人員無權接受離店房客的行李寄存。

卡蒂亞堅持要托瑪斯、艾芮卡和官員趕緊上車，車子引擎正在運轉。他們應該拿了所有隨身行李。她說，她會找到經理的。

他們默默坐在車裡，官員又說，假使曼夫人不儘快加入他們，就得被留下了。而且幫她取得下一班飛機的座位並不容易。

「我母親已經在找經理了。」艾芮卡說。

「你的母親正讓整趟旅程陷入危機。」官員說。

卡蒂亞氣嘟嘟地出現，隨後上車。

「經理當然一直都在辦公室，他說：『飯店房客太多。』我告訴他我丈夫可是諾貝爾文學獎得主，他甚至聳聳肩。我想不到瑞典還會有這種人。我留下了我們的地址和伯曼的名字，同時告訴他，假使我們的行李丟了一件，瑞典國王會追究他本人。」

此時，車子已經在移動。聽到瑞典國王時，托瑪斯玩笑般碰碰艾芮卡，但她沒有說話也沒有笑。官員從前座轉頭對他們三個說話。

「我奉命告訴你們，飛機會飛越德國領空，屆時不得不降低高度，這會有風險與危險。」

「為什麼要低飛？」艾芮卡問。

「德國當局強制所有飛機執行，昨天同樣的航班旁邊還有德國軍機伴飛。」

「我們有選擇嗎？」卡蒂亞問。「我的意思是，飛機可以有其他航線嗎？」

「恐怕不行。如果你們現在想離開瑞典，完全不可能。飛機會停在阿姆斯特丹加油，但沒有人可以上下飛機。」

上飛機後，卡蒂亞堅持坐在靠窗座位，要托瑪斯和艾芮卡坐走道位置。

「我是長相普通的中年女人，不會有人感興趣，」她說。「你們倆能不能盡量埋首看書，不要太顯眼？」

飛機滿座，乘客們試圖將自己的東西塞進頭頂的行李艙。當一名婦女尖聲說自己的行李箱塞不進去，空服員告知她得放棄它後，她開始與空服員爭吵，其他乘客警告她，她已經延誤起飛時間。最後，她大動作地開箱，拿出一雙鞋、一瓶香水與幾件衣服，把它們扔在座位上。

「把剩下的都拿走，隨便你們處理，」她語氣誇張地表示。「爲了讓你們開心，我就一路穿著內衣褲就好。」

「希望那位女士不會跟我們一起橫渡大西洋。」卡蒂亞說。

艙門還沒關上前，螺旋槳就開始轉動了。托瑪斯深信如果再晚一天，一切就會太遲。他們沒有問清楚德國人是否持有乘客名單，但想必它也不難取得，特別是瑞典境內的納粹同情人士，或許可以趁機提醒德國人他在飛機上。一定有許多官員一定知道他正在旅行。

飛機飛離瑪律默時，他突然意識到，如果他想祈禱，現在正是最佳時機，但他不是會禱告的類型，於是他開始看書。他心想，他要全神貫注，一路到倫敦。

只有在飛機突然下墜幾秒時，他才允許自己發抖。他伸手穿過走道，讓艾芮卡握住自己的手。他看見卡蒂亞望著他，她要他低頭繼續看書。

他知道許多人與他一樣焦急。但他們不夠幸運，沒有機會讓政府官員從豪華旅館帶上朝西飛的飛機。那些人求助無門。他們白熱化的恐懼，他幾乎只能隱約感受。

飛機開始降低高度，艾芮卡朝駕駛艙走去。托瑪斯看著她質問空服員。沒多久，她走回來向他們保證，他們已經離阿姆斯特丹很近，早已飛離德國領空。飛機將在阿姆斯特丹機場停留不到一小時加油。

倫敦的護照檢查很順利，但當他們走到海關時，官員要求托瑪斯打開他的公事包，把他的兩名同事叫了過來。艾芮卡和卡蒂亞正想開口說話，但對方要她們安靜。對方先研究了他的兩本書，翻了幾頁，然後開始檢查筆記和書頁的筆跡。

「我丈夫是作家。」卡蒂亞說。

官員們沒有理會她，竊竊私語，將公事包與托瑪斯的護照帶到裡面的房間，當他們等待時，海關大廳已經空無一人了。

「我只希望那位只穿內衣褲的女士最終會找到幸福。」卡蒂亞說。托瑪斯看著艾芮卡，兩人開始大笑，但他們的笑聲卻讓卡蒂亞板起臉。

「不要覺得這是小事，」她說。「我認為被剝奪人權的經驗或許會跟著她一輩子。」

等到三名官員從辦公室出來時，卡蒂亞也加入他們開懷大笑，托瑪斯很努力要克制大家。

「先生，我們必須請問，這些筆記本和書頁寫了什麼？」

「這是一本我打算完成的小說。」

「用德文？」

「是的，我用德文寫作。」

其中一名官員打開筆記本的一頁，請他翻譯。

「我的女兒比我翻譯得更好。」

「但這是你寫的，先生？」

「是的。」

「那我們需要你來翻譯。」

托瑪斯慢慢翻譯。

「是在寫什麼呢?先生?」

「我在寫一本關於德國詩人歌德的小說。」

「你上一次在德國是什麼時候?」

「一九三三年。」

「你現在要去哪裡?」

「南安普敦,」卡蒂亞說,「然後是美國。我們帶了簽證,如果繼續延誤,我們會錯過郵輪。」

海關人員發現一張托瑪斯手繪的房間圖,房內中央放了一張桌子,橢圓形的小桌上有潦草的名字,他們開始警覺。

「都是爲了我的小說,」托瑪斯說。「這是歌德家裡的餐廳素描。看,這是他的名字,還有其他人,時間是十九世紀初。」

「你怎麼知道誰還在場?」其中一人問道。

「我不知道,那是我的想像,這樣我才能幻想這些人的對話。」

其中一名官員仔細看著地圖,將它轉過來,彷彿它具有某種戰略意義。

「他是小說家。」同事說。

「會畫地圖的小說家。」另一個人插話,然後笑了笑。

「有輛公車開往滑鐵盧,」這位看來比較高階的官員說。「那裡就有火車到南安普敦。」

「天氣應該一路都很不錯。」另一個人說，一面微笑揮手要他們離開。

公車蜿蜒穿過英國鄉間時，托瑪斯對眼前觀察到的靜謐與富饒很是訝異，比他想像中更翠綠，道路極其狹窄，天空非常湛藍，到了傍晚時，溫度上升，他看見遠處有一座農舍，即便是路邊的簡陋小屋或者沿途經過的村莊，也散發輕鬆清新的氣息。這裡沒有什麼看起來過於古老或破舊。在他們接近倫敦時，他也驚歎於市郊的遼闊，一排排的房舍小店。對他而言，這裡比普林斯頓或紐約更陌生。他很高興自己無須在此定居。他想，可能到了華麗廣場或大型購物街區，自己的感受就不同了，但他們沒時間瀏覽，一抵達滑鐵盧站，他們便得立刻找到開往南安普敦的列車。

沒有攜帶行李旅行，感覺很奇怪。人可以輕鬆下車，無須監督行李順利上火車。他自己也覺得這樣快活多了，很像是暑假前一天終於被放出學校大門，只是在他們走進車站時，卡蒂亞和艾芮卡堅毅的神情讓他忍住不要微笑或開玩笑。

他等卡蒂亞和艾芮卡買火車票時，托瑪斯看見有人隨身攜帶防毒面具，甚至將它們背在肩上，相當顯眼。英國正處於戰爭狀態。他觀察路人神情，試圖找到英國人臉上重視自由與民主的神情。眾人似乎有志一同，決意齊心反抗希特勒，讓自己陷於看不到盡頭的危機之中。

很快地，他心想，他們就會認識真正的恐懼。他們的城市將遭到轟炸；他們的兒子會壯烈殉國。他唯一能做的就是在一旁看著。關於德國，他能告訴他們的，他們早已了然於心，感觸良深。他不過是個雙重局外人，一個準備返回美國，流亡在外的德國人罷了。

他們到南安普敦港的辦公室時，被告知華府號會遲到幾天，可以找旅館住宿了。在溫暖的夜晚漫步時，頭上海鷗不斷尖叫，似乎很慌張看到他們，卡蒂亞說，他們可以開始與邁克與其未婚妻聯繫，鼓勵他們儘快橫渡大西洋，同時也要找到莫妮卡夫婦，讓他們知道，一旦取得簽證，最好盡早動身。

早上卡蒂亞和艾芮卡要旅館人員將書桌搬到托瑪斯的房間，讓他繼續工作，她們則出門探險，逛逛南安普敦的商店，希望能買到新行李箱以及至少足夠旅行的衣物。她們回來時，托瑪斯可以聽到兩人在狹窄樓梯上的笑聲。

她們買了行李箱和衣服和鞋子。卡蒂亞說，每到一間店，她們就會立即向店家解釋她們是從德國逃出來的，不只老闆，連其他顧客都非常友善。她們還買了報紙，告訴他戈林提出了和平協議，但英國政府斷然拒絕。卡蒂亞說，她們遇到的每一個人都很支持政府的決定。

「甚至有一位女士走近我們，告訴我們他們要像上次戰爭那樣解放德國。我幾乎不知道該如何回答，只能告訴她我非常感激。」

她們在艾芮卡的房間一面打開包裝，一面開始談笑。

「我們想到那個可憐的女人，」卡蒂亞說，「走到哪裡就只有身上那一套內衣褲。一想到她，我們就開始大笑，結果櫃檯有個很嚴肅的店員以為我們在嘲笑她。」

「就算她報警，我也不會太驚訝，」艾芮卡說，「一定會跟警方說她遇見討厭的外國人。」

她拿出一個木頭茶巾架，上面刻著皇室成員的照片。

「我替奧登買了這個，」她說。「讓他看看自己錯過了什麼。」

「看我們還買了什麼！」卡蒂亞說。

她高舉一件有袖子的羊毛背心與一件長褲。羊毛幾乎是黃色的。

「我們從來沒看過這種東西，」艾芮卡說。「我說很適合克勞斯，結果我們又笑到停不下來。」

「對了！還有英國女人會穿的內衣！」卡蒂亞說。

「比德國人會穿的還難看，」艾芮卡補充。「內襯應該會引來一堆蝨子。眞不知道英國人怎麼受得了！」

午餐後，他們三人走到港口，看看是否有華府號的消息。聽說它會在兩天內抵達，但船位已經嚴重超額預訂。船運公司會設法讓大家都上得了船，但不會有私人套房或艙位，而且男女必須分開。卡蒂亞問他們是否可以付更多錢好取得兩個頭等艙位，一個給她丈夫，另一個給她自己和艾芮卡，對方表示完全不用考慮。

「這會讓乘客動亂，女士，我們這是撤離，只想讓每個有美國船票的人上船。五六天就會到了。一旦妳到了紐約，想住什麼頂級旅館都行。」

預計出航的那一天，碼頭大排長龍，非常混亂，乘客隨意推擠，甚至有謠言說當天可能無法出發，也聽說不是每個人都上得了船。托瑪斯原本與家人說德文，卻引來旁人側目，於是他們改說英語，只是托瑪斯納悶他們的口音和文法謬誤也許會引起更大質疑。天氣很熱，又沒有地方坐。艾芮卡憤怒推開人群，希望找人替她父母插隊，托瑪斯轉向卡蒂亞。

「這完全不是我們想像中的人生，對吧？」

「我們已經很幸運了，是我們運氣好。」

艾芮卡回來時，帶了兩名穿制服的船員。

「這是我爸爸，他病了，」她說。「已經站了兩個小時，他這樣會送命的。」

兩人打量托瑪斯，他假裝自己很虛弱，但人群開始吵雜，有人說自己也帶了老人上船。

「我和我媽媽可以等，」艾芮卡大聲說。「但麻煩你們先讓我爸爸上船。」

托瑪斯看來眼神渙散，彷彿搞不清楚狀況。他看得出來，兩名船員原本以爲他年紀更大。他們遲疑了。

「請跟我們來，先生，」其中一人最後說，他們溫柔帶他穿過人群，請他等領航船。他帶了自己的公事包。

「他女兒說，他心臟不好，」其中一人大喊。他們指示他應該先上船，登船時很困難，船員大聲指示鼓勵，他終於從小船登上郵輪。他努力維持自己最大的尊嚴，找到公共空間，注意到有許多人已經獲准先上船了。

他翻找公事包，發現了一本筆記。他一面等待，一面緩緩掏出筆，替關於歌德的那本小說添加段落，讓自己的思緒遠離當下，重拾前一天的寫作節奏，想像自己這本遲暮詩人對年輕女孩的愛戀作品總有一天能重回德國讀者手上，讓他們心靈有所慰藉。

他持續寫作，擴音器宣布排隊乘客可以緩緩上船。他知道自己若留在原地，卡蒂亞和艾芮卡一定能找到他。

他們給了他頭等艙，但他必須與其他四個人分享。托瑪斯有床，其他人只有通鋪與床墊，眾人對他隱約充滿敵意，發現他是德國人後，更加劇他們對他的厭惡。其中兩人是英國人，大剌剌交談，以爲他聽不懂。

「誰知道這些德國人是什麼來頭？」其中一位說。

「從希特勒那裡來的，」他的同伴說，「還有床，在我們知道自己在哪之前，他就會傳送祕密訊息回他的祖國。」

「他們可以在迅速指令下，立刻轉換口號，上次大戰德國投降時，我就在現場，眞的很壯觀。我告訴其中一個人，他現在可以自在踢皇帝了，我重複說了好幾次，但我是在浪費自己的唇舌。那傢伙一句英語都不會說，至少他是這麼說的。德國人眞的是猜不透。」

托瑪斯只想工作。每天早上，卡蒂亞和艾芮卡替他找到位置坐定後，她們就會在甲板散步，經過時看看他。某個晴朗午後，他準備讓位給卡蒂亞，但她幾乎發了脾氣，她說她卯足了勁替他爭取座位，讓他靜心寫作，這位子可不是拿來給她曬太陽用的。

過去他從沒想過，有一天，自己的人生與歌德的生活會有所交集，但想來，這念頭必然存在於他的潛意識。因此他筆下的小說篇幅越來越長，他也投入許多心思。它處理了難以實現的愛情、終老後的渴望與慾念。當他抬起頭，望向遼闊大海時，許多名字出現在他面前，而後是臉孔——臉紅的瑪登斯，赤裸的威利．蒂姆普，認眞湊近他的保羅．埃倫伯格，以及克勞斯．霍伊瑟那柔軟的雙唇。

假使保羅站在他面前，或者即使克勞斯．霍伊瑟也登上了這艘船，他會對他們說什麼？假使他們晚餐後站在黑暗甲板上，周圍還有許多其他乘客，他們眼中會傳達何等訊息？他嘆了口氣，想起擁抱克勞斯．霍伊瑟的那一刻，他感覺自己心跳加快，呼吸急促。

卡蒂亞和艾芮卡走近；卡蒂亞問他在想什麼。

「我的書，」他說。「眞希望我能把這一段完成。」

航程的最後幾天，船上的擁擠令人越來越難以忍受，能夠洗滌的用水越來越少。與他同房的兩名英國人變得更加懶散。

「你有沒有看到德國佬被他妻子和女兒寵溺的模樣？」

「我根本不確定那是女孩。我很訝異他們會讓她進入美國。」

托瑪斯在筆記本寫下「寵溺」兩個字，但艾芮卡和卡蒂亞都無法明確告訴他它的含意。

艾芮卡要求一旦靠港，他們必須優先下船。當他們從船上走到海關帳篷時，一旁疲憊不堪的乘客虎視眈眈望著托瑪斯與妻女，他明顯感受到這群人的敵意。同時也回憶起革命後那幾年在慕尼黑的夜晚，他與卡蒂亞走下歌劇院階梯，想找到等他們的司機，他手上掛著卡蒂亞的水貂大衣及托瑪斯的外套。等到他們出現後，外面被通膨整得很慘的民眾，以炙熱的憎恨目光緊盯他們。

他不止一次想過，希特勒可能也曾經在慕尼黑那群民眾之中。他可能買不起歌劇票，但可能會等在現場，看看是否有人臨時取消。慕尼黑的冬天街頭嚴寒刺骨，而後，托瑪斯想像，希特勒看見了曼氏夫婦搭車前來，夫妻倆一臉疏離莊重，對自己的身分地位很有自覺，朝一些人點頭，向其他人打招呼，表現恰如其分不失禮。在華格納作品演奏的那幾晚，希特勒最想看的應該莫過於《羅恩格林》、《紐倫堡的名歌手》或《帕西法爾》。希特勒望著那些提前買票的觀眾，或者擁有個人包廂的上流人士，衣香鬢影參加盛會，而他只能默默轉身，走入黑夜。

想到這裡，托瑪斯跟著卡蒂亞和艾芮卡走向護照檢查站，後方有專人替他們提行李，核對護照與簽證之後，官員連行李都沒檢查。外面有輛車子是克諾夫替他們安排的，他們將行李放進車後，艾芮卡告訴父母，她準備在紐約跟克勞斯見面。如今英國已經對德國宣戰，他們有計畫要進行。

「妳知道克勞斯在哪？」卡蒂亞問。

「奧登在布魯克林。他會知道克勞斯的下落。」

艾芮卡已經收拾了一個小行李箱，準備到紐約停留。其餘的行李可以隨父母回到普林斯頓。托瑪斯知道她會懷念為他而戰的日子。艾芮卡總是忙碌難搞，伊莉莎白則是安靜守候家園，等他們回來。托瑪斯熱淚盈眶，想到這會是他們最後一次在家看到伊莉莎白了。

「別哭了，」艾芮卡說。「我們已經平安抵達。最不開心的就是飛越德國的那趟航程。」

「可以請克勞斯來看看我們嗎？」卡蒂亞問道。「甚至住個幾天，如果他有時間的話。」

「我已經替他準備那件好笑的黃色內褲。我會告訴他，這是我們送給他的禮物。」

幾天後，托瑪斯搭慢車前往特倫頓，以便趕上從波士頓向南行駛的快車，這班車會前往華府。艾格尼絲．邁耶派給他的車正在車站外等著。前一天，邁耶夫人原本無法決定是請他和卡蒂亞到她的鄉村別墅長住，或者讓托瑪斯獨自前往華府，與她和她丈夫住一晚，最後，她決定後者。

「艾格尼絲．邁耶就是那種在戰爭或有戰爭威脅時會出現的人物角色，」卡蒂亞說。「通常會扮演上級或狙擊手。」

托瑪斯知道，在這次會面，他需要問艾格尼絲能否確保戈洛與海因里希夫妻的簽證，也請她加速莫妮卡夫妻簽證的速度。他還要跟艾格尼絲談談他的立場，提醒她，假使他取得美國公民，情況會大有改善。他的口袋裡有一份急需尋求協助的歐洲作家名單，萬一德國入侵荷蘭或法國，他們會需要前往美國，或至少接受金援也行。一回到普林斯頓，他就收到許多德國藝文界人士來信，其中許多是猶太人，信件內容慌亂無助，乞求托瑪斯伸出援手。那些信有些直接寄到普林斯頓，有些則由克諾夫轉寄。大家都相信他有能力解救他們。

沒有人知道他事實上也無能為力。他與羅斯福的關係不是很明確，他儘管在普林斯頓工作，也無法替任何人取得簽證。但他與艾格尼絲．邁耶的友誼或許能有所作為。他至少可以請她幫忙，這是羅斯福無法為他做到的。假使需要他奉承這個女人，他絕對義無反顧，也願意花時間和她在一起，允許她翻譯他的演講，聽她指示他什麼該寫，什麼不該寫。如果她往後打算寫一本關於他作品的書，他也樂見其成。

但是話說回來，他決定她今天必須聽他說話，並請她提供必要協助。既然艾格尼絲從不聽任何人說話，要她專心聽他說話可是一件難事。

艾格尼絲在她的大客廳等著他。她一開口，托瑪斯很清楚她應該花了一整個上午在準備內容。他坐在她對面，他自覺像個聽眾而非訪客。

「從此以後，你最好謹言慎行，不得談論美國參戰的議題。沒有人想聽這些，尤其這個人又來自美國以外的國家。我希望你也能向你家兩個大孩子轉達。美國政府會自行決定該採取哪種措施。就目前而言，我們決定觀察與等待，大家都該靜觀其變。同時，我想一本關於歌德的小說會在這裡很受歡迎。當然，或許不會投每個人所好，但我很期待看到它問世，我衷心希望它不會被那個女人，就是你所謂的譯者羅・波特給破壞了。我希望她去翻譯那些小牌作家就好，例如赫爾曼・布洛赫，或者赫曼・赫塞，或者赫曼・布萊希特。

「布萊希特好像不叫赫曼。」

「我想也是，我是在開玩笑。」

「我和我的妻子及艾芮卡非常感謝妳大力協助我們回到美國。」

「現在不要吃太多，等一下還要吃午餐。雖然我知道你喜歡杏仁糖。誰不喜歡呢？但不是在午餐前。也許吃一個就好，再喝點茶。」

「我知道妳一定厭倦了我向妳求情。」他想切入重點。

「募款在美國是全新產業，」她說。「就在上星期，我才對我丈夫說過同一句話。這間博物館，那間博物館，這個委員會，那個委員會，這位難民，那位難民。當然，這一切很值得。」

托瑪斯寧願艾格尼絲的丈夫可以陪他們一起用餐，儘管尤金反應遲鈍，但他在場多少能分散艾格尼絲的注意力，讓她不至於總是打斷對方說話，或是魯莽地臨時改變話題。

當艾格尼絲告訴他，她的丈夫出城去了，他們會獨自用餐時，他大失所望。

他沒有辦法整個下午都跟艾格尼絲打交道，或者和她獨處。他告訴她，他需要回去工作好幾個小時，因爲他的小說已經快寫完了。

「那麼，這裡非常適合你。沒有人會打擾你。我將發出嚴格指令，規定大家閉嘴。僕人都知道今天有一位非常知名的作家入住。早上我已經集合大家，宣布這項消息。以後你準備小說要收尾時，就優先考慮到我這裡完成。我也該給你的妻子送信，讓她知道。這裡現代世界的奢侈享受應有盡有，你可以完全與世隔絕。我丈夫就經常工作到很晚。」

午餐時，托瑪斯和她沒有任何進展。她一心只想討論她可能寫的那本書，它要從德國的歷史文化背景探討他的作品。

「這裡根本沒有什麼人眞正認識歐洲文化，他們對浮士德或歌德或漢薩同盟一點概念都沒有。」

他所能做的就是頻頻點頭稱是，偶爾平靜插話。他開始渴望她所承諾的獨處。當他在艾格尼絲講到一半突然起身時，他希望她沒有被冒犯，但他實在是受不了了。他決定，正如她早已準備好午餐時要說的每一句話，等到晚餐時，他也會想說自己要說的話。

走下壯闊梯廳，準備用晚餐時，托瑪斯發現自己正悉心欣賞這棟豪宅的富麗堂皇，到處可見色彩豐富的織錦與質感十足的傢俱，牆上掛滿了艾格尼絲精心收藏的早期美國畫作、掛毯，實木傢俱表面無不閃亮光滑。有那麼一瞬間，他發現自己是喜歡艾格尼絲的。在她的專橫中，她讓他追念起古老的德國，回憶自己的的姑媽與奶奶，想起曼氏家族在父親成長的呂貝克大宅舉辦的熱鬧聚會。當年，姑媽與奶奶能掌控的事少之又少，對於自己觸手可及的事務簡直拼了命地控制。僕人總是惶恐戒慎，看著夫人與小姐緊盯廚師做的每一道餐點。

未來，他心想，也許等到戰爭結束後，像艾格尼絲這樣的女人會擁有更大的權力。他突然想到，也許艾芮卡可以成爲她的好夥伴，她們總自覺在世上有更崇高的任務要執行。想到艾格尼絲和女兒的互動，他微笑了，這兩人可以獨立接收這個地球。

晚餐時，他再次看出艾格尼絲．邁耶可畏之處，她總是可以將對話引向她自己以及她感興趣的話題，不容許各種偏離。她提到從德國移民過來的父母，她的父親的保守，以及全家人擠在布朗克斯一間小公寓，只懂德文的他們當年的生活多麼困苦。她父親認定，她說，在她結婚前，她就是該留在家裡磨練自己的持家本事。他反對她到巴納德學院唸書，因此她申請獎學金，半工半讀，支付自己的教育費用，完全沒有從父親那裡拿一毛錢。

「我什麼也不欠他們，」她說，「我終於可以隨心所欲，做我喜歡的事。我可以去巴黎，替報社工作，甚至可以不尋求他們同意就結婚。想怎麼樣，就怎麼樣。」

托瑪斯明白，此時此刻打斷艾格尼絲，試圖將話題轉移到簽證問題上，絕對不可能成功。他納悶自己是否該寫字條給她，等到回房休息後請人送到她房間，然後在他回普林斯頓當天早上再試著和她談談。

用餐結束後，她表示也許她說太多了話。

「我通常不會有世上最傑出的文學家陪伴，」她說。「平常都是尤金的朋友，他們都很沉悶，老婆更無趣。最近，當我和那些妻子在一起時，我總是想請僕人替我拿芥子毒氣。」

托瑪斯微笑了。

艾格尼絲站起身來，走到房間角落的一張書桌前，拿著筆和資料夾回來。

「好了，你可能認爲我沒在聽。但我確實聽進去了。今天你來的時候，你提到了要我幫忙。」

托瑪斯點頭。

「你兒子邁克和他的未婚妻在倫敦，他們有美國簽證。我相信他是一名中提琴演奏家，我也許有辦法替他在美國的管弦樂團找到工作。你女兒和她的匈牙利丈夫在倫敦，我可以向你保證，他們的簽證很快就會通過。但是你兒子戈洛在瑞士，你哥哥和他的第二任妻子在法國，他們沒有簽證嗎？」

「以上全都正確，妳的記憶力實在很好。」

「戈洛的簽證沒有問題。你得簽一些表格，表明你將在經濟上對他負全部責任。就這樣。只要他不結婚。」

「我會向他轉達。」

「至於你哥哥，我們可以讓他和華納兄弟簽約，完成後，我們就可以處理簽證問題。」

「華納兄弟同意跟他簽約嗎？」

「你哥哥不是寫了《藍色天使》嗎？」

「對，電影的原著是他寫的。」

「在這種情況下，華納會把他視為可貴資產。至少一年約。」

「妳確定這一切都可以安排妥當？」

「我什麼時候讓你失望過了？」

她交疊雙臂，滿意微笑。

「現在，和我一起到客廳喝咖啡吧。」

在客廳時，她離他很近，資料夾放在她腿上。

「我知道你會想要支票。來到這裡的人都想要支票。要開給誰？」

「有很多作家需要幫忙。」

「我可以寫一張足以支付所有費用的支票。就以你的名義，你可以隨意支配。」

「他們其中某些人深陷真正的危險。」

「請不要再多要求其他的了。支票稍後將送到你的房間。」

「真的非常感謝妳。」

「新的一年，我認為你該巡迴演講。我可以替你聯繫，但重要的是，你不要呼籲美國政府對德國宣戰。這是你不能做的。美國沒有處於戰爭狀態。你想談論什麼都好，但總統不希望你激怒人民。他明年有一場大選，一定得贏。所以他希望你不要提美國參戰問題。」

「總統?妳怎麼知道?」

「尤金和我都懂他。這的確就是他的感覺。我再強調一次，可否請你也提醒你家女兒?這裡的人知道我跟你有往來，所以她每說一句話，我都被指責一次。她那張嘴喔!眞的很會講。」

「她有自己的想法。」

「她見過她那位丈夫嗎?」

「她在紐約。」

「紐約是所有麻煩的根源。我丈夫經常這麼說。這裡的人不認同你女兒，遠遠超過她弟弟。」

「他們倆都很投入。」

艾格尼絲惱怒嘆氣。

「我認爲他們也都已經把自己立場表達得很清楚了。」

她喝了一口咖啡。

「所以，我們算是達成共識了吧?」她問。

伊莉莎白十一月舉行的婚禮上，托瑪斯表現得無懈可擊。在普林斯頓校園教堂的賓客注目下，他與博格斯握手，親吻了新娘。

唯一令他惱怒的是奧登，他爲了婚禮，寫了一首托瑪斯幾乎看不懂的詩，在儀式結束後，他陪托瑪斯走回斯托克頓街的房子，兩人看見克勞斯走在他們面前時，他說:「對於一個作家而言，兒子的存在是尷尬的。就像你小說的人物突然有了生命。你知道，我很喜歡克勞斯，但有些人叫他『克勞斯二等兵』，眞的很殘忍了，太殘忍了。」

托瑪斯不太確定他這番話有何含意，但那天隨後他都盡量避開奧登。

卡蒂亞曾警告艾芮卡要善待伊莉莎白，不要惹她不開心，因爲艾芮卡之前通報父母，她有朋友在紐約看見伊莉莎白與一個男人用餐，她朋友還以爲那個人就是伊莉莎白的未婚夫。

「很浪漫的燭光晚餐，兩人親密私語，」艾芮卡說。「直到我朋友走過去恭喜他們，才發現那傢伙不是別人，正是赫爾曼．布洛赫。他們因爲被人撞見很不開心，伊莉莎白應該是偏好年長的流亡作家。如果她甘願跟她爸爸乖乖待在家裡就好，畢竟她老爸才是這群作家的龍頭嘛，那可會替我們省了不少麻煩。」

「她愛的是博格斯，」卡蒂亞說。「我很確定妳朋友看錯了。」

耶誕節時，托瑪斯請伊莉莎白夫妻兩人住到閣樓，這樣他就不必在臥室附近的走廊撞見博格斯。第一天清晨，托瑪斯還躺在床上，就聽到上面房間的博格斯大聲清嗓，接著傳來水龍頭打開的聲響。他這才發現原來新婚夫婦的浴室就在他臥室的正上方。一開始是水龍頭，隨後則毫無疑問是男人尿在小便斗的聲音，時間又久，動作又大，透過樓板，托瑪斯聽得一清二楚。

博格斯在他家如此自在令他反胃。就算聽到馬桶沖水聲，也無法將博格斯穿著睡衣站著小便的畫面從腦海抹去。托瑪斯想，就連他自己的兒子們在浴室也沒這麼放鬆。這名義大利人顯然過度享受自己的存在感了。

在他們逗留的第二天早上，托瑪斯在書房時，博格斯敲門後便走了進來，說要跟托瑪斯小聊一會兒，還提到女士們出門購物後，才讓他輕鬆了一點。他問托瑪斯要不要喝茶。托瑪斯不確定自己該如何應付。

近三十五年來，每天午餐前的四個小時，他總是獨自待在書房，不受外界干擾。現在這傢伙坐在他對面，又問了他一次要不要喝茶，隨口詢問他的小說是否按進度進行，彷彿自己這麼問候，會讓托瑪斯的寫作從中獲益。托瑪斯什麼話也沒說，博格斯拿起桌上一本書，開始翻閱。

「你覺得法國接下來會如何？」博格斯問。

「沒概念。」托瑪斯頭都沒抬。

「我認為德國人會等到春天或初夏才入侵。但絕對會有所行動。記得我的話。一定會，而且一定得逞。」

托瑪斯抬頭尖銳地看他一眼。

「誰告訴你的？」他問。

「這是我的感覺，」博格斯說。「但我相信我是對的。」

托瑪斯打量博格斯時，頓時發現，伊莉莎白應該早就厭倦他了。他真希望她和她母親及艾芮卡能及時結束購物返家，把這老傢伙驅逐出他的書房，讓他知道自己永遠不得回來。

耶誕夜當晚，眾人正在擺桌準備晚餐時，他聽見艾芮卡在走廊對克勞斯大聲說電話。

「你現在就去賓州車站，搭下一班火車。我會在普林斯頓火車站等你。不，下一班！我不在乎你現在跟誰在一起。你可能會錯過晚餐，但禮物打開時，你一定得在場！我已經為你準備好禮物了。我早就說過。它們都包好了。你不必擔心。克勞斯，我說現在！」

過了一會兒，電話再次響起，他聽到艾芮卡又一次對克勞斯強調，她會在火車上與他見面，他不必擔心錯過晚餐。

接近晚餐時，全家人都準備好了，家裡很安靜，廚房傳來的香味瀰漫室內，托瑪斯靠近客廳，聽見有人在裡面移動。卡蒂亞背對著他站在聖誕樹前。她輕輕重新布置了裝飾品，彎腰將樹下禮物堆好。她沒有意識到他在看她。托瑪斯知道，克勞斯即將在晚餐後返家，第二天也會陪著他們，讓她放鬆多了。

他想到自己可以清喉嚨或出聲，但他決定回到書房，直到有人叫他到餐廳。他想，卡蒂亞應該會想一個人獨處。他會在今晚結束後找她聊聊。他會將他一直保存的上等香檳放在冰桶。他衷心希望，他與妻子將在夜幕降臨，人人都上床就寢後，高舉酒杯，對彼此致意。

9 羅伯特・穆齊爾(Robert Musil, 1880-1942)，奧地利小說家、工程師，著有《沒有個性的人》。（編按）

10 阿爾弗雷德・德布林(Alfred Döblin, 1878-1957)，德國小說家，一九三三年後離開德國，流亡法國，著有《柏林，亞歷山大廣場》。（編按）

11 胡果・沃爾夫（Hugo Wolf, 1960-1903），奧地利作曲家、音樂評論家，代表作有《莫里克歌曲集》、《艾辛朵夫歌曲集》、《義大利歌曲集》。（編按）

第十二章

普林斯頓 一九四〇年

電話響起時，沒人接聽。卡蒂亞和葛蕾帶著才六週大的弗里多去散步了。邁克在普林斯頓找到三位年輕音樂家，帶了中提琴去見他們。打掃備餐的女士還沒有到。鈴聲又響起時，托瑪斯走過去想接，但在他走到之前，鈴聲就停了。

校方經常打電話要請他參加晚宴或接待場合。卡蒂亞自有應付這些要求的獨特作法。只有紐約的克勞斯，芝加哥的伊莉莎白，華府的艾格尼絲．邁耶和紐約的克諾夫有普林斯頓的電話號碼。他想，他們總是會再打來的。

午餐前，他在樓上換鞋，電話又響了；他聽見卡蒂亞接起來，也聽見她用上自己最棒的英語口音說話。然後好一段時間，她完全沒聲音，突然間，他聽見她發出一聲沉重的驚喘，接著重複了好幾遍：「你是誰？你怎麼知道？」

等到他走近她，邁克和葛蕾已經在她身邊了。他試圖開口，卡蒂亞揮揮手把他撥開。

「你從哪裡打來的？」她問來電者。

「我從來沒有聽過這家報社，」她接著說。「我沒有去過多倫多。我是德國人，我住在普林斯頓。」

邁克想從她手中接過話筒，但他母親不理他。

「是的，我的女兒是蘭尼夫人，對，莫妮卡．蘭尼夫人。是的，她的丈夫是耶諾．蘭尼。可以請你說慢一點嗎？」

她又深吸了一口氣。

「貝拿勒斯城號？對，就是這艘船。但我們確實得到消息說，它已經安全出發，前往魁北克。」

她不耐煩示意其他人離她遠一些。

「但我們還沒有得到相關訊息。假使發生任何事，有人會和我們聯繫的。」

她專心聽對方回答。

「可以請你說明得更清楚一點嗎？」她大聲說。「如果你不知道，就直接說清楚。我女兒還活著嗎？」

她認眞聽，一面點頭，眼神哀傷地看著托瑪斯。

「她先生還活著嗎？」

托瑪斯看著卡蒂亞的表情僵了。

「你確定？」她問。

對方開始讓她不開心了。

「你到底是在講什麼？我要不要發表什麼評論？這是你的意思嗎？不，我沒有評論，沒有，我丈夫也沒有話要說。他不在。」

卡蒂亞放下話筒時，托瑪斯聽得見他還在說話。

「多倫多某間報社打來的，」她說。「莫妮卡還活著。船被魚雷擊中。莫妮卡在水面上等了很久，但他死了，她的耶諾死了。」

「船沉了？」邁克問。

「你想呢？莫妮卡的船被德國人的魚雷擊中。我們早該在之前比較安全時，讓她早點回來的。」

「但她沒事了。」葛蕾說。

「對方是這麼說的，」卡蒂亞回答。「但耶諾死了，葬身大西洋。那人很確定。他知道他們的名字。」

「爲什麼還沒有其他人打電話來？」邁克問道。

「因爲才剛發生。等會就開始有人會打來，電話就要響個不停了。」

她走向托瑪斯，站到他身邊。

「我們竟然完全沒有心理準備會發生這種事，」她說。「還爲此感到震驚。」

他們應該立即打給伊莉莎白，卡蒂亞補充，在她從其他人那裡得到消息前，就告訴她這件事。還有艾芮卡，請她以任何可能的方式協助她妹妹，目前爲止，他們仍不確定莫妮卡會被送往加拿大或英國。

當被問及該如何通知克勞斯時，卡蒂亞嘆了口氣。他們有一段時間沒有他的消息了。她曾打電話到克勞斯在紐約住的飯店，但對方表示他早已經搬走，托瑪斯建議她可以用奧登的地址與克勞斯聯繫。

邁克出門發電報時，托瑪斯和卡蒂亞決定到外面呼吸一些新鮮空氣。他們晚點再打電話給伊莉莎白。

兩人在和煦的秋日下，走上大學校園。

「想想看，漂流在大海上，」卡蒂亞說，「緊緊抓著一塊浮木，長達十二小時。想想看，目睹丈夫在面前溺水，再也沒有上來。」

「那個加拿大人這麼說的嗎？」

「是的。這畫面我完全無法忘記。莫妮卡要怎麼康復啊？」

「當初我們從南安普敦出發時，就該把她帶著。」

「她沒有美國簽證。」

「我以爲，船一啓航，她就安全了。原本我眞的鬆了一口氣。」

卡蒂亞停下腳步，低著頭。

「我原本也這麼以爲，眞的太傻了！」

第二天一早，艾芮卡回信表示莫妮卡會被送往蘇格蘭，艾芮卡會去探望她，確保她得到最佳照顧。電報補充說，她不知道克勞斯人在哪裡。午餐前，奧登來訊表示他會設法找到克勞斯。

伊莉莎白打了幾次電話，跟父母說說話。

每次電話響起，他們就保持高度警戒，等在門口仔細聆聽。儘管莫妮卡在那艘船上的消息已經出現在報上，但普林斯頓沒有人打電話來慰問或上門來訪。彷彿將戰爭帶到這平靜大學城的全都是這家人。

晚餐前，他們聚集在客廳，邁克問大家是否該演奏點什麼，例如荀白克某首四重奏的慢樂章，中提琴演奏的那一段。他開始拉琴時，托瑪斯心想，那聽起來彷彿是一連串的哭聲，設法抵抗幾個難以撫慰的音符，他幾乎無法靜心傾聽，因爲那情緒是如此強烈。

幾天後，艾芮卡從倫敦捎來電報：「莫妮卡康復中。會留在蘇格蘭。虛弱。克勞斯平安，在紐約。悲傷。」

「我猜她大概是說莫妮卡身體很虛弱，克勞斯很傷心。」邁克說。

不到一個小時後，另一封電報抵達，這次是戈洛發的。

「已經登上新希臘號，里斯本出發，十月三日抵達紐約。海因里希、奈莉、威爾佛夫妻。瓦里安是我們的大明星。」

「威爾佛夫婦是誰？」邁克問。

「阿爾瑪·馬勒嫁給法蘭茲·威爾佛。他是她的第三任丈夫。」托瑪斯說。

「她是很棒的同伴，」卡蒂亞說。「我想絕對勝過奈莉。我原本希望奈莉能到其他地方。」

「我想，威爾佛夫妻一定有地方可去。」托瑪斯說。

「我猜也是。」卡蒂亞說。

「那大明星瓦里安呢？」邁克問道。

「緊急救援委員會的瓦里安．弗萊[12]，」托瑪斯說。「他用盡一切關係，將他們帶離歐洲，眞的很讓人佩服。就連艾格尼絲．邁耶對他的效率與手腕也讚譽有加。」

托瑪斯瞥了一眼卡蒂亞，知道她也有同樣的想法。德國人正在猛烈攻擊跨大西洋航運，他們也有可能將意圖指向戈洛、海因里希和奈莉搭乘的郵輪。他推測，由於貝拿勒斯城號目的地是加拿大，代表的意義不盡相同。德國人還沒有準備好攻擊前往美國紐約的客船，但擊沉莫妮卡那艘郵輪足以強調橫渡大西洋的危險性。現在，他們要等到戈洛等人安全抵達紐約港，下船之後，才能解脫放鬆。他希望戈洛還不知道莫妮卡曾經搭上貝拿勒斯城號。

他們決定到紐約，在貝德福停留一晚，再接戈洛、海因里希與奈莉下船，並帶他們回普林斯頓。當托瑪斯說他想在午餐前抵達時，卡蒂亞很訝異他竟然甘願破壞自己多年的晨間行程。

「我想買唱片。」他說。

「這讓我更震驚了。」她說。

「給我一點建議吧。」

「也許海頓吧，」她回答。「四重奏或他的鋼琴曲。很不錯，而且沒有什麼殺傷力。」

「所以妳才想聽嗎？」

她笑了。

「它們會讓我聯想到夏天。」

「我今天連吹風都覺得好冷，」托瑪斯說，「我想如果可以搬到更溫暖的地方會很不錯。」

「邁克、葛蕾和寶寶準備搬到西岸。海因里希也要去洛杉磯。」

「奈莉呢？」托瑪斯問。

「不要提她。我好害怕跟她同住一個屋簷下。」

在貝德福吃完午餐後，托瑪斯獨自搭車到市中心，指示司機在第六大道下車，他可以走幾條街到唱片行。在普林斯頓，他總是時時提防，清楚自己隨時會被人認出來。這裡讓他想起歐洲城市的狹窄街道，他可以恣意讓目光停留在任何人身上。儘管路人多半行色匆匆，表情疏遠，但最終，他知道，自己總會看見某位年輕男子朝他走來，捕捉他的目光一秒鐘，無畏深刻地回視他，完全不掩飾自己的興趣。

大街熙熙攘攘的商業生態自有其感性存在。他可以隨意駐足於櫥窗前，或者單純沐浴在周遭繁忙的氛圍，卡車下貨時，他會退到一邊。街上大多數都是男性。托瑪斯光是觀察他們的舉止，就得到了無比的愉悅，幾乎沒注意自己錯過了唱片行。

他記得自己上次來時像個孩子興奮不已，周遭都是自己最想要的唱片，而且這裡的收藏簡直是難以想像的豐富。他記得老闆與助手都是英國人，當時也特別招呼他。

方才在大街被激蕩的火花，如今終究在他能選擇的數千張唱片中找到了歸屬。

他開門時鈴聲響起，好一段時間沒人現身。他注意到室內極其雜亂，走到哪都是堆積成箱的唱片。老闆從裡面走出來時，托瑪斯注意到他應該是穿了上回見面同樣那套鬆垮的灰色西裝，他們注視彼此，但沒有對話。男人應該是他年紀的一半，但這沒有削弱彼此的連結感。他再次環顧四周，確定唱片數量又比上次多了。

「怎麼會這樣？」托瑪斯問，對現場展示的唱片數量表示訝異。

「生意從來沒有像現在這麼好。這表示美國很快就要參戰。大家正爲戰爭儲備音樂。」

「歡樂的音樂？」

「不只，什麼都要。從歌劇到安魂曲。」

托瑪斯望著男子白皙臉龐的鮮紅嘴唇。此人似乎對戰爭感到好笑。托瑪斯想知道他的助手在哪裡。他轉過身，開始看一排唱片。

「那些不適合你，」男人說。「除非你突然對搖擺舞曲有興趣。」

「搖擺舞曲？」

「之前銷售量足以可以替我支付帳單，但現在沒人要聽了，現在大家都買巴赫彌撒曲、大提琴曲和舒伯特的歌曲。我認識一個人蒐集胡果．沃爾夫的作品錄音集。一年前，我這裡擺了一張沃爾夫唱片，堆了五年灰塵才賣掉。」

「我對沃爾夫不熟。」

「他的人生際遇很好玩，作曲家的人生比作家有趣多了。不知道爲什麼，除非你的人生也很有意思。」

這些話提醒了托瑪斯，老闆完全知道托瑪斯是誰。

「布克斯特胡德呢？」托瑪斯問。

「差不多。就原本那些無聊的管風琴樂曲。沒有人錄製他的聲樂作品。我本以爲《我們耶穌的身體》[13]會出現，但連影子都沒有。我有唱過，你知道嗎？」

「在哪裡？」

「達勒姆大教堂。」

助手出現了。

「我有個朋友到普林斯頓聽你演講。」助理沒打招呼直接說。

托瑪斯打量他紅潤的臉頰與閃亮金髮。

「我想我們沒有被正式介紹過。」他說。

「亨利。」老闆和亨利同時開口。

「你們倆都叫亨利？」

「他是阿德里安。」亨利指著老闆說。

由於被指名道姓，老闆的表情顯得很怪異。

「荀白克呢？」托瑪斯問。

「一窩蜂，」阿德里安回答。「上星期有對虔誠的聖公會教徒夫婦買了《佩利亞斯與梅麗桑德》。」

「我們這裡有一箱新的，叫什麼的？」亨利問。

「《古勒之歌》，十四張唱片。」

「你還有他什麼作品？」

「相當多。他算是很受歡迎。」

「你能將我買的唱片送到我住的旅館嗎？」

「什麼時候？」

「我和我妻子住在貝德福，到明天早上。」

「今天稍晚就可以送過去。」

「還有《參孫和達利拉》的女中音詠歎調。」

「『我的心』。」亨利用幾近完美的法語說。

「沒錯，就是它。」

「詠歎調就好，還是整部歌劇？」阿德里安問道。

「詠歎調就好。」

「我們會找到好東西的。」

「我還有一張貝多芬晚期弦樂四重奏作品１３２的錄音，但它刮壞了。我想要另買一張。」

「我也喜歡作品１３１。」阿德里安說。

「我想要１３２是有原因的。」

「我還有很多錄音唱片，我可以把我認爲最棒的交給你。」

「太好了，我現在寫一張支票給你。也許我應該把晚期四重奏買走，再來一些海頓與莫札特四重奏，還要《魔笛》。我買這麼多應該會有優惠吧？」

「德國人都這樣以量制價？」阿德里安問道。

交付唱片數量確定，支票寫妥之後，阿德里安陪托瑪斯走到門口。

「夫人都會陪你到紐約嗎？」他問道。

「不一定。」托瑪斯回答。

他和阿德里安握手時，他看見這位唱片行老闆臉紅了。他突然想到，他已經太老，就算臉紅，人家也看不出來了，但他仍然希望對方看不出他的心情有多麼激昂。

第二天，他們找了兩輛車在碼頭等他們。那是溫暖的十月天，他們開始在人群中梭巡。看見沒有一大群記者等著歡迎阿爾瑪·馬勒和法蘭茲·威爾佛時，托瑪斯鬆了一口氣。

他一直在讀古斯塔夫·馬勒和他妻子之間的書信集，他發現阿爾瑪的寫作風格不受羈絆，沒有保留。他覺得紐約媒體最好不要給她機會公開發言。

「我媽非常喜愛她，」卡蒂亞說，「但媽愛所有名人。我無法想像阿爾瑪·馬勒竟然會與奈莉一起旅行。但也許海因里希和戈洛會從中調停。我還是不瞭解他們五個人怎麼會同行離開。」

「我也不懂，」托瑪斯說。「看來該是在法國遇見阿爾瑪和威爾佛，決定一起離開。」

他們問了幾名乘客是否剛從新希臘號下船，得到肯定的答案，船一小時前就靠港了。

「一定是行李耽誤了，」托瑪斯說。「阿爾瑪·馬勒絕對有行李。」

「還有奈莉，你那個大嫂，」卡蒂亞說，「一定跟海關官員說了一些不恰當的話。」

人群漸漸散去後，他們走到乘客會出現的大門。終於，戈洛領頭，五個人都出現了，看見海因里希變得如此蒼老，托瑪斯很震撼，也訝異法蘭茲．威爾佛竟然是個乖戾難搞的傢伙。同時，奈莉則很像某人年輕有活力的小女兒。

阿爾瑪．馬勒向前擁抱托瑪斯與卡蒂亞。其他人擁抱、親吻或握手時，戈洛站在一旁。

「我只想要熱水澡，一杯粉紅杜松子酒，以及一個好的調音師可以調平臺鋼琴。」阿爾瑪說，稱讚紐約市與它清新的氣息。「但我想從熱水澡開始，旅館女僕應該不會沒在做事吧？」

「我也想加入妳，」奈莉碰碰阿爾瑪的肩膀。「沒錯！熱水澡！」

「妳可不能加入我。這我可以向妳保證：我們逗留紐約時，所有可能發生的新鮮事，妳都不會受邀其中。」

奈莉勉強擠出笑容。

「我受夠妳了，」阿爾瑪繼續說。「大家都受夠了。」

她轉向海因里希。

「叫這個叫奈莉的女人自己走。我相信她這種女人在紐約應該可以找到事做。」

托瑪斯注意到，戈洛盯著阿爾瑪，她走向威爾佛，將頭靠在他身上，一隻手摟著他的脖子，另一隻手牢牢提著一個舊的公事包。依偎在他身邊時，她發出滿足的咕嚕聲。

「能安全抵達眞是太好了。」她說。

「我們該去搭車了，」卡蒂亞說。「我們找了兩輛車等我們。妳的行李隨後再跟上，我們有請司機安排貨運公司。」

「我們沒有行李，」海因里希說。「就是你們看到的這些。」

他指著幾個破破爛爛的箱子。

「我們什麼都沒了。」奈莉說。

看過那些行李後，托瑪斯看見奈莉的褲襪有破洞，一隻鞋子沒了鞋跟。威爾佛的鞋子也開口了。他抬頭，發現戈洛還在盯著自己看，他走過去擁抱他。

「紐約愛樂樂團有一位先生，」阿爾瑪說，「答應與我們見面。他為我們預訂了一家旅館。假使他在接下來的三十秒內沒有出現，他的管弦樂團就可以跟古斯塔夫的作品說再見了。」

他們走向汽車，看見有個男人拿著寫有「馬勒」的牌子。

「就是我本人，」阿爾瑪對男人說，「你要是原本站在更容易讓我看見的位置，我會比現在更心平氣和。現在我更相信，美國最好不要捲入戰爭。它與其說要幫忙，還不如說綁手綁腳。」

卡蒂亞示意托瑪斯盡快上車。

阿爾瑪走在他身邊。

「別理會你家那個臉僵、噘嘴、拒人於千里之外的兒子。他只是不相信我們到得了美國。這趟真是冒險。」

她勾住托瑪斯的手臂。

「人人都喜歡戈洛，」阿爾瑪繼續說道。「即使他什麼事也沒做，怎麼會這樣？他不說話，笑也不笑。但大家都不介意。船上的服務生都好喜歡他。邊境官員也覺得他可愛，不認識的陌生人都找他講話，就連可怕的奈莉也好疼愛他。我希望我能親眼看到她離開。我花了一星期的時間想瞭解她之所以這麼可怕的原因。海因里希明明是個講道理的聰明人，一定是衝動加瘋狂吧，人人總有這種時候，結果娶了奈莉。瞧瞧我，嫁的全是猶太人。」

走在前面的卡蒂亞，聽到最後一句話時，震驚轉身回頭。

阿爾瑪發出響亮笑聲。

走到車子旁時，阿爾瑪和威爾佛承諾會很快到普林斯頓拜訪。與其他人告別之前，阿爾瑪吻了托瑪斯的嘴唇。

等到阿爾瑪隨那位愛樂樂團的不悅男子搭車離去後，海因里希說他也想跟托瑪斯和卡蒂亞回普林斯頓，奈莉和戈洛會搭後面的車。

他們一穿過荷蘭隧道，托瑪斯就明白爲什麼海因里希想和他們獨處。

「我想救咪咪和蔻琪。」他說。

海因里希的女兒蔻琪，托瑪斯心想，現在大概是二十出頭了吧。

「她們在哪裡？」托瑪斯問。

「她們還在布拉格。」

「情況如何？」

「對他們這些人，情勢越來越緊迫。咪咪是猶太人，因為我而更惹人注意。咪咪寫給我的訊息都很絕望，這些奈莉都不知道。我和瓦里安．弗萊談過，他說我應該和你談談。他大概知道你很有本事。」

托瑪斯知道，要幫助哥哥的前妻和女兒脫困並不容易。

「如果你可以給我她們的一些細節，我會提出交涉。但我不確定——」

「有時候，」卡蒂亞打岔，「事情進展很慢，然後一下子變快，所以你不要特別擔心。」

托瑪斯眞希望她沒有這樣說。這表示他們眞的可以為咪咪和蔻琪做點什麼。

「你多久沒見到咪咪了？」托瑪斯問。

「有一陣子了，」海因里希說。「我十年前早該知道這一切都會發生。我明明警告了很多人。」

「我們能在這裡落腳，已經很幸運了。」卡蒂亞說。

「我太老，已經無力改變什麼了，」海因里希說。「也不能留在法國。我們離開飯店的第二天就聽說他們找上門了。就差那麼一天。」

「法國警察？」

「不，德國人。我們原本會被直接帶回祖國。你寫書，寫小說，發表演講，結果成了法西斯分子的大獎。更可怕的是，我也把奈莉牽扯進來，還拋棄了咪咪和蔻琪。」

他們一回到家，便把莫妮卡的遭遇告訴戈洛。他不停想到她丈夫在她面前溺水的畫面。

「你剛剛經過那趟航程，」卡蒂亞說。「或許該由你寫信給她。我們都寫了，但艾芮卡說，這可憐的孩子到現在還是難以入睡或平靜下來，一直在哭。」

「要是我也會一直哭，」戈洛說。「被魚雷擊沉！眞的難以想像。」

晚餐前，戈洛到書房找托瑪斯。

「美國會宣戰嗎？」他問。

「這裡強烈反戰，」托瑪斯說。「或許倫敦大轟炸會改變這一點，但我不確定。」

「他們一定要參戰。你表明立場了嗎？」

托瑪斯一臉狐疑地看著他。

「你又開始不發表意見保持沉默？」戈洛問。

「我是在爭取時間。」

他原本想說明，自己不願意冒險在戈洛、海因里希和奈莉還沒有抵達美國前，批評美國政府，但他想戈洛也應該發現了。

「爲什麼沒有人提到克勞斯？」

「他在紐約。」

「他爲什麼不來見我們？」

「我們跟他已經有一段時間沒聯繫了。他從這間旅館搬到另一間旅館。媽媽也沒有找到他。」

托瑪斯已經忘記二十一歲的邁克與比他大十歲的戈洛有多親近。戈洛一到，兩人就擠在一起，無視所有人的存在。當葛蕾和寶寶加入他們時，戈洛立刻摟住他的弟妹，用驕傲與有趣的神情打量小嬰兒。他要求讓他抱抱小孩，抱起小弗里多後，戈洛便來回輕搖他。

寶寶在另一個房間熟睡後，托瑪斯望著戈洛在晚餐時認眞對葛蕾說話，確保她不覺得自己被曼家人冷落。托瑪斯心想，戈洛眞是體貼孝順，當年媽媽在療養院休養，爸爸又一心只想寫書，在乎戰爭，加上兄姊隨心所欲恣意妄爲，只有戈洛細心照顧莫妮卡。

「普林斯頓最棒的，」邁克說，「就是爸爸可以進入圖書館，想借幾本書都行。」

卡蒂亞鼓勵邁克和葛蕾第二天出去吃午餐，將弗里多留給她。她禁止戈洛將他從嬰兒床抱出來。

「如果我不抱他，怎麼跟他親近？」

「你父親喜歡坐著看他。若我們將邁克和葛蕾趕出房間，他就會這麼做。」

「這難道不會嚇到那個可憐的孩子嗎？」戈洛問道。

「他才不像家裡的其他成員，」托瑪斯說，「弗里多的個性很好。」

「這樣讓我更想抱他。」戈洛回答。

他彎下腰，對著嬰兒低語。

「我是你逃離納粹魔掌的伯公。」

「不要在嬰兒面前說這種話！」卡蒂亞說。

「我是你重回家人懷抱的伯公。」

托瑪斯等到邁克、葛蕾和寶寶到紐約，才拆開新唱片。當他放荀白克的唱片，它甚至比邁克的中提琴演奏更具渲染力。他真希望自己手邊有樂譜，才會看出技術上的差異。通常他買新唱片回家後，卡蒂亞會留在房間聆聽，但這次她只站在門口一會兒，然後回到廚房。

接下來的幾天都在下雨，房子內外都很吵。奈莉沒待在房間，而是想找人傾訴。托瑪斯興味盎然地看著卡蒂亞很有技巧地避開與她長時間接觸。假使托瑪斯聽見奈莉的腳步聲，也不會從書房出來。卡蒂亞曾經警告奈莉，無論任何情況都不要打擾他。她曾經加入戈洛，翻閱他多年精心收藏的書，戈洛把書和自己直接搬到閣樓。

過了一陣子，奈莉開始找僕人說話。

法蘭茲．威爾佛打電話過來時，托瑪斯邀請他與阿爾瑪前來共進晚餐。海因里希、奈莉和戈洛聽到邀約都出聲抱怨。

「我們原本過得很平靜美好。」戈洛說。

「這對我們大家都好，」卡蒂亞說，「你們拿出自己的最佳表現吧。」

阿爾瑪一身潔白，掛了一串昂貴珍珠。威爾佛走在她身後。他看著托瑪斯，似乎深信自己很快就會被驅逐出去。

阿爾瑪甚至在第一杯酒出現前就開始說話了。

「我們在紐約一直很忙亂。每天晚上都是。午餐一頓接一頓，很多出遊行程。在維也納，你們也知道，大家都因爲我第一任丈夫認識我，但在紐約，他們熟悉的是我自己的作品，特別是我的歌曲。

當然，我不是指每一個人，但只要圈內人都認識我。大夥一窩蜂找到我們住的旅館。我的寶貝都累壞了。」

她指向威爾佛。

飲料送來時，她起身。

「我現在得去參觀你的書房，」她對托瑪斯說。「我總是喜歡看我的男人在哪裡工作。」

他走到書房的路上經過卡蒂亞，她丟給他一個眼神，似乎在說他的朋友們實在令人印象深刻。

「哦，這太神奇了，」阿爾瑪說。「門很堅固。美國人的門通常都是用最廉價的木材製造。你確實需要好門，特別有那個奈莉在。」

托瑪斯覺得自己該改變話題了。

「我在馬勒過世前正好遇到了妳和他，」托瑪斯說。「我不知道妳是否還記得。我在慕尼黑參加他第八號交響曲的排練場。」

「那時我就認識你了。或者我知道你在場。你和你的妻子是慕尼黑歌劇院的常客。大家都認得你。你能大駕光臨他也覺得很榮幸。我總是把第八號交響曲稱爲蘋果交響曲，因爲它全都是蘋果花和蘋果派。那些合唱團就像是大量的肉桂和糖粉。在那段時間，我從來就不得安寧。」

「我認爲那是偉大的作品。」

她走近他，握住他的手，然後背對著門站著。她似乎很興奮。

「我那時就突然想到，」她接著說，「你我本可以是很相配的一對。你和我。我原本就期待可以嫁給一個體面的德國人，你如此外向坦率，不像古斯塔夫或威爾佛陰鬱沉悶。格羅佩斯[14]也是一樣，儘管他不是猶太人。幾千年累積的哀傷終究會壓垮一個人的。」

托瑪斯想，也許他該警告她不要在紐約任何場合公開重複這些觀點。

「我會很樂意為你持家，」她繼續說道。「我一直認為你比你哥哥更帥氣。現在我離你這麼近，更確定了我的想法。」

此時最英勇的作法或許是說些什麼作為回報。相反地，他確保自己記住她說的每一個字，好待他稍晚對卡蒂亞轉述。

回到餐桌上，阿爾瑪大放厥詞，從一個話題跳到另一個話題。

「我認為那些說自己生病的人有責任真正病倒，」她說。「假使古斯塔夫的鼻子長了痘痘，他就確信自己快沒命了。他對自己的信念很有把握，而他也確實英年早逝，有病在身。在他真的倒下來之前，他已經病了好幾次了。」

托瑪斯心想，她竟然這樣描述馬勒，真的非常詭異。他已經去世三十年，躋身於偉大作曲家的萬神殿。阿爾瑪隨意談論他，把他當成無助沒用的孱弱生物。他打量她眼中的光采，想必她這喋喋不休的談話方式也照亮了馬勒的人生吧。

「古斯塔夫也會像你剛才那樣沉默不語，蘊含力量的沉默。我問他在想什麼時，他會回答：『音符，顫音。』那你呢？」

「字彙，句子。」托瑪斯說。

「我和我的寶貝希望你和卡蒂亞搬到洛杉磯。我們決定要在那裡落腳。寶貝要寫劇本，或者至少是想寫劇本，我們已經有一份名單，除了荀白克夫妻，沒人可以好聊。」

「荀白克一家是什麼樣的人？」托瑪斯問道，藉此轉移眾人的注意力，因爲計劃搬到洛杉磯的海因里希與奈莉並沒有列在阿爾瑪的名單上。

「就是很維也納。」

「什麼意思？」

「一心只關心音樂。其他都不重要。哦，除了孩子們。他也關心他們的發展，她也是如此。他們很死腦筋，只會用『有趣』這兩個字。維也納就是這樣。」

托瑪斯注意到對桌奈莉的洋裝肩帶已經滑落，露出胸罩的一部分。阿爾瑪．馬勒挑釁的語氣讓他想起自己回不去的德國，托瑪斯也無法理解奈莉的魯莽粗鄙。阿爾瑪像是慕尼黑咖啡館會看見的波西米亞年輕女孩，奈莉則是將在商店或酒吧工作的德國女性風格帶到了大西洋的這一邊，一種輕浮卻又處處看不起人的態度，這多少顯示她看穿了大部分人的僞裝。

他傾聽兩個女人的口音，感覺很像童年時一次吃不同種類的食物。

「我渴望加州的陽光，」奈莉說。「大家應該都是這樣吧？洛杉磯到處都是汽車，我熱愛汽車。人們談論美國時，語氣總是很雀躍。說眞的，這些人應該是沒來過普林斯頓吧！我只能這麼說！上星期我眞的很想喝一杯。不是果汁汽水，而是到酒吧喝酒。結果我走到街上，看見什麼？一間酒吧都沒有，我問了一位男士，他告訴我普林斯頓沒有酒吧。你們相信嗎？」

「妳自己出去找酒吧？」阿爾瑪問。

「對。」

「在維也納，我們對這種女人有一種特定稱呼。」

奈莉站起來，緩緩走出房間，她沒吃完自己的餐點。

「在所有第二維也納樂派的作曲家中，」阿爾瑪直接對著托瑪斯說，「最有才華和原創性的就是魏本[15]。但是當然，他不是猶太人，所以他得到的關注最少。」

「但他一齣歌劇也沒寫過。」戈洛說。

「因爲沒有人要求他這樣做。爲什麼？因爲他不是猶太人！」

卡蒂亞將兩手放在桌上，大聲嘆氣。海因里希和威爾佛看起來都很不自在。

「我的妻子，」威爾佛說，「每次喝了一些酒，就喜歡說猶太人的壞話。我原本希望她不要把這個壞習慣帶來美國。」

另一個房間傳來碎裂聲，唱機的唱針滑上金屬，由於音量調得很高，這噪音令人難以忍受。接著則是唱針被粗魯地放上唱片，傳來的刺耳搔抓聲，爵士樂旋律穿過室內。

卡蒂亞大喊：「關掉！」

奈莉手裡拿著一杯飲料走進餐廳。

「我決定讓今晚有點情調。」她說。

她穩穩走到海因里希背後，摟住他的脖子。

「我愛我的海因里希。」她說。

卡蒂亞走進另一個房間，闔上唱盤。

「我認爲我妻子該上床睡覺了。」海因里希說。

他站起身時有點踉蹌，彷彿哪裡不舒服，他拿走奈莉的飲料，將它放在桌上。然後他抓住她的手，親吻她的臉頰，倆人走出房間，沒有對任何人說晚安。

他們上樓時，還可以聽見腳步聲。

「我就說了，」阿爾瑪繼續，彷彿不在乎剛才被人打斷，「舒曼的作品向來不熟悉。我不喜歡他的交響樂。我不喜歡他的鋼琴曲。我不喜歡他的四重奏。不只如此，我不喜歡他的歌。我相信人可以用歌曲評判作曲家的本領。我丈夫的歌很精緻，舒伯特的歌也很好。我也愛法國歌曲。還有英文歌曲。還有幾首俄羅斯曲子。但舒曼什麼都沒有。」

「我父母喜歡他的《詩人之愛》，」卡蒂亞說。「我們常常在家裡放這一首，我會很想再聽一次。」

戈洛開始吟唱：

我的眼淚綻放了
數不清的盛開花朵，
我的歎息變成了
夜鶯的齊唱。

「啊，海涅，」阿爾瑪說，「他是位美妙的詩人，舒曼會找上他，眞是太聰明了。但無論如何，我都對它都沒有感覺。如果洛杉磯可以如我預期，讓我不聽到舒曼，那麼我就是全世界最幸福的女人了。」

大家後來沒有再提到奈莉自行跑去放唱片的事。阿爾瑪和威爾佛在托瑪斯找來的車子抵達後就離開了。他們請曼氏夫婦承諾會考慮搬到加州，當彼此的鄰居。

「但是不要有舒曼，請注意！」阿爾瑪大喊。「不要有舒曼。」

她唱著他某首歌的開頭，上了車。

戈洛準備進房時，卡蒂亞請他和托瑪斯隨她進餐廳，他們可以在此關上門，不被人聽見。

「我有三個詞可以送給她，」卡蒂亞說。「眞不敢想像萬一消息走漏出去，會替這個家族上下帶來多大的恥辱，海因里希．曼夫人竟然獨自在大街徘徊找酒吧。她是蕩婦。她是婊子。她是下女。更糟的是，她竟然還演了一齣鬧劇給阿爾瑪．馬勒看。眞不知道阿爾瑪會如何看待我們。」

「阿爾瑪也有見不得人的時候。」戈洛說。

「她是生命鬥士，」卡蒂亞說。「她經歷了這麼多。」

「妳是說，失去了兩個丈夫？」戈洛問。

「據我所知，她對馬勒忠心耿耿。」托瑪斯說。

「看來，她要好一陣子才會同意再來我們家，」卡蒂亞說。「很期待接待他們。你也知道這裡很寂寞，戈洛！」

第二天早上，托瑪斯在書房時，卡蒂亞開了門，又關上身後的門。她看起來很焦慮。她才將海因里希與奈莉送到車站，讓他們到紐約添購衣物。托瑪斯推測，她是來告狀奈莉做了些什麼。

「不，不是奈莉，是戈洛。剛才我和他一起喝了杯茶，他說了一些我認為你應該聽到的話。我讓他在起居室等。」

戈洛在父母走進房間時完全沒有抬頭，專心看手上的書，儘管托瑪斯確信他一定聽到了他們的動靜。

「這不是我安排的戲碼，」戈洛說。「媽媽問我對昨晚有何想法，我覺得自己毫無選擇，只能讓她知道。」

托瑪斯注意到他語氣超齡了，甚至很像肅穆的神職人員。他坐在扶手椅，雙腿交叉，嚴肅看著他們倆。

「你不知道我們離開法國的細節，因為我們都不願回想，」戈洛說。「但有些事你應該知道。我們與威爾佛和阿爾瑪見面時，她帶了二十三只行李箱。二十三！她、威爾佛和行李原本得留在盧爾德。她唯一關心的只有那些行李箱的命運。瓦里安·弗萊告訴她，她或許有可能得徒步穿越庇里牛斯山脈，應該讓盡量自己不起眼時，她問他誰會提她的行李。」

戈洛盯著遠處，然後繼續。

「馬勒夫人隨身攜帶的那個公事包，放著布魯克納第三號交響曲的原始樂譜和一綹貝多芬的頭髮，那是贈送給她先夫的禮物。我不知道她打算用頭髮做什麼，但我知道她計劃如何處理布魯克納的原稿。她想把它賣給希特勒。希特勒也想買。我說的希特勒，就是阿道夫·希特勒。他們甚至談好價錢了。問題是她想要現金，而德國駐巴黎大使館沒有足夠現金滿足她的需求。但她已經準備將它賣給希特勒，他至今仍然非常關切布魯克納原稿的命運。」

「當然這只是她隨口說說的吧？」托瑪斯說。

「可以問她。她會把往來信件給你看，」戈洛回答。「她不覺得丟臉。我們從法國到西班牙的旅程中，她完全沒有羞恥心，那趟路的艱難遠超過我們預期，必須攀登陡峭岩壁。嚮導很緊張。我真的不確定他們是否帶我們刻意繞路，避免我們被人抓到。我們衣服都穿錯了，阿爾瑪簡直打扮得要去參加舞會。她的白色洋裝就像投降的白旗，好幾哩外都看得一清二楚。我們出發後，她開始尖叫，說她要回頭。一路她不斷辱罵威爾佛。她給猶太人起的綽號足以媲美奧地利人。」

戈洛住了嘴，盯著父母。有一會兒，托瑪斯以為他努力忍住淚水，後來他注意戈洛收拾好情緒了。

「更驚悚的是，」戈洛說，「我們昨晚還忍受阿爾瑪的陪伴。我們穿越庇里牛斯山脈的旅程中，奈莉真的是最善良仔細的同伴，她愛海因里希，她真心愛海因里希，她也把這一點表達得很清楚。她甚至幫我背他，在他虛弱得無法繼續前進時抱著他。她對他很體貼，我們休息時，她不斷安撫他。她是最優雅溫柔的人。在海上航行時，伯父待在艙房畫女性肖像，奈莉告訴我，當他從柏林逃到法國時，他其實已經丟下了她。他讓她從他的銀行帳戶領錢，替他解決大小事務，這些讓她處於險境，她甚至一度被捕，也幸運逃脫了。結果，阿爾瑪擔心的只是她的行李。瓦里安．弗萊幫忙拿了一些越過邊境，她再從巴塞隆納將它們寄到紐約。瓦里安在行李問題上對她很有耐心，他拯救我們的方式很聰明。往後，世人應該要知道他為我們做了些什麼，又有多麼英勇。但現在，在這間屋子裡，我堅持奈莉的所作所為也應該被你們體諒理解，她的溫暖好心值得適當的讚美。我不想聽到她被叫做蕩婦婊子或任何其他綽號。她是個好女人。我希望人們知道這一點。沒錯，她確實是下女，我相信，由於我們正在流亡，所以，我們應該沒有把當初住在慕尼黑時，戕害我們人生的勢利眼態度也帶來了吧？」

托瑪斯決定讓卡蒂亞做出回應，但她一言不發，他知道自己該說點話。

「我相信奈莉非常好。她也是家族的一分子。」他說。

「我們有共識就好，」戈洛說。「我堅持大家必須尊敬她。」

托瑪斯有股衝動想問戈洛，他如今是住在誰的屋簷下？是誰的安排令他安全無虞？當他成天讀圖書館的書時，是誰在支持他？他甚至想追問，家族在慕尼黑的人生又是如何被戕害了？

相反地，他只是冷冷凝視兒子，勉強擠出笑容。他領著卡蒂亞從起居室走回書房。兩人關上門，默默坐著，直到卡蒂亞起身離開，留下托瑪斯獨自繼續早上的工作。

12 瓦里安・弗萊（Varian Fry, 1907-1967），美國記者，在一九四〇年間，組成緊急救援委員會，幫助佔領區的歐洲難民移民至美國。（編按）

13《我們耶穌的身體》為布克斯特胡德譜寫的清唱劇。（編按）

14 沃爾特・格羅佩斯（Walter Gropius, 1883-1969），德國建築師，創辦包浩斯，阿爾瑪的第二任丈夫。（編按）

15 安東・魏本（Anton Webern, 1883-1945），奧地利作曲家，第二維也納樂派代表人物之一。曾師事荀伯格。（編按）

第十三章

太平洋帕利薩德 一九四一年

莫妮卡從英國剛到普林斯頓時，托瑪斯和卡蒂亞一開始都不知道如何安慰她。托瑪斯初見她時，原本以為眼前的她是崩潰、震驚，深受折磨的狀態。他將她拉近，擁抱她。原本想開口，告訴她她的遭遇有多令人難以想像，也想哀悼她的喪夫之痛。但當他準備說話時，她大叫：「房子太大了。我們家就是這樣，眞希望我們能住一間小房子，就跟一般人一樣。媽媽，我們能不能搬到小房子？」

「就快了，親愛的，」卡蒂亞說。「就快了。」

「這裡也有僕人囉？」莫妮卡問。「全世界都在打仗，曼家還有僕人可以使喚。」

卡蒂亞沒有回答。

「我一直夢想有廚房。還有裝滿食物的冰箱。」

「我確信食物充裕。」卡蒂亞說。

「妳不累嗎？」托瑪斯問。他眞希望伊莉莎白在這裡，邁克和葛蕾也好，總是這樣，他心想，需要邁克時，他卻從來不在。

戈洛出現在門口時，妹妹退縮了。

「不要接近我。不要抱我，」她說。「爸爸剛才就這麼對我。好像被死鱒魚抱住，我得需要好幾年才能復原了。」

「比在大西洋被魚雷擊中更糟？」戈洛問。

「更糟！」莫妮卡說，開始大笑尖叫。「我需要救援，拜託。幫幫我。找消防隊。媽媽，美國有消防隊嗎？」

「是的，有的。」卡蒂亞平靜回答。

★

托瑪斯準備離開普林斯頓，放棄這個樹木光禿、日照稀少的世界時，想到可以再次搬家，也許也是人生最後一次搬家，就讓他興奮不已。

他一宣布要離開普林斯頓大學，午餐或晚宴的邀約就越來越少了。他拒絕繼續接受普林斯頓的善意款待被同事視爲背叛行爲，想來他們因此也不想找他了。他本來是彰顯這群人眞心關切德國現狀的珍貴例證，所以也是他們家中常客。卡蒂亞告訴他，她遇到這些人的妻子時，她也有同樣被邊緣化的感受。

這裡的人們總是言談中暗指他要搬往美國蠻荒地帶，這令他莞爾。幾次拜訪洛杉磯時，他與卡蒂亞注意海濱住宅無論買或租都非常便宜，花園寬敞開闊，天天晴空萬里。

他們的熟人對這個城市大多持正面評價，海因里希和奈莉發現無論是租屋還是租車都很方便，儘管華納兄弟方面並沒有進行得很順利，他們沒有意願將海因里希的作品改編成電影，但大哥回信告知，無論如何，自己有時感覺彷彿置身人間天堂。

「當地住了許多德國流亡人士，這是一份大禮，也有點麻煩，」卡蒂亞說，「但那些麻煩讓我處理就好。」

「我只看到麻煩。」托瑪斯說。

托瑪斯很驚訝自己會收到尤金·邁耶的短信，他約托瑪斯到紐約尼克博克俱樂部見面，時間可以透過邁耶祕書電話安排。托瑪斯和卡蒂亞住在邁耶宅邸時，尤金就像布景，讓艾格尼絲擔綱餐桌女主角。尤金和托瑪斯會討論紐約往來普林斯頓與華府的怪異火車時間表，但托瑪斯注意，即使對這些世俗事務，尤金也沒有有趣的話可說。

托瑪斯在約好的時間抵達尼克博克俱樂部，被請進一個明亮的大房間，裡面擺了許多沙發和扶手椅。起初，他以爲室內空無一人，但後來他看到尤金·邁耶獨自坐在不起眼的角落。尤金起身，嗓音低沉。

「我原本該到普林斯頓見你，但是我們在那裡太惹眼。」

托瑪斯點頭。他沒說出口的是，他有可能被人認出來，尤金倒是不用擔心這一點。

「有人請我找你聊一聊。」尤金開始，頓了一下，似乎在等托瑪斯反應。

「誰？」托瑪斯問道。

「我沒有權利表明對方的身分。」

那一瞬間，托瑪斯眞心希望艾格尼絲．邁耶在場，鼓勵丈夫不要那麼謹愼。

「你可以把我說的這位人士視爲一個非常有權勢的人物。」他補充說。

侍者送上茶，兩人一言不發。

「對方需要你知道，美國最終還是會參戰。雖然輿論強烈反對，國會也不贊成。目前，最有影響力的遊說團體也宣稱我們應該遠離戰爭。所以，不能引起太多輿論抨擊，甚至讓國會起疑，現在，國家政策是對難民關閉國門，但不僅是對單次危機的回應而已，它屬於戰略的一部分，未來，美國會選擇在時機成熟時參戰，一舉贏得民眾支持，萬一國內繼續收容難民，只會讓群情激動沸騰。當前的國際社會期待美國在某個時候會被挑釁參戰，也許不會照劇本演，但這應該是大家都同意的計畫內容，所以，此時最不需要的就是針對難民政策的嚴正抗議，或者其聲呼籲政府，要求立即參戰。」

尤金說話時，托瑪斯看出這位報業鉅子語言直接簡單明瞭，不加保留，毫無退卻。他不知道《華盛頓郵報》的社論是否也都一字不漏按照尤金口述刊登。

「你希望我無顧事態發展，繼續保持沉默？」托瑪斯問道。

「他們希望你也成爲戰略的一部分。」

「我爲什麼要這樣做？」

「他們很看重你。你在公共場合演說，接受採訪，往往都是大眾注目的焦點。我從來沒有聽過你的公開演講，但我妻子說，你將兩件事解釋得非常清楚：第一，我們必須打敗希特勒。第二，德國民主制度必須重建。你不斷激勵美國聽眾。所以才算先向你透露我們當前的戰略。」

「謝謝你告訴我。」

「你可以成爲新德國的國家元首。我應該不是第一個告訴你這些的人。」

「我只是一個可憐的作家。」

「不是這樣的，你是公眾人物。這一點你要有自覺。你代表的未來沒有人可以取代。布萊希特或你大哥根本比不上。我也不認爲你兒子曾經思考過這一點。」

托瑪斯微笑。

「對，我想沒有。」

「你不需要保持沉默，只希望你以大局爲重，處處警惕謹慎。沒有人要求你與政策對立，也沒有人要你不發言支持美國參戰。我們只是想要你知道，當前局勢都有戰略考量。」

「這個訊息來自總統嗎？」

「羅斯福先生很期待再次見到你和你的妻子，我們也討論過可以留宿白宮。他會知道我已經和你談過了，因此他不會再度對你重申我剛才說的話。同時，如你所知，透過我妻子，你若提出任何個人要求，我們都會認眞考慮，在能力可及範圍內，盡力幫忙。」

「德國流亡人士，包括我哥哥在內，在好萊塢遇到不少麻煩。很多人的合約無法續簽。有辦法做些什麼嗎？」

「我們連掌控華府都有困難了，在好萊塢幾乎沒有什麼影響力。」

「沒有？」

「一點點而已。我的妻子能夠爲你哥哥與華納兄弟牽線簽約，只因對方出自好奇，當時還有愛國主義撐腰，但續簽與否，其實已經不在她能力範圍之內了。第一次簽約她還得特別施加壓力。一年後，總不能再做同樣的事。他們是做生意的生意人。」

「能否提一下？也許看——」

「眞的，沒辦法。完全行不通。」

這是托瑪斯第一次看出尤金・邁耶的強硬，之前這種態度被仔細地藏起來。他幾乎享受起這位報業鉅子的臉上顯露世故精明的神情。托瑪斯現在才想到，也許不提華納兄弟才對，他早該詢問能否援助咪咪和蔻琪的。但是有點太遲了。

兩人站起來準備離開時，尤金靠近他。

「布蘭琪・克諾夫最近在華府，我們請她吃晚餐。她告訴我們，你的書賣得非常好，收入可觀，她說接下來替你安排巡迴演講，收益等同於一年薪水。我們很開心知道你的事業如此成功。」

托瑪斯沒有回應。

他與尤金分開後，越來越確信自己搬到加州的決定是對的。假使權力核心在華府，他離它越遠，遠離所有隱晦莫名的密謀伎倆，對他與他家人越好。

尤金・邁耶沒有說白，但他讓托瑪斯知道，其實作家正被暗地監視，有人會去聽他演講，審視他的訪談。他喜歡羅斯福，欣賞此人特質，但是當尤金・邁耶總是說羅斯福想找他談，卻連總統的名字都不能提時，托瑪斯反而不以爲然。

擔任臨時國家元首的建議只可以拿來跟艾芮卡分享，當作笑話來談；也許她的老爸爸不如外表看起來那麼不牢靠，至少在某些人眼中是如此。他笑了，想到那群深信他能勝任國家元首的人們，可能還對許多議題很有自己的定見，但它們肯定不是最有邏輯或最明智的。

★

托瑪斯對於搬家工人的速度嘖嘖稱奇，他們對每件物品都小心翼翼，甚至制定了一套整理藏書的系統，好讓托瑪斯抵達加州時，一切井然有序。當他們要將他的書桌從書房搬出來時，他很想告訴他們，它可是一路從慕尼黑跟他到美國的。包裝燭臺時，他也想分享它從呂貝克漂洋過海到美洲的經歷。但搬家工人沒時間聽故事。傢俱即將橫越美國。沒幾小時，房子就被掏空了，彷彿這裡從來沒住過人一樣。

在洛杉磯安頓下來後，他與卡蒂亞同意到聖塔莫尼卡附近的太平洋帕利薩德看一處待售的房產。他們一直在租屋，如今決定要自己蓋房子。他們找了朱利葉斯．戴維森當建築師，因爲他們看過一棟他改造過的貝萊爾宅邸，重要的是，他們喜歡他冷酷犀利的光環。他總習慣在說話時將目光移開，彷彿得好好消化彼此的對談，然後在他們等待回應時，若有所思地盯著遠方。

「我們的建築師有神祕的內心世界，」卡蒂亞說，「這樣很好。」

托瑪斯和卡蒂亞和戴維森在地基走動，想像房子就要拔地而起。托瑪斯夢想著自己的書房，書桌與書櫃會放在哪個位置。

他注意戴維森的穿著向來俐落帥氣，忍不住想讓卡蒂亞問他在哪裡買西裝。但等到他眞的開口，只記得提醒戴維森，不希望在書房看見落地窗。

「我想要昏暗，黑影，」他說。「我用不著看外面。」

他模仿自己伏案寫作的模樣。

「我還需要討論你提到的內嵌式唱盤，」托瑪斯說。「在盛夏時，我想讓悲傷的室內樂響亮清晰，喚醒冬天的回憶。」

儘管他們討論時都用德語，但戴維森看起來很美式風格。就連他的步伐，也看不出德國人慣有的猶豫戒愼。他像個從小在偌大草原長大的男孩，他已經是道地的美國人了。他瞭解都市計畫法規，許多政府官員至今還將洛杉磯視爲鄉下地區規劃。此外，他對金錢的態度非常自在，德國人不會這麼做。

托瑪斯突然想到，或許自己的孩子之一，也會浸淫美國的社會文化，此時當孩子們一個個浮現他腦海時，他知道他們仍固守條頓族的精神與美德，但前提必須是這舊時風俗依然不滅。

「直到我用步伐測量，才知道這塊地沒有那麼小，」卡蒂亞說。「其實很寬闊。」

「它的居住空間不算大，」戴維森說，「但舒適明亮。適合全家人入住。」

他們在地基走動，走到哪裡都能瞥見山脈景緻與聖卡塔利娜，托瑪斯注意到角落站了一棵光禿禿的小樹，樹枝上掛著腐爛的黑色果實。他問戴維森那是什麼。

「石榴。上面的果實已經被鳥兒挖空了。拜蜂鳥之賜，它春末時會開花，等到初冬就會有石榴了。」

托瑪斯離開戴維森和卡蒂亞，假裝要檢查房子後方。在呂貝克，石榴通常隨著運載蔗糖的貨輪抵達；它們裝在木箱，用米紙單顆包妥。連續好幾個月，母親會想辦法將石榴摻入每一道菜餚、沙拉，或放入醬料與甜點。隨後，它們便消失一陣子，母親會要求父親詢問，但沒有人能預測石榴下一次何時才能再次出現在呂貝克。

他知道該如何剖開石榴，將飽滿的鮮紅石榴子裝進大碗。如果說這就是他從母親那裡習來的所有本事，那也就夠了，他想。她應該是從巴西帕拉蒂的廚房學來的。訣竅不是將石榴子挖出來，而是將果皮往後推，輕輕堅定地將籽擠出來，剝除它們周圍圓潤的白肉果皮。

他喜歡石榴的甜，吃到最後會有點酸澀，他愛它的色澤，但現在，他只能懷念母親望著石榴的喜悅神情，她的聲音，以及當她聽見巴西運來新貨物時的雀躍，她總是深信這一小部分的家鄉，也許是最好的那一部分，正在大海的另一端朝她招手，她能為此開心一整天。

搬到加州，他心想，他無意間選擇了居住在茱莉亞．曼會喜歡的地方。他想像自己會如何對海因里希描述這棵樹，看看大哥是否也記得那裝滿鮮紅果籽的大碗。到時候他得提防自己不要透露太多蓋房子的細節，這會加重海因里希的憂鬱，因為他最近才被華納通知編劇合約將不再續簽。

穿過草坪，戴維森和卡蒂亞正站在一棵高大的棕櫚樹旁，托瑪斯記得希臘神話也曾提到石榴的象徵意義。該是跟死亡有關，或是冥界，但他不確定。一旦他開箱藏書，將它們放上書架後，他要找到那本從慕尼黑帶來的希臘神話詞典。一旦房子完工，家人入住後，他會好好研究，期待到年底，他也能吃到早已在自己回憶中褪色的水果了。

一天午餐後，他照例小睡了一會兒，然後看點書。四點鐘，卡蒂亞已經將車備好，兩人開車到聖塔莫尼卡，沿著俯瞰沙灘的小路往下走到碼頭。

「我覺得很奇怪，」卡蒂亞說，「我們最小的孩子，他在我眼中根本還是個小男孩，結果第一個當了爸爸。不過在我還是邁克這年紀時，我早就生了艾芮卡。我應該要認爲這很稀鬆平常。但是沒有。眞不知道邁克會不會是他們這些兄弟姊妹當中唯一一個爲人父母的人。」

「伊莉莎白會的。」托瑪斯說。

「博格斯太老了，生不出來。」卡蒂亞說。

他們停下來，欣賞高高捲起的浪潮，蔚藍海面在晴朗天空下璀璨閃耀。托瑪斯的目光被附近一幕吸引。兩名穿著短褲的年輕人在沙灘上做體操。他們迎向海面，托瑪斯得以研究兩人強壯結實的背部與雙腿。他很樂意一直待在原地，直到天黑。

其中一人轉身時，看得出來此人敏銳嚴肅。托瑪斯站著觀賞了好一會兒，卡蒂亞在他身旁安靜無語，年輕人刻意朝他的方向瞥視。托瑪斯觀察他——光滑的胸膛、淺色的腿毛，黃金短髮，碧藍眼眸。表情卻成熟深思，似乎腦子沒有被加州白熱照得一片空白。

接下來的幾天，他日夜都在幻想那位年輕人如霍伊瑟當年那樣，走進他書房，也許是想討論書、國際衝突或德國文化傳承。他願意傾囊相授，試著提到他自己一開始如何試探以作家爲業的可能性，同時也想知道寫完一本書會需要多久時間。他會將自己和其他人的作品借給這位訪客，因爲他知道這樣可以確保對方再回來找他。他會陪年輕人走到門口，目送他沿著花園小徑離去。

莫妮卡到北加州找邁克與再度懷孕的葛蕾後，他們在租屋的生活平靜多了。但邁克寫信給卡蒂亞，抱怨莫妮卡是個天大的負擔。最細微的小事都會讓她開始絮叨不停，沒完沒了，無法閉嘴。他寫道，她不談論自己在海上的磨難，老愛提一些無關緊要的細碎小事，例如送貨員把雜貨搞丟，或是小狗無意闖入他家草坪。假使他要莫妮卡回到父母身邊，他也希望取得母親的諒解。

有一天，當他從書房走到客廳時，托瑪斯發現卡蒂亞和莫妮卡及戈洛正在來回檢視幾張莫妮卡拍的弗里多照片，小男孩已經一歲了。托瑪斯知道，卡蒂亞對於自己從未獲邀到邁克家裡，與葛蕾和弗里多共度時光不太開心。

他們將剛洗好的照片遞給他時，他本來以爲會看到他在普林斯頓大學時期的小嬰兒。然而，眼前這個小男孩活力充沛，面對鏡頭完全不怕生，幾乎是挑釁地望著它。托瑪斯看到了與伊莉莎白、戈洛及蔻琪同樣的方正顎骨，那張臉龐的堅硬線條與他父親的家族成員如出一轍，充滿嘲諷好奇的眼神完全複製了卡蒂亞。他更訝異的是，看來弗里多隱然已經爲這世界做好準備，未來無可限量。

「我們爲什麼不找他們來家裡住？」他問道。

「家裡空間不夠。」卡蒂亞說。

「我們爲什麼不寫信，說希望小弗里多當新房子的第一位客人？或者利用我們的魅力，看看他們是否會邀請我們和他們同住？」

「媽媽已經施展魅力了，」莫妮卡說，「沒有用。沒人邀我們去看弗里多。」

「恐怕是眞的，」卡蒂亞說。「但我確實要求莫妮卡不要跟任何人提這件事。」

「我不喜歡祕密或謊言。」莫妮卡說。

「也許妳少戳破或傳播它們，妳就比較會喜歡它們。」托瑪斯回答。

「你希望我們在你寫書時保持安靜嗎？」戈洛問道。他的語氣帶著嘲諷，近乎咄咄逼人。

「飢餓不會改善氣氛，」托瑪斯說。「我想大家或許吃一頓午餐會好得多。」

油漆工正忙著粉刷新房子，傢俱陸續抵達，包括一套先進精美的塞瑪朵爐臺。艾芮卡從倫敦飛回紐約後，搭火車穿越美國，到租屋處探視他們。她無視新房子的百葉窗與配色的討論，反而對戰爭滔滔不絕。

「我知道我有偏見，但英國女性眞的太讚，效率高超。男人出門打仗，那眞是個理想的完美社會。我參觀一家軍火工廠，年輕女性專注於她們的工作，很振奮人心，眞希望美國人能親眼目睹。」

卡蒂亞問她有沒有在紐約見到克勞斯時，她不置可否。

「他打算來看你們。」她說。

「來多久?」卡蒂亞問。

「他無處可去,也沒有錢。」

「我有匯錢給他。」

「他花光了。」

托瑪斯發現卡蒂亞此時暗示艾芮卡不要在他、戈洛與莫妮卡面前繼續討論這個話題。稍晚,他在書房看書時,卡蒂亞和艾芮卡出現了,關上了她們身後的門。

「克勞斯被警方找上。」卡蒂亞說。

「被逮捕?」托瑪斯問。

「不完全是,」艾芮卡插話道。「他想加入美國軍隊,必須接受調查,因爲他是德國人。結果,他們發現他嗎啡上癮,也是同性戀。他全盤否認。他會來要求你爲他求情。」

「找誰求情?」

「別問我。還有一件事我沒有告訴妳,母親。他們還問他有沒有亂倫。」

「亂倫?」卡蒂亞問道,然後開始大笑。「他們認爲他的幸運伴侶是誰?」

「克勞斯告訴他們,他們將他與他父親小說裡的人物混爲一談了。」

「沒錯,我記得你父親關於亂倫的那本小說。」卡蒂亞說。

「他們覺得,」艾芮卡補充,「克勞斯和我是雙胞胎。」

「他當然要告訴他們你們根本不是。」卡蒂亞說。

「所以你懂了吧，」艾芮卡站起來直視父親，「克勞斯糟透了。我迫不急待想遠離他。」

「但他想來這裡？」卡蒂亞問。

「他來的時候，我們還要記得，」艾芮卡說。「最好別提你有可能會訪問白宮。」

「爲什麼不要？」托瑪斯問。

「因爲他覺得自己應該加入政黨，向總統提供有關德國的建議。他也很敏銳，知道你在計劃寫一本浮士德的小說。」

「誰告訴他我打算寫浮士德的小說？」

「我。」艾芮卡說。

「也許這裡的安靜對他有好處，」卡蒂亞說。「戈洛個性平和自持，可以好好調和克勞斯的性格。」

「戈洛？」艾芮卡問道，放聲大笑。

「不會吧，他也服用嗎啡嗎？」卡蒂亞問道。「還是亂倫？」

「他在普林斯頓時，愛上了一位圖書館員。」艾芮卡說。

「那不是很好嗎？」卡蒂亞問道。「他們人都很好，普林斯頓那些圖書館員，我們見過這位小姐嗎？」

「是男的。」艾芮卡說。

「男的？」卡蒂亞問。

「男的。」艾芮卡重複。

「我問過他那些來自普林斯頓的信，」卡蒂亞說。「但他告訴我，都是通知書本借閱過期。」

托瑪斯注意到艾芮卡的臉泛紅。顯然她非常享受告訴他們這些祕密。他很想向她透露，他也清楚她在洛杉磯不僅是為了看望父母，還因為她與布魯諾．華爾特[16]有染，一個只比她父親小一歲的已婚男人。

這些資訊來自芝加哥的伊莉莎白。他已經習慣在星期六晚上打電話給他的小女兒，她正懷著第一個孩子。原則是他們只能講十五分鐘。他知道伊莉莎白經常與其他家人保持聯繫，也包括克勞斯，不過據托瑪斯所知，她並不知道大哥被警方約談了。

伊莉莎白和他交談時坦率直白，或許因為洛杉磯與芝加哥之間的長距離，兩人都很輕鬆自在。但他們這些談話彼此都有默契不會跟卡蒂亞分享。但伊莉莎白也會向母親吐露心事，兩人經常書信往返，所以卡蒂亞也發現一些托瑪斯原本以為都該保密的孩子們的私事。

當伊莉莎白告訴他艾芮卡與布魯諾．華爾特的緋聞時，托瑪斯原本以為她搞錯了，可能艾芮卡是跟華爾特的女兒之一有染，畢竟她們都是朋友。

「不，是她父親。」伊莉莎白說。

「我不認為她喜歡男人。」托瑪斯回答。

「她喜歡布魯諾．華爾特。你現在有兩個女兒喜歡與你年齡相仿的男人在一起了，有沒有受寵若驚！」

「莫妮卡呢？」

「到目前爲止，跟老頭子談戀愛似乎不是她的偏好。」

「妳的婚姻如何？」

「完美極了。」

「就算不幸福，妳也不會告訴我吧？」

「我什麼都告訴你了，但你一定不能跟媽媽提到艾芮卡的事。她會認爲自己徹底失職，家裡有三位同性戀，或兩個同性戀者加一個雙性戀。兩個喜歡老頭作伴的女兒。然後還有莫妮卡。」

「還有邁克。」托瑪斯說。

「是的，終於有正常的孩子了。」

「他總是心懷怨恨。」

「很合理。你又沒特別疼他。」

「我也沒特別疼妳。艾芮卡與布魯諾．華爾特多久見一次面？」

「想見就見。」

「他的妻子知道嗎？」

「是的。但就這樣了。」

「妳確定是眞的嗎？我確信艾芮卡更喜歡女人。」

「是這樣沒錯，但她爲這位知名指揮家破例了。」

托瑪斯凝視艾芮卡，自詡為家族明理人士，內心實在忍不住想問她愛情生活有什麼進展，但他不能背叛伊莉莎白。當晚，他微笑望著艾芮卡向母親要車鑰匙，解釋自己要去找住在東區的朋友。他注意到她打扮入時，甚至將頭髮紮成優雅髮髻。

他不得不站起來，迅速離開房間，阻止自己在她身後呼喚：「當他將妳抱在懷裡時，記得想想妳的老爸爸啊。」等到他走進書房，已經幾乎無法控制自己的笑聲。

一九四一年間，托瑪斯著手準備一份新講稿，他打算在巡迴講座上發表，內容會包含他曾經在其他演說中持續提到的高度理想主義概念，但有可能更犀利尖銳，添加更多個人風格，同時重申自己的政治立場。他將整個活動視為更具意義的政治宣導，隨著美國可能捲入戰爭的聲浪甚囂塵上，艾芮卡堅持他需要更明確地表達立場，戈洛和卡蒂亞也默認了。

九月時，美國已經有許多船隻在大西洋遭德國潛艦擊沉，看來羅斯福隨時準備好對德國宣戰，但卻遭到查爾斯·林白的猛烈抨擊，他扯到英國、猶太族裔與羅斯福的好戰天性。托瑪斯當下決定，自己在演說中絕對不會提到林白或羅斯福。但他會讓群眾知道，身為德國人，身為民主主義信徒，身為崇尚美國自由風氣的友人，他深信全球應該向美國看齊。

他以德文寫出自己的演說稿，請一位卡蒂亞找來的年輕女性替他翻譯成英文，每天練習用英文演說，逐字發音，使自己講得更為鏗鏘有力。

經過最初幾處城市巡迴後，他不得不制定規矩。他不會在火車站接受群眾的熱烈歡迎，他希望能直接隱密被帶上車，不願意看見自己的名字出現在任何地點。一開始，他不確定大家是否還會想看見諾貝爾獎得主，但他逐漸明瞭，出席他講座的聽眾對政治都很有想法，而且消息靈通。他們每天看報讀書，知道自己需要更瞭解歐洲危機。

十一月初，他在芝加哥演講時，已經大幅減少發音失誤。隨著聽眾人數增加，他更意識到，除了民主，對於他自己與其他德國流亡人士而言，眼前的利害關係更是至關重要。假使美國參戰，輿論會要求立刻拘留在美國境內的所有德國人。他需要明確表達，自己所代表的德國社群一致強烈反對希特勒，並且對美國忠誠，毫無貳心。

在芝加哥，他們住進一家旅館，與伊莉莎白約好演講當天會與博格斯在城裡共進午餐，然後隨他們回家看伊莉莎白的新生寶寶安吉莉卡。

午餐時博格斯告訴托瑪斯，在芝加哥必須謹慎爲上，此地民心普遍反德。

「很多人甚至不想聽出兵攻擊希特勒的議題。他們完全不想聽見他的名字。假使你抨擊他，你無法博取任何友誼，倘若你不譴責他，這裡的人們更會認爲德國人全跟你一樣默認希特勒的暴行。」

「我確信魔術師知道自己該說什麼。」伊莉莎白插嘴。

「還好我不是你。」博格斯說。

在嬰兒床的安吉莉卡對訪客毫無興趣，直到卡蒂亞拿出一個大盒子，示意她可以幫忙打開。她的回應讓大人都笑了。

「沒耐心的個性，一定是遺傳。」托瑪斯說。

「是你家人，可不是我家人！」卡蒂亞回答。

「我的家人也不會這樣。」博格斯說。托瑪斯抬頭看了博格斯一眼，心想，干他家什麼事。

返回旅館的車上，托瑪斯轉頭問卡蒂亞。

「妳想這孩子長大後會不會比較像她媽媽，而不是爸爸？」

「我相信她會的，」卡蒂亞說。「我們繼續祈禱吧。」

主辦單位來接他的前一個小時，托瑪斯翻閱演講稿，標記難以發音的單字，在空白處寫上發音，

時間快到了，卡蒂亞到他的房間，確保他的領帶打直，皮鞋擦亮。

他們警告他，觀眾人數比原先預估的還多。他們會設法爲每個人找到空位。

外面一片混亂，人山人海，群眾推擠吼叫。幾個人認出他時，開始歡聲雷動，他拿下帽子，對大家揮手，走進會場。

托瑪斯深知開場白對觀眾的衝擊。他最初在愛荷華州試過，爾後是印地安那波利。起初，也因爲他有錢可拿，他總覺得自己這是在詐騙，他不代表任何團體。也不能對聽眾保證什麼。但是隨著一場場巡迴演說的進行，他發現當自己使用某些詞語或表達對納粹的強烈立場時，群眾反應很極端，時而陷入沉默，時而激憤。

與往常一樣，主持人引言過久，語氣太熱情，對著麥克風大喊：當今最偉大的文學巨擘即將向人群發表講話！接著這傢伙又重複一次，示意要觀眾鼓掌。終於，麥克風屬於托瑪斯了。

「我們被告知，當前有許多因素讓我們分裂，但唯有一件事足以讓大家團結。時下的美國，只有

兩個字可以形容。它們成就了美國，是美國運轉的核心，讓美國得以影響全球。這兩個字，就是『自由』！自由！今天的德國，沒有自由，取而代之的，只有殺戮、恫嚇、大規模逮捕以及針對猶太人的暴行。然而，暴風雨終將遠離，尚待風暴平息後，德國人將再度高聲吶喊『自由』！這兩個字不分國界，沒有侷限。我們期待能疾呼自由的那一天，終有那一天，我們的聲音會被聽見，屆時自由將無所不在，無往不利。」

他停下來，緩緩環顧眾人，他們全都專注聆聽。

「我屬於許多熟悉恐懼，到美國尋求自由的德國人之一。德國人懂得要害怕希特勒及其追隨者，整個世界，自由世界，也有理由害怕納粹。畢竟，恐懼是對暴力與恐怖行為的自然反應。但不用太久，這種恐懼就要帶領我們挺身抗拒，我們的英勇與覺醒將要取代它。因為，還有另外兩個字至關重要，值得我們奮鬥，它們將美國人與全球自由國家的人民團結在一起。這兩個字，就是『民主』！民主！」

他大聲喊出這兩個字，深知自己會瞬間聽見歡聲雷動。

「本人在此，並非要帶各位看見未來的黑暗與掙扎。我要告訴大家，民主終將大獲勝利，今天，我驕傲地從芝加哥發聲，在此召喚神聖的人類精神，我聲援自由，我支持民主，我也要各位知道，民主終究將回到德國土地，正如河流終將流往大海，因為民主深植於我們的靈魂。它不是禮物，不能任意給予或隨意帶走。它為我們帶來的幸福，如食物與水一樣重要。

「站在這裡的我，不只是作家，或當前最殘暴政權的難民，我以生而為人的身分，想對眼前的各位談論我們共享的尊嚴，人人由內而外散發的璀璨光芒，更有我們身為人類，生生世世奮鬥爭取，理應擁有的權利。我站在這裡，因爲我深信，這些權利必須歸還給德國人民。納粹政權不會持久，不能永續，更無法長存。」

托瑪斯話一說完，眾人立即起身喝采。

在紐約，他在旅館的私人會議廳與華府前來的艾格尼絲・邁耶會面。他知道她仍打算寫一本關於他和他作品的書，他並不期待與她聊這些，更不想和她討論他的演講。由於它們的內容與參與人數早已被媒體廣泛報導，他推測她對於未來自己該講哪些內容，以及他遺漏了哪些重點一定又有自己的看法。他下定決心，不會讓她對他發號施令。

「好，我需要你書面同意。」他們一坐下，她便開口。

「同意？」

「你將成爲國會圖書館日耳曼文學顧問，年薪四千八百美元，加上一千美元年度講座酬金。你每年需要住在華府兩週。」

「這職位哪來的？」

「我一直暗中運作，確保宣戰時，國內不會出現排擠德國人的行動。這項任命必須在宣戰前進行。到時候就算要拘提國會圖書館顧問，一定不可能當他是陌生的敵人，也不會拿他殺雞儆猴。然而比起你的演講，這都是小事，畢竟巡迴演說在各地都很有迴響都很激烈，意義深遠。『目標崇高，也幫了大忙』，他是這麼說的。」

「誰說的？」

「這得保密，如果不是世界上最重要的那位人士，我何必告訴你呢？」

「所以我會收到通知？」

「沒錯，但我現在需要你口頭同意，我們才能趕緊找人打字，白紙黑字，讓一切成眞，戰爭隨時可能爆發，我希望在之前盡快搞定。」

當日軍偷襲珍珠港的消息傳來時，托瑪斯人在洛杉磯租屋處的臥室，他們很快就要搬走了，由於戈洛從不直接到臥室找他，所以他馬上知道事態嚴重。他們下樓看見卡蒂亞和莫妮卡坐在收音機旁。接下來的三天，他們等待美國正式對德國宣戰。

第二天晚上，大家用餐完畢準備離席時，莫妮卡隨口提起她過世的夫婿。到目前爲止，她每次講到他就哭，但這次她說出他的名字時，她笑了。

「他是什麼樣的人？」戈洛問。「我一直想問妳，但我們不想讓妳難過。」

「耶諾是學者，」莫妮卡說。「某天早上，我在佛羅倫斯的烏菲茲美術館和皮蒂宮跟他巧遇兩次，當天下午，我去布蘭卡契禮拜堂時，他也在那裡。他每次都注意到我，我們就是這樣認識的。」

「他在寫義大利藝術的書？」戈洛問。

「那是他的研究主題，」莫妮卡回答。「他能記住一幅畫或一件雕塑最微小的細節。但一切都沒了。他能記住什麼已經不重要了。」

「眞希望我們能早點認識他。」艾芮卡說。

「如果他還活著，」莫妮卡繼續，「他可能會在這裡。那本關於義大利雕塑的書應該已經完成了。你們一定會很欣賞他。」

莫妮卡環顧餐桌，看向父母、艾芮卡和戈洛。

「當我看見你出門散步時，戈洛，」她繼續說，「我就會想像耶諾跟你同行，因爲你們會討論書。魔術師也一定會喜歡耶諾。」

「眞的很遺憾從來沒有見過他。」托瑪斯說。

有一秒鐘，托瑪斯以爲莫妮卡要哭了，但她深吸一口氣，壓低聲音。

「我無法想像他竟然就這樣死了，更無法體會那種感覺。但我知道他很想活下來。他想待在這裡，若是能知道美國就要參戰就太好了。」

卡蒂亞和艾芮卡擁抱莫妮卡，托瑪斯和戈洛在旁邊看著她們。

「我不知道爲什麼他溺死，但我卻得救。沒有人能爲我解釋這問題的答案。」

兩個月後，就在他們搬到太平洋帕利薩德不久，克勞斯從紐約回來了。托瑪斯和卡蒂亞到聯合車站與他見面，開車帶他回新家，他連看都沒看它一眼。當卡蒂亞說這會是全家人最後一站的避風港時，他也不予置評。他跟姊姊都三十多歲了，但與艾芮卡不同的是，克勞斯似乎已經耗盡精力，頭髮變得稀疏，眼睛失去光采。

然而，眞正的變化在於艾芮卡對他的反應。她幾乎正眼都不瞧弟弟一眼。在餐桌上，她提到自己申請到英國國家廣播電臺工作，往後有機會採訪戰事。有幾次，在克勞斯開始對戰爭發表意見時，她轉頭打斷，對他說：「你應該要用問的，克勞斯，不要用講的：莫妮卡在戰爭中失去了丈夫。我一直在倫敦。你爸爸與美國政府溝通管道非常暢通。我們很清楚這場戰爭在做什麼。但你在紐約時，每天盡跟藝術家、作家以及天知道哪些牛鬼蛇神混在一起，不可能比我們還懂，所以拜託你，不要告訴我們，這場戰爭該怎麼打！」

托瑪斯記得，姊弟兩人十幾歲與二十出頭時，意氣風發，天天都是餐桌上的話題主導者。如今，戈洛和莫妮卡默默望著艾芮卡獨領風騷，克勞斯也屈服了，偶爾提出一些意見，期待能贏得她的認可。但是，當她弟弟又開始解釋他如何相信文化，特別是文學，在當前是對抗法西斯最有力的武器時，艾芮卡打岔了。

「這些我們以前都聽過了，克勞斯。」

「那是因爲永遠說不夠。」

「對抗法西斯主義的最佳武器就是武器，」她說。「眞正的武器。」

她瞥了父親一眼，尋求他的同意。托瑪斯不想鼓勵她繼續，但他也不想和她吵架。

艾芮卡說她要出門了，並且會和朋友待得很晚。當克勞斯問她是否可以送他到附近某處時，托瑪斯看到卡蒂亞臉色一沉。

「我可以送你，」艾芮卡說。「但你要自己回家。」

「妳要去哪裡？」克勞斯問她。

「找朋友玩。」

「什麼朋友？」

「你不認識的人。」

她一副想將克勞斯排除在外的神情，托瑪斯看得出克勞斯非常受傷。

稍晚，卡蒂亞走進他房間。

「彷彿克勞斯還不夠潦倒，」她說，「艾芮卡就一定得在我們所有人面前補他一刀。」

「他們倆都去哪了？」他問。

「克勞斯有朋友在附近的旅館。」

他認爲這位朋友在某種程度上應該不是什麼好東西。他也相信，除非卡蒂亞害怕與他分享布魯諾．華爾特的事，不然她也是選擇相信艾芮卡，相信她就是去找朋友。有那麼一秒鐘，托瑪斯覺得自己看見剛結束音樂會的布魯諾．華爾特脫下褲子，將它放在洛杉磯市中心某間豪華旅館房間的椅子上，艾芮卡一面抽菸，一面望著他。他記得戴維森告訴他，他無法替華爾特工作，因爲這位指揮家總是無法停止吹噓自己有多偉大。戴維森說，沒有哪個音樂廳配得起這樣的人。

星期六，當他打電話給伊莉莎白時，她告訴他，克勞斯確實在附近一家旅館藏了一位見不得人的情人，兩人都需要大量嗎啡與毒品不間斷地供應。

當托瑪斯提到他幻想自己看見布魯諾．華爾特與艾芮卡在一起的畫面時，伊莉莎白告訴他，事實上，他們總是在比佛利山莊的華爾特宅邸祕密會面。伊莉莎白推測媽媽知道更多細節，但由於伊莉莎白語氣聽上去興高采烈，所以媽媽什麼都沒透露。

「卡蒂亞也知道艾芮卡和華爾特嗎？」

「沒有什麼事能瞞過媽媽。」

「她知道克勞斯吸毒？」

「是她告訴我的。」

戰爭初期，托瑪斯很期待接到艾格尼絲．邁耶來電。她也很享受爲他提供最新情報，儘管只是很得意自己在上報以前就搶先知道。新聞提到西岸的日本人將從自己家裡被驅逐出境時，她打電話告訴他，當初在紐約見面時，她已經暗示過了。

「但還有很多事我不能說。」她補充。

「對在美國的德國人採取行動？」

「這議題已經平息了。」她回答。

一天早上，他在書房工作時，克勞斯進來找他。過去這星期，他越來越不修邊幅，臉龐消瘦，牙齒髒污，走路急躁不安。他先讚美父親的書房。

「我從以前就想要這個，」他說。「這樣的書房。」

托瑪斯不確定這句話是不是在嘲笑他。假使其他孩子這樣對他說話，也許可以如此思考，因爲他們向來惡毒，不留顏面。但克勞斯不會。他是認眞的那一個。

「我認爲你正在盡情享受自由。」托瑪斯說。

「這是在責備我吧？」克勞斯回答。

「身爲作家，你受人欽佩。假使有新德國成立，他們會很需要你的。」

「我打算加入美軍，」克勞斯說。「此時，我能否入伍仍然存在一些障礙。在紐約生活大不易。間諜很多，謠言也沒停過。」

「我認爲軍旅生活也不簡單。」

「我是認眞的，」克勞斯說。「媽媽不相信我。艾芮卡不相信我。但我下次回來時，一定穿軍裝。」

「你是想請我幫你？」

「我想請你相信我。」

「我能想像你的障礙是什麼。」

「他們需要我這種人。」

托瑪斯很想問他，難道他是指毒蟲、同性戀以及伸手跟母親要錢的傢伙？但他看見克勞斯快哭了，心想自己應該說些鼓勵的話。

「我會很驕傲，也很樂見你穿上美國軍服。我無法想像其他更能讓我開心的事了。這裡是我們的國家。」

他望著克勞斯的眼神，與電影中的慈父如出一轍。

「你相信我做得到嗎？」克勞斯問。

「從軍？」

「是的。」

「我認為你的生活必須做出重大調整。但我看不出任何理由……」

托瑪斯猶豫了，克勞斯緊盯著他。他注意到兒子非常蒼白。

「如我所說，重大調整。」托瑪斯直視克勞斯。

「你聽了那些閒言閒語。」克勞斯說。

「你正使勁全力，活出你想要的人生。」托瑪斯回答。

「就像你，住在你豪華壯觀的新房子。」

「確實如此。這是隨時會歡迎你的房子。」

「一旦我離開，就無處可去了。」

「你想要什麼？」

「媽媽說她不能再為我付錢了。」

「我會跟她聊聊，這就是你來見我的原因嗎？」

「我來這裡是希望你相信我。」

「美軍會接受你現在這種狀態，也讓人猜不透。」

「我什麼狀態？」

「這就得讓你來告訴我了。」

「我保證下次見面時，我一定身穿軍服。」

「軍隊不會給你任何津貼，但我不想扯這些了，你應該很清楚。」

「你這是要打發我的意思嗎？」克勞斯說。

托瑪斯沒有回答。克勞斯起身，轉身掉頭離去。

克勞斯回紐約，艾芮卡去了英國，邁克和葛蕾帶著弗里多和他們的新生男寶寶前來與他們同住。邁克在太平洋帕利薩德逗留期間，與另外三位音樂家組成四重奏一起練習。

托瑪斯看出弗里多的新生魅力，甚至遠比照片透露得還要多。男孩一看到陌生人，臉龐馬上發亮，綻放微笑。

弗里多凝視祖父，首先被眼鏡吸引，而後是托瑪斯凝視他的專注眼神，托瑪斯用雙手做把戲，想逗弗里多笑。

看見邁克和戈洛在花園散步，托瑪斯走到他們後面。他們聽見他的動靜，兩人起了疑心，東張西望，停下腳步，但沒有對他笑。

「戈洛正在解釋海因里希所面對的可怕狀況。」邁克說。

「什麼意思？」

「他沒錢了。房租欠了兩個月，房東威脅要趕走他和奈莉。」

「車也壞了，」戈洛繼續，「車行不肯修，除非他們付錢。」

「奈莉有健康問題，又負擔不起看醫生的費用。」

「我昨天過去時，」戈洛說，「他們倆都很絕望。海因里希幾乎說不出話。」

「媽媽知道嗎？」

「我昨晚告訴過她。」

托瑪斯立刻明白何以卡蒂亞隻字未提。解決海因里希財務問題的唯一辦法是定期津貼，這是很大的承諾。

「我來跟她說。」托瑪斯說。

「我認爲這需要長期的解決方案。」戈洛說。

「我知道該怎麼做。」托瑪斯回答。

他轉向邁克。

「葛蕾告訴我，你和朋友們正在排練貝多芬作品132號四重奏。我希望能儘快聽到你的演奏，這樣我會很開心。我們可以邀請海因里希過來。我知道他也喜歡聽。」

「那首曲子非常難，」邁克說。「我們又是全新的組合。」

「我知道不容易。但它對我和媽媽特別有意義。」

「別說得這麼誇張。媽媽才不覺得特別，」邁克說。

托瑪斯很後悔將卡蒂亞扯進來，她確實未曾表示對貝多芬四重奏有任何偏好。他必須先邁克一步找到她，免得邁克跑去質問她是否特別喜愛作品132號。

「你做得到嗎？」托瑪斯問。

「與我合作的第二小提琴家不會說英語。他是羅馬尼亞人。」

「但他總看得懂樂譜？」

邁克挑釁地瞥了他一眼。

「四重奏排練時，總是得牽涉到大量的討論。」

「盡力而爲。」托瑪斯說。

托瑪斯走離兩個兒子時，知道自己假使回頭，會看見他們冷冷盯著他。他想告訴現在已經三十二歲的戈洛，伊莉莎白曾經宣稱，三十歲之後，任何人都無權責怪父母。他還可以轉向二十二歲的邁克，告訴他，他還剩下八年，應該有智慧地運用它們。他找到卡蒂亞，要她發誓，一定要表達自己有強烈的個人理由想在家裡聽見貝多芬四重奏，而且要邁克負責中提琴的演奏。

海因里希和奈莉在四重奏演奏當天提早抵達了。托瑪斯曾寄給哥哥一張支票。他注意到兩人的穿著無懈可擊。儘管海因里希很孱弱，步伐緩慢，但他的西裝熨燙整齊，皮鞋閃亮。奈莉身著一襲鮮紅洋裝，踩著紅鞋，外面是一件潔白的開襟毛衣，手提包與帽子是整體打扮的完美陪襯。他想，沒有人會猜到，這兩人幾天前的財務狀況有多麼困窘。

前一天晚餐時，大家又提起奈莉，卡蒂亞強調，儘管歡迎奈莉來訪，但她寧願不要與她獨處。

「如果我發現我丈夫和他兩個兒子，更不用說他女兒，留我一個人跟她獨處，還自以爲兩位曼夫人一定有很多話要聊，我就立刻在你們的臥室放老鼠。」

「那我呢？」葛蕾問道。「我也是曼夫人。」

「妳不在批評範圍內，」卡蒂亞說。「但我就是不要與奈莉獨處。從她踏入房子的第一分鐘，到她離開的那一秒，我要你們保證做到這件事。」

戈洛陪奈莉在花園小桌旁休息，托瑪斯和海因里希在屋子內外閒逛。隨著那張支票，托瑪斯也附上一張措辭友善的紙條，提到彼此應該盡快討論海因里希的財務狀況。他想，現在就是時候。然而，海因里希將話題引到他小說的第一章，當時感覺兄弟倆又回到了慕尼黑，或是當年跑到義大利的年輕作家兄弟檔。當年海因里希野心勃勃，正打算放手展現自己對世界與文學的深刻知識。假使托瑪斯現在告訴他，自己正在計劃一部以浮士德爲本的小說，海因里希一定會說，之前有太多人做過同樣的嘗試了。托瑪斯可能會進一步解釋主角是一位現代作曲家，海因里希也會堅持，要將音樂寫進文學非常困難。托瑪斯還記得，當初他寫《布頓柏魯克世家》便不找海因里希討論，因爲他太害怕大哥一句掃興的評論就足以讓自己開始懷疑起它的價值何在。

托瑪斯讓海因里希好好描述他目前在寫的法國亨利四世作品，哥哥深信這些小說絕對可以改編成好電影。

他們朝房子大門走去，葛蕾和弗里多出現了，弗里多的注意力集中在海因里希身上。

「能有一個不帶著懷疑眼神的曼氏家族成員，眞是太好了。」海因里希說。

其他曼家人都不在，托瑪斯認定這句話就是針對他。他猜想，大概都因爲他寄給哥哥的那張支票。他此時才意識到，假使他還要繼續提供金援，往後還得繼續忍受大哥這些言論。

葛蕾帶奈莉去看寶寶時，海因里希建議他和托瑪斯再逛一次花園。這一次，托瑪斯想，他們總算可以談論錢的問題了。

「我每天晚上都會驚醒，」海因里希說，「想到咪咪和蔻琪。也許咪咪很安全，這我不知道。但她有可能被我拖累。還有蔻琪。她已經二十五歲了，理應是人生最無憂無慮的階段。偏偏我卻將她遺棄在地獄黑洞，正如我拋棄她母親那樣。」

「你確定她們的遭遇？」

「目前在布拉格，假使德國人得逞，她們很快就會被逮捕。我們頭上是藍天白雲，腳下踩著修剪整齊的草坪。我們打造新家，生活在富饒國度。而我就這樣將她們丟在歐洲。每天晚上我都想到她們，但我甚至無法與奈莉分享自己的擔憂。」

托瑪斯知道這番話也針對他；草坪指的是他家草坪，他就住在新家，生活富饒。但他決定，自己要無視哥哥刻意讓他內疚的話語。反之，他要努力找到海因里希的前妻與他女兒，運用影響力將她們帶到美國。然而，有那麼一秒鐘，他很想告訴海因里希，現實世界裡，已經幾乎不可能將任何人從中歐救出來，取得美國簽證了。他知道，讓海因里希依舊抱持希望是一大錯誤，但他還是不能坦然告訴大哥眞相。

「我問了好幾次，假使有任何消息，我一定會告訴你。我會繼續施加壓力。」

「你能直接問總統嗎？」

「不，」托瑪斯說。「不可能。」

儘管哥哥沒有反應，但托瑪斯知道，海因里希覺得自己被背叛了。

「卡菈與露拉眞是幸運，自己了結人生，遠離這個世界。」海因里希說。

★

他們和邁克的音樂家同事共進晚餐，三位英俊的年輕人，托瑪斯努力掩飾自己對他們的興趣。大家穿著同樣寬鬆的西裝，髮型也相似，就連說法語的那位羅馬尼亞人也是如此。托瑪斯坐在葛蕾與首席小提琴家之間，他不得不強迫自己對媳婦表現足夠的禮儀。他們討論了弗里多和他的小弟弟，然後托瑪斯就想不出任何話題好聊了。他轉向小提琴家，對方問他爲什麼特別想聽132號作品。

「特別是第三樂章，」他說。「我喜歡新力量的形成。」

「你也感覺到新的力量了嗎？」

「當我想到自己必須完成的作品時，就能感覺得到，或者說我希望自己做得到。」

晚餐後，他們移動到大客廳，葛蕾要替孩子餵奶，先告退了，奈莉回到餐廳，將酒杯裝滿。

「海因里希警告我，今晚會很冗長乏味。」她對莫妮卡低語，莫妮卡笑了起來。

四名年輕人將譜架就位，坐定後，開始調音，由羅馬尼亞人帶頭，因爲他的樂器已經調好。托瑪斯喜歡他，他會用冷靜好奇的神情打量這一小群聽眾，但眞正吸引他注意的是兩位美國人。大提琴家的表情比首席小提琴家柔和，棕色眼眸，細緻青春的外表，托瑪斯心想，約莫幾年後就要褪色了。首席小提琴家沒有那麼帥氣，臉太瘦，頭也禿了，但他的身材是四人中最強壯的，肩膀非常寬闊。

音樂開始時，托瑪斯瞬間被它的膽識震懾了，音符蘊含的憤恨以安靜的節奏緩緩釋放，隨之而來的是彷彿相互拉鋸的曲調，隱約暗示痛苦與喜悅夾雜的情緒，那是一股強而有力的喜悅。他知道，自己理應不再用大腦思考，無須努力找到音樂的意義，而是讓它滲透他的靈魂，就當作自己往後將再也沒有機會聆聽，好好把握當下。

但眞的很難不欣賞這幾位音樂家，觀察他們的認眞專注。托瑪斯看著他們隨著首席小提琴家的帶領，他與邁克的中提琴似乎彼此較勁，想要奪取對方的能量。最終，兩人的樂音彷彿達成協議，並在音符飄升前流連徘徊。

他望向卡蒂亞，她對他笑了笑。這是她父母的世界，普林斯海姆家族在慕尼黑的老家經常舉辦多場室內音樂會。他們被迫逃離那個舊世界，如今，邁克鶴立雞群，是個有音樂天賦的孩子。托瑪斯盯著他，望著他緩緩拉出曲調，不表現個人情緒，儘管俊俏又自我意識強烈，他卻甘心讓中提琴的暗沉音符與兩把小提琴更甜美的聲音直接對上，交融結合。

音樂繼續，首席小提琴家和大提琴家擺脫了他們的美國氣質，幾分鐘前，那外露的魯莽、友善、坦率與陽剛，被脆弱易感取代了，眼前的他們似乎回到幾十年前的德國或匈牙利。也許，托瑪斯心想，這只是他個人的想像，畢竟眼前有四種樂器同時演奏，互相流動的力量造就了彼此，讓他們也因此找出了足以連結的契機，接下來，抑或陷入緘默，抑或獨奏，各行其是。不過托瑪斯猶然沉浸在方才音樂家成爲舊時幽魂的想法，那些曾經帶著自己的樂器，行走在歐洲城市街道，準備排練的靈魂，而今，它們彷彿都同時出現在這棟俯瞰太平洋的美國加州新房子了。

第二樂章結束，托瑪斯發誓，他要更敏銳傾聽，不讓自己的思想流連於虛無飄渺的臆測。他盡量不去注意奈莉時時起身離開。他印象中，這首貝多芬四重奏極其哀傷憂愁，但現在他訝異發現，儘管底韻憂鬱沉穩，但旋律驟起驟落，反倒更令人振奮。每一個音符都能感受哀愁，卻也能帶出一股更強烈鮮明又無所畏懼，不肯屈服的美，幾分鐘後，音符彷彿找出自己的活力，轉換成讓他一瞬間停止理性思考的樂章，托瑪斯放棄尋求意義，只願靜靜傾聽，讓靈魂徹底吸收正在演奏的音符。

卡蒂亞現在閉上了雙眼，海因里希也是。戈洛和莫妮卡則全神貫注望著音樂家，莫妮卡傾身向前，從交響曲的渲染誇飾走向四重奏的脫俗清新，他心想，必然是一趟連貝多芬本人都無法輕易理解的旅程，彷彿某種奇特隱晦又懵懂的知識驀然開朗清晰了。

托瑪斯希望身爲作家的自己也能做到這一點，超越自己慣有的語調或慣用的場景，擺脫早已閃亮動人的成就，超脫世俗，進入一個靈魂與物質共存互補，漂離又再融合的境界。

他早已做出最大的妥協。他住在大房子，梳洗整齊，穿西裝打領帶，書架安放自己的藏書，思想與人生態度井然有序，簡直等同於當生意人了。

他低下了頭。有那麼一瞬間，音樂家動搖了：邁克進來得太早。托瑪斯抬起頭，邁克停下演奏，等待首席小提琴家示意，輕輕帶入自己的旋律，讓音符陪襯小提琴，把自己的中提琴當成布景陳設。這時，他注意到葛蕾走進房間，坐了奈莉的座位。

當四位演奏者都準備好將四重奏拉出樸素的遐想，提升到接近藝術歌曲的章節時，邁克望向戈洛，戈洛向他點頭讚賞。這時機再完美也不過。

幾次在自己的作品中，托瑪斯知道他超脫了凡俗。例如《布頓柏魯克世家》漢諾的死，或者《魂斷威尼斯》無所不在的肉慾，甚至《魔山》的靜坐場景。也許其他作品也出現過，但他不這麼認爲。他讓乾澀的幽默與社交環節主導自己的作品；他總是害怕萬一不夠謹慎自制，文字與語言終將不受控，天馬行空。

他可以憑空想像崇高體面的生活方式，但它在這險惡嚴峻的年代已經不受推崇了。他也可以堅持人文思想，但它在人群意志至上的時代沒有任何意義。他也可以施展自己的機智細膩，但它在如此尊重蠻力的世界裡注定毫無勝算。隨著緩慢樂章接近尾聲，他意識到，假使他能召喚勇氣，就得在書中展現邪惡，他將不得不打開通往自己知識之外的黑暗大門。

這一世，他並沒有變成兩種人，假使往後他得以召喚他們的靈魂，他或許有可能會爲他們寫書：一個是毫無天賦的自己，沒有野心，但同樣感性。一個可以在民主德國悠然自得的人。喜歡室內樂、抒情詩，安逸的家庭生活，追求漸進改革。儘管具有良知，在德國變得野蠻暴力時，卻仍然選擇留下，鎮日驚惶恐懼，儘管人在故土，卻過得猶如流亡人士的人生。

另一個則是不懂謹慎，想像力如性愛般熾熱，毫不妥協的男人，此人足以摧毀身邊所有愛他的人，一心要創造蔑視傳統的藝術，與當前時局同樣險峻的藝術。他曾與惡魔打過照面，由於與惡魔簽了約，才華洋溢。

萬一這兩個人相遇，會發生什麼事？又會湧現何等能量？這會是一本什麼樣的作品？又能創造什麼樣的音樂？

他不能再想自己可能寫的書，以及可能創造的人物了。從過去的經驗，他意識到任何強度的音樂都會爲他帶來難以駕馭的豐沛情感，讓他之前無法實現的意圖全數湧現。自從他們搬進新房子後，每當他聽舒伯特或布拉姆斯時，就會浮現小說和故事的靈感。但只要他立即起身到書房，想讓靈感轉換成文字時，他一在書桌前坐定，手裡拿著筆，思緒便瞬間蒸發。

音樂使他不穩定。當他傾聽短樂章，隨著詼諧的進行曲節奏與舞蹈節拍，跟上最後流暢優雅的樂章時，托瑪斯想像中的那兩個人，那兩個他的影子版本，並不如其他思緒般離他而去。它們就要完成他一直以來的夢想，寫出一本關於作曲家的作品，和浮士德一樣，主角也要與魔鬼達成協定。

在四重奏接近尾聲時，他強迫自己專注傾聽，什麼也不做。不再去思考人物或小說了！讓中提琴與大提琴的旋律與節奏主導，接著，小提琴也加入了，他們在彼此的軌道進進出出，時而交會時而分開，彷彿另外兩位音樂家完全不存在。現在，邁克開始自信演奏中提琴，似乎決定自己不甘於當作配襯，雖然終究無法征服小提琴帶來的高亢與激烈。

假使音樂能喚起情緒感受，或者帶來解藥，重整秩序甚至允許混亂，這四重奏能爲浪漫的靈魂留下了足以哀傷低吟的空間，那麼，導致德國災難的音樂會是什麼模樣？它不會是軍樂，也不是進行曲。它不需要鼓。它可以比這更甜美狡詐而溫潤。當今德國需要的音樂必須是陰鬱沉悶，難以捉摸，卻又帶著一絲嚴肅認眞，它會提醒聽眾，德國不能滿足於攻城掠地，創造財富，因爲這造就了當前的文化假象。正是此等文化成就了托瑪斯與他的同路人，但同時，它更種下了分裂的種子。事實證明，這種文化在壓力前毫無防備。音樂，浪漫的音樂，儘管釋放了所有激昂的情感，卻隱然助長了原始又無章法的態度，讓它演化爲終極的野蠻與暴力。

他聽音樂時的迷茫狀態是種恐慌；音樂會讓他無法維持理性。在它製造混亂時，卻也同時激勵了他。它不可信的曲調音符驅策他寫作，對其他人而言，包括現在統治德國的人們，它則激起了野蠻的渴望。

他持續聆聽，音樂家們在首席小提琴家的指示下開始加速，首席面露微笑，鼓勵其他人跟上，激情演奏，放軟身段，最終強勢回歸。

接近最後一段時，托瑪斯感覺自己被帶出了時空侷限，這令人振奮，也給了他決心，認同自己當下感受特別有意義，甚至可能塡補了他悄悄創造的空無。在演奏結束的那一霎那，他確信自己看見了，他看見了那個場景，他的作曲家就在玻林格的那間屋子，他母親去世的地方，但後來畫面消逝了，因爲他跟著其他人起身爲四重奏鼓掌，樂團鞠躬，這最後的收尾動作，就跟他們的演奏一樣，早已完美排練過了。

16 布魯諾・華爾特（Bruno Walter, 1876-1960），德國猶太裔指揮家，曾與馬勒共事，馬勒逝世後，曾為其兩部遺作《大地之歌》和《第九號交響曲》首演指揮。（編按）

第十四章

華府 一九四二年

愛蓮娜・羅斯福步伐輕快地帶領他們走上走廊。

「有些實在與我的品味不符，但我不被允許花錢進行不必要的裝修。」

托瑪斯注意到，比起他，愛蓮娜傾向直接與卡蒂亞對話。他聽說總統或許也能接見他，但由於羅斯福夫人沒有提到會面一事，他假設見面已經被取消或推遲了。那天早上，有消息傳來俄羅斯在史達林格勒對德國第六軍團進行反攻。他猜羅斯福對結果並不特別在意。

他們和羅斯福夫人一起喝茶，儘管兩人才在落腳的邁耶豪宅吃過早餐。

「真希望，」當他們坐在一個小房間時，愛蓮娜說，「你當年警告我們必須以暴制暴時，我們有聽你的話。」

托瑪斯不想打斷她，提醒她自己從未如此警告。他此時意識到，她之所以佯稱他曾經警告提防希特勒的威脅，讚揚他的先見之明，只是在奉承他罷了。

「我們很希望你，」羅斯福夫人繼續說，「能繼續上那些對德國放送的廣播節目。你是希望的明燈。我在倫敦時，人們也在熱烈談論。他們很高興有你參與，我們也是。你同意這樣做，他們非常感動，雖然希特勒的聲望仍如日中天。」

卡蒂亞問羅斯福夫人她如何致力參戰。

「我必須小心，」她說。「在戰時，你不能批評現任總統，但你可以攻擊他的妻子。我必須更收斂。本以爲我到英國一趟會很有幫助，我喜歡國王和王后，他們非常敬業，但我發現邱吉爾很難聊。我的主要目的是盡可能多認識平民百姓，慰勞我方部隊。」

「大家都很欽佩妳，也喜歡妳。」卡蒂亞說。

「許多美國年輕人都是第一次到英國。我希望這會是他們一生難得的經驗。」

愛蓮娜傷心搖頭。托瑪斯看得出來她忍住不說，其實年輕人們必須這麼做才有辦法生存。

「我們會贏得戰爭的，」她繼續。「我很確定，不計任何代價。我們必須致力贏得和平。」

她瞥了一眼卡蒂亞，卡蒂亞微笑同意。托瑪斯納悶，此時此刻橢圓辦公室是否正進行重要決策，所以總統才無法接見他們。

「上次見面時，」愛蓮娜說，「我們非常敬畏妳丈夫偉大的人性與作品，當時我就擔心沒有特別關注你們。」

她對著卡蒂亞說話，感覺很像與學生打交道的老師。

「現在我發現你們眞是奇蹟，活生生的奇蹟。我渴望聽你們昨晚說了些什麼，想從你本人說出口，不要聽艾格尼絲的二手轉述。」

「她打電話給妳？」卡蒂亞問。

「她一天打一次電話給我，但我一星期才接她一次電話。」羅斯福夫人回答。

「是的，她也打給我丈夫。」

托瑪斯突然想到，不知道是否方便趁機問第一夫人，她能不能替咪咪和蔻琪做些什麼。雖然他知道爲時已晚，但只要能打聽到一點消息，就足以安撫海因里希了。

當他告訴羅斯福夫人她們的遭遇時，她看起來很關切。

「是猶太人嗎？」

托瑪斯點頭。

「我知道現在的狀況很不妙，」她說。「對任何人都很不妙。所以我們才必須……」

她住嘴了，語氣似乎意有所指。

「很抱歉，我無能爲力。對不起。在戰爭爆發之前，我已經盡力而爲，但現在我什麼都做不了。只能抱持希望。」

當下一片緘默，托瑪斯清楚，他最好讓海因里希知道，就連愛蓮娜·羅斯福也不認爲自己還能爲咪咪和蔻琪爭取什麼了。他低下頭。

前一晚他們在邁耶大宅的經驗不是很順利，儘管這棟位於新月廣場的宅邸宏偉壯觀，但牆板薄得不得了。晚餐前，他和卡蒂亞把艾格尼絲與她丈夫間的激烈爭吵聽得一清二楚，應該是與一封沒有出現在《華盛頓郵報》的投書有關，原本尤金承諾要讓它刊登在當天報紙。

「總有一天我會離開你，到時你就很可悲！」艾格尼絲咆哮好幾次。「你就會知道你是白痴傻瓜！你會知道的！」

「我猜她是直接從德文翻譯過來的。」卡蒂亞說。

「她激動時就會這樣。」托瑪斯回答。

「她現在就很激動。」卡蒂亞說。

晚餐時，一位參議員對托瑪斯和卡蒂亞自我介紹時，斷然表示他不支持美國參戰。托瑪斯冷笑聳肩，回覆自己也懶得捲入一場沒有實質意義的爭吵時，對方愣了一下。托瑪斯不知道這位政客何以收到邀約，進而出席這場晚宴，但他想，華府必然是個寂寞的地方，特別是對社交技巧有限、政治觀點過時的參議員而言。

另外有個人，艾格尼絲介紹他叫亞倫．伯德。她說，他在國務院的德國部門工作。亞倫有雙清澈的藍眼睛，下巴方正，衣著整齊近乎軍人打扮，這引起托瑪斯的濃厚興趣，但在他意識到自己盯著男人太久後，當他將眼神轉向夫人時，伯德夫人受寵若驚，直說眞希望自己多看點書，只是因爲孩子還小，沒什麼時間。

其他貴賓還包括一位迷人又自信的老婦人，她負責寫專欄，艾格尼絲說，她是愛蓮娜．羅斯福最堅定的支持者之一。隨後，一名舉止溫順的詩人也加入了他們，詩人正爲一家小型出版社翻譯布萊希特的詩。詩人妻子高大威武，可能有北歐人的血統。她告訴托瑪斯，她讀過他所有小說，也很關注他的演講。

「你會拯救歐洲，」她說。「沒錯，非你莫屬。」

尤金·邁耶悶悶不樂地坐在桌子的一端，艾格尼絲則傲然與他面對面。之前與丈夫的爭執讓艾格尼絲更期待進一步的爭論，甚至在第一道餐點上桌前，她就開始挑釁客人。

「你們難道都不認爲，」她問道，「太早反對希特勒的那些人，也錯過了在德國獲得眞正影響力的契機？」

托瑪斯瞄向低著頭的卡蒂亞。他決定假裝沒聽見，也很慶幸沒人回應她。

托瑪斯希望艾格尼絲有先對他扼要介紹這位亞倫·伯德。若說此人不是被特意安排坐在他對面，那麼只能說他給人這樣的感覺。他緊盯托瑪斯，滿臉質疑。托瑪斯想，自己今晚得聰明些，別被艾格尼絲激怒，隨意發表看法，努力保持沉默，無論艾格尼絲說什麼，都要不爲所動，或者當笑話看就好。

「我經常自問，戰爭是否難以避免，」她說。「我並不孤單。我早就看出烏雲密布，風雨欲來了。」

參議員向侍者示意想再喝一點湯。他將餐巾塞進領口，發出一個響亮的聲音，表示自己有重要的話要說，然後他將一勺湯舀進嘴裏。呑下後，他抬起頭，全桌都在等他開口。

「上一場戰爭，我們沒有得到任何好處，」他說。「現在我們到了歐陸，其實幫不上什麼忙。這不是我們的纏鬥。國內有自己的仗要打，特別是那個可怕的女人。她會把國家搞垮的。」

國務院那傢伙瞄了托瑪斯一眼，托瑪斯裝作自己聽不懂，其實參議員意有所指的就是愛蓮娜·羅斯福。

「她所作所爲都是出自良善，如此而已。」專欄作家表示。

第二道餐點上來時，艾格尼絲又找到足以興風作浪的另一個話題，但這次連參議員與專欄作家，也懶得出聲爭執了。尤金則一個字都沒說。詩人也很安靜。每次一有空檔，他妻子還會提到托瑪斯的作品，讚不絕口。

「它們不僅改變了我的人生，」她說。「它們教會了我如何生活。」

「當然，戰後，」艾格尼絲還在講，「我們有必要到德國進行巨額投資。到時美國就得花大錢了，眞正的鈔票。」

「我不認爲這可取，也不太可能實現。」卡蒂亞插話。

「當然有可能，我相信做得到。」艾格尼絲回答。

「我也同意，」專欄作家說。「廢墟總有浴火重生的契機。希望是美國能伸出援手。」

「夠了，」參議員說。「在我的選區，人們連給德國一毛錢都不願意，無論是戰爭或平時。這不是我們的戰爭。而且美國也無法保證能勝利。」

「不過當然前是必須建立一個新德國，」艾格尼絲無視參議員的言論。「我們之間甚至有人可能成爲新德國的第一任總統。」

「我們不希望重建德國。」卡蒂亞說。

「爲什麼不呢，親愛的？」艾格尼絲問。

「德國人民把票投給了希特勒，」卡蒂亞說，「還有他身邊的惡棍暴徒。人民支持納粹，坐視暴行發生。造就血腥野蠻已經不只是高層，可以說整個德國，加上奧地利，全都是一群暴民。這種行徑並不新鮮。反猶太主義並不新鮮。它早就是德國的一部分。」

「但是歌德、席勒、巴赫或貝多芬呢？」艾格尼絲問道。

「讓我噁心的就在這裡，」卡蒂亞說。「納粹領導人跟我們聽一樣的音樂，欣賞同樣的畫作，閱讀同樣的詩。自覺代表更崇高的文明，但在他們手下，所有人都不能保證自身的安全，更不用說猶太民族了。」

「但猶太人——」詩人開口想說話。

「假使你不介意，請不要提到他們。」卡蒂亞打斷他。

「我不知道連妳本人也是——」艾格尼絲開始了。

「妳也不知道嗎？邁耶夫人？」卡蒂亞又補上一句。

托瑪斯從來沒見過卡蒂亞在有陌生人的場合如此激動。他也從未聽過她公開宣示自己的猶太血統，特別是以這種坦率挑釁的語氣。她的英語比往常更流利；對語言的熟稔顯示她早已準備好面對這一天的到來。

在艾格尼絲問起卡蒂亞，同盟國戰勝後，該如何處置潰敗的德國時，托瑪斯注意到亞倫·伯德的眼神停在卡蒂亞身上。

「壓制它，」卡蒂亞說。「但想到這裡就讓我忍不住顫抖。」

「如果德國戰敗，妳與妳丈夫不會想回國嗎？」亞倫·伯德問。

「對我們來說，戰爭永不會結束。我們再也不會回到德國了。想到與那群袖手旁觀，或實際參與的德國同胞在一起，就讓人不寒而慄。」

「難道你們不是德國人嗎？」

「一想到我曾經身爲德國人，我就感到羞愧。」

「可是妳不覺得——？」艾格尼絲開口。

「我爲我父母感到惋惜。這就是我的感受。他們擁有的一切都被剝奪了，淪爲窮人。他們的孩子都逃到海外了。我父親在瑞士邊境甚至被人洗劫一空。但他們是幸運的。他們有朋友相助，包括一個拯救他們的富裕瑞士家庭，還有一些不甘服從，被納粹政權追殺的故鄉知名老友。」

「誰幫他們逃亡？」艾格尼絲問。

「溫妮菲德．華格納，」卡蒂亞說。「我父親喜歡華格納的音樂。他和他父母是拜魯特音樂節的首批贊助者。如今，這一切彷彿都是一場幻夢了——猶太人還付錢給華格納——但這就是我們過去的人生。華格納的媳婦還記得這個恩惠，我父親也接受了她的援助。他毫無選擇。但即使有機會，我也不會感謝她。因爲發生了太多事，讓我仍然瞧不起她。」

卡蒂亞的語氣莊嚴憤慨，在座每個人都被她打動了。卡蒂亞和他，托瑪斯想，已經習慣在美國當德國人，向來敏銳意識到自己足以輕易挑起旁人質疑。而今，卡蒂亞擺脫所有謙卑或謹慎，讓現場無言以對，連來自中西部的參議員也用溫和的眼神打量她。

他們回到加州，克勞斯正在家等待徵兵令。他們很驚訝他竟然成功入伍了。這裡的冬天很暖和，父母親很高興看見克勞斯早早起床，在花園看報。傍晚時他特別放鬆，找上戈洛與父親討論戰爭進展，卻也不會大發雷霆。

今年稍早，呂貝克遭遇一百五十噸的燃燒彈襲擊，許多平民傷亡。中世紀的市中心大部分都被摧毀了，包括天主堂與聖瑪麗亞教堂，還有梅恩大街的曼家大宅。

「我們必須強烈抨擊，」克勞斯在餐桌上說，「譴責這些針對平民百姓的無情轟炸。」

「呂貝克人民，」托瑪斯平靜回答，「其實是最忠誠的納粹信徒。」

他的論點比起回憶那些父母與祖父母走過的故鄉街道容易多了。它們早已深深鑴刻在他的腦海，每每午夜夢迴，總是彷彿伸手可及，如今在一夜間，徹底夷平消失。

「所以就毀滅他們？把孩子也燒死？」克勞斯問。「這樣做跟納粹有什麼區別？」

托瑪斯想到夜晚時分的梅恩大街平靜富裕。他期待卡蒂亞能出聲制止克勞斯說話。

「如果我們作法跟他們一樣，跟他們有何區別？」克勞斯問道。

托瑪斯放下刀叉。

「區別在我，」他說。「那是我的出生地，我的街道。但它成了暴行發源地，讓我毫無選擇，只能逃走。我不知道該怎麼說，也不知道作何感想。我只希望自己能像你這麼篤定。」

「我也希望你可以做到。」克勞斯回答。

托瑪斯一向認爲太平洋帕利薩德的房子是個錯誤。在客人走進建築物之前，便一目了然，知道那座戶外花園花了不少鈔票。

房子就像刊在設計師雜誌的樣品屋，當他從哥哥的立場思考時，特別尷尬。海因里希和奈莉住在一間破爛公寓，兩人用租賃方案買了一輛二手車，還經常拖欠車貸，房租也一樣。儘管托瑪斯給了大哥一筆津貼，但他知道入不敷出，有幾次，他們坐在花園時，他注意到海因里希抬起目光看著大房子，環顧四周。此時無聲勝有聲，弟弟安逸舒適的生活與他自己的悲慘人生對照，早已不明而喻。

托瑪斯感覺卡蒂亞在邁耶家晚宴的一席話被傳得沸沸揚揚，當天那位妻子是北歐人的安靜詩人絕對是罪魁禍首。後來在白宮與羅斯福夫婦晚餐時，托瑪斯聽到的卡蒂亞的說法早已遭人嚴重扭曲與渲染。內容變成卡蒂亞指稱德國裡外都該堅壁清野，燃燒殆盡，讓它土地貧瘠乾枯，只能栽種蔬菜。往後，就讓它成爲歐洲農場，謠言更指出卡蒂亞認爲德國的工業地帶都該鋪上水泥，就此銷聲匿跡。

連海因里希聽到時，也以爲此話當眞。

艾格尼絲．邁耶繼續與托瑪斯通信，其中一封信甚至堅稱托瑪斯三個兒子都該爲了同盟國挺身從軍，她不懂爲什麼克勞斯沒上場打仗，也聽說戈洛從事的是宣傳工作。她認爲，考慮到美國人對曼家人的慷慨，曼氏家族最起碼能做的，就是更積極參與戰事。托瑪斯回信時措辭強烈，結果她立刻有所回應，把之前托瑪斯的信當成讚美，還說自己樂見德軍近來在史達林格勒潰不成軍的窘況，更不用說邱吉爾與羅斯福發表聯合聲明只接受德國無條件投降。

後來，艾格尼絲打電話給他，請他見一位年輕人，這個人會主動與他取得聯繫。托瑪斯問起對方名字時，她說她不能透露，總之他會聯繫托瑪斯，而且他需要同時見到托瑪斯夫婦，其他人都不得在場，此人會自己提起艾格尼絲。

她覺得這樣居中牽線很有趣吧，托瑪斯想，他沒放在心上，甚至沒跟卡蒂亞提。

一星期後，托瑪斯午睡時，莫妮卡叫他。他穿好衣服下樓，發現卡蒂亞站在書房門口。

「裡面有個男孩。說他認識艾格尼絲。而且我們同意要見他。」

男孩應該是快二十歲的年紀，戴了圓頂小帽，站在走廊時神情很輕鬆，卡蒂亞請他進客廳，他跟在她後面，手指向莫妮卡。

「我需要單獨與曼先生夫婦見面。」

有那麼一秒鐘，托瑪斯以爲他是推銷員，但這念頭很快就被男孩的存在感打散。

莫妮卡離開房間後，卡蒂亞問他要喝水、茶或咖啡，但他搖搖頭。

「不接受茶點是原則問題。」

年輕人很嚴肅，托瑪斯開始納悶他是不是來傳教的。德文似乎是他的母語。

「我的工作是拜訪知名人士，讓他們知道我們在歐洲的遭遇。」

「我已經就這個議題發表演講，」托瑪斯說。「上廣播節目。」

「我們讀過你的演講稿了。」

「有什麼問題嗎？」卡蒂亞問。「有什麼我們該知道的嗎？」

「是的，有。所以我才來找你們。眼前最迫切的就是一項從納粹最高層得知的既定政策，他們計劃徹底摧毀在歐洲的猶太族群。」

「集中營？」托瑪斯問。

「其實，這就是集中營的目的。它們不是為了勞役，也不是為了監禁。它們是為了殲滅。大規模、生產線方式的謀殺。他們使用毒氣。快速、高效、安靜。納粹要殺死歐洲所有有猶太血統的人。無論孩童或成年人。他們計劃要全歐洲都見不到一個猶太人。」

話聲一落，室內的氣氛瞬間變得很不真實，原本寬敞舒適的高聳空間，細膩精緻的鑲嵌玻璃，拋光閃亮的木作與頂級豪華傢俱，彷彿成了那番話模糊不清的背景。

「你知道總統的處境有多兩難嗎？」托瑪斯問。「美國社會強烈反對接納難民。」

他一說出口，就知道自己聽來有多無情愚昧。

「我對羅斯福或他的職位沒有興趣，」這位年輕人說。「再怎麼樣，一切已經太遲，難民早已送命了。」

「你想從我們這裡得到什麼？」托瑪斯問。他設法讓自己聽來關切和藹。

「我們只希望你清楚未來會是什麼樣貌。但願到時候，你無法推託說自己完全不知情。」

「你在洛杉磯還見了誰？」托瑪斯問。

「那不關你的事，先生。」

托瑪斯認為此人簡直刻意對他無禮。

他太年輕了，理應不當由他傳達如此重要的訊息。

「您從小就信奉猶太教？」年輕男子溫和詢問卡蒂亞。

「不，我小時候甚至不知道我是猶太人。」

「您是否曾經希望自己有宗教信仰？」

「有時候，但我父親不希望離開我們的生活圈太遠。」

「現在他們是無差別殺戮，跟上猶太教堂與否其實眞的無關。」

「我知道。」

「未來，假使還有未來，歐洲再也看不到猶太人了。安息日時，只會在城裡看到孤魂野鬼。」

「我們不會回去了。」卡蒂亞說。

男孩示意請卡蒂亞陪他到花園，他準備告辭了。

第二天早上，托瑪斯打電話到總統辦公室，明確表示儘管自己無須親自與羅斯福講到話，但他希望能與高層人士討論某件重要事務。

收到回電時，他向官員轉達昨天年輕訪客告知的集中營現狀。

「我想知道我收到的資訊是否正確。」

官員表示會有人回電。

又隔了一天，助理國務卿阿道夫．貝勒來電，此人先是友善提起托瑪斯與卡蒂亞的公民申請進度。接著，他答覆了關於總統近來健康的問題，但都是基本內容，沒有特別深入，他開始問候起托瑪斯家人時，托瑪斯打斷他，問他可否就集中營議題表示意見。

「確實比我們想像中更糟糕，」貝勒說。「非常嚴峻。你對我們同事描述的現狀都是眞的。」

「有多少人知道？」

「已經有人知道了，很快會傳遍各地。」

托瑪斯對德國的廣播由英國國家廣播公司安排。一開始，對方請他寫好講稿，由倫敦的德語播音員錄製，現在他自己在洛杉磯錄好演講後，把錄音送到紐約，透過電話轉錄到倫敦，最後在麥克風前播放。

「感覺眞像變魔術，」他告訴卡蒂亞，「但其實不是。說到底就是幾個英文單字——『組織』加上『決心』。」

他設法想像某人在德國某處，孤立害怕，身處漆黑的屋子或公寓，將廣播音量調低，才不會被鄰居聽見。他雖然可以用半吊子的英文對美國人演講，但現在他終於可以公開用德文演說。使用理性人文的語言，訴諸群體的認知。

「我是一名德國作家，」他說，「在此對各位演說，我的作品與個人都被你們的統治者追殺。因此，今天很高興能利用英國國家廣播公司提供的機會，定時向各位報告我在美國看到的一切，如今，我已經稱這偉大自由的國家爲我的家鄉了。」

有好幾次，他簡直無法克制自己的憤怒，畢竟當今德國人民面對納粹時的呑忍屈從，在他看來，已經無法饒恕。

「既然我的同胞，」他表示，「正在進行人類史上最令人髮指的殘酷暴行，我無法想像往後他們要如何與世界上其他友好人民平起平坐。」

他納悶聽眾中會不會有人依舊記得托瑪斯．曼在上一次世界大戰的立場，質疑他怎麼會有所動搖，畢竟如今托瑪斯堅持德國與任何國家並無二致，優勢相當，缺點都有，毫無例外。

「這原本就是常態，」他說。「德國的本質並不獨特。如今它四面樹敵，但這都是它自找的，德國當局對猶太人的血腥野蠻令它無法得到救贖，若要自救，必先面臨潰敗。」

如果連他都能徹底扭轉自己的政治觀點，上述演說應該足以鼓勵他的同胞重新思考自己的政治立場。假使他能理智思考，他深信其他人也做得到。

在錄音間時，他設法維持語氣條理分明，希望自己聲音中偶爾出現的顫抖足以使聽眾理解他的刻骨銘心。

當年年底，艾芮卡回家時收到一封聯邦調查局的來信，他們希望與她會面，想知道一九三三年前參與德國反法西斯運動，而目前也居住在美國的有哪些人。

卡蒂亞後來說，艾芮卡一定讓兩位前來與她見面的探員無所適從，因爲她從陽臺望著兩人離開的背影，他們顯得對於整件事終於結束非常開心。

但好幾天，艾芮卡憤恨難抑，她渴望將自己的磨難寫成一篇文章，或發表演說甚至接受採訪，連最細微的小事都足以讓她暴怒。

「他們問的問題！眞的非常無知！死腦筋鑽牛角尖，完全不留情面，也不懂得收斂。」從最後一句話，托瑪斯知道他們一定刺探了她與諸多女性的關係。

當一封聯邦調查局的便箋寄來，請他允許在自家接受會談時，他幾乎鬆了一口氣。知道他也在他們的名單上，至少讓艾芮卡不會感覺被針對。

「假使他們問我任何與妳相關的問題，」他對艾芮卡說，「我會說我是妳可憐無辜的老爸爸，家裡人任何事都不跟我分享。」

「他們會指責你偏袒共黨分子。」她說。

「布萊希特一定會喜出望外。」

兩位探員在約定時間出現，一人長相稚嫩，滿臉熱切，另一位則年長死板，托瑪斯決定就在書房接見兩位。在加州與聯邦調查局探員見面，若選擇在客廳則顯得過於浮誇炫耀，在書房見面會讓他們比較懂得尊重對方。

三人坐定後，年長探員果然用死板的腔調告知托瑪斯他的基本權利，托瑪斯請他們說話慢一些，也得諒解他的英語能力有限，畢竟這不是他的母語。

「我們可以聽懂你在說什麼。」年長探員說。

「我也可以聽得懂你們的話。」

他們一開始即表明自己來意是爲了瞭解布萊希特與其同夥，托瑪斯注意到無論自己如何解釋，他的立場都很兩難。畢竟西岸的德國流亡人士圈，本來就很難不見到布萊希特，但他對托瑪斯及其作品的輕蔑眾所周知。儘管探員們保證今天的行動絕對保密，但他懷疑此次會面的消息早已走漏。他想在當天稍晚立刻聯絡，讓他知道聯邦調查局已經開始撒網，或請海因里希從中幫忙也行，他與布萊希特經常見面。

「依你所知，布萊希特先生是不是共黨分子？」年長探員問。

「我不會知道大家的政黨傾向，除非他們自己告訴我，布萊希特先生也從未與我討論過類似的話題。」

他發現自己對這些問題令他有點惱怒，這讓他的英語講得更有自信，也更精準了。

「你認識第一夫人？」

「我也見過總統。」

「你能說他們不是共產黨，不是嗎？」

「假使他們是，那也很令人訝異了，對不對？」

「所以，同理可證，你也可以說布萊希特不是共產黨，對吧？」

「這也很讓人驚訝。」

「為什麼？」年輕人問。

「如果他是共黨分子，他絕對會跑到蘇聯，那裡非常歡迎共黨分子，他就不用住到美國了，這個國家唾棄共產黨。這我很確定。」

「你讀過他的作品嗎？」

托瑪斯猶豫了。他不想在兩人面前貶低布萊希特的作品，這絕對會引發更多疑問。

「在慕尼黑時，他的作品常常被改編演出，但他在巴伐利亞並不受歡迎。」

「我們知道，布萊希特先生是這裡的常客。」

「他從來沒到過我家。他也許會與我大哥見面，但他不屬於我家的生活圈。」

「是的，我們知道他和你哥哥很親近。你和你哥哥政治立場相當嗎？」

「不會有兩個人政治立場完全一模一樣。」

「在美國，有些人是民主黨，有些人是共和黨。」

「沒錯，但不是每件事人人觀點都一致。」

「你大哥是共黨分子嗎？」

「不是。」

「女兒呢？」

「哪一個女兒？」

「艾芮卡。」

「她不是共產黨。」

「我再問一次，你是否熟悉布萊希特先生的作品。」

「並沒有。」

「爲什麼？」

「我是小說家。他是劇作家，也是詩人。」

「小說家不讀劇本和詩嗎？」

「他的戲劇和詩不太符合我的胃口。」

「爲什麼不？」

「就沒有特別喜歡。許多人非常推崇它們，也不特別爲了什麼原因。正如有些人喜歡電影，有人愛看棒球。」

他看見兩人互望，知道他們認爲他是在看不起他們。

「我們期待你認眞對待這件事。」年輕人說。

他點頭微笑。假使他現在身處歐洲任何一個國家，面對這種詰問，他便有理由害怕。然而，此時此刻他唯一能做的，就是陪這兩個人玩一遭，確保自己告訴他們眞實情況，也無須侮辱他們的智力，或提出任何對布萊希特不利，或造成雙方敵對的說詞。

「這一年你見過布萊希特先生幾次？」

「我有時會在德國文化圈的聚會看到他，但我們聊天時間都不長。」

「爲什麼？」

「我很注重隱私。我專注於自己的工作與家庭。很多人都會告訴你們，我不擅長社交。」

「你能告訴我們你和布萊希特先生之間的談話內容嗎？即使是最簡短的也無所謂。」

「你們可能會覺得奇怪，但我們甚至不談論文學，更不用說政治了。我們可能會聊聊天氣。我是說眞的。我們的談話內容很拘謹，不特別深入。我們是德國人。天性不愛閒扯。我們是作家。本來就防衛心很強。」

「你現在防衛心很強嗎？」

「任何被聯邦調查局找上的人都會防備。」

審訊又持續了一小時，對方問起托瑪斯與總統伉儷及邁耶夫婦的關係，似乎他們連這個也起疑，接著，又重新問起托瑪斯與布萊希特相遇的次數及他對布萊希特身爲劇作家的看法。

最後一個問題，他想，是最奇怪的。

「假使我說『勞工階級』這四個字，你會聯想到什麼？」年輕人問。

「一九一八年時，我住在慕尼黑，當時城裡有一場支持蘇聯的革命。那是在通貨膨脹之前的年代。我們原本日子過得很舒適安穩，因此，我們很害怕這場革命，也不喜歡後來興起的法西斯主義。那場革命沒有成功，但確實是打著勞工階級的名義。」

「那群人呢？」

「是納粹同路人。」

「布萊希特先生也同意你的看法嗎？」

「這你得問他了。」

「我們是在問你。」

「我認爲他對這個議題的觀點可能比我微妙多了。」

一天晚上，聖塔莫尼卡的一場德國人聚會，出席的多半是作曲家或音樂家，托瑪斯注意到作曲家荀白克也出席了，他不久前曾短暫與他碰面。現在他們簡短而友好地交談片刻。

托瑪斯開始參加他認爲荀白克可能會出席的社交場合。在所有德語藝術家中，托瑪斯認爲荀白克最爲舉足輕重。

荀白克發明的十二音系統，清楚確立了古典作曲的無調性理論。此人從根本顚覆了德國音樂。托瑪斯不願意與他過於親近，也不想找他討論工作。相反地，他只想觀察他，建立此人的印象。從第一次相遇開始，他就知道自己在做什麼。

他最新的小說，主角是一位生活在一九二〇年代的德國作曲家，此人與某種暗黑力量簽了協定，只因爲想要實現自己的強烈野心。這位作曲家就是他新作品的人物雛型。主敘者叫查特布洛，是一位德國人文學者，也是作曲家的朋友。在小說中，查特布洛負責從旁觀察與篩選。另一位主角就是天才作曲家，此人陰沉難解，終日心事重重。爲自己帶來毀滅的宿命，甚至讓周遭認識他的人靈魂也逐日枯萎。

想到加州甜美湛藍的天空，托瑪斯便會心微笑，他在花園吃早餐時，沉浸在絕美和煦的晨光中，享受周遭富饒豐沛、無可挑剔的美，思緒平穩祥和，毫無波動起伏。然而，故鄉暗灰烏雲的天空，潮濕多雨的春天，嚴酷漫長的冬天、伊薩爾河面的刺眼光芒，或者呂貝克頑強難熬的天氣，早已塑形了他的冷靜知性，根深蒂固，甚至連如加州此等彷彿被下了魔咒般的天堂美景也難以撼動。從他的筆下文字，完全看不出來他早已遠離祖國多年。

托瑪斯和卡蒂亞每天追蹤新聞，早上看報紙，午餐晚餐聽廣播；兩人的情緒會隨著戰役挫敗或勝利迅速轉變。當軸心國軍隊在東線短暫告捷時，他們非常沮喪，但等到盟軍在魯爾區、柏林與漢堡轟炸的消息傳來，夫妻倆開始想像，戰爭就快結束了。

孩子們的信件和電話也會讓他們擔憂或開心。伊莉莎白密切關注戰事，特別是義大利前線。紐約的莫妮卡電話內容都很有趣，總是反覆訴說自己的不幸遭遇，對房東與計程車司機的不滿。她不提戰爭，有時反倒是種解脫。

「她有自己的仗要打。」卡蒂亞說。

邁克完全沒有與他們固定保持聯絡，卡蒂亞開始打電話給葛蕾，讓弗里多與爺爺講電話。戈洛在倫敦的美國廣播公司德語部工作。他的文筆細膩仔細，與艾芮卡的書信天差地遠，她漫無章法的雜亂筆跡甚至會寫到頁面空白處。克勞斯寄信的頻率比兄弟姊妹少得多。有時，他的信似乎是在深夜寫的，許多句子都被軍中審查單位大筆刪掉了。

在電話中，艾格尼絲・邁耶告訴托瑪斯，無論是公開或私底下，他必須字字斟酌謹慎。華府目前有些人正計劃徹底摧毀德國，確保它的工業將一敗塗地，無法翻身，往後，德國人民可能交由盟軍勝利國統治。她強調，有可能不久之後，他便需要出面反對。

一九四四年十二月，奈莉服用過量藥物，海因里希發現她昏迷不醒，送醫途中死在救護車上。當他發現她時，海因里希說，她看起來安詳美麗。

住在洛杉磯的德國作家全都參加了她的葬禮，包括布萊希特和德布林。告別式簡單隆重，海因里希不斷擦拭眼淚。在他準備轉身獨自離開時，托瑪斯對卡蒂亞示意，卡蒂亞跟上去，兩人一起將他帶回太平洋帕利薩德。午餐後，他在沙發躺了一下，他們送他回家。

奈莉死後，海因里希總是不斷談論她，形容她的善良貼心，沒有人能如此關心照顧他。

「美國她實在應付不來，」他說。「就是過不慣。」

撫摸與聞聞她的衣物，海因里希告訴他們，讓他得到了安慰，所以不打算丟掉她的任何物品，早上他先寫作，然後一天之內其他時間全都在思念她，海因里希說，從她死後，一切都不同了。

他告訴托瑪斯和卡蒂亞某位朋友的來信內容，對方說，在這個可怕的時代，她只希望能有個通風良好的墳墓，柔軟的棺木內襯，裝設床頭燈以供閱讀，還有，最重要的是，不要有任何回憶。海因里希表示，自己也有同感，除了回憶，海因里希仍然想擁有自己的回憶。

托瑪斯原定於一九四五年五月底發表題爲「德國與德國人」的演說，作爲他在國會圖書館職責的一部分。他不指望總統或第一夫人出席，但他認定他們會看講稿，因爲它必須提前付梓。他寫稿時，考慮羅斯福的立場，畢竟從艾格尼絲．邁耶那裡得知，總統仍想一舉擊敗日本，尚未認眞思考歐洲的未來。

德國必須潰敗，托瑪斯想，承認自己的罪行。所有曾經擔任納粹公職者都要接受審判，然而，他知道，故鄉早已成了一片廢墟。

「納粹必須確保，」他寫道，「帝國政體遺毒不會復甦；它只能走向崩解，當今世上沒有兩個德國，一個爲善，一個作惡；地球上只有一個德國，然而它最優良的本質卻被惡毒狡猾腐化爲邪惡政權。善良德國被邪佞德國推翻，就此陷入不義罪孽的循環深淵。」

即使他與卡蒂亞在海邊散步，他心裡也默默與羅斯福對話，認眞思考自己下一趟到華府時，該跟總統提出哪些建言。四月當羅斯福的死訊傳來時，他頓感失落。他深信，已經沒有人能帶領同盟國主導德國未來的方向。沒了羅斯福，史達林與邱吉爾絕對會表現自己最差勁的一面，而且他認爲杜魯門根本沒有羅斯福的領袖天賦。

他思考了好一陣子，認爲自己在華府的演講不該替已故總統作傳宣傳，但艾格尼絲・邁耶警告他，這麼做只會在杜魯門陣營中樹敵。

他準備要說的，他心想，在這只有二分法的年代，已經過於複雜了。他堅持所有德國民眾都該受到指責。他也要說，德國文化與德語內含有納粹的種子，但同時，它們存在著新民主政權的新芽，一個可以緩慢成形的新民主，完全成熟的德國民主政權絕對指日可待。就他個人而言，他將馬丁・路德視爲德國精神的化身，他象徵自由，但在他身上，也存在許多對立元素，彼此都足以相互毀滅。路德是個理性人物，但他的演說常常失去節制。他是改革者，但他對一五二四年的農民起義的反應簡直過度顚狂。他擁有鼓動納粹的憤恨與愚昧，卻也企圖改變，想要追求變革，釐清進展的方向，爲新德國帶來希望契機。

路德充滿極端，他解釋，卻也爲二元性解套。他就代表了德國人民。不相信這一點的人，對德國及其歷史一無所知。

他讀了講稿，嘆了口氣。他在華府的影響力取決於羅斯福的認同，總統尊崇他的理性，認爲所有善惡的爭論該被實際議題取代，這也是托瑪斯最能派上用場的地方。一旦羅斯福不在，托瑪斯過去鋪陳的繁複論點，意圖詮釋時局的說詞，只會被現在的當政者視爲晦澀難懂，無關緊要。

托瑪斯決定，他會去華府，認眞演說，把它當作一回事，但他也清楚，會有更多人將他的行爲當做空洞演出了。

當希特勒死訊與德國投降的消息傳來時，托瑪斯立刻打電話給海因里希，打算邀請他過來晚餐，順便過夜。這些日子以來，電話裡的海因里希總是疲累無力，聲音微弱。不過，今天他顯然想找人吵架。

「現在可以看出美國人與英國人的眞面目了。」他說。

「也許還有德國人的，」托瑪斯回答。「未來的磨難還有得瞧。」

「他們會讓世界成爲大型美利堅共和國。想到軍人還拿糖給小孩吃就讓我覺得噁心。」

「如果我有選擇……」托瑪斯原本想說，但又住了嘴。

「選擇？」海因里希問。「什麼選擇？」

「選擇讓美國人或俄國人解放我的祖國——」

「那你寧可拿走糖果。」海因里希打斷他。

當托瑪斯告訴卡蒂亞海因里希不想加入他們時，她說她這幾天會去看看他。

「我們有香檳，」她說，「但我想可以等到孩子們在場。我經常夢想以平凡的夜晚慶祝希特勒垮臺。我們終於可以擁有一個希特勒從來不想讓我們享受的尋常夜晚了。」

「尋常？平凡？」托瑪斯問。「這可是大事耶？」

「只有一晚而已，」卡蒂亞說。「讓我們假裝一下。我有一瓶我們很喜歡的溫巴赫酒莊的麗絲玲，我們聊天時，就冰著了。」

第十五章

洛杉磯 一九四五年

小說的結構如今在他的腦海中逐漸清晰了。它將由謙遜善良的德國人文主義者瑟瑞努斯·查特布洛講述，他是作曲家阿德里安·雷維庫恩的童年朋友。讓查特布洛主述，托瑪斯深信，文字會情感洋溢，讓人心有所感，當然也會有所偏頗。查特布洛眞摯可靠，但其視野遠景與分析力終究有限。身處沉淪的德國，查特布洛在最後幾個章節，確實描述了戰爭的進展。他就是托瑪斯的化身，個性比托瑪斯溫和，但經歷了相同的年代，目睹希特勒崛起，接收了一樣的資訊。作家與小說主述者兩人都緊盯未來發展，深知德國終將在毀滅後重振。屆時像這樣的一本小說便有可能世上佔有一席之地。查特布洛擔心德國戰敗，但他更害怕的是一個戰勝的德國。

他反對德國軍武的成功展現，因爲這是希特勒崛起的主要因素，也與他性格中的崇高信仰相互悖逆，假使法西斯成功留存，他作曲家朋友的作品將遭到埋葬，針對新音樂的禁令或有可能持續一百年；往後，這音樂將無法見證自己的榮耀，只能假以時日，靜待後世的讚譽褒揚。

希特勒垮臺前，托瑪斯無時不刻緊盯時局演變，感受查特布洛彷彿就在身旁。他想像查特布洛跟他一樣，也意識希特勒的統治即將告終。他如此讓查特布洛敘述，「我們支離破碎，傷痕累累的城市如成熟的李子般一一落下」。

他寫作時，也想像了它的讀者，小說的主述者就是其中之一。他們是躲在暗處的德國人，內心早已顚沛流離，但也是未來的德國人，德國就要從戰火中重生。一九三六年起，他的作品成了德國禁書，但他仍然寫作不輟，卻也時時懷疑自己的作品是否還能有德語讀者群，當時根本無從想像自己還能有讀者。如今，在他爲那些生活在陰影中，期待有可能重見天日的人們寫作時，終於可以使用飽受創傷的沉靜語氣，創造一個要有人持著蠟燭，點亮高聳空間的氛圍。

戰爭結束時，克勞斯和艾芮卡都在德國，服務美軍的克勞斯爲陸軍雜誌《星條旗》工作，撰寫戰後浩劫重生的德國城市百態，艾芮卡爲英國國家廣播公司記錄報導戰敗德國的現狀。戈洛也在德國，忙著在法蘭克福成立廣播電臺。克勞斯從慕尼黑寫信給父母，表示這座大城已經成了巨型墳場。他說，自己好不容易才找到童年曾經熟稔的大街小巷，但處處都已夷爲平地或淪爲瓦礫。他原本夢想能收回波辛格大街的老家，驅趕住在裡面的納粹高官，搬回自己的舊房間。但他甚至連可以敲的門都找不到！房子已經成了空殼。後來他才得知，戰時它成了妓院，用來製造更多亞利安人的寶寶。

艾芮卡是少數獲准探視紐倫堡戰犯的人士之一。當他們這位訪客的身分讓納粹戰犯們知道後，她聽說他們有人很後悔沒有與她認眞交談。「我本來可以向她解釋一切，」戈林大喊。「曼氏家族的後續處理錯誤連連。我的處置方式大大不同。」艾芮卡告知父親這件事時還說，老爸錯過了可以住進城堡，讓妻子戴鑽石，而且走到哪裡都有華格納音樂相伴的機會。

克勞斯利用軍隊通行證前往布拉格，看能不能找到咪咪和蔻琪。經過漫長的搜索，他終於找到了，也寫了一封信給大伯，詳加解釋兩人現況。海因里希找上托瑪斯和卡蒂亞，給他們看這封信。蔻琪，克勞斯寫道，戰爭時幾乎餓死，但她從未被捕，她母親在特雷津集中營待了好幾年，幸運存活，然而，克勞斯寫道，自己幾乎認不出原本美麗優雅的咪咪了。她中過風，頭髮與牙齒幾乎掉光，無法開口說話，聽力受損嚴重。她還留著一口氣簡直是奇蹟，母女兩人如今流離失所，一無所有。

克勞斯寫信給母親，請她寄給她們食物、衣服和錢，但不要用德文往來書信，因為它在布拉格並不是常見的語言。

托瑪斯知道財務狀況是海因里希的隱憂。他想到，萬一德國東部未來讓俄羅斯接管，大哥或許有打算回德國。他想為海因里希負擔旅費。看完克勞斯的信後，托瑪斯望著大哥的背影因悲傷縮起了肩膀，他知道海因里希依舊為咪咪的悲慘遭遇自責不已。

托瑪斯注意克勞斯的描述很激動，他提到自己與弗朗茲．雷哈爾和理查．史特勞斯見面，這兩人完全不因為戰時錦衣玉食有任何愧疚。這讓克勞斯幾乎抓狂，當問起史特勞斯是否曾考慮離開德國時，史特勞斯反問克勞斯，他何必選擇離開一個擁有八十家歌劇院的國家。克勞斯將這段話改為大寫，轉達給父母，後面加了許多驚嘆號。

克勞斯也採訪了毫無悔意的溫妮菲德．華格納。她談到希特勒的奧地利人魅力，他的慷慨大方與獨特的幽默感。克勞斯寫信回家時，提到自己原本深信文章的內容會引起公憤，但似乎沒有人注意。

他隨信附上《星條旗》的剪報：「我在之前的祖國感覺像個陌生人。我與曾經是我同胞的人們隔了一道深淵。無論我在德國哪裡，憂鬱的曲調與懷舊的主旋律如影隨形，它們一再提醒我：你無家可歸了。」

克勞斯還找到了朋友們的下落：許多人遭受折磨凌辱，也有人被謀殺。另外，有一小群人與當權者合作，正逐步取得影響力。他寫信給父母，強調德國人民不明白自己當前的災難，正是國民集體行為對世人造成的後果，一切都難以挽回了。

「等到一切結束後，眞不知道克勞斯該如何維生，」卡蒂亞說。「到時候，已經沒有人需要一個無法阻止自己講眞話的德國人了。」

戰後幾星期，托瑪斯經常想到恩斯特・貝特拉姆。他現在應該人在德國某地吧。就算此人沒有羞恥心，至少也得知道該如何應對進退。身爲納粹支持者的他，大概已經沒了自己的學術工作，他對尼采以及其世界的瞭解將再也無用武之地，納粹燒毀名家名著時，此人只知旁觀，幸災樂禍，終其一生，貝特拉姆都無法替自己脫罪。

就算沒有貝特拉姆，希特勒依舊會掌權，一切的殺戮與混亂仍會發生，但托瑪斯深信，他高聲疾呼支持希特勒，加上他朋友的聲援，就等同知識分子爲納粹背書。畢竟貝特拉姆能打著已故哲學家的名號，一路挺納粹，用上各種與德國傳承、文化及命運相關的花俏口號，在凡人看來，法西斯主義似乎也沒那麼貪婪，更甭說與仇恨或權力有關了。

當房屋窗戶被打破，猶太會堂被燒毀時，在猶太人被拖出家門，荒唐暴行處處可見時，托瑪斯真不知道，這位知識淵博的學者怎麼可能迴避自己的眼神，昧著自己的良心？他又用什麼詭計取悅監禁同性戀者的高官？他有沒有想過一切將如何結束：城市斷垣殘壁，人民飢餓受凍，設立某種委員會確保恩斯特．貝特拉姆這種人再也不得發言？

幾個月後，邁克和葛蕾宣布他們將帶兩個兒子到太平洋帕利薩德住一個月，卡蒂亞非常期待他們造訪，因為這會讓家裡氣氛輕快一些，托瑪斯投注全部心力在小說上，德國已經戰敗，每天都有人打電話想瞭解托瑪斯．曼一家何時準備榮歸故土，如今，法西斯主義已經潰散，大家都想知道曼氏家族是否願意參與重建，這一切越來越疲於奔命了。

邁克一家剛抵達，托瑪斯便想盡辦法要逗弗里多開心。最初幾天，他總會利用工作時間抽空離開書房，找小男孩玩。他甚至鼓勵弗里多在他寫作時來找他，他會停筆，把孩子高舉空中，他還重拾當年孩子們在卡蒂亞不在時，他為他們表演的魔術把戲，也陪孫子畫畫。

邁克對父親的作品發表了尖刻批評。他對作曲家的心思又懂什麼？為了家庭和諧，托瑪斯容忍兒子檢討音樂本質的言論，它的內容都在針對托瑪斯，甚至帶有一絲厭惡。邁克顯然很反對父親挑戰自己畢生致力學習的規矩。托瑪斯想讓邁克分心，假裝恐嚇弗里多，弗里多大笑尖叫，惹得葛蕾出聲警告他必須在餐桌上表現得體。

「爺爺跟小丑一樣，又怎麼期待孫子好好表現？」邁克問。

由於孫子沒有會說德語的朋友，於是他只能從父母那兒學習，他說話時混雜了寶寶語言與成人用詞，逗得托瑪斯樂不可支。

他自己腦子成天塞滿了德語，他想，因爲他只能利用主述者的刻板音調，強調德國人的行事作風。聽見孫子童言語滔滔不絕時，他著迷了。但這沒有讓他聯想起自己的童年，畢竟當年大人並不鼓勵小孩發表長篇大論，他也沒有回憶起自己身爲年輕父親的歲月，因爲他家孩子更樂於打斷彼此說話，不會找他聊天。弗里多令人耳目一新。每天早上他醒來時，想到可以聽見孩子說話就令他會心微笑，他終於找到娛樂自己，開心一整天的方式了，他天天都等到弗里多就寢才甘願休息。

「要是艾芮卡回來，」邁克說，「她會逼你乖乖待在書房。」

等待艾芮卡抵達時，卡蒂亞得知哥哥克勞斯．普林斯海姆將帶兒子從日本到美國，也希望在艾芮卡和邁克在家時，前來拜訪。

卡蒂亞忙著爲即將出現的貴客做好準備，她掛了一些家庭照片，將搬家後一直收在床底的箱子取出來。她已經四十幾年未曾與家人同住屋簷下了。她父母在戰時於瑞士去世，她父親一直對自己淪爲放逐海外的下場耿耿於懷，她的兄弟流離失所，慕尼黑的老家被徹底夷平，同樣的地點蓋了一棟屬於納粹的建築物。在她心目中，哥哥克勞斯的來訪，猶如帶回了她早年在慕尼黑的青春歲月。

托瑪斯聽見克勞斯抵達的引擎聲，走出屋外，他幾乎馬上後悔了。克勞斯沒了俊俏帥氣，但嘲諷犀利的風格一如既往。托瑪斯望著克勞斯默默欣賞富麗堂皇的建築，精心設計的花園，假意伸出雙臂讚嘆，而後聳聳肩，彷彿在說，其實這都只是表象罷了，如此而已。

「看來我的鳥兒找到了她的鍍金鳥籠。」他說，一面擁抱妹妹。

克勞斯的兒子站在他身旁，比他父親還高。他左右環顧，神情冷靜超然。彼此介紹時他禮貌鞠躬，與眾人握手。

克勞斯只對妹妹說話，當艾芮卡刻意插嘴後，他也跟她對話，甚至沒有看托瑪斯一眼。

很快地，克勞斯開始譏諷托瑪斯的日常行程，但托瑪斯仍在早上留在書房，下午散步打盹，晚上讀書，盡可能避開克勞斯．普林斯海姆。幾天後吃午餐時，克勞斯提到自己聽說了托瑪斯的最新作品。

「關於作曲家的小說？沒錯，我認識很多作曲家，我是馬勒的門生。你們知道，他本人比他的音樂好懂多了。他很有野心，很怕太太，但他並沒有被惡魔附身。」

托瑪斯不覺得自己需要回答。他看著卡蒂亞，注意到她凝視雙胞胎哥哥的眼神盡是欽佩。

第二天，克勞斯提到《魂斷威尼斯》。

「我的外婆很愛這本書，愛不釋手，直到我媽媽命令她不可以過度讚美它。我爸爸則確信，一旦這本書上市，當他去看歌劇時，人們會對他嗤之以鼻。因爲這本書，我交了許多朋友，全是戀童癖。當時我大概有一整年的時間都不需要自己掏腰包喝香檳。」

托瑪斯注意到艾芮卡僵了。

「這本書本來就很棒，」艾芮卡說。「我爸爸所有作品都値得喜愛。」

艾芮卡的語氣很認眞，讓克勞斯．普林斯海姆不知所措。他耐心聽艾芮卡對紐倫堡審判的敘述，

當時英國檢察官深信自己引用了歌德的文字，但其實是來自托瑪斯那本關於歌德的作品。接下來的用

餐時間，克勞斯安靜不語。

「我聽說，每一章完成後，你都會大聲朗讀，」克勞斯在第二天的晚餐上說。「我很想成為聽眾。」

他說得很無辜，彷彿出自眞心誠意。隨後他轉向他妹妹。

「現在我早就沒有以前帥氣了，爲了讓人留下深刻印象，我得把妹夫的家庭習慣拿來當閒聊的話題。」

托瑪斯捕捉到艾芮卡的眼神，他認爲她此時跟他一樣，都想朝克勞斯灑一杯酒。

「不然我們來聊聊日本，」卡蒂亞說。「天皇覺得自己是神。他參加過你的音樂會嗎？」

那一週的星期五，大家約好時間讓托瑪斯朗讀小說。他會讀兩章，第一章是關於一名叫做小艾可的男孩，還有他如何點亮他那位孤單作曲家伯父的人生，第二章是關於小男孩的死。

隨著時間逼近，他反而有點怕朗讀自己的作品，開場白很容易，內容都在描述小男孩的長相以及他個性的可愛，但他認爲卡蒂亞馬上就會聽出他是以弗里多爲藍圖，創造了小艾可。他幾乎希望自己原本選了個性更晦澀模糊的人物，才不會被聽眾聽出來。

大家齊聚一堂，包括剛回家的戈洛，表面上，這是一場幸福溫馨的家庭聚會。但當他加以深思書中的場景時，他才意識它們有多麼私密。他賦予這位德國作曲家自己眞心喜愛的人：一個天眞無辜的小男孩。然而，由於他的作曲家雷維庫恩只能傷害最親近他的人，因此，小男孩注定得死去。這將是全書中最具人性化的部分，因爲他詳盡記載了此等喪親失落的苦痛，讓雷維庫恩必須爲自己的熊熊野心付出慘痛代價，他與魔鬼達成的協議，將從民間故事與幻想國度全數轉換成眞實犀利的體驗。

他先瞥了幾眼卡蒂亞。她微笑表示贊同。當他讀到男孩的死時，他速度放慢，不抬頭看聽眾。他不知道自己在男孩遭受病魔折騰的每一階段，是否描述得不夠詳細，以至於效果並沒有太過驚悚駭人。男孩痛苦哭喊：「艾可沒事的！艾可沒事！」但他稚嫩臉龐早已面目全非，猙獰可怕，甚至咬牙切齒，彷彿被附身了。

小男孩死了，托瑪斯做了自己認爲應該要做的事。他將稿子放在一旁。現場沒有人說話，最後，戈洛打開靠近他的燈，伸了伸懶腰，發出低沉的呻吟。克勞斯．普林斯海姆雙手緊握，眼睛緊瞪地板。他兒子臉色蒼白坐在他旁邊。艾芮卡盯著遠方。卡蒂亞默默坐著。

艾芮卡將大燈打開，托瑪斯起身，假裝研究剛才的書稿；他知道卡蒂亞走近他。

「所以你才跟孫子這麼親密嗎？」她問。

「弗里多？」

「對，不然呢？」

「我愛弗里多。」

「愛到足以把他寫進你的書？」她問，一言不發地走過房間，加入哥哥與他兒子。

第十六章

洛杉磯　一九四八年

伊莉莎白看著他的眼神非常古怪。

「我家女兒不喜歡被嘲笑。」

「我以爲只有安吉莉卡。」卡蒂亞說。

「朵明妮卡也是，」伊莉莎白說。「所以請不要惹惱她們。」朵明妮卡還不到四歲，托瑪斯覺得把外孫女當作成年人討論很奇特。

伊莉莎白帶著兩個嚴肅的女兒回娘家，她的丈夫博格斯到義大利，似乎前去進行某項極其敏感，無法說明的任務。第一次吃午餐時，托瑪斯發現安吉莉卡不想加冰塊，於是說自己認識的聽話小女孩都熱愛冰塊。

「不愛吃冰的小女孩通常都不是很乖巧喔。」他用英語說。

八歲的安吉莉卡立即變臉，轉頭向母親表達自己的不愉快。伊莉莎白要她去廚房，請僕人讓她在花園找地方吃午餐。

「我等會再回來確保妳沒事。」她冰冷瞪視父親。

「我是在開玩笑。」托瑪斯說。

「她不喜歡被當成小女孩，」伊莉莎白說。「或是被人說不乖巧。」

「還眞機靈，」艾芮卡說。「我也不喜歡這樣。」

「我確定自己從來沒叫過妳小女孩。」托瑪斯說。

「或是說她不乖。」卡蒂亞補充道。

後來，托瑪斯和卡蒂亞在書房低聲討論伊莉莎白在離開他們的十年間究竟經歷了哪些事。托瑪斯與兩個孫子的關係，完全建立在各種玩笑上，多年來，他不斷開發新綽號稱呼他們，偶爾變變魔術。他因此無法想像爲何孫女們對這種輕鬆自在的相處模式不以爲然，看來一定是來自無趣博格斯的家族遺傳，一點幽默感都沒有，而且敏感得不得了。

第二天午餐時，蒼白的安吉莉卡一臉委屈，彷彿自尊受損的小公主。托瑪斯注意到艾芮卡挪到她身邊。

「妳最近在看什麼書？」艾芮卡問她。

「我家很難回答這個問題，」孩子說，「因爲爸爸說義大利語，媽媽說德語，我和妹妹彼此用英文交談。所以我們有各種的書可選。但目前我正在讀路易斯．卡洛爾的作品。他對我影響很大。」

散步時，托瑪斯和卡蒂亞散步時，都認爲若是他們小時候用這種語氣說話，肯定被父母與兄弟姊妹恥笑。

「你想，」卡蒂亞問，「美國小朋友就是這樣嗎？或者伊莉莎白和博格斯在芝加哥就是這樣教養小孩的？」

第二天早上，艾芮卡在客廳地板放了一張歐洲地圖，向安吉莉卡展示自己去過的地方，安吉莉卡思考一會兒之後，提出了不少問題。朵明妮卡則在角落玩洋娃娃，伊莉莎白在一旁看書。

「艾芮卡阿姨等會要帶我們去瑪麗安德雷灣。」安吉莉卡用德語對他們說，托瑪斯認爲它聽來有一絲義大利腔。

「妳們兩個都要去嗎？」卡蒂亞問。

「對，吃霜淇淋和熱狗。」

「但是，請注意，霜淇淋別加芥末喔。」托瑪斯說，隨即意識這句話可能又被小女孩們聽成在恥笑她們，諷刺她們不懂如何吃熱狗。他放棄了。

「聖塔莫尼卡的熱狗很棒。」他說。

「我們聽說了。」安吉莉卡說，從地圖上抬起頭。

午餐時，艾芮卡與兩個女孩都不在，托瑪斯對伊莉莎白激進的反德論點很訝異。

「我跟那個國家已經沒有任何關係，」她說。「我對它做了什麼或沒做什麼一點都不感興趣。」

托瑪斯納悶伊莉莎白是否後悔嫁給博格斯，他設法抽絲剝繭，旁敲側擊。

「妳怪罪德國毀了妳的青春？」他問道。

「我不怪父母，也不怪我過去的祖國，我誰都不怪。」

「爲什麼要怪父母？」他問。

「第一，我沒有受過適當的教育。第二，我總覺得父母疼我是在獎勵我。」
「獎勵什麼？」卡蒂亞問道。
「因爲我安靜，因爲我聽話，因爲我是乖巧的好女孩。」
「妳對妳弟弟可完全不是這樣吧。」卡蒂亞回答。
「因爲邁克是個討厭鬼！」伊莉莎白說。
她笑起來。
「妳結婚後有過很多次外遇嗎？」托瑪斯問。
他聽見卡蒂亞喘了一口氣。他也沒想到自己竟然敢問這問題。
「一、兩次吧。」伊莉莎白回答，又笑了。
「妳和赫爾曼·布洛赫一起嗎？」他問。
「我們廝混了一次，也許兩次。我不認爲這是外遇。但那是在我結婚之前。我認識他時，他很好玩。」
「這個人以粗魯聞名。」托瑪斯說。
「對我不會。」她回答。
她變得氣場強大，咄咄逼人，托瑪斯心想，眞希望她能多待一陣子。
剛才他沒注意到，她身旁放了一本皮革封面的筆記。
「我有一些問題要問你們。」她說。

「我相信妳一定有的。」卡蒂亞回答。

「第一，爲什麼艾芮卡在這裡？」

「她沒地方可去，」卡蒂亞說。「哪裡都去不了。以前，她可以演講。但現在根本沒有人想聽德國和戰爭。」

「她丈夫呢？」

「奧登？他從來都不是她眞正的丈夫。她已經很多年沒見過他了。」

「爲什麼她不和布魯諾・華爾特在一起？我以爲他的妻子去世後，她可能會嫁給他。」

「他還有其他計畫。」卡蒂亞說。

「她在這裡幹什麼？」

「她當爸爸的祕書。而且，只要我允許，她也準備接收家管的工作，大小事由她決定。」

「你們爲什麼不鼓勵她找到自己的人生？」

「妳爸爸需要她。」

「她打算一直和你們住在一起？」

「目前看來是這樣。」卡蒂亞說。

「莫妮卡呢？」

「在紐約，」卡蒂亞說。「妳沒收到她的信嗎？我有時每天收到一封信。」

托瑪斯望向她，有點吃驚，之前他都不知道這件事。

「她說她夢想找到一個沒有書的地方，」卡蒂亞說。「所以她並不急著拜訪我們。但我相信情況會改變的。向來如此。」

伊莉莎白用手指往下看她寫好的問題。

「妳為什麼嫁給他？」她問母親，用手隨意指著托瑪斯。

卡蒂亞甚至完全沒有猶豫。她流利回答，彷彿早已經準備好答案。

「在所有可能的人選中，無論是現在，過去與未來，你們的父親是最不荒唐誇張的男人。」她說。

「這是唯一的原因？」

「嗯，還有另一個，但那是比較私密的答案。」

「我只問這一次。」

卡蒂亞喝了一口咖啡，似乎在整理她的思緒。

「我父親四處留情，無法克制自己，見一個愛一個。妳的父親沒有這種問題。」

「需要我離開，讓妳多說一點嗎？」托瑪斯微笑問道。

「不用了，我的愛。沒什麼要補充的了。」

「你們為什麼還跟阿爾瑪·馬勒來往？」伊莉莎白問道。

「啊，這問題很有趣，」卡蒂亞說。「她很愛找人吵架，威爾佛去世後，更是變本加厲。她喝酒，想說什麼就說什麼。我對她沒什麼好話可說。」

「但你們仍然持續接待她？」

「是的。她還保留一點傳統維也納人的作風。我不是指古老時尚的維也納上流社會。我是指他們盡情享樂的生活方式。我熱愛這樣，現在很難看到了。也許阿爾瑪是最後一位了。」

「再來，最後我要問，克勞斯寫信告訴我，說你們對他很苛刻。」

「他不知道自己該何去何從。」卡蒂亞說

「你們不想讓他回到這裡？」

「我們不能無限期資助他。」卡蒂亞說。

「但艾芮卡就行？」

「艾芮卡要爲爸爸工作。妳想克勞斯做得到嗎？」

「這就是你們的雙重標準？」

「夠了！」卡蒂亞說。「我不知道要拿克勞斯怎麼辦，我們就講到這裡，可以嗎？」

「我不想要妳不高興。」伊莉莎白說。

「那就此打住，可以吧？」她母親再次重複。

克勞斯剛回太平洋帕利薩德時，整個人枯瘦憔悴，孤僻崩潰，連艾芮卡都認爲最好不要找他吵架。托瑪斯問她他是否在服用嗎啡時，她聳聳肩，彷彿是要他知道，答案應該很明顯了。也許，托瑪斯想，克勞斯的私生活有狀況，讓他沒了錨，只能隨波逐流。但克勞斯總有辦法無視他個人的傷口，轉而強調自己的文學聲譽，抑或對公眾事件表達意見，整個人陷入顛狂憤怒的狀態。這一次，他對艾芮卡的第一任丈夫格倫根特別介意，這傢伙在戰時成爲戈林最愛的演員，如今被俄羅斯人釋放之後，重振旗鼓，以勝利之姿回到舞臺。他在戰後的第一次公開演出，觀眾起立致敬，克勞斯也出席了盛會，目睹眾人爲格倫根喝采。

有好幾次，托瑪斯聽到了兒子對任何願意聽他說話的人重複那個畫面，克勞斯說，德國同胞不公開支持淪爲階下囚的納粹高層以及他們創造的口號，反而高聲讚揚一位向來受到納粹高官熱愛的演員，這在在表明國內上下對自己所爲毫無愧疚，缺乏悔恨。

「光天化日做不到的，」克勞斯說：「暗地裡再進行。」

克勞斯對自己有可能回到德國生活的想法憤恨難抑。

「我一九三三年離開，並非因爲我做了什麼，而是因爲他們的所作所爲，如今我不願意回去，不是我本人的因素，而是痛恨他們的本質。」

他可以成爲優秀的撰稿人，托瑪斯想，或文化部長。

兩個月前，不會開車的克勞斯寫信給卡蒂亞，說他希望住洛杉磯，或許找個在離父母家不遠的小房子棲身。他請母親幫忙注意有沒有類似的住所，替他詢價。此外，他還補充，自己需要僱用一位年輕司機兼廚子，如果長得俊俏更好。他會住半年，他說，偶爾可跟父母用餐。

卡蒂亞不太開心。托瑪斯不確定她氣的是因爲克勞斯似乎篤定父母會替他付房租，或因爲兒子想找年輕帥氣的司機，或因爲他只會待六個月。卡蒂亞回覆克勞斯，讓他知道父母在各方面都不願意繼續資助他，而且他的提案相當過分，托瑪斯知道，這應該是她第一次對兒子措辭嚴厲。

這幾天克勞斯回來時，他們能聽到他在夜裡走動，也注意到他精神不濟，在餐桌時而安靜，時而打瞌睡，時而滔滔不絕，看來應該仍然沒有擺脫毒品。多數的日子他連鬍子都懶得刮，儘管他母親堅持他衣服很多，他還是不常更換梳洗。

克勞斯已經四十出頭，仍然對自己打算寫的書或文章有著天馬行空的想法。前一刻可能是波特萊爾的傳記，下一秒又說要寫小說，而且要用假名，內容是戰前紐約的同志生態。後來還說想寫文章記錄自己戰後觀察到的德國萬象，或者是一篇美國火車遊記也行。他早餐從來不出席，午餐就緒時才剛起床。他避開花園的陽光。

「如果你早點起床，」卡蒂亞說，「你就能寫一本全世界都想看的書。」

當托瑪斯看見克勞斯理了鬍子，梳好頭髮，西裝筆挺，穿著白襯衫，腳踩新鞋，拿了手提箱等車子送他到聯合車站時，他便知道卡蒂亞之所以一臉愧疚，是因爲她塞錢給克勞斯打發他回紐約。

托瑪斯與妻子和女兒獨處了一段時間。艾芮卡忙他的書稿，每天提供建議，固定爲他整理書信，卡蒂亞則不太找他，她在花園角落放了躺椅，平常會在那裡看書，偶爾也幫忙園丁。

艾芮卡處理郵件，也管理他的日記，有時餐桌上只有他們父女倆對話，卡蒂亞靜靜坐在一旁。母女間很少有言語衝突。但是某天戈洛在場時，艾芮卡對沙拉醬很有意見，堅持蔬菜煮過頭了。

「感覺像是回到慕尼黑時期，當年的食物好恐怖。」她說。

「哪裡恐怖？」卡蒂亞問。

「濃稠肉汁掩蓋了食物美味，而且都太熟了！太硬了！根本吞不下去！巴伐利亞的食物！」

「當年妳對滿桌的餐點充滿感激。」

「我當時什麼都不懂。」

「妳說得很對，當時妳不懂分寸，現在還是如此，」她母親說。「我常常在想我們怎會生了妳。」

「肯定是一夜激情吧。」艾芮卡說。

「就像妳和布魯諾・華爾特！」

卡蒂亞話一說完，臉色瞬間刷白，轉頭看向戈洛。托瑪斯注意到戈洛向母親示意，請她不要再講下去。托瑪斯則準備速速結束用餐，閃回書房。後來，卡蒂亞也沒敲門找他散步，這他不訝異。戈洛開車帶她出門兜風了。

克勞斯從紐約回來，整個人看起來比之前更疲憊骯髒。托瑪斯知道卡蒂亞與艾芮卡決定晚點再對他透露克勞斯回來的原因。

起初幾天，克勞斯都待在房間，三餐放在托盤送到門口。

「我要他保證半夜不得出來閒晃，」卡蒂亞說。「家人都需要睡眠。」

「他怎麼回事？」托瑪斯問。

「艾芮卡比我更清楚。他參加紐約一個愚蠢的派對，遇到警方臨檢，但其實他早就嗑了藥。我也搞不清楚是什麼，總之會讓人前一秒興奮躁動，下一秒又憂鬱低落，他現在就處於低潮期。」

當克勞斯開始跟大家一起吃晚餐後，變得很多話，也容易激動，但有時連一句話都說不完，卻也不讓人插嘴。講到莫妮卡時，他很投入，兩人在紐約見了面。

「她在房間囤積食物，不付帳單，被好幾家旅館掃地出門，」他說。「我們在加州過得奢華的生活，莫妮卡受盡苦難，就像流落街頭的遊民。我們應該替她做點什麼。我告訴她，她需要和我們保持聯絡。」

他來回看著家人，原本像個瘋子的他，現在看起來平靜多了。

不久，有人開始從舊金山持續打電話要找克勞斯。

「是哈洛。」卡蒂亞說。

「就算是邱吉爾我也不在乎。」托瑪斯回答。

哈洛似乎是克勞斯在紐約的情人，這傢伙來到西岸，就這麼剛好，克勞斯也正好回家探親，哈洛在舊金山丟了工作，正在前往洛杉磯的路上。這些電話是一大警訊。

家人用餐時，有人會提到哈洛酗酒，或是哈洛勾搭上另一個聲名狼藉的年輕男子，與克勞斯三人一起住進洛杉磯市中心的旅館。還有哈洛被捕，叫克勞斯替他付保釋金。

艾芮卡和母親討論這些事情時，托瑪斯注意到他家的孩子似乎都很樂於將自己的快樂建在其他手足惹出來的麻煩上。克勞斯一談到莫妮卡，就顯得明理冷靜。邁克的暴躁讓伊莉莎白得意洋洋，艾芮卡惹父母生氣時，伊莉莎白也會發出滿意的咕嚕聲。戈洛也是如此。艾芮卡與母親站在同一戰線，同樣憂心哈洛與克勞斯。克勞斯晚上不回家後，原本王不見王的母女聯合對外，先是悲嘆克勞斯的荒唐行徑，又擔憂這一切會如何結束。最後，她們提出危機解決方案，包括艾芮卡和克勞斯合作將《魔山》改編爲劇本。

托瑪斯聽到這裡，將卡蒂亞拉到一旁。

「他們盡量幻想無所謂，但我們絕不能姑息。」

「艾芮卡樂觀以對。」

「那就讓她繼續保持樂觀吧。」

他知道，這是他在卡蒂亞面前最接近批評艾芮卡的說詞了。

哈洛從監獄獲釋後，因為之前的另一項罪行立刻移監到下一處監獄。艾芮卡不得不開車送克勞斯去探視他。

「這傢伙聽起來非常有意思，」托瑪斯對卡蒂亞說，「這個叫哈洛的。我也許更喜歡他，而不是孩子們找的那些伴侶，例如布魯諾．華爾特和親愛的葛蕾，伊莉莎白那個吵死人的義大利丈夫，甚至是戈洛短暫邂逅的普林斯頓大學圖書館員。」

「克勞斯告訴我，他長得很帥。」卡蒂亞回答。

兩人大笑，印象中他們已經很久沒有這樣了。

「我們現在只需要莫妮卡。」托瑪斯說。

「我已經匯錢給她，她要去義大利，」卡蒂亞說。「她想去那裡。」

「工作嗎？」

「不要問。等她安全抵達，我會告訴你。我一直在想克勞斯。他真的應該有自己的公寓。他告訴我，他已經找到地方，價格合理。他還想買一輛車，上駕駛課。之前我告訴過他我們不會付錢，但這次我全都答應了。每次我一看到他，一心只想好好疼愛他。我猜他很清楚這一點。我變成自己最看不起的那種媽媽了。」

哈洛剛出獄時，曾經隨克勞斯住進他的新住所，但不久後，他又開始亂搞，人也不見了，獨留克勞斯一人。卡蒂亞與艾芮卡同情克勞斯的際遇，反讓托瑪斯困惑不已。

「這就是他想要的人生。離父母很近的公寓，有車。唯一沒有的是帥氣司機。他是一個人沒錯，但獨處不就是每一位作家的夢想嗎？」

電話在淩晨一點響起；他聽見卡蒂亞接了起來。她立刻到他房間。

「克勞斯割腕。在聖塔莫尼卡醫院。醫生說他沒有立即危險。我會開車去醫院。艾芮卡還在睡。早上再叫她。」

卡蒂亞離開後不久，艾芮卡敲他的門。

「車不見了，」她說。「媽媽呢？」

接著艾芮卡堅持要開車去醫院。

托瑪斯進了書房。有那麼一秒鐘，他想自己應該打給戈洛，或是伊莉莎白。讓其他人知道這件事，多少能讓他有些安慰，而不是獨自枯坐家中等待消息。然而，他一個人在家，假裝克勞斯還在樓上熟睡或仍在紐約，似乎也容易多了。

如果要說克勞斯跟哪一位家人很像，托瑪斯想，應該就是克勞斯的露拉姑姑了。露拉同樣想像力奔放，難以饜足。她不甘於平凡度日，起初，她期待婚姻能解決自己的困境。結婚後，她指望生兒育女能帶給她快樂。女兒出生後，她原本想住進更大的公寓，或裝修房間，也許出門渡假。他記得小時候，露拉看書時總會快快翻閱，直接享受令人開心的結局。

同樣地，克勞斯也想出版作品，卻不喜愛沉悶的寫作過程。事實證明，克勞斯對於刺激新奇的事物難以抗拒，露拉也是如此，一旦這種興奮感難以延續，他們就會覺得走投無路了。

托瑪斯在書房等待，思緒在他腦海中進進出出，都與兒子有關，他期盼盡快聽見車道的引擎聲，表示卡蒂亞和艾芮卡回家了。他想打電話問醫院，又知道假使有任何進展，會有人打電話通知他的。

妻女現身時，托瑪斯已經回到臥室。他下樓後她們告訴他，克勞斯手腕的傷口不深，他會活下來的。

醫院有人聯絡當地報社，透露克勞斯自殺未遂，而後，全美與國際媒體加油添醋，於是一整天，托瑪斯家中電話響個不停，老友或點頭之交都想知道克勞斯的現狀。

戈洛回家，母親與姊姊責備他每次電話響起時都拿起聽筒，又直接將它掛掉。就連聽說克勞斯狀況好轉，正在看書的戈洛連頭也沒抬。但當托瑪斯找戈洛討論克勞斯自殺未遂的問題，想藉此拉攏戈洛時，他冷冷回應了。

「媽媽很擔心。」他說。

托瑪斯回到書房。沒多久，艾芮卡就來敲門，告訴他克勞斯想在出院後回家前先去游泳。

「他打開瓦斯，知道鄰居的廚房窗戶就在隔壁，肯定會聞到怪味，所以刻意將廚房窗戶打開。他們用力敲門時，他就拿一把很鈍的刀子劃傷手腕。真的很莫名其妙！」

克勞斯住進聖塔莫尼卡的旅館，以便與再度出現的哈洛繼續鬼混，卡蒂亞已經禁止哈洛到太平洋帕利薩德家裡了。托瑪斯得知伊薛伍德也在同一家旅館。

「就是替妳找到丈夫的那一位伊薛伍德？」他問。

艾芮卡點頭。

「眞是個厚臉皮的東西！我還以爲穿軍服會對他有點幫助，所以，世界擺脫了暴政，這傢伙根本一點都沒有出手協助吧？」

「他根本沒有上場。」艾芮卡說。

「所以我們能對他下禁令，就像對哈洛那樣嗎？」

阿爾瑪．馬勒打電話來。

「我知道你們一定很擔心。自殺就像美貌與藍眼睛，會在家族代代相傳！永遠不會消失！你們的妹妹！上一代是否也有人自殺？」

托瑪斯告訴她並沒有。

「當然，當年人們不討論這種事的。你父親是怎麼死的？」

托瑪斯向她保證，議員是自然原因死亡。他很想改變話題。

「我的繼父、我的繼妹和她的丈夫都是在聽說紅軍要進入維也納時，服毒自殺。」阿爾瑪說。

托瑪斯知道她有家人是納粹分子，還以爲她知道自己最好不要提到那些人。

阿爾瑪又成了寡婦，戰爭結束後，她動身四處旅行，先到紐約，再回歐洲。在洛杉磯時，她連最不起眼的流亡分子都保持聯繫。如果有人寫了詩，編了弦樂四重奏，或者牽扯到意外或爭吵，她都會大力傳播或登門造訪。

★

由於她向來熱情回應他的作品，因此托瑪斯無法理解為何在他的小說《浮士德博士》出版時開始製造麻煩。他寫這本書時曾經對她描述它，認為她或許能比其他流亡人士更理解她先夫去世後，德國作曲家在隨後幾年承受的各界壓力。儘管她腦袋不靈光，觀點總是荒謬可笑，但她很懂音樂，更喜歡所謂不協調的和弦會引來魔鬼的論點，除此之外，她對貝多芬很著迷。只要現場有鋼琴，在他提到一些曲子時，她甚至會隨性演奏。

他一直大方分享這本書的內容，每次家裡有課人來，也會將完成的章節朗讀給他們聽。但他未曾對荀白克提過小說主題，因為他發現他過度博學，個性疏離，卻又咄咄逼人。托瑪斯總覺得荀白克會直接說，托瑪斯對音樂的瞭解不夠多，沒有資格寫出這種內容的作品。

托瑪斯還以為流亡人士的圈子很小，與外界格格不入，總會有人告知荀白克，托瑪斯正在寫一本關於現代作曲家的作品。但等到這本書真的問世，顯然荀白克對此事毫不知情。

回想起來，將書寄給荀白克太不明智了，上面甚至寫著：「將最美好的祝福，謹獻給獨一無二，貨眞價實的阿諾．荀白克。」所謂「貨眞價實」理應被視爲一種讚美，代表托瑪斯．曼的小說主角純屬虛構，而荀白克則是眞實存在的偉大人物。但換言之，也可以解釋爲荀白克乃眞實人物，而托瑪斯．曼筆下的人物乃是以荀白克爲藍本，一位選擇與魔鬼交易，憑空創造的作曲家。

此書問世時，荀白克的視力早已惡化，無法閱讀。然而，他對一開始的獻詞多所揣測，也聽了他人對此書的說法。起初，托瑪斯不清楚荀白克何以深信全洛杉磯都會認定他跟小說主角一樣染了梅毒。總之，他得知荀白克在布倫特伍德鄉村市場的走道閒晃時，遇上一位德國老鄉，然後莫名其妙地告知對方，自己並沒有得什麼性病。這位女士當然很訝異，接著荀白克詳加闡述，表示他認爲自己有必要對外界再三澄清。就是那本托瑪斯．曼的作品害的，他對她說。這位女士直接開車到太平洋帕利薩德，將荀白克的話轉述給卡蒂亞聽。

托瑪斯猜測，也許阿爾瑪．馬勒有本事讓荀白克冷靜下來，告訴他這本小說不過是情節繁複縝密的成品，也要向他保證，沒有讀者會因爲小說主人翁以他爲本，就相信他得過梅毒。

阿爾瑪也同意托瑪斯的看法，認爲荀白克在超市的表現很荒謬。她說她會跟他談談，同時，或許曼氏夫妻也可找作曲家夫妻共進晚餐，大家共同舉杯恭賀這本美好作品的成功。

托瑪斯後來才從荀白克的朋友轉述得知，阿爾瑪根本沒有提到她自《浮士德博士》出版後，曾經多次打電話給荀白克，告訴作曲家夫婦此書聳動駭人的情節。

其實不難理解，她如是告訴荀白克：托瑪斯．曼的作曲家發明了十二音系統，荀白克也是如此；托瑪斯的作曲家得了梅毒，與魔鬼結盟，人們理所當然就會認定荀白克做過同樣的舉動。

托瑪斯很擔心萬一荀白克找上律師，克諾夫出版社會逼他抽絲剝繭，詳述作品情節孰眞孰假。想到自己的作品竟然會被外界從這種怪異的角度剖析，實在令他不寒而慄。

儘管內容深奧，《浮士德博士》在美國大爲暢銷。想必荀白克的律師會考慮到這一點，托瑪斯深信，假使作曲家堅持訴諸法律，他一定會要求分享版稅，或甚至可能版稅和損害賠償兩者皆取，隨之而來的輿論、爭議，加上辯護成本，絕對非常可觀，甚至深具毀滅性。

每天清晨他躺在床上時，托瑪斯都在想像一個畫面：自己被迫將本書所有收益交給阿諾．荀白克。

托瑪斯和荀白克的爭執讓登門來訪的阿爾瑪異常興奮。

「我不認爲你瞭解阿諾．荀白克，對吧？他的無調性可不是什麼花俏把戲，也不只講究技巧，這是靈魂層面的展現。」

托瑪斯一臉困惑，她頓了一下。

「荀白克是非常虔誠的路德教徒，他謙卑認眞地重拾了自己的猶太根源。他不只想要表現自己作品的眞誠實在，更是堅定的反物質主義分子。因此，當他目睹自己的音樂被拿來當作小說的道具，虛構的主角與魔鬼交易，甚至因爲梅毒的激勵，擁有無窮的創造力，這令他非常不舒服。」

「沒錯，」托瑪斯說，「寫小說就是這麼下流卑鄙。作曲家可以心中有神和無可言喻的崇高。我們必須想像大衣上的鈕扣。」

「還有讓德國作曲家得性病。」阿爾瑪補充道。

夜裡卡蒂亞就寢，艾芮卡不在家時，托瑪斯會在留聲機播放荀白克的《昇華之夜》，他很遺憾自己的作品傷了作曲家。這首曲子張力十足卻又自制冷靜，但其中蘊含層層疊疊，逐步高漲的情緒。他知道它是在荀白克發明十二音系統前完成，但托瑪斯清楚，後來荀白克更去蕪存菁，精益求精。他眞希望自己能和荀白克坐下來談，好好和解。

在作曲家眼中，他必然是個自私現實的傢伙。小說需要素材，正如船艙需要壓艙石，他的藝術永遠不可能達到純淨的境界。在他聽著弦樂節奏加快，懇求的音調隨之起伏時，他眞心希望自己是個不一樣的作家，不關心時局變換，在乎更亙久難解的問題。但如今爲時已晚；他的畢生任務已經達成，或者說大部分任務都已經結束了。

想來也很奇妙，在這座美國城市的另一端，住著一位天才，此人年輕時便已能創作此等精彩豐沛的旋律！托瑪斯想像，荀白克在這萬年不變的加州黑夜應該還沒入睡。青春時期的冀望渴求想必仍然還在，如今的他應當也自覺淒涼，畢竟早年滿腔柔情已然不在。托瑪斯希望，這音樂喚起的情緒一樣能出現在自己的小說，然而，但文字不是音符，句子也不是和弦。

艾芮卡現在是他的司機，他的編輯，他的執行者。她接聽電話，到銀行存支票，負責回覆外界邀約。她與紐約克諾夫出版社打交道，明確對布蘭琪．克諾夫表示，與出版相關的大小事務，都必須先透過她。

而且艾芮卡樂於惹惱艾格尼絲．邁耶，她總是拒絕讓艾格尼絲直接找上父親講話。

一天下午，電話響了，托瑪斯就快要接到電話時，艾芮卡拿起話筒。

「不，妳不能，」他聽到她說。「我父親在書房。他埋首工作。」

托瑪斯低聲問是誰，艾芮卡將手蓋住話筒，告訴他就是他那位華府的朋友，那個女人。當他示意他可以跟對方說話時，艾芮卡搖頭。

「我可以留話，」她告訴邁耶夫人，「但我不能打斷他工作。」

當他湊近時，聽得見艾格尼絲對艾芮卡咆哮，後者跟她道別，立刻掛上話筒。

「我是光，」她說，「艾格尼絲．邁耶是蝙蝠。我一發亮，她就得閃。」

聯邦調查局與家裡聯絡，表示還要與艾芮卡進行更深入的訪談，她堅持一定是邁耶夫人從中鼓動。

「他們已經放過我兩年了。爲什麼又回來？可怕的艾格尼絲是在對熱愛和平的人宣戰。」

「熱愛和平？」卡蒂亞問道。「是在說妳自己嗎？」

托瑪斯原以爲艾芮卡對聯邦調查局的憎惡正如她對其他人一樣，只是擺擺樣子，但她卻憂心搖頭，這次似乎眞的怕了。

「我的公民申請沒有處理好，」她說。「戰爭時我太忙，還沒完成程序。他們可以隨時將我驅逐出境。」

如果艾芮卡必須離開美國，托瑪斯心想，她將無處可去。她有英國護照，但她在英國誰也不認識。在新德國，無論是東德或西德，她的直言不諱是沒有空間生存的。克勞斯搬到法國了，獨居坎城的他憔悴凋零。托瑪斯很明白，艾芮卡會寫信鼓勵弟弟，卻不想讓自己和他一樣陷入苦境，他們都曾經高聲疾呼反法西斯，如今卻找不到目標與方向了。

聯邦調查局到家裡兩次；托瑪斯注意第二次會面甚至持續了一整天，雙方只有暫停午餐休息。晚餐時，艾芮卡解釋前後始末。

「性，性，性。都在講這個。眞希望我享受過他們認爲我擁有的性生活。我問：『你們從來沒有任何性行爲嗎？』其中一人回答：『與妻子以外的女人，沒有。』那他很幸運耶，我沒有扯著他的招風耳，把他拖出房子，讓他到大馬路回去找他老婆！」

聯邦調查局再度堅稱，艾芮卡與弟弟克勞斯間存在見不得人的變相男女關係，更糟糕的是，當局甚至暗示他們擁有證據顯示艾芮卡與奧登結婚只是爲了取得英國公民身分，這段婚姻毫無實質關係，特別是他們兩人各有自己的性愛癖好。

探員似乎不清楚他女兒與布魯諾．華爾特長久以來的緋聞，但現在不適合提起這件事。

「他們把我們都搞混了。他們認爲克勞斯的書是你寫的，還覺得我們都是共產黨。」

「我希望他們不要把我視爲共黨分子。」卡蒂亞說。

「他們甚至不知道妳的存在！」艾芮卡說。

這聽起來簡直像是指責。

與荀白克的爭議逐漸平息後，托瑪斯開始期待自己與卡蒂亞能在太平洋帕利薩德平靜度過餘生。許多流亡人士已經回到德國，但曼氏夫婦沒有這個計畫。但托瑪斯也發現他不積極參與德國重建的舉動，讓國內人士忿忿不平。

「我一九三三年離開祖國時，沒人反對，」他說，「結果現在他們認爲我有義務回國。更奇特的是，素未謀面的人們對著我謾罵，但熟識我的人卻沒出面替我澄清。」

「他們需要找代罪羔羊，」艾芮卡回答。「你是最顯眼的目標。專欄或社論不攻擊你就覺得不甘心。」

「我認爲美國媒體把我和你們姊弟混爲一談了。他們認爲我是某種左翼鼓動分子。我可能在某份黑名單上。」

夏天將迎來歌德誕辰兩百週年紀念，托瑪斯在一篇文章中，試圖將歌德的思想與當代世界的需要連結。他想，自己可以利用歌德，在公開場合與私人聚會，宣揚世人不該用單一角度看待事物，必須以多元方式思考。歌德典範對於一個面臨各方意識形態拉鋸與暴力威脅的世界絕對有益。歌德的思想萬象多變，開放坦然。他面對時局的幽默與嘲諷更是不可或缺的工具。

讀過文章初稿的艾芮卡和戈洛都認爲托瑪斯過於理想化，他們建議他必須提出質疑，不要讓歌德儼然成了聯合國發言人，但托瑪斯堅持己見，只願意艾芮卡修飾部分文句，讓它成爲完整講稿。他要先在芝加哥發表，而後是華府。接著，他將首次搭乘跨大西洋的班機前往倫敦，在牛津大學發表演講。最後再從哥騰堡到斯德哥爾摩演講。

他們收到邀請函請他前往德國時，艾芮卡勸他婉拒。

「你現在不會想去，」她說。「還爲時過早。最好拒絕所有來自德國的邀請。」

「我想在歌德誕辰兩百週年時，在他的祖國向他致敬，」托瑪斯說。「我知道這不容易，非常困難。」

「他的祖國已經在讀者心中，」艾芮卡說。「那裡已經不能算是德國。布亨瓦特[17]還是他的故鄉嗎？你絕對不能到那裡向歌德致敬！」

經過多次深談後，托瑪斯和卡蒂亞仍然決定，假使要到斯德哥爾摩，他們也會去德國與瑞士，也許先到蘇黎世，再前往歌德出生地法蘭克福。法蘭克福打算授予托瑪斯歌德獎。假使他決定接受，他就會考慮前往其他城市，甚至慕尼黑。一想到要看到摧毀殆盡的老家，卡蒂亞沉默不語。托瑪斯甚至不想與妻女討論進入東德的可能性。

問題是該如何讓艾芮卡知道父母不顧她反對，仍然決意回到德國，哪怕只是短暫的訪問。

艾芮卡對德國的譴責沒有一天放鬆。她的抨擊甚至比伊莉莎白更激烈，因爲慕尼黑有家週報稱她爲史達林的代理人。這篇文章還被西德其他報紙轉載。如果是二十年前，艾芮卡應該會認識這些報紙的編輯，他們會迅速爲她洗脫罪名。但如今她誰也不認識。讓她吃驚的是沒有一間報社聲援她，或者爲她找出自己並非史達林代理人的證據。

某天卡蒂亞在晚餐時向她透露他們打算將德國納入歐洲之行時，她聳聳肩。

「想去哪就去哪。我頂多會陪你們到瑞士。萬一你們行李搞丟，眼鏡不見，或是忘記旅館名稱，想從噁心的政府官員面前全身而退，我不會在你們身邊。」

艾芮卡的眼神在室內飄移，連母親都沒看一眼，托瑪斯心想，這樣也好。他知道卡蒂亞很期待夫妻倆終於可以擺脫女兒的保護罩一段時間。

「假使妳不向海因里希透露，」他把目光投向艾芮卡，「我們會去德國，我會非常感激。他與東德當局保持密切聯繫，其中一些人還是他的老朋友。我不想和他吵架。」

「但他終究會發現的，他會想知道你打算在德國說什麼。」艾芮卡說。

「關於什麼？」

「你想呢？當然是你的國家的分裂問題！」

「那已經不是我們的國家了，」卡蒂亞說。「再也不是了。」

「那你們何必回去？」艾芮卡問。

托瑪斯熱愛準備出門的過程，告知郵差他們會離開幾個月，望著走廊排成一列的行李箱。上火車後，他也喜歡等工作人員進車廂整理床鋪，這趟旅行最遠將抵達芝加哥。

在芝加哥，他記得不要在安吉莉卡面前隨意開玩笑，也希望博格斯省略戰後義大利政治的細節。卡蒂亞顯然已經跟艾芮卡和伊莉莎白說過，要兩人保持風度，在客廳喝茶時，卡蒂亞密切注意姊妹兩人，艾芮卡提到旅程沿途美景。

「一出發，媽媽就睡著了，」艾芮卡說，「然後她看了一些英文書。」

「一本沒用的書，」卡蒂亞說。「但妳們爸爸也讀過。叫《城市與梁柱》[18]，講的是一個年輕人的故事。」

「我很喜歡。」托瑪斯說。

「你的歌德聽眾需要更高尚的作品。」艾芮卡說。

「魔術師可以有很多面向。」伊莉莎白說。

儘管卡蒂亞要艾芮卡別提他們準備回德國，但她知道大女兒根本藏不住祕密。

「德國！」艾芮卡說。「到底是在想什麼！」

「你們要回慕尼黑嗎？」伊莉莎白問。

「我們不知道，」托瑪斯回答。「還沒決定。」

「如果回去，能請他們將房子還給我們嗎？」伊莉莎白問道。「戰爭已經結束四年。這是最起碼能做的。」

「這麼多年來，我已經接受我們早已失去一切的想法了，」卡蒂亞說，「我不想要房子。很多人失去的比我們還要多。」

「爸爸作品的手稿和信呢？」伊莉莎白問道。

「全不見了，」卡蒂亞說。「我們將它們交給了律師海因斯妥善保管。但他的房子被洗劫一空，或者被炸毀，東西有可能被偷走了。也許到頭來還是會出現，但我早就不再想這件事了。」

「德國都垮了，」艾芮卡說，眼神犀利地看著伊莉莎白，「我們家的財產應該是必須考慮的最後一件事吧。」

17 布亨瓦特（Buchenwald），納粹曾於圖林根州威瑪附近建立最大的布亨瓦特集中營，歌德的故事在威瑪。（編按）

18 《城市與梁柱》（*The City and the Pillar*），美國作家戈爾・維達爾於一九四八年出版的小說，美國首本以同志為題材的小說，出版後引起輿論。（編按）

第十七章
斯德哥爾摩 一九四九年

戰爭結束了；托瑪斯不曾有這種經驗。他不知道何謂浩劫過後。他得慢慢習慣這一點。他準備入住斯德哥爾摩的格蘭大旅館，卡蒂亞和艾芮卡待在他附近的房間，他們會讓瑞典接洽的人員招待，他會先在烏普薩拉發表歌德演說，接下來是哥本哈根與隆德。然後再前往瑞士，這將是十多年來，他們第一次在街上聽到德語。

到斯德哥爾摩的第一天，他同意讓愛德加．馮．魏克斯庫爾帶路遊覽，魏克斯庫爾與他自一九二〇年代就認識。他曾因參與戰爭前一年的反希特勒陰謀行動被捕。儘管兩人聊起來很自在，但由於戰時彼此際遇生活不同，總覺得有道難以跨越的鴻溝。

托瑪斯能感覺朋友的不安，托瑪斯表達某些信念時，對方憂慮的眼神非常明顯，兩人初識時，魏克斯庫爾是個固執己見的傢伙，愛說話，天性樂觀，喜歡找人爭論。但現在他只會提供一些凡俗觀點，大概都是從報紙看來的。

托瑪斯難以想像反希特勒的政變失敗時，現場是什麼狀況，當時魏克斯庫爾應該非常害怕。儘管他在政府認識的有力人士救了他，但過程想必非常驚險。

托瑪斯遊覽完城市後，便與魏克斯庫爾分開，到一家咖啡館與卡蒂亞會合。

「我太老了，不適合這次旅行，」卡蒂亞說。「我凌晨三點起來穿好衣服後就出門散步。工作人員一定認爲我瘋了。」

他和卡蒂亞進入旅館時，艾芮卡正在大廳等他們。她的表情陰沉，甚至沒有跟他們打招呼，反而迅速走到他們面前，又立即走開，示意要他們跟上。她一開始說話時，托瑪斯不確定自己是否聽清楚了，他要求她重複，她搖搖頭。

「我不能在這裡說。但他死了。克勞斯死了。藥物服用過量。」

他們拖著步伐，不能言語，從大廳走到卡蒂亞的房間。

「我剛好躺在床上，」艾芮卡說。「我本來應該出門散步。」

「電話是找妳的？」卡蒂亞問。

「我不知道是找誰，但總之被接到我房間。」

「妳確定？他們確定嗎？」卡蒂亞問。

「是的。他們想知道接下來要如何安排。」

托瑪斯一旁聽著，他懷疑她有沒有可能聽錯了。

「安排？」他問。

「葬禮。」艾芮卡說。

「我們才剛聽到消息，」卡蒂亞說。「他們眞的要我們馬上決定葬禮嗎？」

「他們想知道該如何處理。」艾芮卡說。

卡蒂亞不停轉動手上的戒指。她完全拿不下其中一只時，手開始顫抖。

「妳爲什麼要摘那枚戒指？」托瑪斯問。

「什麼戒指？」她問。

托瑪斯瞥了一眼艾芮卡。這是他們最害怕得知的消息，如今眞的發生了，感覺反而如此不眞實。

「他們有留電話號碼嗎？」托瑪斯問。

「有，」艾芮卡說，「我寫下來了。」

「我們能不能回電，請他們確認是不是克勞斯，眞的是他？」

卡蒂亞接下來說的話，彷彿剛才她什麼都沒聽到。

「我不想看著他的棺材被放進地底，」她說。「我不想親眼看到。」

「我一遍又一遍問他們是不是確定。」艾芮卡說。

「然後他們就問妳接下來要如何處理？」

「我可以自己去，」艾芮卡說。「到了之後再看情況。」

「妳不能一個人去。」卡蒂亞回答。

托瑪斯試圖安慰卡蒂亞時，她背向他。

「克勞斯已經離開我們很長一段時間了，」她說。「我們早就跟他永別了。或者說，我認爲我們已經說過再見了。但我還是不能相信眞的發生了。」

「邁克的樂團就在附近，」艾芮卡說。「我想他是在尼斯。」

「打電話給他，」卡蒂亞說。「也告訴戈洛，我們會設法聯繫莫妮卡。我會打電話給伊莉莎白。剛才有一秒鐘，我甚至想到要有人聯絡克勞斯，但死掉的就是他。很難想像我們再也見不到他了。即使是現在，他的聲音彷彿就在我耳邊，活生生的。他還活著。」

她好一會兒沒說話。

「對我而言，他還活著。我眞的年紀大了，我不能相信這是眞的。」

「我們離坎城只有幾小時的車程，」艾芮卡說。「我們可以改變原本的計畫。」

她看看托瑪斯，示意他說點什麼。

「就讓媽媽決定吧。」托瑪斯說。

「但你覺得呢？」艾芮卡問道。

「我認爲他不該對卡蒂亞或妳做出這種事。」

她們許久都沒有反應，他察覺自己剛才這句話讓她們很不以爲然。在一片沉默中，他試圖將話題帶回，想討論實際面的事務。他注意到一直沒人提到海因里希。

「我們應該打電話通知海因里希吧？」

「我不想跟人講電話，」卡蒂亞說，「我不想談論葬禮安排，我不要聽克勞斯應該或不應該做什麼。」

在接下來的一小時，他們在房間等待。艾芮卡手中的菸一根接著一根，室內煙霧瀰漫時，她走上陽臺。卡蒂亞點了茶，但送上來之後，她卻彷彿視而不見。電話響了，是戈洛。卡蒂亞要艾芮卡跟他說話。

「他們認爲是服藥過量，但他們又怎麼知道？他習慣吃安眠藥。對，沒錯，昨天。他昨天去世了。他們一直在找我們。對，他留了一張紙條，上面寫著媽媽和我的名字，不，其他什麼都沒有。救護車趕到醫院，已經太遲了。我一直都知道這是遲早的事情，我們都很震驚，但應該也不會太意外——」

「艾芮卡，不要這麼說！」卡蒂亞打斷她。

「魔術師再兩、三天就要演講，」艾芮卡對戈洛說，沒有理會母親。「我不知道我們會不會去。」

托瑪斯能聽到戈洛大喊「什麼？」。

艾芮卡將話筒遞給母親。卡蒂亞聽了一會兒。

「別告訴我該有什麼感受，戈洛！」她最後終於說。「沒有人能告訴我該如何感受。」

她將話筒還給艾芮卡，艾芮卡向托瑪斯打手勢，問他是否想和戈洛說話。托瑪斯搖搖頭。

「有進一步消息，我再儘快通知你。」艾芮卡說。

托瑪斯知道他們都在等他開口。其實他只需要請艾芮卡讓瑞典和丹麥的召集人知道，一旦他們找到班機，就會立刻動身前往法國。而且接下來幾天內，她還有可能取消他的德國之旅。他們會去坎城，看看克勞斯過世的地點，然後隨著棺木步行到他的墓地。最後，他們可能到瑞士找一處安靜的地點稍做休息，或直接回加州。

他看見卡蒂亞的眼神，顯然她什麼話都不願說。

托瑪斯只能想到，也許原本克勞斯有機會再被救回來的。

稍晚見面時，艾芮卡督促他盡早決定該如何處理。他很希望卡蒂亞將自己的意願說清楚。他已經不知道該如何跟她說話，也不知道她想要什麼。眞的很奇怪，和某人在一起將近半世紀，卻無法讀懂對方心思。

晚餐時，艾芮卡告訴他們，她已經跟櫃檯確認，一早就有飛往巴黎的航班。這幾天都沒有進食的卡蒂亞喝了一口水，假裝沒有聽到。

在大廳裡，卡蒂亞說：「早上之前不要來打擾我。」

「葬禮怎麼辦？」艾芮卡問。

「葬禮再怎麼隆重，能讓他復活嗎？」卡蒂亞問。

艾芮卡一大早就打電話到托瑪斯的房間，告訴他，媽媽已經在餐廳吃早餐了。他加入她們時，他看見卡蒂亞穿上自己最正式隆重的衣服。

「現在決定如何？」他問。

「不知道，」艾芮卡說。「我們在等你。」

一位行李人員送了一張紙條給艾芮卡；她離開桌子。托瑪斯和卡蒂亞在她離開後都沒有交談。她回來時，她坐進他們之間。

「是邁克。他會去坎城。」

「能及時參加葬禮嗎？」托瑪斯問。

「我們還沒有確定葬禮日期。」她回答。

稍後，他在艾芮卡的房間沒找到她，於是走到大廳。當他坐進一張老舊的扶手椅，望著來來回回的賓客時，想起了幾年前在薩爾茨約巴登的飯店大廳，他們不斷騷擾經理，絕望地想在戰火燃起前，帶著行李離開瑞典。當時他很確定艾芮卡和克勞斯是安全的，後來回到普林斯頓後，他便開始著手一個個救出其他孩子。是的，除了克勞斯。此時此刻，他寧可付出自己的所有，好讓時光倒轉，回到那趟回美國的旅程。現在的他只渴望回到過去，任何時間，任何地點都好，只要能阻止已經發生的事，早知如此，他們就堅持讓克勞斯到瑞典，陪他們一起到德國。假使母親懇求他，他最後絕對會答應的。

就在這時，他看見卡蒂亞從電梯走出來，穿過大廳，朝小咖啡廳走去。她步伐緩慢，彷彿每走一步便錐心刺痛。她朝他移動，卻沒有看到他。他此時才頓悟，也許，他是她目前在世界上最不想看到的人。

卡菈自殺時，他有母親可以安慰他。露拉過世後，他有家人陪伴他。如今，儘管卡蒂亞和艾芮卡就在身旁，他感覺依舊孤單，找不到人安慰。卡蒂亞和艾芮卡也很孤獨。他們不想跟彼此交談，而且他或卡蒂亞都不願思考克勞斯的葬禮安排，卻也不希望艾芮卡承擔這項任務。

回到房間，托瑪斯看著桌上的書稿，讀最後一句，感覺再補上幾句話似乎很合理，他開始工作。

艾芮卡沒有敲門。他發現時，她早已站在房間中央。她看見他還在寫作，深吸一口氣。

「我已經安排他三天後下葬，」她說。「葬禮將在週五舉行。」

「告訴媽媽了嗎？」

「我說了，但看不出來她到底聽進去沒。」

他知道現在還來得及讓艾芮卡預定航班。

「妳認爲我們該怎麼做？」他問。

「媽媽不適合旅行。」

他想告訴艾芮卡，他才不相信，她這樣描述母親，只爲了一步步地掌控一切。

「我來跟她談談。」

現在是芝加哥的中午，艾芮卡離開後，他打電話給伊莉莎白，知道她母親已經透露克勞斯的死訊。

他告訴伊莉莎白，他們不會去坎城。

「這是艾芮卡的決定？」

「不。」

「媽媽不想去？」

「我不確定。」

「所以，是你決定的？」

「我什麼都沒決定。」

「某人早就這麼決定了。」

掛上電話後，他眞心希望自己剛才曾經告訴伊莉莎白，他就是無法承受望著克勞斯的棺木，隨它走在坎城街頭，因爲他知道躺在裡面的兒子毫無生氣。然而，更重要的是，他無法忍受讓卡蒂亞還得走那趟路，在一切結束後，離開墓園，背對地底的克勞斯，就此走遠，因爲任誰都無法撫慰她傷痛的心。他知道不參加葬禮是錯的。假使他多說一點，伊莉莎白便會堅定告訴他，一定要去這一趟。他幾乎希望她這麼做了。他很希望事情不是這樣發展，他寧可一切都沒有發生，克勞斯沒有死。

當晚艾芮卡告訴他，她已經和莫妮卡談過，也通知邁克了。

「莫妮卡說了什麼？」

「你不需要知道。她在那不勒斯，她會來蘇黎世跟我們會合。她認爲我們沒有她不行。」

「邁克呢？」

「他會參加葬禮。」

「很抱歉讓妳處理這麼多雜事。」他說。

「你想取消演講嗎？我可以解釋原因。」

「不，我就繼續吧。萬一不演講，我也不知道自己能做什麼。」

「回家？」

「也可以。」

「要不要跟召集人談談？」

「不，就按照原訂計畫。」

當晚他準備就寢時，卡蒂亞到他的房間，站在門口。

「有人將海因里希的電話接到我房間，」她說。「他收到留言要他回電，他不知道原因，所以我告訴他了。」

「抱歉，應該是我來跟他說才對。」

「他告訴我，他認爲死亡輕若鴻毛。死者安息。他說。接著他沒有再多說什麼，我們沒繼續多談。也不需要了。後來我們跟彼此道別。他放下話筒時，我聽見他在啜泣。」

一星期後，托瑪斯在哥本哈根收到邁克來信。它被送到他房間。他鬆了一口氣，還好員工沒有在餐廳直接交給他。他不想讓卡蒂亞和艾芮卡讀到那封信。

「我親愛的父親，」邁克寫道，「當他們將克勞斯的棺木放入地底時，我就在現場，在他們用泥土覆蓋他時，我爲他慷慨貼心的靈魂演奏了一首緩慢曲，墓園的美讓他的逝去難以忍受，就算湛藍無雲的天空、波光粼粼的大海或靜謐祥和的音樂，都沒辦法撫慰我的心。完全不行。

「你可能從來沒有注意過，但克勞斯，儘管他比我大上許多，但他並沒有試圖想扮演長兄如父的角色，相反地，他是一位稱職成功的大哥，一個認眞聆聽，時時看顧愛護我的大哥。他在我們家，多半時間都沒有人在乎他的存在。我印象很深刻，你常常粗暴魯莽地駁斥他的意見，每次他知道你認爲他的觀點無關緊要時，我總能看出他的傷心難過。

「我相信世人感激你對自己作品的全神貫注與全心投入，但我們，你的孩子，對你，或者對與你長相左右的母親，毫無感激之心。在你們安逸住在豪華旅館時，我的大哥入土了。我沒有告訴任何人你們在歐洲。他們不會相信我的。

「你是一個偉大的人。你對人性與人類文明的關注貢獻值得讚揚。我相信你在斯堪地那維亞半島也正在享受同等的嘉許褒揚。但是，這些榮耀驕傲，你幾乎不可能與你的孩子分享。在我轉身離開大哥的墓地時，我眞希望你能知道我有多麼爲他感到難過遺憾。」

托瑪斯將這封信放在床頭的一本書下。稍晚他會再讀過一遍，然後他準備將它撕毀。假使卡蒂亞和艾芮卡發現邁克寄信，一定會質問他，到時，他會說他沒有收到信。

★

在蘇黎世機場，邁克前來接機，邁克給了父親一個生硬的微笑，然後擁抱母親與姊姊。當他們走向一輛汽車時，看見莫妮卡就站在陰影中。她沒搭理艾芮卡和母親，直接走到父親面前，含淚擁抱他。

「現在不是哭的時候，莫妮卡。」她的母親說。

「那什麼時候才能哭？」莫妮卡問。「誰能管我？」

「我。」艾芮卡說。

當晚在旅館，艾芮卡與邁克交給托瑪斯一疊媒體報導他即將造訪德國的剪報，也提到他或許會前往東德，文字多半尖酸刻薄。有些甚至批評他當初並沒有跟其他人一樣留在德國，托瑪斯極其不解。

「假使我留下來，活不到今天。」

卡蒂亞後來加入了他們，表情依舊冷漠疏離，淚流滿面的莫妮卡也出現了。

「夠了，莫妮卡，」卡蒂亞說，「我說過我不想看到有人哭哭啼啼。」

卡蒂亞宣布，人人都該維持最佳狀態，因爲喬治斯．莫尚要出現了。托瑪斯在戰前曾短暫見過喬治斯，當時他受其富商父親指示，協助卡蒂亞父母前往瑞士尋求庇護，她父母離開德國後，他與卡蒂亞固定書信往來，經常表示，假使他們決定住在瑞士，他會隨時準備照顧曼氏家族。

「他是我見過修養最好的人，」卡蒂亞說。「我父母非常喜歡他。」

喬治斯到達後，氣氛就不一樣了。侍者細心殷勤，旅館經理到餐桌旁自我介紹，確保賓主盡歡。

喬治斯．莫尚身材高大，穿著得體，大約三十出頭。托瑪斯不確定如果用光鮮亮麗描述他是否精準，但他確實像一只精雕細琢、綴有花絲鑲邊的銀器，不過，在他開口說話後，上述感覺就沒了，此人嗓音深沉，很有權威感，充滿了男子氣概。喬治斯出身富裕，然而也散發著某些托瑪斯早已忘記的特質。愛德加．魏克斯庫爾曾經也是如此，但如今在他身上早已不復見，不過喬治斯依舊閃耀同等光芒。托瑪斯看得出來，書畫音樂都是喬治斯人生不可或缺的元素，就像他也習慣日常起居讓僕人處理，三餐更缺不了廚師備餐。他自視優越，帶著些許傲慢。托瑪斯觀察到，就連他喝茶的方式，也帶著瑞士人傳承世代的閒散安逸，當他注意到莫妮卡似乎對這年輕人又敬又畏時，托瑪斯幾乎笑了。他瞥向卡蒂亞與艾芮卡：她們也正專注凝視他。

喬治斯看見桌上剪報時，他隨意瀏覽，聳了聳肩。

「這些不用在意，德國人的惡劣沒完沒了。」

隨後他表明自己不是來敘舊，而是來提供協助。

「你們在德國與東德會遇到的問題就是抵達與離開。你們不能在火車站等候。到了東區，也不能被人看見你們搭上官方交通工具。我的別克至少在瑞士路上暢行無阻，到了當地，也會是最理想的交通工具，我會當各位的司機。如果有必要，我甚至可以穿上制服。」

「我覺得你這樣就很棒了。」卡蒂亞說。

托瑪斯發現卡蒂亞正公開與這位年輕人調情。

他們討論妥當，讓喬治斯開車載托瑪斯與卡蒂亞到埃格蘭丁區的武爾佩拉，稍事休息後，再將他們帶往法蘭克福、慕尼黑，接下來，假使他們確定，就繼續朝威瑪前進。艾芮卡要到阿姆斯特丹，莫妮卡會返回義大利，邁克繼續與管弦樂團巡演。

喬治斯開車前往武爾佩拉的史瓦澤旅館時，托瑪斯幾乎忍不住想問他是否至少會離開他們一天。他想討論到德國的旅程。

「我不知道我會接受什麼樣的待遇，我甚至不知道自己爲什麼要去。」

「你必須知道的是，你怎麼樣都佔不了上風，」喬治斯說。「留在加州，他們會恨你。回來歐洲，他們會恨你爲何一開始就滯留不歸。如果你只訪問西德城市，他們會稱你美國人的傀儡。但如果你到東德，他們會當你是同路人。大家會期待你參訪遺址、監獄、集中營等發生暴行的地點。到時除了你，沒有人會開心，而你之所以開心，只因爲結束後，你就可以不帶一朵雲彩，掉頭回加州。戰爭結束了，但它早已遺留揮之不去的陰影，社會積存了各種怨懟不滿，在你訪問期間，這一切負面情緒都會直接針對你。」

一進旅館，喬治斯便很謹慎，他先叫來經理。托瑪斯注意他將一張大鈔塞給行李人員，同時將經理介紹給曼氏夫婦，交待了一些話，就準備離開了。

「你的名字不會出現在這裡的紀錄。你的房間是以我的名義訂的。最重要的是，不要讓任何人發現你。也許有人會來找你，可能是記者。但絕對不會是在這家旅館。」

他們搭電梯上樓，假使卡蒂亞堅持自己累了，表示要自己吃晚餐，托瑪斯也不會覺得奇怪，不過，等到他們走近她房門時，她停下腳步，說如果兩人一起吃晚餐會很不錯，就他們兩個人。

走進他房間，一眼就能盡覽山谷風光，托瑪斯想到，克勞斯原本也能同行，畢竟這是父親第一次在戰後回到祖國。假使每次演講結束後，能在旅館跟卡蒂亞和克勞斯喝上一杯，聽克勞斯評論演講、官員和人群的反應，那感覺會有多麼美好。這個分裂成兩半的新德國是前所未見的實驗，更有可能成爲克勞斯下一部作品的主軸。

就某種程度上，他心想，自己太老了，無法承受這些變化。他只想回到自己的書房，而且，他已經在思考下一本小說的內容，更希望自己活得夠久，將它完成。他心想，自己這輩子見識的德國樣貌已經太多太雜了。當前的新德國就算沒有他，或他兒子見證，都理應有一定的進展才對。

晚餐時，卡蒂亞提醒他，喬治斯出生在俄羅斯，會說俄語，也會說德語、法語和英語。

「家族富可敵國。」

「眞不知道錢哪裡來的。」

「一開始是皮草，」她說。「所以才在俄羅斯發跡。隨後，喬治斯也曾經對我媽媽解釋，就是錢滾錢了。很多瑞士人也是一樣，他父親就從戰爭獲利不少。」

一星期後，托瑪斯和卡蒂亞搭臥鋪火車，從蘇黎世抵達法蘭克福，莫尙載著行李隨行。幾間德國報社收到恐嚇信，所以瑞士警方派員陪他們上車，這反而令他們過於醒目。抵達法蘭克福後，警方火速護送他們前往克朗貝格的官方賓館，夫妻倆瞥見建築物間一堆堆的瓦礫。好幾條街道似乎憑空消失。灰濛濛的天空死寂朦朧，彷彿連它也遭受轟炸肆虐，沒了本來應有的色澤。他們開車經過的許多街區都夷爲平地。之前是商業區的地點只留下處處水窪與乾涸土堆。行走於斷垣殘瓦間的路人身影也極其寂寥淒涼。

車子開近一處十字路口，眼前驀然出現幾棟半毀建築，托瑪斯緊握卡蒂亞的手，不知爲何，這畫面比廢墟更聳動。即使窗戶炸碎，屋頂坍塌，留下來的殘破牆垣也足以讓他們眞實感受當年曾經存在的人事物。托瑪斯觀察另一棟建築，它的外牆徹底毀損，每層樓板清晰可見，於是，彷彿是每層樓都有舞臺表演。他還看得見暖氣掛在一樓外牆，彷彿在嘲弄它們戰前的功能。

莫尙出現後，他們同意告知現場聚集的記者，托瑪斯在第二天之前不會接受任何採訪。

當晚他們參加了一場大型晚宴，托瑪斯四處走動時，感覺自己彷彿在作夢，有人問他是否記得多年前在讀書會、晚宴或會議上，彼此曾經打過照面。他只能微笑以對，確保卡蒂亞就在附近陪他。有幾次，他問莫尙已經聯絡好的恩斯特．貝特拉姆會不會出席。直到現在，他都無意再見貝特拉姆一面，但是在這團混沌之中，陌生男女伸手觸碰他，想要引他注意，讓他無所適從，他反而眞心期待能夠看見貝特拉姆朝他走來。

早上他接受媒體採訪時，所有的問題都集中在他是否可能訪問蘇聯控制下的東德。當他說自己還沒決定時，現場顯得不太滿意，等到雙方同意只能再問最後一個問題時，群眾後方出現一個聲音，問他是否打算回到如今已經自由的祖國定居。

「我是美國公民，」他說，「我會回到美國的家。但我希望，這不是我最後一次拜訪德國。」

當晚在保羅大教堂接受歌德獎時，他注意到前排的東德代表團。他結束致詞後，全場起立鼓掌。如果他在這裡不受歡迎，他想，當局倒是完美掩飾了。

晚餐結束，他們終於回到招待所後，莫尙告訴托瑪斯，他有個老友也住在那裡，希望在托瑪斯休息前跟他敘舊。當下托瑪斯還以爲是貝特拉姆。聽到名字後，卡蒂亞說她寧願誰也不見，打算直接回房。

托瑪斯考慮自己該對貝特拉姆說些什麼，又要如何開始，但當莫尙帶他走進一間看起來像辦公室的小客廳時，他一時認不得對方，此人一口美國腔自我介紹，短髮，下巴方正。

「離我們上次見面已經好幾年了，」他說。「我是亞倫．伯德。我們在華府見面過，那天是邁耶夫婦的晚宴，場面很熱烈，對我而言，簡直是傳奇。我替國務院工作。」

托瑪斯記得這名字，他記得當時就覺得這傢伙的舉動非常可疑。

伯德向托瑪斯示意，請他坐下；也請莫尙離開時關上身後的門。托瑪斯不太理解此人的意圖。他覺得伯德很像一頭餓昏的獵犬。他決定盡量措辭簡短。

「我的任務，」伯德說，「非常單純。我代表美國政府，在這裡告知你，我們不希望你到東德。」

托瑪斯點頭微笑。

伯德很快開門檢查，在關門前檢查外面有沒有人在聽。接著他從英語轉換成流利的德語，只有一些發音小錯誤，其他方面則無懈可擊，開始如背誦劇本般說話。

「我們和蘇聯的關係正在惡化。今晚的活動以及你到慕尼黑訪問對我們很有幫助，然而，一旦越過邊界，對他們等於是宣傳。全球媒體都會大肆報導。」

托瑪斯再次點頭。

「這表示你聽懂我的意思了?」伯德問道。

托瑪斯沒有回答。

「晚上我看見東德代表團，」伯德繼續。「一群板著臉的傢伙。我方認爲目前最妥善的作法，就是明天一早開記者會，表示你不準備前往東德，直到它眞正重獲自由的那一天：選舉自由，新聞自由，行動自由，同時不任意逮捕政治犯。」

托瑪斯一言不發。

「我需要你的認同。」伯德說。

「我是美國公民，」托瑪斯說。「我深信自由，包括我擁有行動自由，拜訪我的祖國。」

「東德不是你的國家。」

托瑪斯雙臂交叉微笑。

「儘管我是美國公民，但我仍是德語作家，忠於德語，這是我真正的家鄉。」

「在東德，就算是德語，人們還是有許多話不能直接說出口。」

「如果我去了那裡，我想講什麼就講什麼，沒有侷限。」

「不要太天真。你越過邊界後，一切都會受限。」

「包括你，你是想限制我嗎？」

「我在跟你說道理。我代表的國家，將你和你家人從法西斯主義拯救出來。」

「歌德出生在法蘭克福，但他一生都在威瑪。我對威瑪屬於東德或西德沒有興趣。」

「威瑪就等於布亨瓦特集中營。這就是威瑪的現狀。」

「所以慕尼黑也等同於達豪集中營？難道每個德國城鎮都市此後就要帶著這些污點？我難道不能收回『威瑪』這個詞，讓它還給屬於歌德的語言？」

「布亨瓦特集中營尚未清空，目前是共產黨人的牢獄，裡面仍然拘禁上千名囚犯。在你經過營區時，你敢直視它嗎？難道這是屬於歌德的豐功偉業？」

「你對歌德又瞭解多少？」

「我知道他不會想與布亨瓦特有任何關聯。」

托瑪斯沒有回答。

「我們不希望你到東德，」伯德繼續。「假使你真的去了，回美國後你會發現國內上下對你冷眼相向。」

「你在威脅我？」托瑪斯問。

兩人敵視彼此的眼神非常炙烈。

「我會到慕尼黑聽你演講，」伯德轉身離開時說道。「或許我們在那裡相見時，你已經恢復神智了。」

「所以一直有人監視我？」

「在愛因斯坦之後，你就是當今最重要的德國人。假使我們連你在做什麼都不知道，就是我們疏忽了。」

★

喬治斯．莫尚氣宇軒昂地開車載他們從法蘭克福抵達慕尼黑。他的聲音鏗鏘有力，後座清晰可聞。

「我不喜歡昨晚那群東德人的態度，如果給他們當獄警，會讓我很不舒服。」

「你的口音讓我想起達沃斯，」卡蒂亞說。「幾乎讓我懷念起那間療養院了。」

「當然，《魔山》也提過，」喬治斯回答，「那些昂貴的診所足以要人命。你們能全身而退，真是太明智了！」

托瑪斯心想，奇怪的是，儘管喬治斯持續奉承他的作品，但對卡蒂亞最感興趣的還是喬治斯。他想要讓她印象深刻。他調整後照鏡，好看見她說話的神情。

托瑪斯認爲，喬治斯有種親近他人的特質，容易與大家成爲好友，也不會令人不自在，他的舉止無懈可擊，向來清楚什麼場合該講哪些話題，用哪種語氣。和他在一起，讓托瑪斯回憶在慕尼黑的時光，他也有一群桀傲不馴的年輕藝術家相伴，總讓他察覺自己不過是個怯懦的鄉巴佬。這位精心營造個人氣質的喬治斯．莫尚，讓托瑪斯不僅覺得自己是個鄉下人，而且又老又過時。

坐在車後座時，托瑪斯想像喬治斯赤身裸體，站在光線充足的房間，從雪地映照的藍白色陽光，從閃亮的窗戶玻璃投射而入，這番幻想稍稍撫慰了托瑪斯的心。

早上喬治斯問他們想不想在抵達慕尼黑後，看看波辛格大街的舊家，夫妻兩人立刻回答不需要。接著喬治斯微笑追問他們希望回慕尼黑後看到什麼時，兩人也回說沒有什麼好看的。

「我們想要直接到飯店，」卡蒂亞說，「就待在那裡，參加活動和晚宴，一大早就離開。」

市中心四處都是炸彈肆虐後的坑洞，他們必須緩慢前進。車子穿過幽靈般的街道。沒有一棟建築物是完好無缺的，有些甚至早已徹底毀損，偶爾可見一兩棟房子孤零零矗立，牆面破損，窗戶碎裂，大門都被木板封住了。

托瑪斯指著一棟半毀的建築，生鏽梁柱從礫石堆中探出頭。他認爲他們應該就在榭林大道上。卡蒂亞卻反駁，堅持這不可能是榭林大道。

「我每天都會經過這裡，怎麼可能認不得？」

但隨著車子繼續龜步前行，他們看見街角毀損的建築物角落掛有圖肯街的路牌，建築物內部的水電管線如腸子內臟般自牆面外露。

「我應該認得這棟樓，」卡蒂亞說，「但我以爲它是在對角。現在我眞的糊塗了。」

托瑪斯知道他們應該快接近亞瑟希大街了。他記得通往這條大街的所有道路名稱，但如今他無法清楚辨認其中任何一條。直到他們經過舊繪畫陳列館，他才確信自己方向無誤。等到他們到了亞瑟希大街轉角時，他終於看見取代卡蒂亞娘家的納粹建築。

「我家本來在那裡，」卡蒂亞說。「我本來根本不願意來這一趟，但我還是很高興自己終於看見它了。」

托瑪斯回想起星光熠熠的歌劇夜，它的魅力、時尙與風采，當年的衣香鬢影都去了哪兒？他們是否在戰爭中倖存了？慕尼黑即將走上重建之路，隨著喬治斯帶領他們一路穿越城市，他們確實看見了復甦跡象。然而，托瑪斯不確定這會花多久的時間，但他很清楚自己在有生之年是無法見證慕尼黑如鳳凰般浴火重生了。原來，當年克勞斯在戰後不久，便是目睹這番景象，托瑪斯一想到克勞斯將會有多高興見證慕尼黑的復活時，幾乎快落淚了。

他一想到要前往東德，心裡就會浮現海因里希的影子。他知道共黨高層很想請他大哥到東德定居，往後，正如德國一分爲二，曼家兄弟似乎也將要分道揚鑣。托瑪斯想要的是在美國會擁有的影響力，更因該國的慷慨獲益良多。世人自然認定他忠於西方世界。同時，海因里希的左翼資歷無可挑剔，反而在美國默默無名，當然從來不覺得自己虧欠美國。

托瑪斯決心不讓美國左右自己前往德國的意願。他知道亞倫．伯德等著他開記者會，正式宣布他不到東德。就算他拒絕東德邀約，就此保持沉默，美國人最終也一定會刻意洩露，接著肯定會出現流言蜚語，強調托瑪斯．曼就是被他的洋基大老闆牽著鼻子走。

如果他婉拒東德的邀約，他知道德國作家將起而鄙視自己，包括他的大哥。他會背上美國傀儡的罪名，喬治斯之前便如是警告過了。因此，托瑪斯現在必須做出選擇，承受世人誹謗詆毀，直接成為一個拿榮譽尊嚴，換取自己在華府影響力的作家，最終回到安逸歡樂的加州終老；或讓美國人認定他忘恩負義又不忠誠。托瑪斯心知肚明，他寧可承擔後者的臭名。他想去東德，就一定要成行。

第二天早上，記者會再次聚焦於他計畫中的東德之旅。他注意到亞倫．伯德獨自坐在後排，姿態輕鬆，手肘擺放椅子扶手。托瑪斯朝他微笑點頭。他告訴記者，假使他到威瑪，目的也會是為了強調德國統一的重要。畢竟德語並不會沒有分裂成東西兩區，他更也沒有理由不造訪德國每一個角落。

記者會結束時，一位記者一針見血提問，他索性宣布自己的決定：他會前往威瑪。他看向亞倫．伯德，點頭致意，讓喬治斯陪他離開，喬治斯一路護著他。

卡蒂亞和他用了午餐，談論他們到了法蘭克福後，特別注意的豐富菜單。即使在倫敦薩沃伊旅館，也因為戰後配給制，菜單內容處處受限。但德國似乎沒有這個問題。托瑪斯覺得很奇怪，街道明空無一人，但食物供給卻一如既往。也許這現象只出現在各大旅館。

當晚走進宴會廳時，他對喬治斯低語，「等會我們即將被迫跟那些雙手沾滿鮮血的人們握手致意。」

在法蘭克福時，自在歡樂的氣氛只帶來些微反感，但到了慕尼黑，由於這城市曾經屬於他，這種氛圍讓托瑪斯深深困擾。他曾夢想自己參加重生德國舉辦的盛大晚宴，能親炙許多急於重建民主社會的新一代政治人物。如今放眼望去，人人都幾近遲暮，對身材美食放縱無饜，滿臉訕笑歡愉。灌下紅白酒與啤酒之後，話聲越見響亮，笑聲更是熱烈。湯先送上桌，接著是某種魚，然後則是好幾道肉類料理如豬肉拼盤與烤牛肉。托瑪斯眼睜睜望著周遭的慕尼黑當權者肆無忌憚大快朵頤，他對面的男人還饑渴嚷嚷要侍者替他的牛肉淋上更多肉汁。

他腦海彷彿聽見克勞斯在旅館興致勃勃討論自己要寫的那本《新德國》，他一定會在書中徹底抨擊宴會廳眾人的表現。卡蒂亞與喬治斯坐在他右手邊，兩人聊得很開心，似乎都沒有注意旁人。他左邊的高官在一開始交談後便沒有特別讓托瑪斯覺得有趣，他也認爲自己無須進一步認識對方，因此他便只是仔細挑選自己要吃的餐點，因爲菜色豐富，很難決定。

他想起自己曾經熟悉的慕尼黑，一個屬於年輕藝術家與作家的城市，每晚都能在小咖啡館聽見人們激情辯論的城市。那是屬於卡蒂亞父母的城市，對主流文化或前衛思想一律包容開放。在當時的舊世界，大家都是名人，在非主流雜誌發表文章的詩人、走在街上也會發現原來身旁就是某位木雕藝術家，那就是慕尼黑，人人都有自己的故事。這個大都會在通貨膨脹加劇，貨幣波動劇烈時，更在乎當前社會現狀，積極參與，性別認同的界線也極其模稜兩可。

金錢，他心想，才是此時宴會廳的眾人最看重的東西。當甜點上桌，侍者忙著在派與塔淋上鮮奶油時，他突然明確意識自己的所在。慕尼黑已經不再擁有細膩的靈魂與崇高的社會品質，巴伐利亞鄉下的粗鄙特性早已滲透。現在賓主盡歡，但他這位貴賓倒沒有太引人側目，他觀察這群人張嘴大笑、口沫橫飛，手舞足蹈的模樣，原來，這裡的人們就是如此相處，他們與其同類將要在此地獨領風騷，當然，托瑪斯心想，他仍然可以隨心所欲談論歌德，但這群人，才是未來。

他覺得自己沒有必要正式告退，他向喬治斯示意，表示他與卡蒂亞打算偷偷溜走，但就在他們起身要離開時，他看見亞倫．伯德朝他走來，身旁還各有兩位穿著美式西裝的男人。

「我不想再見到那傢伙了。」他對喬治斯說。

「那你轉頭就走，」喬治斯低聲說，「快步走向通往廁所的門。那裡只有一個出口。不要停下腳步。」

美國人走近時，托瑪斯背對他們走遠，彷彿只是要去上洗手間。一走出大廳，卡蒂亞和喬治斯就跟了上來，喬治斯領著他們走到戶外。

「我們走路回旅館會簡單些。他們很清楚將事情鬧大，繼續騷擾你，對他們不會有任何好處。」

他們安排早上先將行李低調放進別克車廂，接著再繞到旅館後方接他們夫妻，他們會參加拜律特音樂節，過一晚再進東德。

在拜律特的拜耶旅館，由於喬治斯要求經理以禮相對，對方不斷回到桌前，詢問他們是否需要任何服務。第二天一早，托瑪斯希望能在這傢伙出現前盡早離開，結果他早已等在樓梯底，陪他們走進早餐室，站在大廳等他們的行李。

「我有個不情之請，」他說。「假使能請您簽我們的黃金貴賓名冊，對我們蓬蓽生輝，意義重大。這會是我們旅館的至高榮幸。」

他將簽名簿放在大廳一處展示架。

「我們不常展示，」他說。「今天非常特別。」

經理打開名冊，遞給托瑪斯一支筆。當他簽下自己的名字，寫上日期時，隨意翻閱前幾頁，發現它們是空白的。

「我們留了十六頁空白，」經理說，「代表你在外流亡的每一年。」

托瑪斯往前繼續翻頁，看見其他人的簽名，大家都有自己專屬的頁面，例如希姆萊、戈林與戈培爾。

「這些人大名鼎鼎。」他對經理說，此人緊握雙手，看來憂喜參半。

上車後，喬治斯非常憤怒。

「應該有人要求他們燒了那本名冊。反正他們很厲害，很會焚燒書籍。」

「請儘快將我帶離這個國家吧。」托瑪斯說。

莫尚解釋，有人已經指示他該從哪一處邊境檢查哨離開。

「若是有人指點我這麼走，想必媒體也都知道了，」他說。「但還有另一種不被人發現的作法。」

「你認為我們應該到瑞士生活嗎？」托瑪斯問喬治斯。

「不然你想我何以如此用心照顧你們？」喬治斯笑著問道。「如果你們到瑞士居住，人民就會跟我一樣，處處禮遇你們，我就是瑞士的代表，但我們不這麼說。我代表的是瑞士精神，可是，我們也不太強調這一點，或許我可以說，我代表的是瑞士的藝文圈，如果能有你們加入，我們會非常榮幸。」

在邊境時，一群年輕俄羅斯士兵將他們攔住，這些人似乎對別克的出現很緊張。他們其中幾位擋住汽車去路，也有人跑到附近營區通報。一名身材高大的年長俄羅斯士兵從營區探出頭，朝他們走過來。莫尚下車，托瑪斯打開車窗，聽見他們的朋友正在說俄語。

他顯得很有把握，但俄羅斯軍官似乎想要求喬治斯回頭，朝北前進，越過邊境。莫尚搖頭，直指前方，表示他就是要從這個崗哨駛向威瑪。

「俄國的農奴時期可能就是這樣。」在幾個根本就是小男孩的年輕士兵從另一扇車窗毫不客氣地檢查他們時，托瑪斯這麼說。

「所以他們才將貴族全殺了。」卡蒂亞回答，莫尚朝士兵們做了個簡短手勢，要他們立刻離開。其中一名士兵走近他，開始咄咄逼人說話，喬治斯用手指戳向他胸口。然後他回到車上，發動引擎。

他們往前開了一段距離後，再次被士兵攔住，但這次是爲了讓他們知道，過五分鐘後，會有官方的歡迎儀式，從那裡會有車隊護送他們前往目的地。

托瑪斯想，假使當初他們決定不前往歐洲，克勞斯可能就不會自殺。也許是因爲他們離他太近，讓他絕望至極。托瑪斯確信卡蒂亞已經想到這一點，也許艾芮卡也想到了，其他家人可能也很清楚。他眞不知道自己何以花了這麼長一段時間才領悟。

他聽到歡呼聲，接著看到一大群人，還有孩子，大家在街上列隊朝汽車揮手致意。

他們在威瑪的下榻旅館將整個樓層保留給他們。穿制服的員警與穿西裝的魁梧男子戒備森嚴，守衛他們的安全。第一頓午餐時，托瑪斯發現坐在旁邊的是東柏林指揮官蒂爾帕諾夫將軍。將軍能說流利德語。托瑪斯從他臉上看見了千年俄羅斯歷史。他認爲將軍將話題侷限在俄羅斯與德國文學，找他談論普希金和歌德，是非常睿智的作法。

托瑪斯深信，他們的話題越古老，就越安全。

他想問將軍是否知道歌德在此地的存在，多麼奇怪，曾經激發詩人靈感的這片土地卻建造了布亨瓦特集中營。

但將軍心不在焉。他兀自微笑，環顧四周，散發出預料之外的魅力，彷彿一位只希望自己麾下官兵開心過日的親切長官。他站起來時，室內悄然無聲。將軍閉上眼睛，開始背誦：

對於我們教導的訓條
請勿過分譴責：
假使你眞切理解
就朝你內心尋求答案。

當他停下來時，托瑪斯雖然沒有起身，卻也抬高音量，接下去背誦：

在那裡你會找到那古老的訊息：
人類，這自滿的奇蹟，
將尋求他個人的保護
無論是在塵世或他鄉。

兩人輪流吟誦，直到歌德這首詩結束。現場掌聲熱烈。托瑪斯看到，就連侍者鼓掌叫好。

當晚在他談論歌德與人類自由時，他不確定現場的歡呼與掌聲究竟象徵了什麼，那一瞬間，他納悶這是否意味聽眾很高興有人前來東德，從而舒緩了他們迫在眉睫的孤立感。或者，托瑪斯很想知道，這群人是否只是樣板觀眾，受命爲他喝采？然而，一陣陣的熱烈掌聲，以及一張張的燦爛笑臉，如流水般的褒揚讚美徹底攫住了托瑪斯的心。

當晚回到旅館，他發現卡蒂亞和莫尙不願分享他的喜悅。

「那位將軍，」喬治斯說，「就要統治世界，不然就是會被召回，槍殺身亡。」

第二天，當喬治斯與卡蒂亞開著別克跟在他搭乘的官方禮車後方時，沿途人群再次夾道歡迎，托瑪斯想像自己的同行旅伴對這溫馨熱情的畫面應該只會擺出乾澀的微笑，他認爲這很好玩。他心想，卡蒂亞與喬治斯大概覺得他是傻瓜，朝大街人群揮手致意，甚至接受了官方派車的提議。

他跟他們都很清楚，現在的威瑪就是布亨瓦特，那位友善有教養的將軍，正如亞倫．伯德曾經告知他的，正將囚犯拘禁在納粹屠殺生靈的集中營。他們知道歌德曾經有許多夢想，但歌德必定從未想像布亨瓦特的存在。世間沒有一首關於愛情、大自然或人類的詩，能夠將這個地方從詛咒中解救出來。

第十八章

洛杉磯 一九五〇年

在聯邦調查局的辦公室，有他、他大哥以及艾芮卡與克勞斯的檔案。這些充滿質疑、謠言與影射的檔案就是他們在美國的活動紀錄。如果書看得太多也能視為反美行為的話，可能連戈洛的檔案都找得到。甚至或許也有莫妮卡的檔案，畢竟她會在作家書房外大聲喊叫，這大概也是被當成是聯邦罪行。

在歐洲，他相信，除了檔案，人們對他家人肯定是滿滿的回憶。他們不會忘記海因里希在第一次世界大戰與慕尼黑革命時期的政治立場，他企圖阻止希特勒崛起的諸多演講與文章，還有隨後他海外流亡時的左翼運動足跡。

短暫停留東德時，托瑪斯記下回美後準備對海因里希講述的各種觀察，例如，群眾夾道歡迎，對他揮舞旗幟，這看來很像是脅迫下的非自發行為。但海因里希不想聽弟弟的德國之旅，每次托瑪斯一提，海因里希就改變話題。

東德授予海因里希德國國家藝文獎，邀他住到東柏林，同時提供祕書、司機，一間舒適的公寓以及豐厚的津貼。海因里希的書在這個新國家非常暢銷。

海因里希在美國的書早已絕版。若是真有人聽過他，也只是因為他的作品《藍色天使》曾經改編成電影，也知道他是托瑪斯．曼的大哥。在他的新公寓沒有餐廳，只使用一個小角落用餐。海因里希總是強調這一點，讓外界體認他過得有多麼糟糕。儘管他持左翼觀點，但畢竟他曾是呂貝克議員的兒子。

海因里希決定接受東德邀約，就此離開加州，他告訴托瑪斯，自己沒幾件行李，因爲奈莉把許多東西都拿去典當了，他也懶得贖回。

海因里希準備離開時，冬天即將結束，他提到自己或許會寫一部關於腓特烈大帝的劇本，又擔心年歲已長，這對七十多歲的他來說可能是不小的負擔。但當他重讀自己最喜歡的幾位作家的作品時，期待之心再度復燃——福樓拜、斯湯達爾、歌德與馮塔納[19]。他找托瑪斯談論名家作品的幾處場景時，感覺彷彿回到兩人年輕時在帕萊斯特里納的時光，滿腔熱血。

「要不要請共產黨在我抵達柏林後，讓艾菲．布理斯特[20]與愛瑪．包法利在家等我嗎？」他問托瑪斯。「我需要美女相伴。」

戰後不久，咪咪就在布拉格去世了。在特雷津的監禁過往讓她健康惡化，一直沒有完全復原。海因里希偶爾回憶自己與她共享的快樂年月，認定是自己到了美國令咪咪失望透頂。卡蒂亞知道，假使找他問些與奈莉相關的問題，海因里希就不會繼續悲嘆咪咪的境遇，擺脫陰霾。畢竟只要聽到有人提起奈莉，海因里希整個人精神就來了。

提到弟弟維克多時，海因里希也侃侃而談，維克多一年前去世了，妻子是一位低階納粹官員，維克多當年處處遵循黨的路線，海因里希完全無法控制自己的輕蔑。

「這證明了我這輩子很清楚的一件事，」他說。「只要有智慧，就有愚蠢。我們這一輩有你和我兩位作家，兩個活潑可愛的妹妹，當然總會出現害群之馬，這匹馬還娶了個納粹進門。」

一如往常，海因里希前來拜訪托瑪斯與卡蒂亞時總是打扮得很體面。他動作比過去遲緩，更常陷入沉默，低頭不語，大家都以爲他睡著了，然後冷不防又故態復萌地爆出一貫的犀利評論。

「我總感覺，」他說，「回歸祖國，不如我們想像中受人歡迎。對所有人而言，那裡應該都不會太好過。大家都認爲當炸彈落在他們身上時，我們這群人還在悠閒做日光浴。可能等到我們死了，他們才會開始推崇我們。」

他睜開眼睛，看著托瑪斯微笑了。

儘管海因里希窮苦潦倒，長期需要托瑪斯資助，但他從未失去高傲自負的本性，向來看重自己的作品，擁護他認同的價值。他說話的語氣，總是認定自己的觀點不容質疑的空間。他喜歡引用克勞斯·曼幾年來寫信給他的內容，無時不刻表達自己思念侄子的心情，更肯定克勞斯爲了爭取民主的奮鬥，欣賞克勞斯堅定的強硬立場。無論托瑪斯多麼努力詮釋，聽來都免不了覺得大哥是在嚴厲譴責自己。

過世前一晚，海因里希在位於聖塔莫尼卡的家中聆聽普契尼歌劇。他在睡夢中腦出血，從此再也沒有醒來。

海因里希安葬在聖塔莫尼卡公墓，有奈莉相伴，一小群家人與朋友出席了葬禮。弦樂四重奏演奏的是德布西G小調四重奏的慢樂章。

他們離開墓園時，方才的音樂仍在托瑪斯腦海中繚繞，他想到，兄弟姊妹中，如今只留自己獨活了。連海因里希都已經離開，如今他只能靠幽魂來評判自己了。

他知道，多年來他與克勞斯和海因里希存在著某種奇特的對立關係。克勞斯居無定所；托瑪斯在太平洋帕利薩德落戶扎根。海因里希家徒四壁，托瑪斯收入優渥穩定。他們都有明確的政治立場，而托瑪斯幾乎算是政治牆頭草。他們熱情積極，他則謹慎迂迴。如今，這兩個人都不在了，家中只剩艾芮卡會找他爭論。但她暴躁霸道的個性，卻又讓他覺得自己根本不值得浪費時間找她吵架。

他與卡蒂亞午後在聖塔莫尼卡的海灘散步時，他仍然會察覺附近穿著泳褲的年輕男子，以往他會假裝自己走累了，便能停下腳步欣賞他們；如今他停下來，是真的疲倦了，儘管如此，他仍然將他們的帥氣模樣謹記在心，好在夜幕降臨後，在腦海細細品味。在海因里希的作品中，卡蒂亞發現許多豐腴美女的裸體素描，托瑪斯覺得有趣極了，因為半世紀前，他也曾經在哥哥書桌上的文稿偷偷發現一模一樣的東西。

專注寫散文比創作小說或故事容易多了，每天寫幾段文字，閱讀一些小品，就足以讓他頭腦清醒，但他知道，小說新題材得靠自己尋找，這樣他才有動力天天早起寫作。

去了威瑪一趟後，他開始收到東德民眾的請願書，要求他代為向當局求情。通常他會將這些信轉發給作家約翰內斯．貝歇爾，他與貝歇爾在二〇年代就認識，此人與東德權力核心過從甚密。他納悶，假使海因里希還在，生活起居都靠東德政府的津貼，遇到這種情況又該如何處理。他喜歡這麼想：海因里希向來強硬不妥協，即使住到東德，他一樣會堅持到底。

當一家反共雜誌在一篇名爲〈托瑪斯．曼的道德日蝕〉稱他爲「美國頭號同路人」時，艾格尼絲．邁耶向他提起此事。

「現在只要跟你扯上關係，我們這群人都得替你辯解。」她說。

「我不是同路人。我只是不支持共產主義。」

「這樣講不夠。現在推諉塞責沒用。很快就要爆發一場全新的戰爭，反共產主義的戰爭。」

「我反對共產主義。」

「那你還去德國，被人熱情款待？」

比佛利山一家旅館稱托瑪斯爲共黨分子，拒絕爲他的演講提供場地時，他沒有責怪海因里希或克勞斯玷污他的聲譽，也不怪早已住到東柏林的布萊希特。他心想，寫信給報社強調自己絕非共黨分子太損尊嚴。只是讓人隱約不安的是，他意識到自己在美國建立的道德價值與權威地位，甚至身爲知名人士的聲譽也已經蕩然無存。

這反倒解放他了。假使克勞斯和海因里希還在，他們就會大肆抨擊美國社會普遍存在的幼稚思想。現在連他自己都可以這麼做了，隨著外界對他的攻擊越尖銳，他反倒更英勇，先參加了杜博依斯的壽宴，接著聲援羅森堡夫婦[21]，還大方祝福約翰內斯．貝歇爾生日快樂，眾議院嚴詞譴責他，公開聲明這位忘恩負義的作家是拒絕往來戶，往後不會邀他參加任何宴會了。

卡蒂亞強調，自己總是從電話鈴聲判斷來電者是不是艾格尼絲．邁耶。然後，她會讓艾芮卡接電話。艾芮卡會先模仿父親，在艾格尼絲不管托瑪斯的政治立場明不明確都大肆抱怨一番後，再大笑告訴艾格尼絲，其實接聽電話的人是她最看不起的艾芮卡．曼。

最近這一次，艾格尼絲火大回答：「妳爲什麼不滾回德國？」

那天晚上，艾芮卡模仿艾格尼絲．邁耶的聲音，表演了一段最焦躁的獨白，混合了她的政治觀點與性幻想，強調自己多想被魔術師深情擁抱，用魔杖取悅她。

不過，返回德國的念頭必須認眞看待，在聯邦調查局再次訊問艾芮卡後，她耐心盡失。

「沒錯，我告訴他們我是女同志。當然，我就是啊！不然他們以爲我是什麼？維多利亞女王是女同志，我告訴他們，愛蓮娜．羅斯福也是女同志，梅．蕙絲，桃樂絲．黛都是。一開始他們很冷靜，直到我提到桃樂絲．黛，其中一位說，『嘿，曼小姐，我想桃樂絲小姐應該很正常吧，』聽到這裡我眞的捧腹大笑，那個覺得桃樂絲很正常的傢伙還倒水給我喝。他離開後，他同事告訴我，他們不會推薦我取得美國公民，假如我離開美國，有可能再也回不來了。」

一年前，托瑪斯或許還會提防自己不要餵養她的憤怒，但這是他人生第一次感覺沒什麼好損失的了。他年紀大，無須討好任何人，也不用跟人較勁。他寫信給一位回到德國生活的朋友，表明自己不願葬身在美國這片沒有靈魂的土地上，他不欠它，它也對他一無所知，這封信稍後被刊登在一家德國報紙上，托瑪斯更不以爲意。這是事實。想到自己竟然花了七十五年才敢自由自在說實話，他不禁莞爾。

當然，眼前必須面對的現實是，他在美國早已不受歡迎，美國社會也沒有任何他認爲値得聲援支持的目標。他認爲，公開抨擊美國政府挑動社會對立，或許能提昇他本人的道德價値，但一路走來，他不就是一直在扮演這種角色？如果大聲疾呼曾讓克勞斯或海因里希午夜夢迴時，自覺像個騙子，遲早有人也會覺得他是在招搖撞騙，不是嗎？

他四十年前曾經寫過一篇名為《費利克斯克魯爾》的故事，成功探討這種雙重性的概念。如今，他尋求故事主題時，他又想起故事主角克魯爾，這傢伙招搖撞騙，凡事都很有把握，性格豪放浪蕩。

如果給他機會讓他對人類精神發表最後一次談話，他會樂意以玩笑的方式總結；他要誇大人類永遠不可信任的概念，強調人類會隨時見風轉舵，推翻自己的說法時，人的一生就是不斷讓自己的一切合理化，他認為這就是人性真正的智慧與可悲之處。

★

他們決定要卡蒂亞和艾芮卡一起離開美國，定居瑞士。

他很清楚，過去有段時間，自己的遷居決定絕對會成為美國媒體的頭條，記者蜂擁而上，想聽他詳述理由。甚至可能有人呼籲他留下，投書報章雜誌，概述他對大戰的貢獻。他再次意識到自己曾經擁有無與倫比的影響力。他的聲望持續十年，而後衰退。

一路跟著他們，從呂貝克到慕尼黑，前往瑞士之後再到美國普林斯頓，接著是加州的古董燭臺，如今再次收進木箱，準備運回瑞士，卡蒂亞寫信給喬治斯．莫尚，告知對方他們正在蘇黎世附近物色住所，如果能有湖景更好。

艾芮卡知道他們終於決定離開後非常滿意，在卡蒂亞暗示都是她未能滿足聯邦調查局的調查，才造成如今天翻地覆的局面時，艾芮卡甚至沒有回擊。

「都是因爲妳，」卡蒂亞說。「但我看不出妳有想感激我們的意思。」

「哦，那你們就不要走啊，」艾芮卡回答，「但聯邦調查局接下來就會找上你們。問你們婚姻的問題，就像他們問我一樣。」

「嫁給奧登的又不是我。」卡蒂亞說。

卡蒂亞看向托瑪斯，顯然不在乎這段對話會如何結論。

「如果妳能陪我們住到瑞士，那就太棒了。」他對艾芮卡說。

戈洛也決定要離開美國，於是這裡就只剩下伊莉莎白和邁克了。當卡蒂亞寫信告知伊莉莎白他們的計畫時，伊莉莎白回信表示，她會帶著女兒們最後一次訪問太平洋帕利薩德。

伊莉莎白抵達的第一天晚餐結束後，伊莉莎白告訴他們，博格斯在義大利，因爲他快死了。她們隨後要去陪他。他不想死在美國。

「那妳接下來怎麼辦？」女孩們上床睡覺後，卡蒂亞問。

「我可以開始我的人生，」她說。「博格斯就是這麼說的。但我不知道我要怎麼活下來。」

「妳會留在芝加哥嗎？」托瑪斯問。

「我可能會待在義大利。女孩們是美國人，但她們也是義大利人。」

「妳在那裡又能做什麼？」卡蒂亞又問。

「沒有博格斯的人生，我連想都不敢想。我還處於震驚期。全家都是。診斷結果很清楚，但他很勇敢。我不知道沒有了他，我要獨自撫養這兩個女孩。我到底能有多勇敢。」

卡蒂亞擁抱她。就連艾芮卡也快要落淚。

「妳不是會固定打電話給我們嗎？」托瑪斯問。

「不跟你們講電話，我大概連一星期都撐不過去。」她微笑回答。「電話一定要繼續打。不然還有誰會告狀姊姊又做了什麼好事？」

她看向艾芮卡，等著姊姊找她理論。

當托瑪斯知道自己就快要離開這棟房子與花園後，它們在他眼中看來反倒更美了。他與卡蒂亞在聯合車站目送伊莉莎白離開時，他突然意識到，車站的每一處細節，無論是商家招牌、店裡陳列的商品、員工自在輕鬆的舉止，以及他們走回車上時一路襲來的熱浪，一切終將成爲難以挽回的過去。

有幾次，他很想向艾芮卡和戈洛建議，不如就他們姊弟兩人回歐洲，好好享受各自的人生，自己與卡蒂亞則留在加州的藍天白雲之下，靜待石榴樹開出燦爛花朵，結實累累，直至人生終點。

他從一個房間走到另一個房間，他的私人樓梯彷彿成了幽靈，他的書房也猶如鬼魅般虛幻，《浮士德博士》將成爲在這裡縈饒不去的文本，無論誰住在這裡，它將陰魂不散。即使是在光天化日下的客廳裡，樂曲依舊餘音繚繞、久久不散，直到時間停止，才會陷入純粹亙久的沉默。

這些房間、草坪、屋後高聳的棕櫚樹，車道入口的美國繡球花叢，如今一切能否留存在他回憶中，其實也不重要了，畢竟，他再也無法親眼看到它們。炙熱的夏日高溫、夢幻般的日落晚霞與燦爛刺眼的白日清晨，往後也不再屬於他。他已經失去了呂貝克與慕尼黑，現在，連太平洋帕利薩德也將從他手中溜走，他在加州，只因為納粹逼他離開德國，但此處氛圍依舊溫暖可人，然而，今非昔比，讓他毅然離去的，也是那找也找不回來的美國式熱忱與歡迎。

在托瑪斯眼中，瑞士之所以能挺過大環境的變遷，完全是靠著清教徒的道德迷思苟延殘喘，但它至今仍然是全球惡棍的金庫，銀行對有錢人來者不拒，邊界卻對有需要的人拒於千里。這個國家有山有水有城市，錯落山谷間的可愛村莊宛如出自童話，但這些都看不出他們國民的嚴肅認眞，托瑪斯相信，他們多半時間都在努力讓環境一塵不染，大家滿腔熱情，致力維護整潔，講究的範圍延伸至湖泊和山脈，火車車廂、旅館房間、巧克力與乳酪，甚至是連鈔票。

他向卡蒂亞坦承，想到瑞士就讓他非常愉快。他知道，這個接納他們的新國家，絕對會是最完美的寫作地點，這一本小說的主角將無法被人信任，熱愛遊走法律邊緣，每次冒險犯難後，卻能順利存活，迎接新的一天，就像瑞士的歷史。正如他只能在美國寫出與魔鬼交易的《浮士德博士》，因爲這個國家從來未曾看過類似的故事主軸，如今，他會在瑞士創造菲利克斯·克魯爾，因爲這個國家擁有虔誠的佈道信仰，人民言談間不時出現喀爾文與慈運理，更積極抗拒像克魯爾這種不學無術的騙子。

戈洛與他們分開後，繼續前往慕尼黑，托瑪斯夫婦則抵達蘇黎世郊區的多德大旅館，喬治斯·莫尙在大廳等待他們。他召集員工，經理上前迎接托瑪斯、卡蒂亞和艾芮卡。

當他們跟英國人一樣喝下午茶時，托瑪斯看見妻女與喬治斯低語，艾芮卡咯咯笑了。

「所以他離開了？他不在？」

「我問過了，」喬治斯說。「我一週前打過電話，今天又打聽了一次。」

「他逃了。」卡蒂亞說。

「你們在說什麼？」托瑪斯問。

「法蘭佐・韋思邁。」艾芮卡說，她一臉嚴肅。

「他已經不在這裡了。」喬治斯說。

托瑪斯希望眼前這三個人別再觀察他的反應。他不知道該說什麼。他幾乎無法告訴他們，過去兩年他一直沒有忘記法蘭佐，總是在卡蒂亞看到之前，便成功攔截對方偶爾捎來的書信。他知道法蘭佐在日內瓦。他曾經寫信告訴法蘭佐自己要回到兩人初見面的旅館，也比往常更加思念法蘭佐。

「他是好人，」托瑪斯說。「這次旅行大家都很想念他。」

接著他便改變話題。但隨後幾天內，法蘭佐的身影一直刻在他的心底。

他在法蘭佐端著托盤走過大廳時，第一次瞥見這位侍者的身影。他走過托瑪斯身旁時，對托瑪斯輕鬆自然地點頭致意。稍後，托瑪斯喝下午茶時，他過來要簽名。法蘭佐身材修長，一頭波浪棕髮，溫柔湛藍的雙眼，以及無可挑剔的潔白牙齒。簽下自己的名字時，托瑪斯的手刻意在侍者的手上徘徊了幾秒鐘，他顯得非常開心。

第二天，托瑪斯在大廳遇到侍者時攔住了他，問他的名字，對方說自己叫做法蘭佐．韋思邁，來自慕尼黑附近的泰根塞。

「我就知道你是巴伐利亞人。」托瑪斯說，問他是否打算定居瑞士。侍者笑容溫暖，目光坦率，認眞地告訴托瑪斯自己想搬到南美洲，但在此之前，他打算先在日內瓦找到工作。艾芮卡出現並拉拉他的衣袖時，托瑪斯向侍者鞠躬，後者隨即走遠。

「你不可以在全世界都看著你的時候，在大廳跟侍者搭訕。」她說。

「我幾乎沒跟他說話。」他回答。

「我想大部分的人不這麼認爲。」

後來卡蒂亞到他房間時，問他怎麼回事。

他告訴她眞的沒什麼，他只是注意到飯店裡有個人讓他想起早年在巴伐利亞認識的侍者。

「是啊，我也看到他了。喬治斯說，我們剛到時，你臉色看起來不太好。現在看起來好多了。」

當晚他們與喬治斯共進晚餐時沒看見法蘭佐。他想像侍者晚上休息時做些什麼，穿什麼衣服，跟哪些朋友在一起。

後來他們第二次巧遇，他知道自己等這位侍者很久了，托瑪斯在他穿過大廳時迅速叫住他。艾芮卡沒注意，卡蒂亞也沒有發現，但顯然受命要好好招待作家的工作人員一定觀察到了。同一天中午，他走進電梯遇上法蘭佐，對方簡短點頭，無視他的存在，這讓托瑪斯有點受傷。

他不知道打電話要求客房服務，好藉此見法蘭佐一面究竟有何意義。結果，當他打電話請人送茶點時，出現的卻是另一位侍者時，他只能維持表面禮貌，其實很不甘心，因為不是法蘭佐。

每天早上，他醒來時都勃起了。旅館花園盡頭有一處陰涼角落，那裡有一張餐桌與幾把椅子。卡蒂亞和他經常在那裡吃午餐。他們離開前一天，她建議他獨自用餐，堅持自己與裁縫約好，艾芮卡得去看牙醫。

在他獨坐時，沉默被四下鳥兒的嘰喳聲打斷了。托瑪斯突然發現今天自己的穿著整齊體面，上等西裝領帶，腳踩新鞋，萬一此時他倒地不起，也算是完美的結局。

他閉上眼睛半晌，當他聽見有人走近時，立刻睜開雙眼。法蘭佐就站在面前，笑容燦爛，手裡帶著一份菜單，托瑪斯知道這一定是卡蒂亞與艾芮卡的安排，也許喬治斯也參與了。托瑪斯納悶，喬治斯究竟付錢給多少人，更希望沒有虧待這位年輕侍者。

「我錯過你好幾次。」他說。

他壓低嗓音，希望能傳達此刻心中的柔情。

「我想與你保持聯絡。」他補充。

「我很開心，」侍者說。「希望不會讓你覺得有壓力。」

「能遇見你是我在這裡最棒的經驗。」

「你是最受歡迎的貴客。」

有那麼一瞬間，兩人的眼神溫柔地鎖住彼此。

「我想你一定餓了，」法蘭佐臉紅了，開口說道。「今天的義大利麵非常可口，由旅館的義大利主廚特製。還有溫巴赫酒莊的麗絲玲白酒，夫人告訴我這是你最喜歡的。或者您想要先從冷湯開始？」

「你推薦的我都來一份。」托瑪斯說。

接下來的兩小時，侍者來來去去，每次都多待一會兒，談談自己的父母，提起巴伐利亞阿爾卑斯山區的冬天時不禁打了個寒顫。

「我想念滑雪，」侍者說。「但我一點也不懷念寒冷的天氣，這裡也冷，但比不上家鄉。」

托瑪斯描述加州生活。

「我很想看海，」法蘭佐說。「在沙灘散步。也許有一天我能夠到加州一遊。」

想到自己就要離開旅館，托瑪斯突然錐心刺痛。

「你還需要什麼嗎？先生？」

托瑪斯抬頭看了他一眼。這個問題再單純不過了，但法蘭佐肯定能理解他想要什麼。托瑪斯遲疑了，並非他一度以為兩人會並肩走進他房間，而是因為他知道，自己能得到的就是如此而已，一段刻意安排的短暫親密時光。

他不過是個接受侍者服務的老頭罷了。有好幾天，他不斷回想法蘭佐轉身時的背影，幻想他肌肉發達的背部與光滑白皙的皮膚，豐滿的臀部，以及強壯光滑的雙腿。

「不，什麼都不需要了，很感謝你的細心服務。」他說，故意讓自己聽來正式有禮。

「請記得，我隨時待命。」法蘭佐說，以同樣的拘謹態度回應托瑪斯。

法蘭佐鞠躬，走出僻靜角落，托瑪斯在斑駁的午後光線下望著他離去，知道自己還會在這裡坐一會兒，他瞭解，剛才這場邂逅，在他有生之年將再不復見。

兩年過去了，比起自己那本大騙子克魯爾的作品，他花了更多精力回憶那段過往，依舊細細品味每一刻，懷念說過的每一句話，企圖重現那次短暫快樂的時光，追憶兩人之間的默契。難道這是魔法嗎？托瑪斯心想，像他這種老頭仍然可以擁有如此強烈的渴望。他再次翻閱日記，讀起上一趟旅程自己寫下的一段話。「午餐時，那位幻術師就在身旁。我給了他五法郎，因爲他昨天的服務貼心至極。向我道謝時，他眼中帶著微笑，魅力筆墨難以形容。我很矜持，不知所措，而卡蒂亞看在我的份上，也對他很友善。」

他相信，自己往後也沒什麼機緣可以寫這種內容的日記了。未來的每一天早晨，一如半世紀以來的例行公事，他會用來寫小說，千哩外的法蘭佐身影記憶早已崩毀，然而，回想起侍者緩步踏過大庭的模樣，如此泰然自若，臉上的暖心微笑，依舊帶給托瑪斯無比的喜悅。

一看見莫尙在蘇黎世南區基希伯格替他們找到的房子，托瑪斯就知道這會是他人生的最後一站。如果價錢談妥，他多年的漂泊終於可以下錨。他其實憂心了好一陣子，深怕自己走後，卡蒂亞無處可去，如今問題解決了。房子就在一條小路旁，俯瞰湖景山色。

住進新房子後，他們馬上回歸之前的規律人生。他很遺憾自己以往對瑞士的成見，因爲現在的他眞心喜愛村莊的秩序和文明，一天之內，湖面隨著曙光暮色粼粼發亮，夜色低垂後，晚霞彷彿從山巒緩緩朝他們湧來。

他也逐漸愛上了自己的主角克魯爾，正如他過去對阿德里安・雷維庫恩的喜愛，他也愛過東尼・布頓柏魯克與小漢諾。儘管讀者可能會猜測漢諾其實就是作者本人的寫照，也在《浮士德博士》看出作者與作曲家的共同點，但沒有人會知道，他自覺與克魯爾有多貼近。克魯爾爲這個世界精心設計的把戲，不僅取自小說中愛搗蛋的調皮人物，托瑪斯更善用個人經驗，將它們轉換成各種玩笑。克魯爾擅長閃躲，總是能全身而退，把握時機，狡詐機靈，趁人不備時，偷走他們的錢包。

基希伯格新家成交的那一天，他與卡蒂亞下車步行到蘇黎世律師的辦公室，當時他眞切感受到自己，或者路人眼中的他，不過是一名七十多歲的長者，穿著無懈可擊，步伐自信，方向感十足，高尚有尊嚴。他帶了一張相當於房子總價的匯票，是六個孩子的父親，妻子氣場強烈，她一人便解決了與原屋主關於燈具與車庫的談判；他則是名作家，筆法細膩，擅長冗長文句，書裡的人物角色都能讓讀者輕易想起某位德國歷史上的知名人物。再怎麼說，他都是個偉大人物。甚至就連他的父親也曾經震懾於他。

然而，當他獨自在律師辦公室的洗手間，望著自己的蒼老臉龐時，知道再也不會有人把他當一回事了。鏡子裡瞬間即逝、心知肚明的短暫笑容，正如他筆下那位克魯爾，因爲自己做了許多外界無從知曉的祕密行徑而得意洋洋。

他鬱鬱寡歡發現，往後定居此處的自己，大概與帥氣飯店侍者們擦身而過，偶然邂逅的機會也要大幅減少了，於是，他將自身經驗延伸到主角克魯爾身上，在這位年輕主角多不勝數的招搖撞騙的情節中，他都是以某間豪華旅館的侍者自居，以外貌及職業爲榮，不錯失歡迎嬌貴客人的任何機會，忙著爲貴婦拉椅子，遞給她們菜單或爲她們斟酒。托瑪斯甚至允許自己英俊的主角與一位蘇格蘭領主祕密幽會，這位上流人士受到侍者誘惑，正如托瑪斯深深被法蘭佐吸引一樣。

阿諾．荀白克深信自己會在當月的十三日死去，托瑪斯也確信自己將會在七十五歲壽終正寢。結果並不如他所願，他只能將接下來的時光視爲上天給予的厚禮，讓他有機會超越大限，超越時空，繼續擁有人生。在書房中，當托瑪斯找書時，總會以爲自己人在慕尼黑，或普林斯頓，或太平洋帕利薩德。

每天下午，微風輕拂湖面，映照群山，灰藍光芒映照谷壑，令人耳目清新時，他會懷疑自己是否眞的已經死在加州，此處只是他死後的中途站，這是在優待他，讓他投胎前再看最後一眼歐洲，他甚至還有棲身之所，才會甘願化成一縷輕煙，不再幻想。

他從沒想過自己會活到八十歲。海因里希在七十九歲生日前不久去世。維克多死時才五十九歲，他父親活到五十一歲，母親七十一歲壽終。但歲月確實迅速流逝。在他八十歲生日前一年，艾芮卡就顯得積極興奮，期待安排各種慶祝活動。

他知道許多作家鄙視壽宴或慶生會，覺得只有電影明星才會這麼做，但由於他被幾近趕盡殺絕般地逐出德國，多年後又被美國人禮貌地趕走，於是他認爲在自己人生最終的流亡地，接受人們公開祝福，沒有什麼不好。

生日當天，雪片般的賀卡或短信祝福讓他很高興，連基希伯格郵局也祝他生日快樂，郵局近來工作量爆增，都在處理堆積如山的信件，全都是寄給他的。假使他的美國出版商亞爾弗．克諾夫想在生日當天飛越大西洋，前來當面祝賀他，托瑪斯也覺得合理。小他一歲的布魯諾．華爾特還希望能在蘇黎世劇院指揮《小夜曲》以資慶賀，托瑪斯覺得很窩心。當他讀到法蘭索瓦．莫里亞克的推崇文章，提到「此人以畢生經歷，眞切擘畫了自己的作品生態」時，托瑪斯立刻聯想到克魯爾，看來，莫里亞克知道得還不夠深入，想到這裡他就微笑了。

法國總統與瑞士邦聯總理也捎來祝福，他很期望西德政府也能這麼做，不過艾德諾只交待一位次長恭賀他。

他這輩子大部分時間都像個展示品，他心想，一個代表自己的大使，無法眞實展現本我。慶生活動結束後幾天，他的五個孩子都住在基希伯格，莫妮卡也來了，她的皮膚因爲住在卡布里島變得古銅健康。大家都各忙各的，甚至沒有注意到他的存在。某一晚，當他宣布自己要早點就寢後，他們才開始要求他晚點睡，再陪他們一會兒。

儘管母親事前警告艾芮卡不得對兩個妹妹出言不遜，聽她們好好將話說完，但艾芮卡仍然無法克制自己，她告訴莫妮卡，不停游泳與曬日光浴只會顯得她更愚蠢，還堅稱伊莉莎白讓美國出生的兩個女兒在她們父親死後待在菲耶索萊，只會讓她們居無定所，流浪無根，成爲沒有國家的人。她應該立刻帶她們回美國。

「人一定要有自己的起源啊。」她說。

「不能像我們?」伊莉莎白問。

「至少我們知道自己是德國人,」她說,「儘管這國家對我們一點好處也沒有。」

戈洛與邁克靜靜討論書與音樂,他們總是這樣。托瑪斯加入時,他注意到自己無論說什麼,兩個兒子只顧著要跟他唱反調。

曼家四個孫兒倒是找到了共同點。他喜歡他們勇於開口,都用有美國腔的英語交談,大人問話時,又立刻轉爲德語。現在已經是青少年的弗里多,跟小時候一樣可愛迷人。

在這些夜晚,托瑪斯想,只剩下克勞斯沒有出現了,蓬頭垢面的克勞斯,或許剛從混亂的文學界聚會抽身離開,急需睡眠,卻又滿腔熱血想找人爭論歐洲時事、鐵幕現狀以及取代法西斯主義的冷戰,一心想保持自己的激情。

托瑪斯知道自己時日不多。在他雙腿疼痛加劇後,他先去找村裡的醫生,醫生開了止痛藥,他寫處方時,托瑪斯問,自己的狀況是否比一般老年人會有的關節炎嚴重。醫生抬頭看了他一眼,遲疑了。陰鬱深沉的眼神,一直讓托瑪斯無法釋懷。

疼痛沒有緩解,喬治斯替托瑪斯安排看更有名的醫生。儘管沒有人告訴他這狀況將危及生命,但醫生們篤定的口吻卻完全無法說服他。卡蒂亞和艾芮卡齊聲要他婉拒長途旅行的邀約後,托瑪斯更相信一定事有蹊蹺。

慶生會與隨後家族齊聚一堂共度的歡樂時光，其實早因一個月前在呂貝克發生的種種蒙上陰影，就算後來他參加了各種祝壽行程，但他心中仍然耿耿於懷，無法完全理解前因後果，這讓他有點難以招架，畢竟是呂貝克市主動邀請他，即將頒予他榮譽市民的頭銜。

他收到邀請時，本以為這是由於他父親對故鄉的個人貢獻。然而即便如此，過了這麼多年，他依舊無法原諒父親在遺囑中提及的內容，曼議員暗示海因里希與托瑪斯讓自己失望透頂，也強調他們兩兄弟更有可能讓母親蒙羞。當年宣讀遺囑後已經經過了兩次世界大戰，但其內容的偏頗和不公平始終困擾著他。他看看書架上自己的所有作品，包括原文與其譯本，他很想知道，自己之所以窮盡一生全力投入寫作，是否從頭到尾只是為了讓父親刮目相看。

雖然轟炸已讓呂貝克面目全非，今非昔比，他仍然想回去看看。他曾向卡蒂亞透露，他不要艾芮卡同行，女兒在家為他衝鋒陷陣，或許會更有意義。

艾芮卡告訴他，呂貝克市長建議他與卡蒂亞先住進特拉沃明德的庫爾旅館，到時會派車接送他們。托瑪斯想到特拉沃明德，臉上綻放笑容，屆時是五月，旅遊旺季還沒開始，但天氣會很溫暖，可以在沙灘上散步。

他不記得多年前母親那位女伴的名字，但他想起旅館那架音質很糟的鋼琴，以及傍晚會固定演出的管弦樂團。他回憶起當時空氣中的變化，彷彿他人已經到了那裡，清晨醒來，感覺白日永無止盡，分分秒秒都值得細品，人生毫無擔憂或遲疑，他記得，自己的房間很潮濕，曙光下甚至有些許涼意，海風徐徐吹來，只要走幾步路就能看見大海。

「魔術師睡著了。」艾芮卡說。

「告訴他們，我很想到特拉沃明德。」托瑪斯說。

從蘇黎世到呂貝克的路上，他們停了幾站，讓他可以伸展走動，但上下火車、坐上汽車，前往旅館等等，比往常更讓他疲憊，可是他不能讓卡蒂亞知道。

市長對於當局未能及時修復毀損的教堂與民宅，幾乎表現得有些內疚尷尬。托瑪斯和卡蒂亞朝梅恩大街走時，看見曾經是建築物的荒地廢墟雜草蔓生，當下，他彷彿看見了轟炸時的畫面，人民經歷的恐慌害怕。他憶起克勞斯描述呂貝克的戰後景象。假使克勞斯還在，他有可能同行，陪他們一起見證百廢待舉的呂貝克。

在受獎儀式上，他望向人群，霎那間，感覺往昔的人們都來了——父親、奶奶、姑姑、母親、海因里希，妹妹們、維克多，威睿提貝、亞密、馬登斯，以及數學老師伊馬特先生。

致詞時，托瑪斯提到，自己終究還是回到原點，講起當年家鄉故舊如何不看好他的第一部小說，他還想問問當年學校的老師們，如果能看到他站在這裡，會有什麼感想。他們或許會很納悶當年的傻孩子竟然成了知識淵博的作家。在他說話時，觀眾感覺很有距離，也許他本人就是這個形象。他的腿很痛，但他竭力不要表現出來，現場掌聲沒有停過，但他也發現自己寸步難移了。

回到特拉沃明德的旅館後，托瑪斯心情鬱悶沮喪。他原以爲自己會有更強烈的情緒起伏，其實，他不是回到原點，他知道，自己一路走得跌跌撞撞。他就是老師眼中的朽木。他眞是愚蠢！自認這城市給予的榮譽市民頭銜就能給他理由出門，不用留在家裡，他遠離了基爾希貝格的舒適圈，回到他心繫的呂貝克！

他的父親早就不在，一心找到父親，讓他知道兒子又得了獎，其實根本沒有意義。沒有人問過他是否想探視家族墓園，爲此，他鬆了一口氣。倒是有人告訴他，戰時的轟炸沒放過呂貝克的大街小巷，就連在聖瑪麗亞教堂彈奏管風琴四十年的作曲家布克斯特胡德的墳墓也不幸被砲彈擊中了。

托瑪斯聽說，他們事後檢視損失時，發現作曲家的墳墓夷爲平地，什麼都沒了。他問了好幾次，舊城區的許多墳墓是否無一倖免，答案是，當然，沒錯，一半的城區都燒毀了。

受獎儀式後的第二天是星期天。他早早醒來，發現車子和司機已經在外面等他，他留了一張紙條給卡蒂亞，告訴她自己要到城裡散步。清晨的溫度很宜人，但他很高興自己還是穿了較厚的西裝，因爲他覺得自己應該會走進呂貝克大教堂，參加第一場禮拜，穿著太隨意可是不行的。

當他抵達時，管風琴才剛開始演奏。他看出教堂多少已經修復，或許不如聖瑪麗亞教堂受損嚴重。他站在長椅一端的角落，有位老婦人爲他騰出空間，親切對他微笑，在他記憶中，呂貝克的婦女就是這樣。他想，這是母親永遠學不來的內斂微笑。她總是笑得過度燦爛，讓女士們不贊同地搖頭。

從現場提供的樂單，他看見所有的作品都是出自布克斯特胡德，包括管風樂與合唱曲。有那麼一秒鐘，他想起自己經常光顧的紐約唱片行，可惜布克斯特胡德只剩下管風琴樂曲傳世，歌曲已經佚散了。

年輕的禿頭牧師配戴褶皺領口，中場休息時，仍然站在高聳講臺上。在佈道時，爲了滿足所有人，他提醒眾人，人類終究要化爲塵土，歸於塵土。托瑪斯眞希望此時卡蒂亞能陪著他，這樣他們就可以稍後討論，會眾期待的可能是主日午餐，不會在意以後會不會變成塵土。牧師說完後，一位年輕女子在小型弦樂團伴奏下，唱了一首布克斯特胡德的詠歎調。她的聲音很細，一開始似乎有些緊張，不過隨著旋律越來越強烈，她也越唱越響亮，直到所有的音符彷彿在古老的拱形建築高處繚繞迴盪。

他請司機等他一會兒，他要到附近找一間咖啡館喝熱巧克力，吃杏仁糖。

關於自己的回憶，托瑪斯心想，還眞的很奇特。威睿提貝。伊馬特老師。還有一些他早已記不得姓名的人們。他知道自己離開普林斯頓後，便沒有再拿布克斯特胡德的唱片出來聽，也沒聽過其他人提起這個人了。

他很開心自己找到角落小桌，因爲咖啡館不斷有客人進來，他也很高興沒有人認出他。他想起一個故事，應該是他小時候母親經常講的。後來也沒再聽她說過，至少搬到慕尼黑後是如此。那是一個與布克斯特胡德女兒有關的故事，故事是這樣的：年輕的管風琴家，包括韓德爾在內，每年都會找上布克斯特胡德，請教他精進琴藝的訣竅，布克斯特胡德對每一位承諾，假使對方同意娶他最小的女兒安娜．瑪格麗塔，他就會傾囊相授，讓對方成爲世上最偉大的作曲家。

然而，儘管女兒美麗又有成就，但所有的來訪者都拒絕了，因爲他們在家鄉都有戀人，所以大家離開時，並沒有習得任何技巧或本領。後來，女兒出現一位追求者，但此人卻對音樂一竅不通，布克斯特胡德開始害怕自己後繼無人。但他毫無所悉的是，安斯達有一位年輕的作曲家非常景仰他，決心一路用走的到呂貝克，看看是否有機會讓老作曲家分享精進琴藝的祕訣。

托瑪斯付了帳單，朝奶奶家走去。他彷彿看見自己的兩位妹妹，身穿睡衣，期盼母親將故事說完。他還能看見海因里希坐得離她們有一段距離。每次講到一半，母親總會歎息，說自己還有家務事要做，明天再繼續吧。大家會苦苦哀求，拜託她將故事說完。每一次，她都照做了。

這位年輕作曲家叫約翰．塞巴斯蒂安．巴赫，她說。他風雨無阻，一路抵達呂貝克。他常常找不到寄宿場所，不得不睡在乾草堆或田裡。他總是捱餓受凍，但他堅持自己的目標，他知道，如果他到得了呂貝克，他就要認識那位能幫助他成爲偉大作曲家的音樂家了。

布克斯特胡德幾乎絕望了。有時，他眞心相信自己的神聖知識將隨他一起入土。但其他時候，他心底清楚一定會有人出現，他夢想著自己會馬上認出對方，他會帶此人到教堂，與對方分享自己的祕訣。

「他要怎麼認出來？」卡菈問。

「這男人的眼睛會發光，聲音裡有種特別的韻味。」母親回答。

「他怎麼能確定呢？」海因里希問。

「等等吧！他還在路上，憂心忡忡，」她繼續說。「每天，他總覺得自己的路途越走越長。他曾經告知家鄉的老闆，自己只會離開一段很短的時間。他沒料到呂貝克原來這麼遙遠。但他沒有回頭。他不停走路，沿途一直問人，到呂貝克還要多久。但到目前爲止，甚至有人從未聽過呂貝克，還有人建議他回頭。但他絕對不這麼做，終於，他到了盧納堡時，有人告訴他，呂貝克就快到了。當地人知道布克斯特胡德的名聲。然而由於他不斷趕路，可憐的巴赫，原本是很帥氣的年輕人，此時看起來就像個流浪漢。他知道布克斯特胡德絕對不會接待一個像他這樣衣衫襤褸的傢伙。但他很幸運。盧納堡有位女士得知巴赫的困境，主動提議要借他衣服穿，因為，她看見了他眼中的光采。」

「於是巴赫到了呂貝克。他想找布克斯特胡德時，人們告訴他，他在聖瑪麗亞教堂練習管風琴。巴赫一踏進教堂，布克斯特胡德就感覺到自己不再孤單。他停止演奏，從上方往下看，巴赫就在那裡，布克斯特胡德看見了巴赫身後散發的光芒，這是巴赫一路走來時，帶著的光，那是蘊含在他靈魂的光。當下布克斯特胡德便知道，他終於能將自己的祕密，傾囊相授了。」

「但他究竟有什麼祕訣？」托瑪斯問。

「如果我告訴你，你會答應立刻上床睡覺嗎？」

「會。」

「就是美，」母親說。「這個祕訣，就是美。他告訴巴赫，不要害怕將美融入他的音樂。接下來，連續好幾週，布克斯特胡德向巴赫演示該如何做到這一點。」

「巴赫有沒有將衣服還給那個女人？」托瑪斯問。

「當然。在回家的路上。他甚至為她演奏了一段音樂，她感覺它彷彿來自天堂。」

托瑪斯看見，自己的老家，那棟出現在《布頓柏魯克世家》的建築物，上面有些窗戶被木板封了。市長曾承諾此建築物將迅速修復。呂貝克顯然非常以它為榮，畢竟，它賦予了一本書生命。托瑪斯站在房子面前，很希望自己能問其他人——海因里希、露拉、卡菈、維克多——是否也記得布克斯特胡德與巴赫的故事。他已經很多年沒有想起這個故事了。

他或許還能回憶起其他故事，早已被遺忘的故事，當初，曾經住在這棟屋子的其他人，陪他一起聽的故事，而今，他們早已離開這個時空，進入一個他尚且不清楚的國度。

他又瞥了一眼房子，走過城市，走向那輛將要帶他回特拉沃明德的車子，卡蒂亞會在那裡等著他。

19 馮塔納（Theodor Fontane, 1819-1889），德國批判現實主義小說家、詩人。（編按）

20《艾菲・布里斯特》（*Effi Briest*）為馮塔納長篇代表作，影響托馬斯・曼創作《布頓柏魯克世家》。（編按）

21 美國政府在冷戰期間判決羅森堡夫婦為蘇聯進行間諜活動公開處刑。（編按）

致謝

小說的靈感來自托瑪斯·曼及其家人的書寫紀錄，同時也參考了其他書籍。包括：《托瑪斯·曼：愛神與文學》（*Thomas Mann: Eros and Literature*），安東尼·海爾布特（Anthony Heilbut）著；《托瑪斯·曼傳》，隆納德·赫曼（Ronald Hayman）著；《托瑪斯·曼：人生即藝術品》（*Thomas Mann: Life as a Work of Art*），赫曼·庫爾茲克（Hermann Kurzke）著；《托瑪斯·曼的一生》（*Thomas Mann: A Life*），唐納德·普拉特（Donald Prater）著；《托瑪斯·曼：一位藝術家的形成，一八七五到一九一一年》（*Thomas Mann: The Making of an Artist, 1875–1911*），理查·溫斯頓（Richard Winston）著；《曼氏兄弟》（*The Brothers Mann*），尼格爾·漢彌爾頓（Nigel Hamilton）著；《托瑪斯·曼與家人》（*Thomas Mann and His Family*），馬賽·萊赫—藍尼基（Marcel Reich-Ranicki）著；《魔山陰影下：艾芮卡與克勞斯·曼的故事》（*In the Shadow of the Magic Mountain: The Erika and Klaus Mann Story*），安德莉亞·韋斯（Andrea Weiss）著；《受詛咒的傳承：克勞斯·曼的悲慘人生》（*Cursed Legacy: The Tragic Life of Klaus Mann*），弗雷德里克·斯波茨（Frederic Spotts）著；《流亡家族：海因里希·曼與奈莉·克羅格—曼的人生與時代》（*House of Exile: The Lives and Times of Heinrich Mann and Nelly Kroeger-Mann*），伊芙·尤爾斯（Evelyn

Juers）著；《托瑪斯・曼的戰爭：文學、政治和世界文學共和國》（*Thomas Mann's War: Literature, Politics, and the World Republic of Letters*），托比亞斯・波斯（Tobias Boes）著；《阿諾・荀白克：猶太作曲家》（*Arnold Schoenberg: The Composer as Jew*），亞歷山大・林戈（Alexander L. Ringer）著；《浮士德博士檔案：阿諾・荀白克、托瑪斯・曼與其當代人物，一九三〇—一九五一年》（*The Doctor Faustus Dossier: Arnold Schoenberg, Thomas Mann, and Their Contemporaries, 1930–1951*），蘭道・荀白克（Randol Schoenberg）編；《希特勒政權下的流亡人士：納粹德國飛往美國的個人故事》（*Hitler's Exiles: Personal Stories of the Flight from Nazi Germany to America*），馬克・安德森（Mark M. Anderson）編；《富蘭克林・羅斯福：政治生涯》（*Franklin D. Roosevelt: A Political Life*），羅伯特・達萊克（Robert Dallek）著；《邪惡的繆斯：阿爾瑪・馬勒的一生》（*Malevolent Muse: The Life of Alma Mahler*），奧利弗・希爾梅斯（Oliver Hilmes）著；《阿爾瑪・馬勒：天才的繆斯女神》（*Alma Mahler: Muse to Genius*），卡倫・孟森（Karen Monson）著；《熱情靈魂：阿爾瑪・馬勒》（*Passionate Spirit: The Life of Alma Mahler*），凱特・哈斯特（Cate Haste）著；《夢想家：當作家奪取政權，一九一八年的德國》（*Dreamers: When the Writers Took Power, Germany 1918*），佛克・衛德曼（Volker Weidermann）著；《慕尼黑，一九一九年：革命日記》，維多・克蘭普勒（Victor Klemperer）著；《流亡到天堂》（*Exiled in Paradise*），安東尼・海爾布特著；《第二代》，埃絲特・麥考伊（Esther McCoy）著；《藍鬍子的房間：托瑪斯・曼的內疚和懺悔》（*Bluebeard's Chamber: Guilt and Confession in Thomas Mann*），邁克・瑪爾（Michael Maar）著；《布魯諾・華爾特：不一樣的世界》（*Bruno Walter: A World Elsewhere*），艾瑞克・雷定與芮碧嘉・帕區斯基（Erik Ryding & Rebecca

Pechefsky）合著；《苦澀的贏家滋味：帝國廢墟的生活、愛情和藝術》（*The Bitter Taste of Victory: Life, Love, and Art in the Ruins of the Reich*），蘿拉・費格爾（Lara Feigel）著；《太陽與她的星星：好萊塢黃金時代的流亡者莎卡・維爾特與希特勒政體的流亡人士》（*Her Stars: Salka Viertel and Hitler's Exiles in the Golden Age of Hollywood*），唐娜・里夫金德（Donna Rifkind）著；《七棵棕櫚樹：太平洋帕利薩德的托瑪斯・曼故居》（*Seven Palms: The Thomas Mann House in Pacific Palisades*），法蘭西斯・內尼克（Francis Nenik）著；《走在奇跡路上：史特拉汶斯基、荀白克和其他文化人之回憶錄》，羅伯特・克拉夫特（Robert Craft）著；《阿多諾在美國》，大衛・傑內曼（David Jenemann）著；《迪特里希・布克斯特胡德：呂貝克的管風琴家》，克拉拉・史奈德（Kerala J. Snyder）著；《日耳曼之秋》，斯蒂格・達格曼（Stig Dagerman）著；古妮拉・博斯坦（Gunilla Bergsten）的《托瑪斯・曼的浮士德博士：小說的來源和結構》；尚—米歇・帕爾米耶（Jean-Michel Palmier）的《流亡中的威瑪：歐洲和美國的反法西斯移民》（*Weimar in Exile: The Antifascist Emigration in Europe and America*）；希拉・艾森伯格（Sheila Isenberg）的《當代英雄：瓦里安・弗萊的故事》（*A Hero of Our Time: The Story of Varian Fry*）。

感謝英國企鵝出版社的瑪麗・芒特（Mary Mount），紐約斯里布克納的南・格雷姆（Nan Graham），以及我的經紀人彼得・施特勞斯（Peter Straus），對我這本書的密切關注，我也要謝謝霍爾格・皮爾斯（Holger Pils）慷慨分享他對托瑪斯・曼個人生活與作品的淵博知識。當然，我同樣要感激安琪拉・羅漢（Angela Rohan）與德國漢瑟出版社的卡崔歐娜・克羅（Catriona Crowe）、海荻・埃爾・

科蒂（Heidi El Kholti）、艾德・莫霍爾（Ed Mulhall）以及皮耶・若薩拉貝（Piero Salabè）。

大師名作坊 213

魔術師

作　者—柯姆・托賓
譯　者—陳佳琳
編　輯—張瑋庭
美術設計—蕭旭芳
內頁排版—芯澤有限公司
封面圖片—DFA/Biblioteca Ambrosiana

總 編 輯—嘉世強
董 事 長—趙政岷
出 版 者—時報文化出版企業股份有限公司
108019臺北市和平西路三段二四〇號三樓
發行專線—（〇二）二三〇六六八四二
讀者服務專線—〇八〇〇二三一七〇五・（〇二）二三〇四七一〇三
讀者服務傳真—（〇二）二三〇四六八五八
郵撥—一九三四四七二四時報文化出版公司
信箱—一〇八九九臺北華江橋郵局第九九信箱
時報悅讀網—http://www.readingtimes.com.tw
電子郵件信箱—liter@readingtimes.com.tw
法律顧問—理律法律事務所　陳長文律師、李念祖律師
印　刷—勁達印刷有限公司
初版一刷—二〇二四年九月二十日
新 臺 幣—六五〇元
（缺頁或破損的書，請寄回更換）

時報文化出版公司成立於一九七五年，
並於一九九九年股票上櫃公開發行，於二〇〇八年脫離中時集團非屬旺中，
以「尊重智慧與創意的文化事業」為信念。

魔術師 / 柯姆・托賓（Colm Tóibín）著；陳佳琳譯 . – 初版 .
– 臺北市：時報文化, 2024.09
面；公分 . –（大師名作坊;213）
譯自：The Magician
ISBN 978-626-396-752-6

884.157

ISBN 978-626-396-752-6
Printed in Taiwan